아버지의 원칙

Pappaklausulen
Jonas Hassen Khemiri

아버지의
원칙

요나스 하센 케미리 장편 소설
홍재웅 옮김

민음사

나는 이 밤과 약속을 했어,
이십 년 동안 날 부드럽게 부르는 소릴 들었어.
— 에메 세제르, 『아이들은 죽었다』

막 아이를 잃은 엄마에게 물어보세요.
자녀가 몇 명이에요?
"네 명 — 세 명."
그녀는 이렇게 말할 겁니다.
몇 년이 지나면, "세 명 — 네 명."
그녀는 이렇게 말할 겁니다.
— 에이미 헴펠, 『수집된 이야기들』

일러두기

1 모든 주석은 옮긴이 주이다.
2 원서에서 이탤릭체로 강조한 부분은 고딕체로 구분했다.

차례

할아버지가 된 아버지는 한 번도 버린 적 없는 이 나라로 다시 돌아왔다. 아버지는 입국 심사를 위해 줄을 서서 기다리고 있다. 만약 유리창 너머에 있는 경찰이 의심스러워하며 그에게 질문을 던진다면, 할아버지가 된 아버지는 침착하게 대응할 것이다. 그 경찰을 개새끼라고 부르지 않을 것이다. 그 경찰에게 경찰복을 인터넷에서 샀느냐고 묻지도 않을 것이다. 대신 미소를 지으며 자신의 여권을 보이고, 자신은 이 나라의 시민이며 육 개월 이상 이 나라를 떠난 적이 결단코 없다는 사실을 상기시킬 것이다. 왜냐고? 가족이 모두 여기에 살고 있으니까. 사랑하는 자식들. 경이로운 손주들. 그를 저버린 전처. 그는 육 개월 이상 이곳을 떠나 다른 곳에 머무른 적이 없다. 육 개월이 최대다. 대부분 오 개월 삼십 일 동안 떠나 있었다. 가끔은 오 개월 이십칠 일.

줄이 앞으로 조금씩 이동했다. 할아버지가 된 아버지에게는 자식이 둘 있다. 셋은 아니다. 아들 하나. 딸 하나. 그는 두 자식을 모두 사랑했다. 특히 딸을. 사람들은 자식들이 아버지를 닮았다고 말하지만, 그는 닮은 구석이 거의 없다고 생각했다. 자식들은 어머니의 키, 어머니의 고집스러움, 어머니의 코를 빼다 박았다. 둘은 실제로 어머니의 작거나 조금 더 큰 복사판이었다. 특히 아들. 아들은 제 어머니와 너무나 비슷해서, 할아버지가 된 아버지는 때때로, 사실 꽤 자주 몸을 앞으로 구부려 머리로 확 들이박고 싶은 느낌까지 들 정도였다. 그렇지만 절대로 그러지 않았다. 당연히 그러지 않았다. 그는 화를 억눌렀다. 뭔가 안 좋은 느낌이 드는 걸 보면 그도 이 나라에 충분히 오래 산 것 같다. 항목을 완벽하게 분류해 라벨을 붙인 작은 금고에 감정들을 보관해 두었다가, 매뉴얼이 준비되고, 전문가들도 자리에 있고, 공식 조사관이 감정들을 어떻게 할지 책임지겠다고 하면 그제야 개봉하도록 할 것이다.

줄은 그대로였다. 아무도 화를 내지 않았다. 아무도 목소리를 높이지 않았다. 아무도 새치기하지 않았다. 사람들은 그저 눈알을 이리저리 굴리며 한숨을 쉬고 있었다. 할아버지도 비슷한 모습이다. 그는 아버지였던 때를 기억한다. 아이들 생일과 여름휴가, 유도 연습, 장염, 피아노 강습 그리고 학기말 과제물. 그의 딸 아니면 아들이 가정 수업에서 오븐용 장갑에 *세상에서 아빠 최고*라는 글씨를 수놓았던 일이 기억난다. 그는 멋진 아버지였다. 그는 멋진 할아버지다. 혹시라도 다른 주장을 하는 사람이 있다면 그 사람은 거짓말쟁이다.

할아버지인 아버지가 입국 심사대에 다가서자 유니폼 차림의 반대편 여성의 시선이 그의 시선과 맞닿았고, 그녀가 잘 가라고 말하며 그를 통과시켜 주는 데는 몇 초밖에 걸리지 않았다.

아빠가 된 아들은 자식들이 잠들자마자 사무실로 향했다. 그는 한 손에 우편물을 집어 들고 다른 손으로는 안쪽 출입문을 닫았다. 냉장고에 물건들을 집어넣고 여러 개의 옷장 중 한 곳에 운동복을 던져 넣었다. 그는 키친타월 두세 장과 쓰레받기를 가지고 최근 며칠 사이 주방, 욕실 그리고 현관에 출현한 죽은 바퀴벌레들을 치운 다음 청소기를 꺼내 들었다. 침실의 침대보를 갈고, 욕실의 수건을 바꿔 걸고, 개수대에 물을 채워 컵 안에서 그대로 말라 버린 커피 찌꺼기들이 자연적으로 물에 불어 깨끗해지도록 기다렸다. 발코니 문을 열어서 환기를 시켰다. 주방 쓰레기통은 전단지, 말라비틀어진 키위, 돌처럼 단단해진 귤, 찢어진 봉투와 갈색으로 변한 사과 심으로 가득 차 있었다. 그가 시계를 쳐다보고 시간이 충분한지 살폈다. 급하게 서두르지 않아도 되었다.

그는 현관과 주방 바닥을 물걸레로 닦았다. 욕조, 세면대 그리고 변기도 깨끗하게 닦았다. 이 모든 일을 마치고 나서 세제와 스펀지를 욕실의 본래 있던 자리에 가져다 놓았다. 그는 아버지가 그 물건들을 보면, 지난번 사무실을 떠날 때와 똑같은 상태가 아님을 알아챌 거라고 생각했다. 그 전과는 달라졌다는 것을.

아들은 비닐봉지에 든 커피 캡슐을 에스프레소 기계에 붓고, 상자에 비닐봉지를 넣고, 상자를 식료품 저장고 가장 안쪽 구석으로 밀어 넣었다. 그는 여동생한테 생일 선물로 받은 향초를 다른 비닐봉지에 담아 공구 상자 안에 숨겨놓았다. 비싼 참치가 담긴 통조림과 잣, 호두 그리고 호박씨가 들어 있는 유리병을 냉장고 위의 빈 토너 상자에 집어넣었다. 현관 서랍장의 그릇 안에 담긴 잔돈을 자신의 오른쪽 청바지 주머니에 털어 넣었다. 배낭 안에 선글라스를 넣었다. 그러고 나서 한 바퀴 죽 살폈다. 이제 끝났다. 사무실은 아버지를 맞을 준비가 되었다. 그는 시계를 들여다보았다. 이 시간이면 아버지는 여기에 있어야 한다. 분명 그는 언제고 도착할 것이다.

*

할아버지인 아버지는 수하물 찾는 곳에 서 있었다. 가방들이 모두 비슷해 보였다. 어떤 것들은 우주선처럼 번쩍거리고 스케이트보드처럼 바퀴가 달려 있었다. 저 멀리에 아시아의 싸구려 회사가 만든 제품들도 보였다. 그의 가방은 튼튼했다. 유럽에서 만든 것이다. 삼십 년 넘게 사용했는데 이십 년은 더 써도 된다. 바퀴가 없어서 망가질 위험도 없었다. 그의 가방에는 부도 난 항공사의 스티커들이 붙어 있었다. 그가 수하물 컨베이어 벨트에서 가방을 끌어 내리자 레슬러의 팔 근육을 지닌 젊은 여자가 도움이 필요한지 물었다. 할아버지가 괜찮아요, 라고 대답하며 미소 지었다. 그는 도움이 필요 없었다. 특히 고맙다는 답례로 받을 돈을 생각하며 돕겠다는 낯선 이의 도움은 더더욱 아니었다.

그는 카트에 가방을 올리고 출구를 향해 밀고 나갔다. 비행기에 기술적 결함이 좀 있었다. 승객들이 비행기에 탔는데 결국 내렸다가 다시 탑승했다. 그의 자식들은 비행기가 연착한다는 걸 인터넷을 통해 알았을 것이다. 아들은 차로 여동생을 데리러 갔다. 그들은 고속도로를 타고 북쪽으로 향했다. 아들은 요금이 무척 비싼 단기 주차 구역에 주차하고, 딸은 트렁크에서 아버지의 멋진 외투를 꺼냈다. 이제 그들은 반대편에 서서 기다리고 있을 것이다. 밝은 미소를 띤 딸. 헤드폰을 낀 아들. 그들은 선물을 따로 준비할 필요가 없었다. 그들이 여기에 있는 걸로 충분했다.

*

아빠가 된 아들은 아버지가 도착하기를 기다리는 동안 차라리 뭔가를 하는 게 더 나았다. 전기포트 안에 죽은 바퀴벌레가 들어 있지는 않은지 살펴본 후 그는 스위치를 올렸다. 컴퓨터를 켜고 입주자 협회의 전망에 대한 회계 결과를 꼼꼼히 살펴보았다. 영수증 발행이 지체되어 국세청에 로그인해 프리랜서 기자와 큐레이터에 대한 지불 연기를 요청했다. 다음 주 일요일 딸의 생일 파티 전에 준비해야 할 물건들의 목록을 적었다. 아직 회답을 주지 않은 부모들에게 다시 물어볼 것. 놀이를 준비할 것. 풍선, 일회용 접시, 색종이 테이프, 빨대, 주스, 케이크 재료들을 살 것. 낚시 놀이에 필요한 실과 빨래집게도. 그는 창문을 통해 밖을 내다보았다. 괜찮다. 아무 일도 없다. 아버지는 그저 조금 늦을 뿐이다.

예전에 아들은 시티터미널에서 여동생을 만나곤 했고 입구에서 아버지를 맞이했다. 그들은 버스 정거장 맞은편 벤치의 유리창 뒤에서 서로 등을 대거나 어깨에 머리를 대거나 아니면 머리를 허벅지에 대고 앉아 기다렸다. 매번 아들은 역에 걸린 시계를 살피며 아버지가 어디 있는지 궁금해했고, 여동생은 편의점에 가서 산딸기 스무디, 샌드위치 그리고 테이크 아웃 카페라테를 사서 돌아왔다. 그는 헤드폰을 빼 여동생에게 로이스 다 5'9", 치노 XL 그리고 제이다키스*의 새로운 곡을 들려주었다. 여동생은 헤드폰을 빼고 하품을 한 뒤, 바르베리의 집으로 가는 심야버스를 탈 몇몇 승객들과 개인위생에 관한 이야기를 다시금 이어 갔다. 아직 아버지가 아니었던 아들은 벤치에서 일어나 창문 쪽으로 다가갔다. 아직 엄마가 아니었던 여동생은 벤치에서 사지를 뻗어 핸드백을 베개 삼아 베고 잠들어 버렸다. 십오 분마다 새로운 공항버스가 들어왔다. 여전히 아버지는 오지 않았다. 아들은 앉았다가, 일어섰다가, 다시 앉았다. 경비원이 노숙자를 깨웠다. 택시 기사 두 명이 삼목 게임을 하거나 경마 게임의 말을 선택하고 있었다. 길 잃은 관광객 몇 명이 버스에서 내려 저쪽으로 갔다가 이쪽으로 다

* 미국의 힙합 뮤지션들.

시 돌아왔다. 그는 잠자는 여동생을 내려다보았다. 어떻게 저렇게 속 편할 수 있을까. 무슨 일이 일어났는지 모르는 걸까. 그들의 아버지가 체포되었다. 비행기에 탑승하는 중에 군인이 아버지를 체포해서 여권을 보자고 했고, 비밀 스파이, 밀수꾼, 야당 당원이라며 그를 고발했다. 그는 차가운 감방에 앉아 있게 되었고, 자신은 정권에 저항하다가 감옥에서 분신자살한 남자와 결코 친척이 아니라는 사실을 그 군인에게 설득하려 했다. 우린 성(姓)이 같을 뿐이에요. 그가 말했다. 같은 성을 가진 사람은 정말 많아요. 나는 정치가가 아니에요, 그저 세일즈맨일 뿐이에요. 이렇게 말하고 그는 매혹적인 미소를 지었다. 만약 감옥에서 말재주로 빠져나올 수 있는 사람이 있다면 그게 바로 우리 아버지였다. 앉아서 가만히 좀 있어. 여동생이 잠에서 깨어나 말했다. 심호흡 좀 해 봐. 모든 게 잘되었잖아. 구십 분이야. 구십 분 전에 비행기가 착륙했다는데 아버지가 아직 안 오시는 게 좀 이상해. 아들이 말하면서 머리를 흔들었다. 가만 좀 있어. 누이가 말하고는 그를 강제로 벤치에 앉혔다. 전혀 이상하지 않아. 아버지는 먼저 사람들이 모두 비행기에서 내릴 때까지 기다릴 거야. 그다음에 사람들이 잊어버리고 가져가지 않은 신문들을 집어 들고 마시지 않은 와인을 챙길 거야. 그런 다음 제일 마음에 드는 화장실에 자기 가방을 가지고 들어가서 자기 수하물을 꼼꼼히 살펴볼 거야. 그리고 항상 생길 수밖에 없긴 한데, 가방에 조금이라도 긁힌 자국이 보이면, 보상을 청구하는 창구 앞에 줄을 서겠지, 안 그

래? 아들이 고개를 끄덕였다. 가방이 손상되었다고 신고하
는데, 2차 대전 때 만들어진 것 같은 가방이면 직원은 아버
지가 진심인지 농담하는 건지 갈피를 잡지 못하겠지. 직원
이 그렇게 긁혀서 난 손상을 보상해 주지는 않는다고 말하
면 아버지는 화가 나서 손님은 늘 왕이라고 고래고래 소리
를 질러댈 거야. 창구 안에 있는 여자가 젊고 아름답지 않
다면. 아들이 말했다. 맞아. 여동생이 말했다. 만약 그 여자
가 젊고 아름답다면 아버지는 미소를 지으며 이해한다고
말하겠지. 그러면 그다음은? 아들이 말하고는 미소를 지었
다. 그다음엔 세관을 통과해야지. 여동생이 말했다. 경험이
없는 세관원은 아버지가 뭐라도 숨겨 온다고 짐작하겠지.
그들은 아버지를 불러 세울 거야. 그리고 질문을 던지겠지.
가방 내용물을 보여 달라면서 아버지에게 뒤쪽에 있는 방
으로 들어오라고 하겠지. 그런 다음 그들이 무얼 발견하게
될까? 아무것도. 가방은 거의 비어 있는 상태일 테니까. 와
이셔츠 몇 벌 그리고 약간의 음식 외에는. 항상 이렇게 시
간이 오래 걸리잖아. 오빠는 늘 불필요하게 오빠 자신을 괴
롭혀. 여동생이 말했다.

　매번 그들은 조용히 앉아 있었다. 버스가 한 대 들어왔
다. 한 대 더 들어왔다. 그 버스가 정거장에서 부르릉 하며
떠나자 아버지가 보도에 서 있었다. 여느 때와 같은 옷차림
으로. 닳아서 구멍이 난 그 재킷. 비스듬하게 닳아 버린 그
신발. 그 가방과 그 미소 그리고 항상 그 첫 번째 질문. 내 외
투 가져왔니? 딸과 아들은 이중문을 통과해 밖으로 나갔

다. 그에게 외투를 건네고 그를 도와서 가방을 옮겼다. 그들은 무사히 집에 오신 것을 환영한다고 말했고, 여기서 집이 정말로 알맞은 단어인지 매번 궁금했다.

*

할아버지인 아버지가 공항 입국장으로 나왔다. 누군가를 기다리고 있던 이들과 시선을 마주쳤다. 그들은 보안 카메라에 녹화된 범죄자처럼 모두 흐릿한 얼굴을 하고 있었다. 젊은 여성들은 테이크 아웃 차를 마시고 있고, 몸에 지나치게 달라붙는 바지를 입고 수염을 깎지 않은 남성들은 자신의 휴대폰을 살피고 있었다. 잘 차려입은 부모들이 아직 펼치지 않은 현수막을 들고 있고, 친척인 사람은 코브라처럼 팔뚝으로 카메라를 받쳐 들고 녹화하고 있었다. 꽃다발과 여벌의 외투를 가져온 남성들이 여럿 있었다. 아버지는 그런 타입을 한눈에 알아보았다. 그들이 기다리는 사람은 태국 여성들이고, 그들은 그 여성들을 부인으로 둔 스웨덴 남성들이었다. 그들은 인터넷으로 만나 실제로는 한 번도 본 적 없이 약혼을 했는데, 자신들이 얼마나 친절한지 보여 주고 혹시라도 그 여성들이 스웨덴의 추위 때문에 놀라지 않을까 싶어 외투를 들고 나왔다. 그렇지만 친절한 남자라면 지구 반대편에서 매춘 여성을 부인으로 주문해 데려올 필요는 없잖아. 그는 이렇게 생각하며 출구를 향해 계속 걸었다. 자식들이 이곳에 없는 것을 알고 있었기 때문에 그들을 찾느라 이리저리 두리번거리지 않았다. 그래도 자신이 자식들을 찾고 있다는 걸 느꼈다. 그의 눈은 그것을 바라고 있었다.

한 무리의 아프리카인 대가족이 보였는데, 그의 눈에는 마약 딜러들처럼 보였다. 한쪽 눈 아래에 모반이 있는 파키스탄 남자는 긴장한 듯, 아니면 지금 막 잠에서 깬 듯 눈을 억지스럽게 깜박거리고 있었다. 아마 게이이겠지. 몸에 달라붙는 셔츠와 털이 북슬북슬한 목도리로 보아 그런 것 같았다. 할아버지는 밤에도 열려 있는 카페와 스웨덴 사람 이름이나 영어로 된 회사명이 적힌 팻말을 들고 서 있는 택시 기사를 지나쳐서 앞으로 계속 걸어갔다. 밤이라서 닫혀 있는 환전소와 자동심장충격기가 바로 여기 있다고 알려 주는 커다란 스티커가 붙은 둥근 기둥을 지나쳐 갔다. 대체 자동심장충격기가 뭐야. 이걸 보유하는 게 그렇게 중요하다면 왜 모든 공항에 있지 않지? 말이 안 되잖아. 대기실에 이게 없으면 안전치 않다고 정치가들이 결정했겠지만, 꼭 여기, 이 이상스러운 나라에만 이런 게 있다니까.

이제는 더 이상 자신을 아버지라 느끼지 않는 할아버지가 버스 정거장을 향해 수하물 카트를 밀었다. 그는 살을 에는 바람이 부는 밖으로 걸어 나갔다. 그는 평생 이 공항을 통해 나가고 들어왔다. 해가 나든 비가 오든 겨울이든 여름이든 상관없었다. 5번 터미널을 나서면 끊임없이 바람이 불었다. 날씨가 어떤지와 관계없이 태풍 같은 바람이었다. 그래서 목도리가 깃발처럼 나부끼고 외투가 긴 치마처

럼 펄럭였다. 바람이 얼마나 센지 거기 서서 버스를 기다리
는 사람들은 바람이 조소를 보내며 일정한 간격으로 윙윙
대면 오른쪽으로 두 발, 앞으로 한 발, 어쩔 수 없이 원치 않
는 춤을 추게 되는 상황을 피하려 콘크리트 기둥 사이에
몸을 숨겨야 했다.

그는 버스 도착 안내 전광판을 실눈을 뜨고 보았다. 버
스가 떠난 직후였다. 다음 버스가 도착할 때까지 십사 분
더 기다려야 했다. 빌어먹을 십사 분. 그의 아내가 모퉁이
뒤에서 앞을 보았다. 십사 분이네! 그녀가 기쁜 목소리로
소리쳤다. 백십사 분이 아니니 얼마나 다행이야! 얼어 죽을
것처럼 춥잖아. 그가 중얼거렸다. 정말 상쾌해요. 그녀가 말
했다. 아무도 나를 마중 나오지 않았군. 그가 말했다. 내가
여기 있잖아요. 그녀가 말했다. 나 아프잖아. 그가 말했다.
다른 고질병도 아니고 조심해서 지켜보면 되잖아요. 그나
마 당뇨병은 그러기가 쉬우니, 불행 중 얼마나 다행이에요,
식단 조절만 잘하면 인슐린을 끊을 수도 있다는 당뇨병 환
자 얘기를 들었어요, 그리고 당신은 주사 놓고 혈당 수치 재
는 게 재미있는 면도 있다고 생각하는 사람이잖아요? 그녀
가 말했다. 그렇지. 그가 말했다. 얼마나 다행이에요. 그녀
가 웃으며 미소를 지었다. 짧게 자른 그녀의 머리가 바람에
날렸다. 불행 중 다행. 이게 그녀의 만트라였다. 무슨 일이
벌어지든 상관없었다. 딸아이의 같은 반 친구의 팔이 부러
졌을 때 아내가 제일 먼저 물은 말은 이랬다. 오른팔이니 왼
팔이니? 왼팔요. 딸이 대답했다. 불행 중 다행이네. 아내가

말했다. 그 애는 왼손잡이예요. 딸이 말했다. 그러면 오른쪽 팔을 단련할 좋은 기회를 얻은 거지, 뭐. 아내가 대꾸했다. 불행 중 다행. 아버지는 그 기억을 떠올리며 미소 지었다. 바람이 잠잠해졌다. 모든 게 조용해졌다. 아내가 다가와서 그의 관자놀이를 어루만지며 엘리베이터 버튼처럼 차가운 입술로 그의 뺨에 입을 맞추었다. 그런데 말이에요……. 아내라고요? 왜 나를 당신의 아내라고 생각하는 거예요? 우리는 이십 년 전에 이혼했잖아요? 그녀가 속삭였다. 다시 바람이 불었다. 그녀는 사라져 버렸다. 그의 몸은 약했다. 눈에 뭔가 이상이 있었다. 그는 빨리 집에 가고 싶었다. 그에게는 집이 없었다. 택시들이 있었다. 공항 고속철도도 있었다. 하지만 그는 버스를 기다렸다. 그는 항상 버스를 기다렸다.

*

딸이지만 이제는 더 이상 엄마가 아닌 여동생이 식당에서 나와 택시를 손짓해 부르고는 집 주소를 말했다. 식사는 잘하셨어요? 택시 기사가 물었다. 좋았어요. 여동생이 말했다. 친구 생일을 축하해 줬어요. 서른여덟 살 생일이었거든요. 서른여덟 살이라니, 참. 여동생이 한숨을 쉬었다. 시간이 참 빠르죠. 택시 기사가 말했다. 정말 그래요. 그녀가 대꾸했다. 아이는 있으신가요? 택시 기사가 물었다. 서른여덟 살요. 그녀가 말했다. 엄마가 서른여덟 살이 되었을 때가 기억나요. 엄마는 서류철에 모든 서류를 정리했어요. 자기 사업을 시작했거든요. 엄마는 진짜 어른다워 보였고 든든했죠. 그런데 제 친구들은 빈둥거리며 남자나 만나러 다니고 비정규직으로 연명하고 있어요. 엄마 역시 친구들을 부모님과 비교하면서 그렇게 생각했을 것 같아요. 어떻게 생각하세요? 그녀가 말했다. 정말 그랬을 것 같아요. 택시 기사가 대꾸했다. 그러고는 조용해졌다. 음식은 괜찮았어요. 저기서 드셔 본 적 있어요? 그녀가 물었다. 아니요. 그가 대답했다. 양도 정말 많아요. 그런 곳에 갔는데 주 메뉴를 300크로나를 주고 먹으면서 배가 부르지 않으면 화가 나더라고요. 정말 열 받지 않아요? 그녀가 말했다. 정말 그래요. 당연히 배가 불러야지요. 그가 대꾸했다. 그렇다니까요. 그녀가 말했다. 그런데 환기에 문제가 있었어요. 식당 전체가 음식 냄새로 진동했죠. 냄새가 얼마나 지독한지 토할 것 같아서 인도로 나가서 바깥 공기를 들이마셔야 했어요. 그녀가 말했다. 백미러를 통해 택시 기사의 시선이 그녀의 시선과 마주쳤다. 조용해졌다. 그녀가 휴대폰을 집어 들었다. 첫 번째 문자는 8시 30분에 온 거였다. 그녀의 오빠가 사무실에서 아버지를 기다리고 있다고 보낸 문자였다. 빌어먹을. 아버지가 집에 오는 날이 오늘이었나? 다음 문자는 9시 15분에 왔다. 아버지가 아직 도착하지 않았다고 보낸 문자였다. 9시 30분. 걱정되기 시작한다고 오빠가 문자를 보냈다. 10시 15분. 비행기가 연착했고 이제 곧 아버지가 집으로 올 거라고 했다. 오빠는 전화해 달라고 했다. 시간을 살폈다. 11시 30분이었다. 지금쯤 오빠는 분명히 잠들어 있을 것이다. 통화는 내일 하기로 했다. 집으로 가는 도중 그녀가 계속 머릿속으로 되뇐 것은 택시 기사가 물통에 향수를 담아 택시에 들이부어야 한다는 것이었다. 그녀가 타기 바로 전에 뒷좌석에 앉았던 사람은 분명 골초였을 것이다. 도어포켓 안의 물티슈는 포장이 반쯤 열려서 인공적인 살구 냄새가 났고, 택시 기사의 스누스(snus)*에서는 이끼 냄새가 났다. 차가 터널을 빠져나오자 그녀는 뒤쪽 창문을 열고 밖으로 코를 내밀어야 했다. 더워요? 택시 기사가 물었다. 약간요. 그녀가 대답했다. 택시 기사가 앞좌석 버튼을 눌러 그녀 쪽 창문을 닫고 에어컨 온도를 내렸다. 그녀 자신의 숨소리가 들리고 입안에 침이 가득 고였다. 이쯤에서 세워 주시면 돼요. 택시가 회전 교차로를 빠져나오자마자 그녀가 말했다. 그녀는 카드를 건넸고 뒷좌석에서 몸을 일으켜 밖으로 나왔다. 오 분 동안 화단 가까이 웅크리고 앉아 있었다. 그런 다음 집을 향해 걸어가기 시작했다. 토하지 않았다. 토하지는 않을 것 같았다. 그런데 어딘가 이상했다. 자신이 여러 블록 떨어진 곳의 냄새까지 전부 맡을 수 있는 초능력을 지닌 슈퍼 히어로처럼 느껴졌고, 그 때문에 속이 상당히 거북했다. 세븐일레븐에서 나는 핫도그 냄새. 버스 정거장 근처에서 나는 개똥 냄새. 얼굴에 바르는 크림 냄새도 났다. 그녀가 사는 거리에서는 퀴퀴한 낙엽 냄

* 윗입술과 잇몸 사이에 넣어 사용하는 파우치 형태의 스웨덴 담배.

새도 났다. 그녀는 오른쪽으로 돌아 집 현관 입구로 갔다. 뒤에서 발소리가 들렸다. 그 발걸음의 속도가 빨라졌다. 아무것도 아니었다. 밤에 조깅하는 사람일까? 그녀가 화단 옆에 앉아 있는 모습을 본, 하드 록을 좋아하는 옆집 사람이 혹시 도움이 필요한지 그녀에게 물어보려는 걸까? 그래도 그녀는 열쇠 꾸러미를 꺼내 준비 태세를 갖추었다. 열쇠 꾸러미는 언제든 너클로 바뀔 수 있다. 정신을 집중했다. 거북함이 사라졌다. 눈을 크게 뜨고 노려보았다. 주도권을 잡아라. 소리 질러라. 범죄자에게 절대로 두려움을 보이지 마라. 그녀는 빠르게 몸을 돌린 다음 그녀를 따라오는 남자를 향해 정면으로 다가갔다. 원하는 게 뭐야? 그녀가 외쳐 물었다. 남자가 헤드폰 한쪽을 귀에서 떼어 내며 물었다. 뭐라고요? 나를 따라오지 말라고요. 그녀가 대답했다. 저 여기에 살아요. 남자가 손가락으로 가리키며 말했다. 몇 호 라인요? 그녀가 물었다. 21호. 그가 대답했다. 21호 라인은 없어요. 그녀가 말했다. 있는데요. 그가 대꾸했다. 거리 이름은요? 그가 거리 이름을 댔다. 알았어요, 지나가세요. 그녀가 말했다. 남자는 서둘러 발걸음을 옮기며, 두려움이 가득한 눈으로 머리를 흔들고 있는 그녀를 지나쳐 걸어갔다. 그에게서 버터 팝콘 냄새가 났다. 그녀의 눈은 그를 응시하고 있었다. 그가 모퉁이를 돌아서 사라지자, 그녀는 다시 화단에 주저앉았다. 빌어먹을 식당. 냄새에 찌든 빌어먹을 택시. 구역질 나는 빌어먹을 낙엽 더미. 그녀는 엘리베이터를 타고 올라갔고, 욕실에 들어서자마자 가까스로 변기에 토하는 상황이 되었다. 자기? 그녀의 남자친구가 아닌 그가 욕실 문밖에서 속삭여 물었다. 어떻게 하지? 그녀는 대답하지 않았다. 그녀는 완전히 편안해질 때까지 욕실 바닥에 옆으로 누워 있었다.

욕실에는 수건걸이가 있었지만 그의 수건은 걸려 있지 않았다. 칫솔 통이 있었지만 그의 칫솔은 없었다. 자주색 앵무새가 그려진 샤워 커튼이 달려 있는데, 그가 샤워할 때마다 열대우림처럼 욕실 가득 습기가 차서 두루마리 휴지를 바꿔 끼워야 했기 때문에 달아 놓았다. 왜 그녀는 물이 좀 고여 있다고 해서 화가 날까? 욕실 수납장이 있었는데, 흰색 발판에 오르지 않고도 손을 뻗을 수 있기 때문에 그는 제일 아래 선반을 사용했다. 그는 필요하지도 않은 데오도란트와 면도칼과 그녀가 출장을 다녀올 때 호텔에서 가져오는 부드러운 크림이 든 화장품 세트를 자기 선반에 두었다. 지금 욕실 수납장의 맨 아래 칸은 비어 있었다. 자신이 그녀의 남자친구라고 생각하는 그가 물어보지도 않고 거기에 자신의 헤어 컨디셔너를 놔두었을 때 그녀는 그걸 쓰레기통에 버리는 걸로 대답을 대신했다.

그녀가 욕실에서 나와 보니 그녀의 남자친구가 아닌 그가 소파에 앉아 자기 휴대폰을 살피고 있었다. 너무 많이 마신 거 아니야? 그가 말하면서 미소 지었다. 전혀. 그녀가 대답했다. 나는 저녁 내내 탄산수만 마셨어. 와인은 냄새도 안 맡았어. 그가 휴대폰을 내려놓았다. 뭐야? 그녀가 물었다. 왜 그렇게 걱정스러운 표정을 짓는 거야?

아빠인 아들이 시간을 살폈다. 곧 자정이다. 그의 여동생은 전화를 하지 않았다. 그의 여자친구가 한 시간 전에 문자를 보내왔다. 그는 비행기가 연착했고 집에 가는 길이라고 대답했다. 그는 갈 준비를 했다. 하지만 가지 않았다. 왜 그랬는지는 알 수 없다. 아버지의 외국 전화번호로 전화를 걸어 보았다. 그런 다음 스웨덴 전화번호로도 걸었다. 휴대폰이 꺼져 있거나 방전되었거나, 아니면 몰수되었을지도 모른다. 그는 문의 열쇠 돌아가는 소리를 들으려고 귀를 기울였다. 마지막으로 시티터미널에서 아버지를 모셔 온 게 언제였는지 골똘히 생각해 보았다. 삼 년 전이었나? 오 년 전? 정확하게 기억이 나지 않았지만, 그가 아버지가 되고 아버지가 할아버지가 되었던 때쯤이었을 것으로 추측되었다. 그때 무슨 일이 일어났다. 비록 실제적인 것들에 대해서는 아들이 여전히 책임을 지고 있지만 말이다. 그는 아버지의 은행 계좌와 우편물을 관리했다. 아버지의 고지서 대금을 지불하고, 세금 신고를 하고, 재방문을 취소하고, 국영 보험 회사에서 온 편지를 열어 보았다. 아버지의 거주지를 책임지는 사람도 그였다. 아버지가 열흘을 머물든 사 주를 머물든 상관없이. 항상 그래 왔고, 앞으로도 그럴 것이다.

아들은 자기 머그잔을 주방으로 가져갔다. 전등을 켜자 바퀴벌레가 오븐 뒤쪽으로 사라지며 바스락거리는 소리가 났다. 그는 냉동고 아래 틈 안으로 사라지는 두 마리의 그림자를 곁눈으로 보았다. 윤이 나는 빨간 바퀴벌레가 싱크대에 꼼짝 않고 조용히 머물러 있었다. 바퀴벌레가 눈에 띄지 않게 더듬이를 쳐들어 허공을 휘저었다. 아들이 머그잔을 레인지에 올려놓고는 키친타월이 있는 곳으로 천천히 손을 뻗었다. 그는 키친타월에 물을 적셔 바퀴벌레를 죽이고 깨끗하게 닦아 낸 다음, 바퀴벌레가 더 많은 알을 퍼뜨리지 못하도록 바퀴벌레를 싼 종이를 곧바로 변기에 버렸다. 안티시멕스 해충 방제 회사에서 나온 파란색 종이로 된 끈끈이가 몇 주 동안 여기에 놓여 있었다. 지난 목요일에 소독약 뿌려 주는 남자가 여기에 와서 오븐과 싱크대 사이 그리고 냉장고와 냉동고 사이에 치약처럼 생긴 바퀴벌레약을 새로 철저히 뿌렸다. 그래도 바퀴벌레는 계속해서 나왔다. 두 종류가 있는데, 한 종류는 조금 더 검은색이었고 다른 종류는 더 빨간색이었다. 그런데 약을 먹고 죽을 때면 바퀴벌레들은 똑같은 모습이었다. 그들은 다리를 접은 채로 바닥에 등을 대고 누워 있었다. 바퀴벌레의 긴 더듬이들은 마치 풀잎처럼 이리저리 넘실거렸다. 바퀴벌레들은 잡기 편한 모습이었다. 그곳에 누워 죽어 있는 상태로 젖은 키친타월로 뭉개질 준비가 된 것이다. 그는 항상 바퀴벌레 한 마리당 키친타월 한 장을 사용했다. 그러면 키친타월을 더 오랫동안 사용할 수 있었다. 키친타월 두 장을 쓰게 될 경우 바퀴벌레 두 마리를 죽여야 했다. 그렇게 해서 모두에게 더 공정해지고 키친타월 사는 데 불필요하게 많은 돈을 계속해서 쓰는 일을 피할 수 있게 되었다. 이것은 그의 주장이 아니었다. 그의 아버지의 주장이었다. 한 번에 한 장, 물을 적실 거면 두 장. 누가 화장실에 들어가 있으면 그는 문밖에서 이렇게 소리 질렀다. 난 물에 적실 거예요. 아들이 말했다. 그러면 두 장을 써도 되지. 아버지가 말했다. 아들은 휴지 두 장을 뜯어내 물을 적셔서 닦았다. 이제 깨끗한지 확인하기 위해 한 장을 쓰면 된다. 아버지는 가르쳤다. 휴지를 전부 사용해. 어머니가 주방에서 소리쳤다. 엄마 말 듣지 마라. 아버지가 말했다. 아들은 시키는 대로 했다. 빌어먹을 인생 내내 지시받은 대로 하며 살았다. 이제는 바꿔야 한다는 생각이 들자 그는 펜을 집어 들었다. 그는 아버지가 여기에 머무는 게 이번이 마지막이라고 쓰지 않았다. 그는 가족 원칙을—아버지의 원칙을—깨뜨리고 싶다고 쓰지 않았다. 그 대신 이렇게 썼다. *아버지, 잘 오셨어요. 무탈한 비행이 되었기를 바라요. 여기 아버지의 우편물이 있어요. 무슨 일이 일어난 건 아닌지 걱정되니 잘 도착하셨는지 시간이 되실 때 꼭 연락 주세요.*

아들은 전등을 끄고 복도로 나왔다. 안쪽 문을 잠그고, 바깥쪽 문을 잠그고, 안전 자물쇠를 잠갔다. 그런 다음 확실히 점검하기 위해 테스트를 해 보고는 안전 자물쇠를 다시 잠갔다. 그 후 사무실에서 나와 집으로 걸어갔다. 그러다가 이중으로 확인하기 위해 다시 돌아가 안전 자물쇠가 제대로 잠겨 있는지 살펴보았는데, 그는 안전 자물쇠 잠그는 것을 잊지 않았고 제대로 잠겨 있었다. 그는 리모델링 중인 식당가가 있는 광장을 지나갔고, 모퉁이에 있는 식료품 가게를 지나쳤다. 그 가게를 운영하는 주인은 친절하지만 혼란스러워하는 나이 든 남자로 가게에서 생활하는 듯했는데, 이제는 완전히 문을 닫아 버린 것 같았다. 그는 태국 건강 마사지 체인의 광고판, K&N 미용실, 탑처럼 생긴 초록색 간이 화장실, 반려견 돌봄 서비스('1957년부터 시작한 반려견의 헌신적인 친구'), 페미니즘 스탠드업 코미디, 자전거 수리 그리고 줌바 댄스 강좌에 관한 A4 사이즈의 광고 복사물들이 붙어 있는 게시판 앞을 지나갔다. 지하철역, 폐점한 에스프레소 카페, 폐점한 드라이클리닝 세탁소 앞을 지나갔다. 그는 늘 거지가 앉아 있는 그 장소를 향해 고개를 끄덕거렸지만 지금 그곳에는 아무도 없었다. 거기에는 몇 장의 담요, 빈 사발 그리고 거지의 아이 사진이 들어 있는 찢어진 상자가 있었다. 아들은 왼쪽으로 돌아 보도를 걸어 내려가고, 인조 잔디가 깔린 커다란 축구장을 지나 이제 막 아스팔트가 깔린 자갈길을 지나고, 빨간색 탈의실과 며칠 전부터 나무가 바람에 쓰러져 있었지만 누구 하나 아직 그것을 치우지 않은 숲길을 지나갔다. 주택가를 지나 회전교차로와 건설 현장을 지나갔다. 그가 기어서 침대 안의 여자친구 곁으로 들어가자, 잠에 취해 있던 여자친구가 중얼거렸다. 아버지 만났어? 오늘은 못 만났어. 그가 속삭였다.

목요일

잊힌 아버지인 할아버지가 절대로 도착하지 않을 공항 버스를 기다리고 있다. 그는 아프다. 죽어가고 있다. 콜록거리며 폐를 토해 내고 있다. 그는 곧 눈이 멀 것이고 아마 오늘 밤을 넘기지 못할지도 몰랐다. 모든 것이 자식들의 잘못이었다. 추운 가을 날씨, 염치도 모르는 택시비며 지루하기 짝이 없는 텔레비전 채널만 있는 이 엿 같은 나라. 그가 이곳에 이삿짐을 막 풀었을 때의 장면이 아직도 눈에 선했다. 제일 먼저 날씨, 그다음은 어린이 프로그램—금박 눈과 해골처럼 생긴 손을 붙인 두 가지 색깔의 양말이 행복한 사회에 다다르기 위해 계급투쟁이 얼마나 중요한지에 관해 서로 이야기를 나누고 있었다. 그런 다음 또 날씨. 그다음에는 아이들이 화상을 입었을 때 어떻게 대처하면 되는지(옷을 입은 채로 샤워실에 데리고 들어가 이십 분 동안 *차갑지는 않고 시원한* 물을 뿌려 주면 된다.)에 관해 중앙정부에서 정보를 제공하는 특별 방송, 그다음으로는 장거리 스케이트를 탈 때 스파이크가 얼마나 중요한 물품인지에 관해 조언해 주는 프로그램, 그다음으로 뉴스, 그다음으로 날씨, 그다음에는 저녁 영화. 항상 그렇듯이 100퍼센트 옛날 영화로, 라틴 아메리카의 시인들이나 우크라이나의 양봉업자에 관한 다큐멘터리 영화였다. 그래도 잠이 오지 않을 때면 그는 밤새 자지 않고 텔레비전과 시간을 보냈다. 비록 혼자라고 느꼈다 할지라도, 그의 곁에는 그녀가 있었기 때문에 그는 혼자가 아니었다. 그가 이곳으로 오게 된 것도 그녀 때문이었다. 그녀는 그로 하여금 모든 것을 버리게 했다. 그것은 자유로운 선택이 아니었다. 사랑은 자유로운 선택과는 정반대였다. 사랑은 100퍼센트 비민주주의였다, 유권자의 99퍼센트가 콧수염을 기른 그, 유니폼을 입은 그, 군인 배경을 가진 그에게 투표했다. 큰 가로수길을 따라 자리를 잡은 편의점마다, 미용실마다, 카페마다 그런 그의 모습을 초상화로 그려 놓았는데, 혁명이 종결되자 옛날 초상화들이 정리되고 버려져서 발로 밟히고 불태워졌다. 콧수염과 군인 배경을 지닌 전임자는 진정한 지도자가 아니며 부패한 사람이었고 가치를 인정받을 만큼 이 나라를 잘 관리하지 못했다고 주장하는 군인 배경에 콧수염을 기른 다른 사람의 이미지로 대체되었다. 그가 최소한의 자유를 가지고 있었을 때, 그녀 가까이에 있지 못한다면 지옥에 떨어지는 거라는 것이 그가 아는 전부였을 때 그가 최고로 행복했기 때문에 아버지는 사랑은 독재이며 독재는 좋은 거라고 생각했다. 그녀. 그의 아내. 그의 전 아내. 실패한 혁명으로부터 그가 배운 것이 하나 있다면, 그것은 강한 남자인 것에 이점이 있다는 사실이었다. 사람들의 표에는 본질적 가치가 없었다. 사람들은 바보였다. 사람들은 개미에 불과했다. 그들은 자신의 최선이 무엇인지 몰랐다. 곳곳에 개미탑을 짓지 않고 듣도 보도 못한 여름 별장에 떼 지어 들어가기 때문에 통제받을 수밖에 없다. 누가 이런 말을 했는지는 기억이 나지 않았다. 혹시 그 자신이 생각해 낸 것인지도 모르겠다. 그는 세상 사람들을 전부 모아 놓은 것보다 100퍼센트 더 똑똑하기 때문에 당연히 그럴 가능성도 있었다. 그는 일반 사람들이 용기 내어 알고자 하지 않는 것들을 알고 있었다. 중국 사람들이 곧 세상을 지배하게 될 것을 그는 알고 있었다. 세계의 미디어를 지배할 권력자 열명 중 아홉은 유대인이라는 것도 알고 있었다. CIA가 세계 무역센터 공격의 배후라는 사실을 알고 있었다. NASA가 인간이 달에 착륙했다고 거짓으로 꾸며 냈으며 FBI가 맬컴 X, 루터 킹, JFK, 존 레넌과 J. R. 유잉을 살해했다는 사실도 알고 있었다. 사람들이 신용카드로 물건값을 계산하기를 은행들이 무척 바란다는 사실을 잘 알고 있었다. 그렇게 해야 그들이 우리를 감시하에 둘 수 있고, 우리가 어디에 있는지 알 수 있고, 보잘것없는 인간 한 명 한 명을 완벽하게 통제할 수 있으며, 그렇게 해야 마치 개미처럼 우리를 위에서부터 지배할 수 있기 때문이다. 그러나 인간은 개미가 아니다. 인간은 개미보다 똑똑하며, 개미보다 크고, 지능을 갖추고 있다. 우리 인간에게는 언어가 있고, 다리가 여섯 개가 아니라 두 개이며, 더듬이 대신 손을 가지고 있다. 우리 인간은 땅에 배를 깔고 기어가는 대신 꼿꼿이 서서 직립 보행을 한다. 이것은 우리 인간들이 독재자에게 지배받는 것을 절대로 수용하지 않는 여러 이유 가운데 몇 가지일 뿐이다.

할아버지는 비행기에서 자기 옆에 앉는 행운을 누리게 된 여성에게 이 모든 것을 설명하려 했다. 그녀는 그의 이런 지식에 감동했다. 하지만 그녀의 가엾은 뇌는 이 모든 정보를 한 번에 집어넣기 버거웠다. 식사가 끝나자 그녀는 하품을 하기 시작했고, 잠을 좀 청해야겠다고 말했다. 좀 자요. 할아버지가 말했다. 할아버지는 작은 와인 두 병을 마시고는 세 번째 병은 핸드 캐리어에 숨겼다. 잘 자요. 진실은 찔끔찔끔 소량으로 취하는 것이 가장 좋지. 그 여자는 잠을 청하더니 바로 깊은 잠에 빠졌다.

지금 그는 보도에 서 있다. 바람이 비스듬히 불어온다. 자동차 한 대가 가까이 다가왔다. 혹시 저걸까? 저건 아니겠지? 아니다, 그의 자식들이 아니었다. 그의 아들은 집에서 음악이라고 할 수도 없는 음악을 듣고 있었다. 그의 딸은 나가서 술을 마시고 있었다. 그들은 자기 자신 생각만 했다. 할아버지는 그 자동차 안에 있는 여자를 알아보았다. 비행기에서 그의 옆자리에 앉았던 바로 그 여자였다. 그들의 눈길이 교차했다. 그녀가 운전석의 남자에게 말했다. 자기 차 좀 세워! 비행기 안에서 저기 있는 재미있는 남자분하고 유용한 대화를 나누었어. 대담한 생각을 가지고 계시더라고. 저기 있는 분 말이야. 피곤해 보이네. 우리가 저분을 집까지 모셔다 드리면 이렇게 바람 부는 곳에 서서 공항버스를 기다리지 않아도 될 텐데. 할아버지가 미소 지으며 자동차의 헤드라이트를 향해 손을 높이 쳐들었다. 여자가 눈을 돌렸다. 운전석의 남자가 앞으로 몸을 숙이자 그와 시선이 맞닿았다. 남자는 고속도로를 향해 가속 페달을 밟았다.

할아버지인 아버지는 그럭저럭 시티터미널로 가는 버스를 타는 데 성공했다. 마지막 남은 힘으로 짐을 들고 빨간색 지하철 라인까지 내려왔다. 마침내 그가 목적지인 지하철역에서 내렸을 때는 밤 1시 30분 가까이 되었다. 그는 오렌지색 헤드폰을 끼고 의심이 많아 보이는 커다란 눈동자를 지닌 친절한 턱수염 남자의 도움으로 짐을 들고 계단을 올라갔다.

할아버지는 숲을 통과하고 식료품 가게와 레스토랑을 지나서 걸어갔다. 그는 아들의 사무실 현관 앞에 서 있다. 가방을 들고 계단을 올라갈 힘이 없다. 그는 포기했다. 맥없이 주저앉았다. 그가 다시 일어나 온 힘을 끌어모았다. 그에게는 여력이 있었다. 바로 힘이 났다. 그는 현관문을 열고 고군분투하며 가방들을 2층까지 끌고 올라갔다. 그런 다음 옷을 입은 채로 소파에서 잠들었다. 휴대폰을 충전할 여력이 없었다. 양치질할 시간도 없었다. 그가 할 수 있었던 일은 TV4를 켜는 것뿐이었고, 잠들 수 있을 만큼 음량을 조정해 놓았다.

*

육아 휴직 중인 아들은 컨디션이 좋지 않은 날에는 3시 50분 그리고 좋은 날에는 4시 30분에 일어났다. 한 살짜리 아이가 제일 먼저 잠에서 깨곤 했는데, 간혹 아기 침대 안에 있는 그림책과 봉제 동물 인형을 물어뜯으며 조용하게 있기도 했지만, 십오 분 정도 지나면 인내심을 잃고 일어나고 싶어 했다. 아이는 일어서서 문을 가리켰고, 무우우 하고 소리쳤다. 밤새 차고 있던 기저귀에 아침 배변을 한 상태여서 언제라도 새어 나오기 시작할 위험이 있었다. 마침내 아빠가 불을 켜자 한 살짜리 아이가 웃기 시작하며 아기 침대에서 몸을 일으켜 나오려고 했다. 네 살짜리 딸은 5시 정도에 일어나 헝클어진 머리에 실눈을 뜨고서 자기 방에서 나온다. 그 아이는 젖병을 가지고 와서 계속 그것으로 마시려 하고, 아빠는 이따금 젖병 대신 유리컵이나, 플라스틱 머그잔, 아니면 정말로 멋진 스포츠 물병으로 마시면 어떻겠냐고 제안했다. 그렇지만 딸은 단호하게 거부했다. 그 아이는 자기 젖병을 계속 사용하려 했다. 그냥 쓰게 둬. 아기 때 사용하던 마지막으로 남은 자기 물건이잖아. 엄마가 말했다. 그래서 아빠는 아이가 그것을 계속 간직하게 했다. 하지만 동시에 딸이 그걸 사용하는 것은 그만두기를 바란다고 했다. 그는 딸에게 네가 네 살인데 젖병을 들고 돌아다니면 어린이집 친구들이 그걸 보고 놀릴 가능성이 크다고 말했다. 친구들이 베이비걸이나 젖병 바보 아니면 뭐라고든 놀려댈 거라고, 그래서 아빠는 네가 반드시 젖병을 끊어야 한다고 생각한다고 말했다. 딸은 별문제 없다는 듯 그를 쳐다보며 어깨를 으쓱했다. 난 상관없어. 아이가 이렇게 말하고는 권총을 차듯 파자마 바지의 고무 밴드에 젖병을 집어넣었다. 들었지? 엄마가 샤워를 마치고 젖은 머리로 나타나 커피 머신에서 커피를 내리며 말했다. 그 엄마에 그 딸이지. 그가 말했다. 어쨌든 이번 경우에는 아빠하고는 많이 다르네. 그의 여자친구가 말했다. 그녀가 웃으면서 그의 뺨에 살짝 키스했다. 나 5시에 집에 올게. 그녀가 이렇게 말하며 싱크대 앞에 서서 자기 커피를 마셨다. 그는 당신이 5시에 온다면 역사를 새로 쓰는 거지. 그런 적이 한 번도 없으니까, 라고 생각했지만 아무 말도 하지 않았다. 장 볼 거 있으면 문자 메시지 보내. 그녀가 말했다. 문제없어. 내가 해결할게. 그가 말했다.

그녀는 지하철역을 향해 걸었다. 새로운 머리 스타일에 외투를 걸치고 장갑을 끼고 새 가방을 들었다. 그녀가 집에서 세상 밖으로 나올 때면 아주 프로페셔널해 보였다. 그는 난장판이 된 집 주방에 남아 있었다. 모닝 가운을 입은 채로 코흘리개 한 살짜리 아이를 어깨에 메고. 네 살짜리 딸아이의 죽 묻은 손이 어느새 주머니에 도장을 찍어 놓았다. 한 살짜리 아이가 보행기를 타고 온 집 안을 돌아다니다가 카펫이나 모서리에 낄 때마다 화가 나서 큰 소리로 울어 댔다. 네 살짜리 아이는 배변을 위해 화장실에 같이 가 주기를 원했지만 동시에 아이가 배변할 땐 절대로 보지 말아야 했다. 아이는 화장실에 혼자 있는 것을 무서워했기 때문에, 가까이 서 있어야 하지만 등을 돌리고 있어야 했다. 한 살짜리 아이가 소파 위로 올라가 액자 가장자리를 잡고 끌어 내리려고 했다. 네 살짜리 아이는 동화를 읽고 싶어 했는데, 한 살짜리 동생이 듣고 싶어 하지 않도록 충분히 무서운 동화여야만 했다. 한 살짜리 아이가 다시 배변하자, 네 살짜리 아이도 변을 보고 싶어 했다. 한 살짜리 아이는 기저귀 갈 때 사용하는 높은 탁자에 가만히 누워 있으려 하지 않았고, 그가 네 살짜리 아이한테 한 살짜리 아이가 가지고 놀 장난감을 가져오라고 부탁하자, 네 살짜리 아이가 반짝거리는 보랏빛 머리를 지닌 트롤이 달린 펜을 가지고 돌아왔다. 아빠는 네 살짜리 아이한테 고맙다고 말했다, 그리고 한 살짜리 아이는 트롤을 바라보다가 그것을 기저귀 탁자 옆 바닥으로 악취탄처럼 떨어뜨렸다, 그런데 사실 바닥은 그가 생각했던 바닥이 아니고 뚜껑이 열려 있는 변기였다, 트롤은 변기 안으로 떨어졌다, 트롤의 머리 모양이 긴 머리로 바뀌었다, 트롤은 배를 쳐든 채 둥둥 떠서 죽은 것처럼 보였다, 네 살짜리 아이가 처음에는 미친 듯이 웃어대다가 이내 큰 소리로 울음을 터뜨렸다. 그는 손에서, 하얀 플라스틱 매트에서, 한 살짜리 아이의 궁둥이에서 질척질척한 액체 상태의 황록색 변을 물티슈로 닦아 낸 다음 새 기저귀를 채우고 한 살짜리 아이 주의를 다른 곳으로 돌려 놓았고 동시에 네 살짜리 아이를 달랬다, 그런 다음 비닐봉지를 가져와 오른손에 끼고 변기에 집어넣어 트롤을 건져 올렸다. 한 살짜리 아이가 현관에 있는 서랍장을 손으로 붙잡고 일어서더니 자신이 넘어지지 않은 것에 흥분해서 소리를 질렀다. 네 살짜리 아이가 동생을 도와 걷게 했지만 오히려 넘어뜨리고 말았다. 한 살짜리 아이가 울음을 터뜨렸다. 네 살짜리 아이는 웃음을 터뜨렸다. 한 살짜리 아이가 사라졌다. 그들은 거실 테이블 밑에 웅크리고 들어가 입에 플라스틱 구슬 두 개를 물고 있는 아이를 발견했다. 아빠는 한 살짜리 아이를 네 살짜리 아이의 방으로 안고 갔다. 모두 옷을 갈아입었다. 네 살짜리 아이는 축구 유니폼 반바지와 셔츠를 입고 싶어 했다. 그는 겨울이라고, 어쨌든 늦은 가을이라고 설명했다. 그러자 아이는 긴바지를 입고 그 위에 반바지를 입길 원했다. 아빠는 포기했다. 한 살짜리 아이가 사라졌다. 그들은 침실 안 모서리가 날카로운 금속으로 된 침대맡 탁자 옆에 있는 아이를 발견했다, 아이는 모서리가 너무 날카로워서 끼워 둔 흰색 플라스틱 보호캡을 방금 벗겨 내고 말았다. 네 살짜리 아이는 듀플로*를 가지고 놀고 싶어 했다. 그런데 아빠가 꼭 같이 놀아야 하고 한 살짜리 아이는 같이 놀아선 안 되었다. 한 살짜리 아이만 빼고 함께 듀플로를 가지고 놀았다. 입에 뭐라도 넣기만 하면 만족스러운 표정을 짓는 한 살짜리 아이는 저 멀리 떨어져 있었다. 아빠는 한 살짜리 아이를 달래 엄마가 사용하는 귀마개 한쪽을 아이 입에서 꺼냈다. 아이가 소리를 지르기 시작했다. 네 살짜리 아이는 주차장을 짓고 있었다. 한 살짜리 아이는 주차장을 허물고 있었다. 네 살짜리 아이가 한 살짜리 아이에게 공을 던졌다. 한 살짜리 아이는 그것이 놀이라고 생각해 공을 가져와 네 살짜리 아이에게 주었다. 네

* 레고 사(社)에서 판매하는 유아용 블록.

살짜리 아이는 그 공을 숨겼다. 한 살짜리 아이가 레고 타이어 하나를 발견해 입속에 집어넣었다. 아빠는 10분 전 변기에 집어넣었던 손과 같은 손으로 한 살짜리 아이의 입에서 레고 타이어를 끄집어냈다. 네 살짜리 아이가 듀플로를 가지고 노는 게 이제 재미없다고 말했다. 한 살짜리 아이는 눈을 반복해서 세게 문지른다. 아빠는 시계를 들여다보고 네 살짜리 아이를 어린이집에 데려다줘야 할 시간이 한 시간 반 남은 것을 알아차렸다. 그는 시간이 좀 더 빨리 갔으면 하는 바람이 있었고, 어린이집에 한 살짜리 아이의 자리가 났으면 하고 바랐다. 때로 그들이 아침 전식을 먹어야 할 때, 그러니까 네 살짜리 아이가 어린이집에서 먹는 아침 식사의 전식으로 그들이 먹는 아침을 먹어야 할 때, 그는 네 살짜리 아이와 어른들 일에 관해 이야기했다. 그는 신문을 펼쳐 필리핀 대통령의 사진을 보여 주었다. 그리고 폭동이 무슨 의미인지 설명했다. 휴머니즘적 기부는 먹을 것이 없는 사람들한테 정말로 필요한 거라고 말했다. 네 살짜리 아이가 고개를 끄덕였고 이해하는 것처럼 보였다. 잠시 후 아이가 목에 줄을 매고 있는 사람들은 모두 대통령이라고 말했다. 아빠도 동의했다. 신문에서 넥타이를 매고 있는 사람을 보게 되면 그들은 주로 대통령이거나 어쨌든 정치가야. 아빠가 말했다. 전식 아침 식사 후에 그들은 지저분해진 옷을 갈아입었다. 그런 다음 우주과학자나 호랑이 가족 놀이 또는 도둑과 경찰 놀이 또는 화염 방사기와 소방대원 놀이 또는 코뿔소가 화가 나서 뿔로 받으려 하고 한쪽 발로 바닥을 구르는 코뿔소 놀이를 했다. 그런 다음 그가 한 살짜리 아이의 기저귀를 마지막으로 갈아 주고 나면 어린이집에 갈 시간이었다. 네 살짜리 아이는 스스로 옷을 갈아입었다. 모든 것이 시합이었고, 플리스 재킷을 제일 먼저 입는 사람이 이기는 것이었다. 내가 이겼어. 오버올*을 제일 먼저 입었으니까. 네 살짜리 아이가 외쳤다. 내가 또 이겼어. 엘리베이터 버튼을 가장 먼저 눌렀으니까. 나는 정말 세상에서 제일 빠른 사람이야. 아빠는 고개를 끄덕이며 아이가 정말 유별나게 빠르고 믿을 수 없을 정도로 똑똑하며 실력을 요구하는 모든 것에 뛰어나다는 것에 동의했다. 그런데…… 그와 동시에 그는 마음속 깊은 곳 어딘가에서 속삭이는 말을 들었다. 퍽도 그러겠다. 넌 절대로 모든 것에 최고가 아니야. 예를 들어 원하기만 했다면 내가 *기가 찰 정도로* 빠르게 옷을 입었을 거야. 내가 힘을 쓰기만 하면 너를 *아주 쉽게* 쓰러뜨릴 수 있어. 암산도 너보다 훨씬 잘해. 3 더하기 3을 계산할 때 나는 손가락을 쓸 필요가 없거든. 네가 알파벳을 전부 안다는 사실에 사람들이 무척 놀라지? 나도 그걸 안단다. 전부. 너보다 훨씬 더 잘.

그들은 엘리베이터에서 나와 집고양이 엘친을 쓰다듬어 주기 위해 멈췄다가 언덕을 계속 올라가고 거리를 가로지른 뒤 새가 목욕하는 분수가 있는 작은 광장, 보건소, 카페, 미용실 세 곳, 발 미용실 한 곳 그리고 요양원 앞을 지나갔

* 아래위가 한데 붙은 작업복.

다. 한 살짜리 아이가 눈을 반복해서 세게 문질렀다. 네 살짜리 아이는 앞에 서서 뛰었다. 외투 보관실에 *필요하면 신발 커버 두 개를 사용하세요*라고 적힌 쪽지가 붙어 있었다. 그런데 아빠만 주로 신발에 비닐 커버 한 개를 사용했다. 두 개를 사용하는 것은 낭비라고 느꼈다. 게다가 밖에 비도 내리지 않았다. 그는 한 살짜리 아이를 가슴에 안고 있었다. 그는 항상 인사하는 부모들에게 인사를 건넸지만 결코 대화를 나누지는 않았다. 네 살짜리 아이가 자기 반으로 뛰어 들어갔다. 레페가 아침 식사 카트를 밀고 들어오기 직전에 도착했다. 오늘도 어린이집에 잘 맡겼다. 네 살짜리 아이가 두 친구 사이에 있는 의자에 올라가 잘 가라고 손짓했다. 아빠는 그들이 어찌 지내는지 어린이집 교사에게 물었다. 청소부에게 인사도 했다. 그가 유리문 밖에 서 있다가 모퉁이 뒤에서 우스꽝스러운 모습으로 나타나자 네 살짜리 아이가 웃어 댔다. 그는 한 번 그렇게 했다. 두 번. 세 번. 네 번 그렇게 하자 딸이 싫증을 냈다. 아빠가 매번 새로운 표정으로 나타났음에도. 그는 외투 보관실로 다시 돌아왔다. 딸이 그를 보고 재미있다고 생각하는 것이 그가 원한 전부였다. 그리고 아이의 친구들이 그가 좋은 아빠라고 생각하는 것. 그 친구들의 부모도. 어린이집 선생님들도. 그리고 청소해 주는 분들도. 그는 애를 먹으며 신발 커버를 벗겨 낸 다음 반쯤 잠든 한 살짜리 아이를 가슴에 안고 유아차를 향해 밖으로 나가면서, 얼마나 아프면 누가 나를 알아주었으면 하는 느낌 없이는 어린이집에 아이를 맡길 수 없느냐는 생각이 들었다. 그가 망가져 버렸다는 또 하나의 증거는 다른 모든 사람들처럼 행동하지 않는 것이었다. 일반 사람들이 특별한 노력 없이도 하는 일들을 그가 몹시도 어렵게 하는 이유를 설명해 주는 어떤 일이 그의 삶에 분명히 일어났다.

한 살짜리 아이는 유아차에서 잠들었다. 아빠는 물가로 내려가 오리들을 바라보았다. 한 쌍의 노년 부부가 상대방의 팔 아래에 자기 팔을 끼고 힘겨루기를 하고 있었다. 출산 후 육아 휴가 중인 엄마들이 햇살 가득한 벤치에 앉아 한쪽 발로 유아차의 뒷바퀴를 밟은 채 사과를 먹고 있었다. 개 두 마리가 저 아래 부둣가 부근에서 뛰어놀고 있었다. 잔디에 얇은 서리가 하얗게 내려 있었다. 산책로의 자갈은 기온이 영하에 가까워지면서 무척 딱딱해져 있었다. 아빠인 아들은 갑자기 만족감을 느꼈다. 딸은 어린이집에 있고 아들은 자고 있었다. 그가 잘 처리했다. 여느 때처럼 매우 평범한 평일 아침이었다. 다른 부모들이 문제없이 처리하는 일이었지만, 그는 허덕거리며 분투해야만 했다. 그런데 오늘은 가능했다. 내일도 가능할지도 몰랐다.

그는 아버지에게 전화할 준비가 되었다고 느꼈다. 그는 휴대폰을 들었다. 아버지의 스웨덴 전화번호로 전화를 걸었다. 전화를 받지 않았다. 그는 문자를 보냈다. 휴대폰을 집어넣었다. 다시 전화를 걸었다. 그는 물가 근처에서 왔다 갔다 했고, 네 살짜리 아이의 다섯 번째 생일 전에 준비해야 할 물건 목록을 죽 살펴보았다. 오리들을, 노부부를, 출산 후 육아 휴가 중인 엄마들을 보려 했지만, 살펴보려 했지만, 그의 머릿속에 떠오른 것은 오로지 아버지였다, 전화를 받지 않는 혹시 살아 계시지 않은 아버지였다. 그는 침착해지려고 애썼다. 조급함이 가라앉았다. 그는 유아차 안에 잠들어 있는 아들을 밖에 두고 카페 안에 들어갔다. 무슨 일이 일어날지도 몰랐지만 걱정이 되지는 않았다. 세상을 못 믿는 바는 아니었지만, 혹시라도 모르는 일이어서 안전을 위해 유아차를 야외 테이블에 고정하고 자물쇠로 잠갔다. 모든 부모가 그렇게 한다. 한 살짜리 아이에 대한 책임이 있을 때 좀 더 조심하려고 하는 것은 전혀 이상할 게 없었다. 그는 테이크아웃 잔을 들고 나왔다. 햇빛이 내리쬐고 있었다. 그는 물가로 돌아왔다. 반대편에 갈라진 바위틈이 보였다. 그 안으로 곧장 들어가 하늘을 올려다보면 바위 가장자리가 액자 틀 역할을 하게 되어 새로운 구름의 모습을 또렷하게 볼 수 있었다. 왼편에는 알프레드 노벨이 폭파 실험을 하던 구덩이가 있었다. 여기서 일반인들로부터 안전하게 거리를 두고 다이너마이트를 실험했다. 1만 6000킬로그램의 니트로글리세린을 생산했지만 1868년과 1874년 사이에 폭발 사고로 인한 사망자들이 생겨나자 생산 공장을 만(灣)의 남쪽 끝자락으로 옮기고 방어물을 둘러서 쌓았다는 안내문을 그는 읽었다. 방어물의 구멍들이 기형적인 얼굴 모습과 유사하고 녹슨 안내판의 영어 번역은 읽기 어려울 정도라는 사실을 곧 잊어버리게 될 것임을 그는 알고 있었다. 그렇지만 그는 숫자와 연도 그리고 니트로글리

세린의 정확한 양을 기억하게 될 것이다. 그는 자갈길을 계속 걸었다. 나무로 만들어진 선창에 다다르자 유아차 끄는 소리가 들리지 않았다. 그는 선창 끝에 멈춰 섰다. 물, 하늘, 바람, 섬들, 수평선, 보트들, 파도, 새들. 그는 자신이 보는 것들을 눈에 담으려고 애썼다. 분명 다른 누군가는 이것들을 잘 묘사할 수 있을 것이다. 그렇지만 그는 이것을 잘 묘사할 수가 없었다. 그래도 그곳에 서서 그것들의 일부를 느낄 수 있었다. 이윽고 그는 휴대폰을 들어서 아버지에게 전화를 걸었다. 여전히 전화를 받지 않았다.

*

약국 직원을 알지 못하는 여동생은 그래도 밖에서 기다리고 싶어 했다. 왜 우리는 같이 들어갈 수 없는 걸까? 자신을 그녀의 남자친구로 생각하는 것 같은 그가 물었다. 왜냐하면 난 여기에 있고 싶으니까. 그녀는 이렇게 말하고 밖에 남아 있었다. 그래도 왜? 그가 다시 물었다. 그러니까. 그녀가 대꾸했다. 대체 넌 몇 살이야? 그가 이렇게 말하고는 안으로 들어갔다. 그런데 그의 목소리에 가벼움이 담겨 있고 입술에 영구적인 미소가 그려지는 것을 볼 때 그렇게 말하는 것이 그저 모욕이 아니라 오히려 칭찬으로 들렸다. 그녀는 몇 살일까? 어쨌든 그녀는 그와 함께할 정도로 충분히 나이가 들었고 그녀가 원하지 않는 무언가를 하기에는 너무 나이가 들었다. 절대로 더는 안 된다. 그런 결과들을 이해하기에는 너무 어렸을 때 그녀는 한 번 속은 적이 있었다.

그녀는 버스 정거장으로 걸어갔다. 아버지에게 전화를 걸었다. 전화를 받지 않았다. 남자친구가 약국 안으로 들어가는 모습이 쇼윈도를 통해 보였다. 그, 그리고 그의 흉내 낼 수 없는 자세. 저렇게 느긋한 자세로 걷는 올림픽 종목이 있다면 아무도 메달을 노리지 못할 것이다. 계산대 뒤의 여자가 그에게 인사를 건넸지만, 그는 선반 위에 걸린 팻말을 읽는 데 정신이 팔린 상태였다. 그는 실눈을 뜨고 들여다보았다. 먼저 치위생 제품들이 있는 선반으로 갔다가 콘돔, 경구 피임약 그리고 임신 테스트기가 있는 선반의 위치를 물어 그곳으로 갔다. 그는 같은 상자 두 개에 적혀 있는 성분표를 읽었다. 그런 다음 그는 상자 두 개를 들고 계산대로 가서 계산했다. 그가 작은 초록색 봉투에 그 제품들을 담아서 돌아왔다.

넌 공식적으로 사회 부적응자야. 그녀가 말했다. 지금은 뭐가 문제야? 그가 물었다. 그녀가 너한테 인사하는 거 몰랐어? 누구? 그가 또 물었다. 계산대 뒤에 있는 여자. 네가 들어갔을 때 나는 그녀가 너한테 인사하는 걸 봤어. 그런데 넌 그냥 지나가 버리더라고. 여기서 그걸 봤어? 그럼 우리 둘 중 진짜 사회 부적응자가 누구야? 그가 말했다. 그는 미소를 지으며 그녀에게 봉투를 건넸다. 그들은 그녀의 집으로 걸어갔다. 그녀는 엘리베이터를 타고 올라갔고 그는 계단으로 올라갔다. 여느 때와 똑같이.

그들이 처음으로 함께 산책을 하던 날 그녀는 그들의 성

관계가 얼마나 좋든 상관없이, 함께 시간을 보내며 TV 프로그램을 시청하고 서로의 육체 곁에서 잠을 깨는 것이 얼마나 편안한지 상관없이, 자신이 진지한 관계를 찾아 헤매는 건 아니라는 사실을 분명히 해 두고자 했다. 동의하는 거지? 우리는 서로에게 필요한 것을 만족시켜 주는 성인으로서의 관계 그 이상도 이하도 아닌 거지? 그녀가 말했다. 그렇지만 젓가락처럼 둘로 나뉘는 새로운 상대를 끊임없이 찾으려 하는 누군가와 진지한 대화를 나누는 것이 약간은 힘들었다. 그는 돌을 발견했고 그것을 다른 돌에 끼워 맞추려 했다. 자기 내 말 듣고 있는 거야 응? 그녀가 물었다. 당연하지. 그가 대답하고는 규모가 대단히 큰 개미탑을 가리켰다. 내가 무슨 말을 하려고 하는지 알겠어? 그녀가 다시 물었다. 그렇고말고. 나도 똑같이 느껴. 그런데 저건 뭐야? 그가 말했다. 그는 숲길 한가운데에 서 있는 오렌지색의 교통 안전 고깔을 가리켰다. 이런 게 나를 정말 피곤하게 해. 그가 말하고는 교통 안전 고깔을 들어서 주차장으로 옮겨 놓았다.

몇 주 후 그녀는 다시 시도했다. 그녀는 그를 사랑하지 않는다고 말했다. 그들이 만난 이후 분명히 매일 밤 같이 자기는 하지만 자신은 남자친구한테 쏟을 시간이 없다고. 그녀는 엮이고 싶지 않았다, 그녀는 커리어가 있으며 그 무엇보다 자유에 최고의 가치를 두었다. 그녀에게는 어떻게든 맞춰야 하는 마감 시간이 있고 아첨을 떨어야 할 고객이 있으며 감명시켜야 할 상사가 있고 만나야 할 친구들이 있었다. 친구들이 더 그녀와 비슷했다. 친구들은 그녀보다 일곱 살 어리지 않았다. 또한 긴장을 풀고 편안한 마음으로 느긋하게 시간을 보내고 운동을 하고 러시아 장편 무성 영화를 끊임없이 보는 것 말고 다른 것들을 좋아하는 친구들이었다. 이거 한번 봐, 예브게니 바우어*의 마지막 영화야. 그가 말했다. 그는 컴퓨터 화면을 가리켰고, 화면에서는 그가 일시 정지 버튼을 누른 건지 아닌지도 알기 어려울 정도로 이야기가 천천히 진행되고 있었다. 그녀는 그들이 정말로 함께 사는 건 아니라고 그에게 설명했다. 그러자 그가 커다란 갈색 눈으로 그녀를 쳐다보았다. 자기는 나를 사랑하잖아. 그가 말했다. 정말로 사랑하지는 않아. 그녀가 대답했다. 사랑한다니까, 자기가 아직 그걸 이해하지 못할 뿐이지. 그가 이렇게 말하고는 이번만은 예외적으로 미소를 짓지 않았다.

그들이 한 달 남짓 함께 어울려 지냈을 때 그녀는 회사에서 주최한 애프터워크에 그를 데려갔다. 그들은 슬루센에서 버스를 탔다. 햇살이 차창을 통해 비스듬히 비쳤고 그의 문신이 눈부시게 빛났다. 버스가 바이킹 라인 페리 터미널을 지나갈 때 그녀는 자신에게 아들이 하나 있다고 이야기했다. 그는 몇 초간 벌린 입을 다물지 못했다. 애가 있다고? 왜 아무 말도 하지 않았어? 그가 물었다. 안 물어봤잖아. 그녀가 대답했다. 정상적인 경우라면 그런 건 표가 나기 마련

* Yevgeni Bauer(1865~1917). 무성영화 시대 러시아 영화감독.

인데. 그가 말했다. 나는 정상적인 사람이 아니니까. 그녀가 대꾸했다. 이쯤 되면 네가 깨달았어야지. 그 애 이름은 뭐야? 그때 그녀는 차창 밖을 내다보고 있었다. 그녀는 아들의 이름을 뱉어냈다. 그녀가 아들의 이름 중 음절 두 개를 말했을 때 아들이 갓난아기로 그녀의 팔에 안겨 있었다, 아들은 그녀의 목에 코를 처박고 잠들어 있었다, 그녀가 어린이집에 가서 아들을 데려올 때 아들은 그녀를 향해 팔을 뻗었다, 아들은 핸드볼 훈련을 하다가 삐끗하며 바닥을 밟았을 때 과도할 정도로 극적인 표정을 지으며 운동장에서 절뚝거리며 걸어 나갔다, 그 아이는 백팩을 꽉 조여 메고 학교에서 돌아와 친구네 집에 가서 저녁 식사를 해도 좋은지 물었다. 좋은 이름이네. 그녀의 남자친구도 아닌 그가 말했다. 이제 내릴까? 그녀가 이렇게 말하며 일어섰다.

불* 게임장을 향해 내려가는 비탈에서 그녀는 그의 손을 놓았다. 그녀는 향수를 뿌린 동료들을 껴안고 스카프를 맨 상사의 양 볼에 키스했고, 그를 그녀의 남자친구가 아니고 그냥 친구라고 소개했다. 회사는 칵테일과 안주 그리고 불 게임을 마련해 주었다. 그건 일종의 실험이었다. 잘 안 되어야 했다. 그런데 그게 그런대로 잘 돌아갔다. 아는 사람이 없었지만 그래도 그는 불 게임을 성공적으로 해냈다. 또한 워낙 불 게임을 잘하니 스카프로 눈을 가리고 하면 좋았을 뻔했다고 말해서 그녀의 상사의 마음을 사로잡았다.

* 쇠구슬을 이용해서 하는 프랑스에서 시작된 공굴리기 놀이.

그가 화장실에 가자 남자와 여자 두 동료가 각자 따로 그녀에게 몰래 다가와 그가 싱글인지 물어보았다. 유감인데 아니야. 그녀가 대답했다. 왜 그랬는지는 정말로 알 수 없었다. 해가 졌고, 불 게임 공의 먼지가 깨끗하게 사라졌고, 그는 레네*가 영화도 공부했다는 어느 인턴으로부터 과대평가받은 이유를 십 분 동안 이야기했다. 도시 안으로 향하는 다리는 돛대가 높은 배들이 지나갈 수 있도록 일정한 간격을 두고 개방되었다. 퉁퉁거리는 저음이 반대편 수로를 진동시켰다. 우린 지금 잘못된 쪽에 서 있어. 그가 속삭이며 음악 소리가 나는 방향을 향해 휴대폰 나침반을 켠 채 비닐봉지를 가지고 걸어가는 청소년들에게 고개를 끄덕였다.

그들은 반년간 함께였지만 함께가 아니었다. 그보다는 같이 시간을 보냈다고 할 수 있었다. 마침내 그녀가 그에게 아들이 그녀의 집에서 살지 않게 된 이유를 들려주었다. 아들이 열두 살이 되었을 때 상황이 시작되었다. 그렇기는 해도, 아니다, 실제로는 아들이 배 안에 있을 때부터 이미 시작되었다. 그녀는 열아홉 살 때 전 남편을 만났다. 그는 서른다섯 살이었다. 그들은 일 년 후 결혼했다. 처음에 그는 얼마나 멋진 남편이었는지 모른다. 약간 질투가 날 정도로. 그런데 그녀가 파티에 다녀왔을 때 그는 그녀의 휴대폰을 살펴보길 원했다. 때로는 그녀에게 키스하기 위해 그녀가 강의를 듣고 있는 대학 강의실 밖에 불쑥 나타나기도

* 알랭 레네(Alain Resnais, 1922~2014). 프랑스의 영화감독.

했고 그녀와 함께 조별 과제를 하는 남자 급우들에게 자신을 소개하기도 했다. 그녀가 친구를 만나 커피를 마시면 카페를 나올 때쯤엔 부재중 전화가 열일곱 통 와 있었다. 하지만 그녀는 그것을 그가 그녀를 잃을까 염려하는 것뿐이라고 해석했다. 그는 너무도 깊이 사랑에 빠져서 집착이 심해졌다. 이후 그녀는 임신을 하게 되었다. 그러자 그는 그녀가 의도적으로 배 안의 아이에게 해로운 것들을 먹는다고 상상하게 되었다. 그러지 못하도록 감시하기 위해 그가 주방의 쓰레기통을 철저히 살펴보는 바람에 그녀는 초밥도 먹지 않았다. 그녀가 몰래 술을 마시지는 않았는지 확인하기 위해서 주방 유리잔의 냄새를 맡기도 했다. 한번은 그가 그녀의 열쇠를 빼앗고는 그들의 아파트 안에 그녀를 가두기도 했다. 또 아파트 공동 세탁실의 창틀을 박살 내기도 했으며, 그녀가 곧 결혼할 코펜하겐의 친구를 위해 계획해 놓은 브라이덜샤워를 취소하지 않으면 칼로 자살하겠다고 위협하기도 했다. 때때로 그녀는 임신 몇 주 차인지 계산해 보며 그 아이를 지울 수 있는지 궁리하기도 했다. 그러나 그럴 수 없었다. 그녀 안에서 한 생명이 자라고 있었고, 그 아이가 남편에게 결여돼 있는 안정감을 가져다주리라는 확신이 있었다. 이후 아이가 배 안에서 성장하는 걸 멈추었다. 아마도 아이는 이 세상이 신뢰할 수 없는 곳이라고 느꼈던 것 같다. 그녀의 전 남편은 그녀를 비난했고, 그녀는 그를 비난했다. 마침내 아이가 건강하고 강한 모습으로 태어난 뒤 그들이 이혼하는 데는 반년도 채 걸리지 않았다. 법적 소송이

이어졌다. 양육권, 사회복지국의 조사, 변호사와의 상담. 양
측 모두 단독 양육권을 요청했다. 그녀는 아들이 아빠 집
에서 살게 되면 크게 잘못될 수 있어서 걱정스러웠고, 그는
아들이 그녀 집에서 살면 심하게 맞을 거라고 확신했다. 그
거 전부 거짓말이지? 그들이 함께라고 믿는 것 같은 그가
물었다. 그를 바라보면서 그녀는 그가 진심으로 말하는 건
지 궁금했다. 내가 내 아이에게 상처를 입힐 수 있다고 생
각하는 거야? 그녀가 물었다. 물론 나도 성질이 있지. 나도
화를 낼 때가 있어. 하지만 단호하게 말할 수 있어. 나는 절
대로, 그러니까 맹세컨대 결코 내 아들을 때리지 않았어.
절대로 절대로 절대로 절대로 안 그랬어. 그런데 내 전 남편
은 우리 아들에게 내가 어린 그 애를 때렸다고 믿게 했어.
심리적으로 조종해서 거짓된 기억을 갖게 했고, 열두 살이
되었을 때 자기 아빠한테 가야 한다고 믿게 했어. 하지만 우
리는 서로에게 돌아가는 길을 찾게 될 거야. 나는 알아. 확
신해. 그녀의 남자친구가 온 세상이 편안하다고 다시금 느
끼게 하는 양팔로 그녀를 포옹했다. 그가 그녀의 머리에 대
고 숨을 내쉬자 그녀는 치유되었다. 만약 내가 전 남편과 이
야기하기를 바란다면 기꺼이 그렇게 할게. 그가 말했다. 내
생각엔 그렇게 좋게 끝날 것 같지 않아. 그녀가 대꾸했다.

내 아버지는 적어도 일주일에 한 번은 나를 두들겨 팼어.
그가 말했다. 이따금 나는 그 매질에 합당한 뭐라도 해야
했어. 어떨 땐, 뭐랄까, 일종의 어두운 에너지를 배출하기
위해 나를 이용하는 것처럼 느껴졌어. 나는 마치 아버지의

운동 상대 같았지. 그는 손에 플라스틱 슬리퍼를 들고 내 방에 들어와 본때를 보여 줄 필요가 있다는 이유를 찾아내 려고 했지. 내가 통과하지 못한 시험을 발견하기라도 하면 그건 곧 회초리감이었지. 천장에 매달린 전등에 먼지라도 쌓여 있으면 귀싸대기감이었고. 축구 연습하다가 새 축구 화에 긁힌 자국이라도 난 걸 발견하면 따귀 몇 대를 맞아 야 했어. 요새도 연락해? 그녀가 물었다. 가장 최근에 본 게 2009년이었어, 크리스마스 시즌에 헤론 시티에서. 난 친구 들 몇 명하고 함께 거기에 있었지. 영화를 보고 나온 참이 었어, 친구의 아이들이 입구에 있는 오렌지색 컴퓨터 시뮬 레이터를 해 보겠다고 서 있었거든, 그래서 엘리베이터 옆 에 줄을 서서 기다리고 있었는데, 분수대 반대편에 있는 스 포츠 용품 가게에서 아버지가 나왔어. 나는 무슨 일이 일어 날지 전혀 모르는 친구에게 내 점퍼 좀 가지고 있어 보라고 말했어. 그런 다음 아버지에게 다가가 그동안 그가 우리에 게 가한 모든 것에 대해 따졌어, 그 모든 굴욕감, 체벌, 발길 질, 욕설. 그런데 그가 뭐라고 대답했는지 알아? 그녀가 고 개를 흔들었다. 우리는 그의 관심을 끌 가치도 없다는 거였 어. 그리고 나와 내 형제자매 그리고 우리 엄마는 그가 우 리를 부양한 것에 대해, 심지어 그가 자신의 시간을 허비한 것에 대해 감사해야 한다고 했어. 나는 그에게 욕설을 퍼부 었어. 그다음에 무슨 일이 일어났는지는 거의 기억도 안 나. 나중에 내 친구가 해 준 말로는, 그가 거의 수비 태세를 갖 출 틈도 없이 내가 서너 대를 정확하게 가격했다더군, 그는 쇼윈도 안으로 고꾸라졌어. 들고 있던 작은 봉투를 떨어뜨렸지, 내가 그 봉투를 주워서 그에게 준 것은 또렷이 기억나. 그런 다음 나는 그를 들어 올려 분수대를 향해 메고 갔지. 내가 이렇게, 그를 분수 안으로 집어 던질 준비가 된 것처럼 혹은 적어도 허리가 부러지도록 내 무릎에 내리꽂을 것처럼 머리 위로, 레슬링 자세로 그를 들고 있었다고 내 친구가 말하더군, 그런데 분수가 그렇게 깊지 않은 걸 내가 본 것 같아. 나는 그를 내려놓고 엉덩이를 세게 한 대 걷어차고는 꺼지라고 말했어. 그런 다음 줄 서 있던 곳으로 돌아가 친구에게 내 점퍼를 달라고 했지. 내가 아버지보다 힘이 센 것에 대해 아버지가 완전히 충격을 받은 것 같다고 내 친구들이 그러더라고. 아버지를 본 건 그게 마지막이었어. 너 미쳤어? 아버지를 때렸단 말이야? 그녀가 말했다. 그가 우리를 때렸지. 난 반격했을 뿐이야. 그가 대꾸했다.

그녀가 엘리베이터에서 내렸을 때 그는 이미 아파트 안으로 들어가 있었다, 그는 신발 끈을 풀지도 않고 신발을 벗은 뒤 전기 주전자 코드를 꽂고 컵 두 개를 꺼냈다. 6층이나 되는 높이인데 그는 거의 숨도 헐떡이지 않았다. 한 잔 더 줄까? 그가 물으며 컵을 향해 고개를 끄덕였다. 고마워, 그런데 난 준비됐어. 그녀가 말했다. 이건 어떻게 하는 거야? 그가 물었다. 한번 생각해 봐. 그녀가 대답했다. 내가 같이 가 주는 게 싫어? 그가 물었다. 됐어. 그녀가 대꾸하고는 화장실로 걸어갔다. 상자 하나에는 임신 테스트기 두 개가 들어 있고, 다른 하나에는 하나가 들어 있었다. 설명이 정확하게 적혀 있었다. 여기에 소변을 적신다. 1분 동안 기다린다. 플러스는 당신의 미래에 파멸이 도래한다는 걸 의미한다. 당신이 알고 있는 삶은 이제 끝났다. 이제부터 당신은 결코 혼자일 수 없다, 절대 편안하게 지낼 수 없다, 비록 지금 몸 상태가 좋다고 해도 인생의 반은 몸이 좋지 않을 위험이 있다. 마이너스는 모든 것이 여느 때처럼 계속된다는 걸 의미한다. 그녀는 세 개의 임신 테스트기를 꺼냈다, 거기에 모두 소변을 적시고 마르도록 세면대에 내려놓았다. 다 됐어? 뭐가 보여? 문 열어! 문 열어 봐! 그가 욕실 문밖에서 소리쳤다. 그녀는 욕실 거울에 비친 자기 모습을 바라보았다. 그녀는 테스트기를 볼 필요가 없었다. 마음속으로는 이미 알고 있었다. 이봐, 플러스야 마이너스야? 나 들어가게 문 좀 열어 줘, 자기 이러면 안 되지. 이건 우리 두 사람의 일이잖아. 테스트기들은 그녀가 놓아둔 자리에 그대로 놓여 있었다. 자기가 문을 안 열면 내가 문을 걷어차고 들어갈 거야. 진짜야, 나 들어간다. 그가 소리쳤다. 그녀는 테스트기들을 바라보았다. 그가 욕실 문의 잠금 장치를 밖에서 칼로 돌려 열고 있었다. 그는 세면대에 칼을 내려놓고 테스트기들을 거머쥐었다. 마치 부채처럼 그것들을 눈앞에 펼쳐 들었다. 제기랄. 그가 말하고는 미소를 지었다.

*

아버지인 할아버지는 TV4를 배경으로 켜 놓고 열세 시간 동안이나 잠들어 있었다. 정전 때문에 텔레비전이 꺼져 조용해지기라도 하면 그는 곧장 깨어났다. 휴대폰이 일정한 간격을 두고 울렸지만 전화를 받을 힘이 없었다. 그는 누가 전화를 걸었는지 살펴보지 않았다. 휴대폰에 찍히는 글자의 크기가 너무 작았다. 아무리 실눈을 뜨고 들여다보아도 흐릿한 하이픈만 보였다.

그의 눈이 뜨였을 때는 점심시간이었다. 그는 자신의 혈당을 재고 인슐린을 맞았다. 그런 다음 돋보기안경을 끼고는 부재중 전화를 살펴보려고 했다. 그런데 휴대폰이 고릿적 빙하시대 것이어서 화면이 무척 작았고, 주소록에 전화번호와 이름이라도 입력하려고 하면 너무나 최첨단 시스템이라 컴퓨터공학과를 나와야 할 수준이어서 누가 전화했는지 전혀 추측할 수가 없었다. 돋보기안경을 하나 더 꺼내서 평소에 끼는 돋보기안경 앞에 덧대고 나자 +46으로 시작하는 부재중 전화번호들이 보였다. 그의 자식들에게서 온 전화뿐이었다. 공항으로 나를 데리러 오지 않은 것에 대해 이제 녀석들이 후회하고 있나 보구먼. 그는 휴대폰을 내려놓았다. 휴대폰에서는 계속해서 신호음과 전화음이 울렸다. 그 소리들이 울릴 때마다 그는 자신이 조금 더 강해지는 것을 느꼈다. 자식들의 걱정이 그로 하여금 살아 있다는 느낌이 들게 했다.

그는 〈글래머〉를 시청했다, 〈하우스 헌터 덴마크〉를 시청했다. 시간은 2시가 되었다. 5시가 되었다. 그는 복권 추첨 방송과 보통 사람들이 서로 저녁 식사에 초대하는 내용이 나오는 〈저녁 식사 함께 해요〉라는 프로그램을 시청했다. 휴대폰이 상당히 오랫동안 조용했다. 그는 배터리가 다 충전되었는지 살피기 위해서 휴대폰을 힐끗 보았다. 바로 그 순간 신호음이 울렸고 아버지는 전화를 받았다. 여보세요? 안녕하세요, 아버지. 그의 자식 중 하나가 말했다. 그들의 목소리가 서로 너무 흡사해서 그는 전화를 건 아이가 누구인지 정확히 구별하지 못했다. 다 괜찮아요? 목소리가 물었다. 피곤하구나, 아버지가 말했다. 아주 피곤해. 우린 좀 걱정했어요. 목소리가 말했다. 눈에 뭔가 문제가 있다. 아버지가 말했다. 발도 아프고. 게다가 계속 기침이 나오는 통에 밤새 잠을 거의 자지 못했어. 힘드셨겠네요. 목소리가 말했다. 하지만 사무실에 잘 계시는 거죠? 여행은 다 잘하셨고 열쇠도 문제없었죠? 그래, 여기 도착해 있어. 아버지가 말했다. 무사히 왔지 뭐. 힘들기는 했지만 생존하는 데 성공했다. 알았어요. 저는 지금 육아 휴직 중인데, 한번 보고 싶으시다면서요? 목소리가 말했다. 음. 아버지가 말했다. 그제야 그는 전화한 아이가 딸이 아니고 아들인 것을 알았다. 아버지가 외국으로 이사하기로 결정하면 아버지의 아파트를 넘겨받을 수 있는 최고의 기회가 아들에게 있었다. 우편물은 어디 있니? 아버지가 물었다. 주방 테이블에 놔두었어요. 종이쪽지 아래에요. 무슨 종이쪽지? 제가 메시지 써 놓은 거 못 보셨어요? 아버지는 소파에서 일어나 주방으로 갔다.

그는 환영 메시지가 적힌 종이쪽지를 발견한 뒤 싱크대

밑에 있는 쓰레기통에 그것을 버리고 지난 6개월간 온 우편물을 꼼꼼히 살피기 시작했다. 대부분 세무 관련 서류와 은행에서 온 우편물이었다. 그 외에 텔레비전 시청료를 징수하는 기관에서 온, 정말로 TV가 없는지 그에게 묻는 편지 한 통. 저렴한 페리 여행을 제공한다는 바이킹 라인의 광고물. 백만장자가 되거나 진회색 볼보 V60 신차 소유주가 되는 데 절대로 늦지 않았다고 일러 주는 스웨덴 우편번호 복권. 아직 듣고 계세요? 아들이 물었다. 음. 아버지가 대답했다. 그들 둘 다 잠시 말이 없었다. 그럼 내일 만날까요? 아들이 다시 물었다. 괜찮을 것 같다. 아버지가 대답했다. 내일은 어린이집 직원의 날이어서 저는 아이 둘과 함께 집에 있을 거예요. 시간하고 장소를 문자로 보내 드릴게요. 아들이 말했다. 그러지 말고 전화 줘. 아버지가 말했다. 그들은 전화를 끊었다.

사무실에 딸린 주방은 감방 같았다. 죄수들을 굶겨 죽이려 한 고문 담당자가 그 감방을 소유하고 있었던 것 같다. 식료품 저장고 안에는 콩 통조림 몇 개, 포장이 뜯긴 콘플레이크 상자, 파인애플 통조림 하나와 고등어 통조림 세 개짜리 한 세트가 전부였다. 아들에게 뭐 좀 사 두라고 상기시킨 것이 무척 다행이었다. 인스턴트커피. 발효유. 일반 우유. 빵. 과일. 그러지 않았으면 아버지가 십 분 이상 떨어져 있는 슈퍼마켓까지 걸어갔다가 (가을에는) 얼음이 얼어 있는 길을, (봄에는) 진창이 된 길을 다시 걸어와야 했을 것이다. 아들은 대용량 우유 대신 소용량 우유를 한 팩 샀다. 빵은 통밀 빵으로, 설탕이 전혀 첨가되지 않은 것을 내세우고 있었다. 인스턴트커피가 들어 있는 상자는 너무 작아서 식료품 저장고에서 찾아내는 데 시간이 너무 오래 걸렸다. 아버지는 한숨을 쉬었다. 그의 아들은 왜 이렇게 구두쇠일까? 아들은 왜 아버지를 사랑하지 않는다고 드러내 놓고 보여 주는 걸까? 아버지는 알지 못했다. 하지만 이렇게 된 것이 가슴 아프다고 생각했다.

아버지는 컵에 끓는 물을 부은 뒤 인스턴트커피 두 숟갈을 넣어 젓고 우유를 약간 넣어 TV가 있는 곳으로 돌아왔다. 출입문에 붙어 있는 표지판에 의하면 그의 아들은 회계 컨설턴트였다. 아들이 일류 대학에서 경제학 학위를 받은 후 여러 해가 흘렀다. 그런데도 그의 사무실은 여전히 마약 소굴처럼 보였다. 진정한 경제 전문가라면 고층 빌딩의 제일 높은 층에 멋진 경치와 섹시한 비서, 캡슐이 가득 든 커피 머신과 향이 첨가된 탄산수가 들어 있는 냉장고를 갖춘 사무실을 가지고 있어야 했다. 하지만 그의 아들은 뭔가 제대로 해내야 한다는 걸 결코 이해하지 못했다. 그 대신 자기 사무실을 다양한 하얀 색조를 연상시키는 쓰러질 듯한 책장들로 장식해 놓았다. 서류철도 가장 싼 것들이었다. 소파 테이블은 컵을 올려놓았던 자국으로 가득 차 있었고, 한가운데에 담배 때문인지 인센스를 태울 때 나온 그을음인지 모를 검은 자국이 있었다. 사방이 아들의 실패를 보여 주는 흔적으로 가득 차 있었다. 한쪽 구석 가장자리에는 아들이 음악가가 되기를 꿈꾸었던 시절 사용하던 먼지투성이의 콘솔이 놓여 있고, 플라스틱 외장의 레코드플레이어와 레코드들로 가득 찬 파란색 우유 상자가 있었다. 옷장에는 아들이 산악인이 되는 것을 상상하던 시절 사들인 등산화와 안전 로프 들이 가득 들어 있었고, 주방에는 아들이 양조장을 하고 싶어 했을 때 가지고 있던 호스와 노즐, 유리병과 사용하지 않은 병뚜껑 그리고 특별한 온도계가 있었다.

하지만 그 사무실에서 최악의 것은 책들이었다. 그것들은 마치 해충 같았다. 정말 온 사방에 널려 있었다. 빼곡한 책장들만이 아니었다. 현관 복도에 높이 쌓여 있었고, 모자를 두는 선반의 봉투 안에 담겨 있었고, 주방의 창턱과 욕실 빨래 바구니에도 있었다. 회계 감사나 세금 관련 입법에 관한 책은 거의 없었다. 그랬다, 전부 아들이 자신이 작가가 될 수 있다고 생각했을 때 구매한 책들이었다. 포르투갈 장편 소설들, 칠레 단편 소설들, 미국 전기들, 폴란드 시. 아버지는 한숨을 내쉬며 그 책들을 치워 놓았다. 그는 쓰레기 속에서 책다운 책을 분별해 낼 수 있는 문학에 관한 지식을 충분히 지니고 있었고, 사무실은 장작으로 사용해도 될 만한 책들로 뒤덮여 있었다. 그 책들은 베스트셀러 순위에서 일등 자리를 차지한 적도 없었다. 「더 록」처럼 주인공을 캐스팅하고 거대 자본을 투입해 영화로 제작한 적도 없었다. 그 책들은 아버지에게 영향을 주지 않았다. 그가 청소년 시절 애독했던 독일 작가가 쓴 책을 발견했을 때조차 그랬다. 그 책은 어떤 특별한 기억도 끌어내지 못했다. 그는 책을 내려놓고 리모컨에 손을 뻗었다.

저녁 내내 아버지는 소파에 누워 TV 채널을 이리저리 돌렸다. 1번. 2번. 4번. 때때로 지역 방송 채널을 테스트해 보았다. 가끔은 핀란드 TV 방송도. 그의 스웨덴 번호 휴대폰이 울렸다. 이따금 그는 전화를 받았지만, 대부분의 경우에는 받지 않았다. 그는 피곤했다. 그는 죽어 가고 있었다. 어쨌든 그는 누가 전화를 걸었는지 볼 수가 없다. 「엘렌 드제너러스 쇼」에서 어떻게 하면 전 배우자와 좋은 친구가 될 수 있는지에 관해 다루고 있어서 지금은 통화를 할 수 없다.

그의 아들은 혼란스러웠다. 그는 길을 잃었다. 그는 최선을 다하지 않고도 이 세상에서는 성공할 수 있다고 생각했다. 그는 돈을 벌기 위해서는 돈을 투자해야만 한다는 걸 절대로 이해하지 못했다. 그런 사람에게 어떤 바보 같은 회사가 일을 의뢰하겠는가? 누가 재정적 도움을 받기 위해 희망을 품고 자신의 영수증들을 문명과 동떨어진 이 동굴에 자발적으로 보내겠는가? 그의 아들은 왜 이렇게 전반적으로 가치가 없어졌는가?

저녁은 밤이 되었다. 아버지는 TV4의 뉴스를 보고 있다. SVT의 뉴스를 보고 있다. 그는 열대우림에 사는 개구리에 관한 프로그램을 시청했다. 위층의 이웃이 일정한 간격으로 헛기침하는 소리가 들렸다. 만약 똑같은 채널을 시청하지 않았다면 그의 TV 음량이 너무 커서 천장을 뚫고 새어 나가 이웃이 화를 냈을 것이다. 누가 가까운 이웃집의 초인

종을 누를 때마다 마치 그가 문을 열어 줘야 할 것처럼 크게 들렸다. 3층에 사는 이웃들은 마약 상용자였다. 아버지가 자기 눈으로 직접 본 적이 있었다. 약효가 떨어지면 그들은 금단 현상 때문에 계단통을 돌아다니며 부들부들 몸을 떨었다. 옆집 이웃은 창녀였다. 아버지는 그녀의 아시아인 외모와 근무 시간 그리고 지속적으로 문을 노크하는 소리를 통해 그걸 알아차렸다.

아버지는 이런 곳을 싫어했다. 그는 전에 살던 아파트가 그리웠다. 아들은 자신이 상속받은 그 아파트를 비싼 가격으로 팔아넘기고 이익금도 나누지 않았다. 아버지는 창녀 이웃과 마약 상용자 이웃 그리고 헛기침을 너무 세게 해서 천장까지 울리게 하는 또 다른 이웃과 함께 엘리베이터도 없는 낡아빠진 임대 건물에 살고 싶지 않았다. 그는 그보다 더 가치 있는 사람이었다. 그는 이 소파에서 끝내려고 한평생을 힘써 일하지 않았다. 소파를 흰색 커버로 감싸 아직 하얗다고 생각하게 만들어 세상을 속이려 했지만, 이 커버는 더는 희지 않으며 누구도 속일 수 없게 되었다. 게다가 이 소파에 미끄러져 내리면 누구라도 곧바로 잠이 들어 버렸다.

*

아빠인 아들이 마침내 자기 아버지와 연락을 취했다. 그가 열한 번째 전화를 걸었을 때 아버지가 전화를 받았다. 아버지는 사무실에 있었다. 모든 게 잘되었다. 아들은 안도의 한숨을 내쉬었다. 불필요하게 걱정했던 자신의 모습에 미소를 지었다. 그는 나머지 가족을 진정시키기 위해 가벼운 마음으로 문자 메시지를 보냈다. 독수리 도착. *다행이네.* 여동생이 답했다. *다 잘되었다니 기쁘구나.* 엄마의 답문자였다.

3시에 그는 네 살짜리 아이를 데려오기 위해 어린이집에 도착했다, 옷을 입혀서 집으로 데려가는 데 십오 분에서 사십오 분 사이가 걸렸다. 갈라진 틈을 밟으면 안 돼! 네 살짜리 아이가 소리쳤고, 아빠와 딸은 광장을 발끝으로 사뿐사뿐 걸어갔다. 자갈길로만 가야 해! 네 살짜리 아이가 소리치자 아빠와 딸은 광장에서 자갈이 없는 곳을 뛰어넘어야 했다. 낙엽을 밟아선 안 돼! 네 살짜리 아이가 소리쳤다. 이제 가자. 아빠가 말했다. 네 살짜리 아이는 아주 이따금 성질을 냈는데, 그럴 때는 집에 가는 데 한 시간 반이 걸렸다. 아이는 지하철 선로 위 다리에 멈춰 섰다. 그리고 다리 난간에 찰싹 달라붙었다. 너희는 못생겼어! 나는 너희 싫어! 내 생일 파티에 오지 마! 아이가 소리쳤다. 아빠는 참을성이 많았다. 그가 지나가는 사람들에게 미소를 지어 보였다. 그는 아이들이 성질을 부릴 땐 쿨하고 침착하고 차분하게 대처해야 한다는, 그의 여자친구가 보여 주었던 육아 관련 동영상을 떠올렸다. 노여움이 파도처럼 밀려오지만 그의 평온함을 깨뜨리지는 못한다고 그는 상상했다. 네 살짜리 아이가 영향을 미칠 수 없는 방탄막이 자신에게 있는 것처럼 상상했다. 아빠는 유아차 안에 있는 한 살짜리 아이에게 과일을 주었다. 네 살짜리 아이가 모욕적인 소리를 질러대고 이웃들, 유치원 선생님들, 노인들 그리고 산책 나온 개 주인들이 각자 자기 삶 속에서 할 일을 하는 동안 그는 휴대폰을 꺼내어 20분 동안 차라리 이 자리에서 아무것도 안 하는 사람처럼 보이려고 했다. 네 살짜리 아이의 뺨에 눈물이 흘러내렸다. 한 살짜리 아이는 대체 무슨 일이 일어난 건지 해독하려는 것처럼 보였다. 아빠는 기다렸다. 조금 더 기다렸다. 그러다가 다섯 번째로 다시 가서 조심스럽게 달랬다. 그는 TV로 달랬다. 과일로도 꾀어 보았다. 그렇지만 창문마다 바라보는 얼굴이 있었고 지나가는 자동차마다 지인들, 옛 직장 동료들, 전 여자친구들, 직업 상담사들, 사회 복지사들로 가득했기 때문에 자연스럽게 그렇게 하기가 무척 어려웠다. 그들은 그가 이런 마찰을 어떻게 감당해 내는지 알고 싶어 했다. 마침내 아빠가 네 살짜리 아이의 오버올을 잡아채 꿈틀거리는 통나무 같은 그 아이를 팔로 안고 집으로 향했을 때, 그들은 작은 노트에 메모했고 서로 시선을 교환했다. 네 살짜리 아이가 웃다가 울기를 반복했고, 그러더니 끝내 울기만 했다. 가슴이 터질 듯 울부짖는 울음소리가 높은 건물들 사이를 메아리쳤고 자동차들마저 천천히 달리게 했다. 그들이 이웃 두 사람 옆을 지나갈 때 네 살짜리 아이가 소리쳤다. 아야, 아빠. 날 아프게 하잖아, 아프단 말이야! 아빠는 무관심해 보이려고 애썼고, 이웃들을 향해 미소 지었다. 지하철에서 가끔 본 아빠들 중 한 명을 흉내 냈다. 아이들이 고함을 질러대기 시작하면 아빠들은 다른 아빠들과 시선을 교환했다, 어깨를 살짝 들어 보이며 갈등을 해결하고 계속 지하철을 타고 이동했다. 그들은 그처럼 하지 않았다. 모든 사람의 시선을 피하기 위해 아니면 아이들을 혼내 주기 위해 지하철에서 내려야겠다는 압박을 느끼지 않았다. 꼭 필요할 때, 정말 그래야 한다는 신호가 너무나 분명할 때는 그렇게 해야겠지만.

5시에 저녁 식사가 준비되었다. 엄마는 지하철 빨간 노선이 연착하는 바람에 늦었다며 5시 30분에 집에 도착했다. 별난 일이네. 다음번에는 직장에서 좀 더 일찍 출발해 봐. 그러면 저녁 식사 시간에 맞춰 집에 도착할 수 있을 거야. 그가 말했다. 알았어. 그런데 난 당신이 나 말고 다른 사람에게 불만을 돌리면 고맙겠는데? 그녀가 말했다. 난 전혀 화나지 않았어. 아이들을 어린이집에 맡기고 데려오고 장보고 식사 준비를 했는데 당신이 삼십 분이나 늦으면서 이렇게 경쾌하게 들어오니까 참 보람도 없구나 하고 느낄 뿐이야. 난 그냥…… 자기, 그녀가 그의 말을 끊었다. 여기 앉아 봐. 좀 먹어. 숨도 좀 쉬고. 그런 다음에 애들 재우고 나서 이야기하자고. 어쩜, 뭘 가지고 이렇게 맛있는 요리를 한 거야? 남은 음식으로. 아빠가 대답했다.

한 살짜리 아이는 유아용 의자에 앉아 스스로 먹고 있었다. 그 아이는 음식을 먹여 주는 것을 거부했다. 항상 숟가락 두 개를 원했다. 하나는 입안에 넣고 다른 하나로는 테이블을 두들기고, 바닥에 던지고, 천장을 곧장 겨냥하기도 했다. 애는 삶은 유기농 당근 두 개로 시작해서 옥수수

한 사발, 볼로네제 스파게티, 그다음에는 과일 한두 개, 될 수 있으면 귤 두 개를 주면 돼. 귤은 조각이 크면 질식할 위험이 있어서 잘게 썰어 줘야 해. 엄마가 말했다. 소시지 조각처럼. 한 살짜리 아들아이는 배가 부르면 먹다 남은 과일, 스파게티, 볼로네제 소스 등 모든 것을 바닥에 던졌다, 볼로네제 소스는 새기 쉬운 빨대컵 안의 물과 함께 쪽모이 세공 마룻바닥에 떨어졌다. 네 살짜리 딸아이는 스스로 알아서 먹었다. 그 아이는 다 컸다. 어린이집 수업이 끝나고 피곤할 때만 제외하고 말이다. 최근에 그 아이는 어린이집이 끝나면 대단히 피곤해했다. 그리고 음식을 먹여 주길 바랐다. 용기가 없어서 지붕에 올라갈 엄두를 내지 못한다는 식 스텐에 관해 이야기하기를 원했다. 다섯 살이 된 안니와 이름이 글자 두 개인 보(Bo)에 관해 이야기하기를 원했다. 두 글자야! 네 살짜리 아이가 소리치며 어이가 없다는 듯 고개를 흔들었다. 정말 그러네. 그런데 좀 먹으렴. 아빠가 말했다. 나 먹고 있잖아. 네 살짜리 아이가 이렇게 말하며 식탁에 머리를 갖다 댔다. 그들은 대화를 나누려고 했다. 그녀는 개 한 마리를 물려받은 직장 동료에 관한 이야기를 좀 했다……. 한 살짜리 아이가 손을 뻗어 테이블에 있던 물병을 엎어뜨리는 데 성공했다, 아빠가 행주를 가져오려고 일어섰다, 네 살짜리 아이가 의자에서 곤두박질쳤다, 엄마가 네 살짜리 아이를 잡아 올렸다, 아빠는 물과 바닥에 떨어져 있는 볼로네제 소스를 닦아 냈다, 한 살짜리 아이가 아빠의 머리에 손을 닦았다, 엄마는 직장 동료가 물려받은 개에 관한 이야기를 끝내려고 했다. 네 살짜리 아이가 7시라며 꼬끼오 하고 고래고래 소리를 질렀다. 엄마는 닭 놀이 하지 말고 음식을 먹으라고 아이에게 말했다. 네 살짜리 아이가 자기 생일 파티에 엄마는 오지 말라고 말했다. 그런데 있지, 내가 말한 것처럼. 엄마가 이렇게 말하며 개를 물려받은 동료 세바스티안에 관해 이야기하려고 마지막으로 시도했다. 하지만 네 살짜리 아이가 「산타클로스 부기」를 불렀고, 한 살짜리 아이는 차가워진 볼로네제 소스가 자기 셔츠에 가득 묻었다고 소리를 질러 댔다. 저녁 식사를 마치는 데 사십오 분 걸렸다. 식사를 마치고 나자 주방은 전쟁터 같았고, 엄마와 아빠는 서로 하고픈 말을 나누지도 못했다. 그들이 멋진 장소에 있었다면 그런 혼란을 비웃었을 것이다. 그들은 고개를 흔들면서 소리쳤다. 여긴 65번가야, 우린 뉴욕에 있어. 브루클린 미술관의 심야 공연을 보러 갔다 오는 길이야, 우린 프로스펙트 공원을 천천히 가로질러 집으로 오고 있어. 그래! 난 거기에 있어! 우린 70번가에 있고 안달루시아 테마 여행 같은 걸 하고 있어. 우린 스페인 사람과 결혼한 스웨덴인 가이드와 함께야. 우리는 관광버스를 타고 가고 있어. 양처럼 여기저기 돌아다니다가 며칠 후에 그룹에서 빠져나와 마리화나를 사서 호텔 방에서 살다시피 할 거야. 바로 그거야! 우리는 80번가에 있어. 노르웨이 북부에 있는 산에 올라가고 있어, 사실 그 산은 언덕 높이 정도여서 보행 보조기를 타고 꼭대기까지 올라가는 것도 가능해, 그런데 우리는 거기에 함께 있어. 산속 외딴집에서 맥주

를 마시고 있어. 우리는 나이가 들기는 했지만 아직 죽음과
는 거리가 멀어. 이곳 이후의 삶도 있고, 우리가 그리로 가
면 이 시기를 그리워하게 될 거야, 그렇겠지? 한 살짜리 아
이가 싱크대를 향해 손을 뻗더니 간장병을 붙잡았다. 바닥
에 던지지 마. 엄마가 말했다. 아빠빠빠빠빱. 아빠가 말했
다. 한 살짜리 아이가 손에 들고 있는 간장병을 저울질했다.
그 아이가 네 살짜리 아이를 쳐다보았다. 부모를 쳐다보았
다. 그러고는 미소를 짓더니 바닥에 병을 떨어뜨렸다.

　그들은 각자 야간 일과를 하러 갔다, 한 사람은 한 살짜
리 아이의 기저귀를 갈고 잠옷을 입히고 오트밀을 먹이고
이를 닦아 주었다. 다른 사람은 네 살짜리 아이에게 거의
똑같은 것을 해 주었다. 행운을 빌어. 반대편에서 봐. 그들
은 말했다. 그런 다음 한 사람은 그들의 침대 옆에 있는 유
아용 침대를 향해 가고, 다른 사람은 아이들 방에 있는 이
층 침대로 향했다, 그 침대 1층에서는 네 살짜리 아이가 자
고 있었으며, 2층은 망가진 자동차 트랙, 덜거덕거리는 플
라스틱 비행기, 예쁘게 조각돼 있지만 발가락이 끼기 쉬운
고전적인 나무 흔들목마 그리고 어디에도 없는 다른 여러
가지 것들, 즉 망가진 쌍안 망원경, 아동용 백팩 세 개, 몸이
커서 입지 못하는 산타 옷들, 망가지지 않도록 액자에 넣어
야 할 성싶은 유치원에서 그린 그림들, 네 살짜리 아이가 생
일 때 유치원에서 숫자 3과 4를 써 넣은 종이 왕관들을 위
한 보관 창고였다. 아이들이 잠들기까지는 삼십 분에서 한
시간 반이 걸렸다. 그들은 아이들에게 동화책을 읽어 주

고 이불을 덮어 주었다. 꼭 안아 주고 잘 자라는 인사를 했다. 잘 자라는 키스를 했다. 그런 다음 몰래 빠져나왔다. 그러나 다시 들어오라는 요청을 받았다. 그들은 물을 가지고 갔다. 어린이용 변기를 가지고 갔다. 마침내 그들 중 한 사람이 잠들었다. 그런 다음 다른 사람도 잠들었다. 앞에 깔린 카펫에서 엄마가 잠을 자는 동안 한 살짜리 아이는 참지 못하고 유아용 침대에 앉아 있다. 네 살짜리 아이는 아빠가 자기 옆에서 잠들자마자 몰래 복도로 나왔다. 마침내, 7시에서 8시 사이 어느 때고 두 아이는 잠이 들곤 했다. 그러면 부모의 시간이 시작되었다. 이제 우리 차를 마시며 편안한 시간을 가져 보자. 그들은 이렇게 말하고는 주방으로 가서 말다툼을 시작했다. 어제 한 사람이 다른 사람보다 잠을 한 시간 더 잤다고 말다툼을 했다. 엄마로서 아이들에게 유기농 제품을 먹이는 것이 중요하고 아이들이 고기와 우유, 설탕과 글루텐 섭취를 줄여야 한다고 생각하는 것 때문에 계속 비난받는 느낌을 받는 것에 대해 말다툼을 했다. 각종 공과금을 내야 할 책임이 아빠에게 있다는 것 때문에 말다툼을 했다. 그런데 돈 버는 일을 전부 책임지고 있는 사람은 나잖아? 엄마가 말했다. 다는 아니지. 그리고 나는 육아 휴직 중이잖아. 아빠가 말했다. 나는 풀타임으로 일하고 있어. 풀타임으로 일하려고 해. 그런데 내가 욕실 청소, 빨래, 건조, 분류, 빨래 개키는 일까지 전부 하기는 어려워. 주말에 나는 식사 준비도 해. 아이들 손톱도 깎아 줘야 하고. 나는……. 엄마가 말했다. 청소는 내가 하잖아. 아빠가 대꾸했다. 나는 생일 파티 계획 짜고, 무선 네트워크 업데이트도 해. 무선 네트워크 업데이트하는 게 얼마나 힘든 줄 알아? 욕조 배수구 청소도 해, 그리고 당신보다 더 많은 밤을 지새웠어. 당신은 내가 뭐라고 말하면 좋겠어? 그녀가 이렇게 물으며 그들만의 아늑한 시간이 얼마나 남았는지 보기 위해 자기 휴대폰을 살폈다. 고맙다고? 그렇다면 고마워. 무선 네트워크 업데이트해 준 거 눈물 나게 고마워. 배수구 청소해 준 거 고마워. 그런데 난 당신이 이런 꼴난 박수에 연연해하는 이유를 도무지 이해 못 하겠어. 우린 이 가족을 함께 책임지고 있는데 말이야. 협력해야 하잖아. 그런데 당신은 나한테 말하지 않고 식기세척기를 조용히 비워 줄 수는 없는 거야? 그리고 또? 그가 물었다. 당신이 나에게 원하는 걸 나는 이해 못 하겠어. 고마워 고마워 고마워 고마워 고마워 고마워 고마워 고마워 고마워 고마워 고마워 고마워 고마워 고마워 고마워 고마워! 그녀가 말했다. 한 살짜리 아이가 깼다. 그들은 서로를 바라보았다. 마치 겨루기를 하는 것 같았다. 물론 사실은 그 반대였지만. 내가 할게. 그가 말했다. 아니야, 내가 갈게. 그녀가 말했다. 아니야, 당신이 가면 애가 절대로 다시 잠들지 않을 거야. 그가 이렇게 말하고 침실을 향해 발끝으로 살금살금 걸어갔다. 그는 쉿, 하며 한 살짜리 아이를 달랬다. 아들의 이마를 손가락으로 부드럽게 쓰다듬었다. 그가 아들을 침대에 뒤로 눕히며 아직 밤이라고 속삭였다. 한 살짜리 아이는 일어나려고 힘껏 버둥거렸다. 얼굴이 파래질 때까지 소리를 질렀다. 아빠가 몸을 눌러 눕히려고 할 때마다 침대 매트리스에 용암이라도 끓는 것처럼 허우적거렸다. 마침내 효과가 있었다. 십오 분의 절규 끝이었다. 아빠는 계속 이웃 생각을 했다. 이웃에서 이 소리를 들을까? 사람들은 우리가 뭔가 잘못하고 있다고 생각할까? 우리가 나쁜 부모들이라고? 그들은 각자 잔을 들고 벽을 기대앉아서 아이들이 깨서 밤새도록 소리 지르는 것을 듣고 있을까? 그들은 사회복지국에 연락하려고 생각할까? 그가 침실에서 나왔다. 닌자보다도 더 조용히, 살금살금 나왔다. 그러다가 레고 블록을 밟았지만 아무 소리도 내지 않았다. 그는 소리를 완전히 죽여 재채기를 했고, 마룻바닥에서 어느 나무쪽이 삐걱거리는지 정확하게 알고 있었다.

8시 30분쯤에 한 살짜리 아이가 네 차례나 깼다. 10시쯤 엄마와 아빠가 잠자리에 들었다. 11시쯤 한 살짜리 아이가 깨서 오트밀을 먹었다. 1시쯤 네 살짜리 아이가 깨서 숟가락 없이 물과 바나나를 먹고 싶다고 중얼거렸다. 2시쯤 한 살짜리 아이가 깨서 이가 아픈 것처럼 입을 두드렸다. 진통제가 듣기 시작했는지 2시 30분쯤 한 살짜리 아이는 다시 잠이 들었다. 3시쯤 네 살짜리 아이가 잠에서 깨더니 커튼 뒤에 뱀들이 있다며 무서워했다. 4시 15분쯤 한 살짜리 아이가 깼다, 아이는 아침 식사를 원했다. 동화책을 읽고, 아침 응가를 하고, 보행기를 타고 아파트 안을 한 바퀴 달리고 싶어 했다. 4시 30분쯤 네 살짜리 아이가 이미 깬 한 살짜리 아이 때문에 잠에서 깼다. 새로운 하루가 시작되었다.

그리고 새로운 무언가가.

두 아이가 잠에서 깨는 사이 아빠는 침대에 누워 발코니 난간을 통해 불어오는 바람 소리에 귀 기울이고 있었다. 자고 싶었지만 그럴 수가 없었다. 여자친구는 소파에서 자고 있었다. 최근에 그들이 언제 같은 침대에서 잠을 잤는지 기억조차 나지 않았다. 그는 상황이 제자리를 잡지 못하면 일시적으로 분노를 느꼈다. 아이들이 잠을 자지 않으면 30분 정도는 참아 줄 수 있었다. 어쩌면 한 시간도. 그러나 그 시간이 넘어가면 네 살짜리 아이의 얼굴 위에 베개를 대고 눌러 버리고 싶은 충동을 느꼈다. 한 살짜리 아이를 벽에 패대기치고 싶었다. 그러나 그렇게 하지 않았다. 물론 말도 안 되는 일이었다. 나쁜 부모나 할 만한 일이다. 대신 그는 한 살짜리 아이의 통통한 허벅지를 세게 잡고 매트리스에 내리 눌렀다. 그는 울음을 그치게 하려고 그 아이를 꼭 껴안고 침대 위에서 날뛰었다. 그 빌어먹을 트롤 엄마에 대한 동요를 한 번, 열 번, 서른 번 불러 댔다. 그는 차분한 목소리로 그 동요를 불렀다, 속삭이는 목소리로 그 동요를 불렀다, 그 노래를 랩으로 시도했다, 아이가 울부짖는 소리까지 압도하기 위해 자신이 내지를 수 있는 가장 큰 목소리로 고함을 질러 댔다. 한 살짜리 아이는 매우 당황해 상체를 뒤로 젖히고 비명을 질렀다, 아빠를 밀쳐 내려고 했다, 아이의 목에 땀이 흥건했다, 아이는 목이 쉴 정도로 소리를 질러 댔다, 생명에 위협이라도 받은 것처럼 절규했다. 아빠는 아이를 데리고 주방으로 나가고픈 충동을 느꼈다, 전등을 켜고,

차를 조금 끓이고, 비스킷을 꺼내고는 아이가 알아야 할 것들을 설명했다. 그래, 애야. 내 말 듣고 있니? 이제 그만해라. 이러면 착한 아이가 아니야, 정말로. 우리가 이렇게 최선을 다하고 있다는 걸 알아야지. 우리도 소아과 병원에서 조언해 준 대로 지키고 있는 거야. 규칙적인 수면 시간을 지켜야 해. 저녁 식사에 콩은 피해야 하고. 매일 저녁 유제품이 함유되지 않은 유기농 오트밀을 너한테 주고 있잖아. 이도 닦잖아. 자기 전에 동화책 읽어 주는 걸 들으면서 마음을 차분하게 가라앉히잖아. 취침등을 켜고 명상 음악을 듣잖아. 네가 울면 안아 주었다가 진정이 되면 다시 내려 주고. 온 가족이 이렇게 너한테 매달려 있는데 너도 네 몫은 해야 하지 않겠니. 우리가 부모로서 정말 최선을 다하고 있는데 네가 매일 밤 열 번이나 잠에서 깨는 걸 계속하면 안 되잖아. 좀 더 노력하겠다고 약속할 수 있지? 다시는 이런 식이 되지 않도록 최선을 다하겠다고 말이야. 침실에서 나가는 대신 아빠는 파도 소리로, 그다음엔 낮은 허밍 소리로, 다시 파도 소리로 달래 보지만, 그래도 아들이 진정하지 않자 파도 소리가 쓰나미처럼 변해 가기 시작한다, 그런 소리를 들으면 누구라도 몹시 두려울 테지만, 한 살짜리 아이가 목이 쉬도록 소리를 질러대고 몸을 뒤로 젖히며 거품을 물 때 그 소리가 때때로 아이를 움찔하게 만들어 효과를 내는 경우가 있었다. 그런데 이 방법이 자주 먹히는 건 아니어서, 아빠가 다시 수상 보트 같은 소리를 내야 아이가 공포감에 사로잡히고 이십 분에 걸쳐 다시 차분해졌다. 마침내 아이가 잠이 들면 아빠는 온통 땀으로 뒤범벅이 되었다. 그는 잔잔한 물의 표면처럼 몇 분 동안 그대로 죽은 듯이 서 있었다. 그런 다음 침대 안으로 기어 들어가 잠을 청했다.

최근에 그는 여러 공원들을 배경으로 하는 꿈을 꾼다. 꿈속에서 그가 한 살짜리 아이의 그네를 밀어 주고 있었다. 그러자 한 살짜리 아이가 토했다. 그런데 물티슈가 없어서 한 살짜리 아이의 턱받이로 닦아야만 했다. 이게 그 꿈 내용의 전부였다. 다른 꿈에서 그들은 어린이 놀이터의 모래사장에 있었다. 그냥 거기에 앉아 있을 뿐이었다. 시간이 흘러갔다. 한 살짜리 아이가 모래를 떠서 장난감 물통에 담았다. 그런 다음 모래를 모래사장에 부어 버렸다. 그리고 다시 모래를 더 많이 떠서 장난감 물통에 담았다. 새 한 마리가 내려와 그들을 물끄러미 바라보았다. 새가 갑자기 머리를 홱 움직이는데, 아빠는 그 움직임을 연민으로 해석했지만 어쩌면 그냥 무관심인지도 몰랐다. 한 살짜리 아이는 그 새의 존재를 전혀 눈치채지 못했다. 장난감 물통에 모래를 붓는 데 완전히 정신이 팔려 있었다. 그러다가 얼굴이 새빨갛게 변하더니 숨을 몰아쉬며 힘을 주기 시작했다. 그 꿈의 나머지 시간 동안 아빠는 아기 기저귀 가는 탁자가 비치된 화장실을 찾아 백화점이나 대학 건물 같은 곳의 복도를 헤맸 다녔다. 최근에는 꿈을 꾸는 상태에서 그 꿈의 단조로움에 대해 말하는 경지에까지 도달했다. 아, 그 정도면 됐으니까 이제 그만 둬. 그가 꿈속에서 자신에게 말했다. 스리섬을 하면 어떨까. 어린이 놀이터에서 일어나 나와서 도로 쪽으로 걸어가, 그런 다음 빨간불에 멈춰 있는 자동차를 강탈해 가장 가까운 데 있는 낮에도 여는 섹스클럽으로 가. 스웨덴에 섹스클럽이 있기는 한가? 이 바보야, 너는 지금 꿈을 꾸고 있는 거잖아, 여기서는 모든 게 가능해! 그가 자신에게 대답했다. 맞아. 그러고는 어린이 놀이터에 앉아 있었다. 한 살짜리 아이가 모래를 조금 먹었다. 아빠는 아이 입에서 모래를 꺼내며 말했다. 모래를 먹으면 안 돼. 아들이 모래를 조금 더 입안에 넣었다. 아빠는 다시 모래를 꺼내며 말했다. 모래를 먹으면 안 돼. 아빠는 피곤했지만 어떤 이유에서인지 잠을 잘 수가 없었다. 그러다가 그가 잠이 들었다. 십 분 뒤 한 살짜리 아이가 깨어났다.

*

아버지인 할아버지는 여전히 소파에 누워 있다. 그는 근육이 풀려 수척해졌다. 그의 허리는 그를 옮길 여력이 없었다. 다리의 통증은 점점 더 악화했고, 자연스레 운동량도 적어지면서, 그가 앓고 있는 당뇨병과 관련해서 볼 때 좋을 게 결코 없었다. 혈액에 산소가 부족해 발 신경에 손상이 왔다. 그의 몸은 안에서부터 부패하고 있고 그는 곧 죽음을 맞이하게 될 것이다. 그렇지만 최악은 역시 시력이었다. 처음에는 여느 때처럼 문제가 없었다. 그는 TV4를 시청하면서 「위드아웃 어 트레이스」 시리즈가 방송되고 그런 다음 「다이 하드 1」과 「다이 하드 2」가 이어진다고 전하는 진행자의 턱수염 가닥들을 보았다. 세계 최고의 영화 가운데 두 편이 「다이 하드1」과 「다이 하드2」라고 생각하는 아버지는 미소를 지었다. 특히 2편이 그랬다. 잠시 후 「위드아웃 어 트레이스」가 시작되었는데 갑자기 한쪽 시야가 흐릿해졌다, 그는 초점을 맞추기 위해 실눈을 떠야 했다, 눈 쌓인 묘지를 돌아다니는 사람이 남자인지 여자인지 아니면 엘크인지 구분하기 어려웠다. 그는 목소리를 들었다, 경찰들이 영어로 서로 이야기하고 있었다, 자동차가 출발했다, 자동차 두 대가 지나갔다, 아이들이 웃는 소리, 그네가 삐거덕거리는 소리 아니면 기름칠을 하지 않은 자전거 소리, 총소리 한 번, 총소리 두 번, 빠른 발소리, 긴장감을 더해 주는 음악. 그의 전 부인은 발작이 일시적이어서 다행이라고 말했고, 자식들은 그의 상상이라고 했다. 항구의 그 남자는 자기가 마지막으로 그의 딸을 어디서 보았는지 말해 줬지만 돈 받는 것을 거절했다, 처음에 딸은 그를 알아보지 못하다가 나중에 알아보았고 달리기 시작했다, 그녀의 엄마가 말했다. 당신이 내 딸을 미행할 권리는 없어요. 그는 시력 검사를 해 봐야 했다. 자식들이 그를 도와줘야 했다. 그들이 인터넷으로 전신 MRI 검사를 예약해 주었다. 그래야 무엇이 잘못되었는지 최종적으로 알 수 있을 것이다. 그는 그게 무엇인지 잘 몰랐다. 프로그램의 첫 번째 중간 광고가 끝나자 시력이 돌아왔다. 흐릿하던 잿빛 윤곽이 또렷해지고 색깔이 돌아왔다. 이후 「다이 하드 1」이 시작했다. 아버지는 입술에 미소를 머금고 잠이 들었다.

금요일

금요일 새벽이어서 노조 소유의 로펌에서 변호사로 일
하는 엄마인 여자친구는 7시 20분까지 사무실에 도착해야
했다. 비서들이 출근하는 9시경에 이미 그녀는 스무 통의
메일을 발송했고, 행정법원에서 할 재판 준비를 마쳤으며,
그날 아침 첫 회의를 위한 준비가 되었다. 의뢰인이 오지 않
자, 그녀는 비서에게 전화를 걸어 보라고 했다. 의뢰인의 아
버지가 전화를 받았다. 여기 와 있습니다. 그가 말했다. 밖
에요. 그녀는 마음을 바꿨다. 제가 내려갈게요. 엄마인 변
호사가 말했다. 그 여자아이가 몸을 앞으로 구부려 머리카
락으로 얼굴을 가린 채 공원 벤치에 앉아 있었다. 누구세
요? 아버지가 물었다. 법정 대리인입니다. 변호사가 대답했
다. 전화상의 목소리와는 다르네요. 아버지가 말했다. 변호
사가 공원 벤치에 앉았다. 그리고 헛기침을 해 목을 가다듬
었다. 소름 끼치는 걸 이해한다고 그녀가 말했다. 무서운 건
정말 당연했다. 그녀가 몸을 앞으로 기울여서 속삭였다. 그
못된 사람들을 신고하지 않으면 계속해서 나쁜 짓을 저지
를 거예요. 그건 일어나선 안 되는 일이고요. 우리가 그 못
된 인간들을 막아야 합니다. 우리가 뿌리를 뽑아 버려야 해
요. 알아들으시겠어요? 그 사람들은 법정에서 최후를 맞게

될 거예요. 대학살요. 약속할게요. 저를 믿으세요." 여자아이는 정신이 없어 보였다. 말씀하시는 게 변호사 같지 않네요. 여자아이가 말했다. 변호사가 미소를 지으며 말했다. 나는 연방 변호사예요. 하지만 보통 연방 변호사는 아니죠.

엘리베이터를 타고 올라가면서 엄마인 변호사는 자신의 배경, 즉 어렸을 때 그녀가 살던 지역의 우편번호가 뭐였는지, 그녀가 제대로 된 교육을 받아 이런 훌륭한 사무실에서 일할 수 있도록 부모가 얼마나 애를 썼는지 등에 관해 이야기했다. 막 졸업했을 때는 내가 누구인지 사람들이 알게 될까 봐 두려웠어요. 그녀가 말했다. 그런데 이제는 두렵지 않으시군요. 그 사람들을 어떻게 할지 다시 한번 말씀해 주세요. 여자아이가 말했다. 대학살. 어떤 자비도 베풀지 않을 거예요. 모두 죽어야 해요. 변호사가 말했다. 여자아이가 미소를 지었고, 아버지는 걱정스러운 얼굴을 했다.

사무실에 들어가 등 뒤로 문을 닫고 나자 여자아이가 이야기를 시작했다. 그 일을 그녀에게 귀띔해 준 사람은 바로 아버지였다. 회사에서 그 레스토랑의 케이터링 서비스를 예약하면서 레스토랑 홈페이지에서 구인 광고를 보게 된 것이다. 열다섯 살 되던 해에 처음 일을 시작했고, 여름에는 설거지 일을 하다가, 가을이 되어 샐러드 바(냉요리부)의 일손을 거들게 되었다. 두 형제가 그곳을 운영하고 있었다. 한 사람은 좋은 쪽으로 친절했지만, 다른 한 사람의 친절은 그녀를 힘들게 했다. 그가 그녀를 칭찬하기 시작했다. 그녀가 햇살처럼 아름답다느니, 여름의 초원처럼 화사하다느니, 그녀를 보고 있노라면 항상 특별한 기쁨을 느끼게 된다느니 하는 말들을 쏟아 냈다. 전부 사실이에요. 누군가가 친절하게 구는 게 기분 나쁠 일은 아니죠. 아버지가 말했다. 어느 날 저녁 사장이 그녀를 가로막더니, 자신의 사무실로 따라오고 싶은 마음이 없냐고 물었고, 그녀가 거절하자 웃으면서 자신의 농담을 이해하지 못했냐고 말했다. 나이가 쉰 살이 좀 넘었을까? 또 언젠가는 그가 그녀의 입가에 묻은 초콜릿을 닦아 준다며 자신의 침을 바른 엄지손가락을 앞으로 죽 내밀었다. 그게 왜? 그건 친절한 행동이잖아? 그 사람은 다른 사람이 너를 보고 웃지 않았으면 했던 거겠지. 아버지가 말했다. 제가 막 일을 시작했을 때예요. 그때는 초콜릿을 먹지도 않았죠. 딸이 말했다. 그녀가 서빙 일을 시작했을 무렵 사장이 직원들의 점수를 매기는 평가 시스템에 관해 이야기를 들은 적이 있었다. 그는 레스토랑에서 일하는 모든 사람의 등수를 매겼다. 그들의 성적(性的) 능력에 따라 남성과 여성 모두, 웨이터와 문지기 들까지 전부 점수를 매겼다. 에이, 그 정도는 아무 일 없는 척하면서 참을 수 있잖아. 아버지가 말했다. 토요일 저녁에 사장이 자기 집에 올 마음이 있는지 물었다. 주말이 되자 사무실에 있던 그가 그녀에게 손짓을 해 들어오라고 하더니 그녀와의 섹스를 원해서 그녀를 고용한 거라고 대놓고 말했다. 자신이 그녀를 사랑하게 되었으며, 그녀의 월급을 올려 주고 보너스도 챙겨 주겠다고 했다. 지금까지 누구에게도 이런 감정을 느껴 본 적이 없다고 말했다. 그러더니 사무실

문을 잠그고 블라인드로 차단해서 밖에서 안을 들여다보지 못하게 만들었다. 아버지가 의자에서 일어나 창문으로 다가갔다. 그러나 창문을 열지는 않았다. 이후 사장은 그녀에 관한 소문을 퍼뜨리기 시작했고, 은밀한 것에 관해 세부적으로 이야기했다. 그녀가 그를 덮치고는 그에게 섹스해 달라고 빌었다는 주장을 펼쳤다. 아버지는 다시 자리에 앉았다. 그가 바닥을 내려다보았고, 의자 손잡이를 꽉 움켜쥐었다. 그녀가 항의하자 사장은 그녀를 해고했다. 열 달이 지난 뒤 다른 여자아이가 그 레스토랑에서 더 지저분한 일을 겪었다는 소문을 듣게 되었고, 바로 노조에 연락해 보기로 결심했다.

소녀가 말을 마치자 연방 변호사가 티슈를 건넸다. 딸은 고개를 가로저었고, 아버지가 대신 그걸 받아 들었다. 우리가 승소할 수 있을까요? 딸이 물었다. 우리가 우세할 거예요. 연방 변호사가 대답하며 미소를 지어 보였다. 왜 그들이 이민자인지에 관해서는 묻지 않으시죠? 아버지가 말했다. 그건 이 일과 관련 없는 사항이에요. 변호사가 대답했다. 제가 볼 때는 연관이 있어요. 아버지가 말했다. 우리는 연관이 있다고 봐요. 그렇지, 애야? 딸은 대답이 없었다. 그 사람들은 이민자예요. 아버지가 말했다. 분명히 이민자들이지? 딸은 아무 말도 하지 않았다. 아버지가 한숨을 쉬었다. 엿 같은 나라라니까. 대체 언제쯤 정신을 차리고 나라가 이렇게 엉망진창이 되어 버린 걸 깨닫게 될까? 다 잘될 거야. 넌 멋진 사람이야, 네가 여왕이야. 네가 이길 거야. 이제 우리 두 사람이 세상과 맞서는 거야, 알겠니? 우리가 태양이고 저들은 구름이야. 구름은 생겨났다가 사라지잖아, 그렇지? 그렇지만 우린 계속해서 세상을 비추는 거야. 약속하지? 연방 변호사는 그 여자아이를 안아 주며 말했다. 그녀는 화를 참으며 자제하고 있었다. 여자아이가 고개를 끄덕였다. 아버지와 딸이 사무실을 떠났다.

엄마인 연방 변호사는 세바스티안과 함께 이른 점심을 먹었다. 그녀는 어린 자녀들 때문에, 그는 5시에 일어나 단데뤼드에서 사무실까지 장거리를 자전거로 출근하기 때문에 항상 아침에 제일 먼저 온다. 식당 종업원이 세바스티안은 생선 요리를, 그녀는 채식을 원할 것 같다고 말을 건넸다. 두 사람은 고개를 끄덕였다. 그들은 창가의 글라디올러스에 관해, 집에서 세바스티안의 십 대 딸들이 훈련하는 중인, 아마도 우골리노라고 불리는 테리어에 관해, 린스에 관해, 칠리를 넣으면 모든 소스가 조금 더 맛있어지는 것에 관해 이야기를 나누었다. 세바스티안이 계산서를 집어 들었다. 처음에는 번갈아 가면서 돈을 내거나 적어도 세 번에 한 번 정도는 그녀가 내려고 했지만, 이제는 세바스티안이 그녀가 돈 내는 것을 기분 상해하는 것 같았다. 종업원이 문을 길 쪽으로 열어젖히자 그의 머리카락이 바람에 날렸다. 세바스티안은 그녀가 먼저 밖으로 나가기를 기다렸다. 항상 그랬듯이. 그가 나이가 들고 행복한 결혼 생활을 하고 있는 것이, 가느다란 머리칼과 더는 햇볕에 그을리지 않는 피부가 다행이라는 생각이 들었다. 언젠가 그가 휴가를 떠났다가 햇볕에 그을린 팔뚝을 하고 함박미소를 머금은 얼굴로 직장에 복귀했을 때 그녀는 그의 얼굴을 다시 보게 되어 얼마나 기쁜지 깨닫고 놀랐기 때문이다.

　그녀가 사무실로 돌아와 휴대폰을 켜자 남자친구의 문자 메시지가 다섯 개나 와 있었다. 말은 한마디도 없고 사진 다섯 장이었다. 한 살짜리 아이와 네 살짜리 아이가 손을 마주 잡고 기대감에 충만한 얼굴로 에스컬레이터 안에 서 있었다. 아이들은 불쾌하기 짝이 없는 실내 놀이 공간 안에 놓인 트램펄린에서 균형을 잡고 있었다. 아이들은 유령의 집 거울 앞에 서서 장난스러운 몸짓을 해 보였다. 아이들과 아빠는 납작해진 플라스틱 공을 들고 자지러지게 웃고 있었다. 그들은 함께 있는 것을 무척 좋아했다. 그녀 없이도 너무 잘 지냈다. 그녀는 불쾌한 마음을 떨쳐 버릴 수가 없었다. 마지막은 빨간색으로 칠한 수하물 보관소에 네 명이 함께 서 있는 사진이었다. 왼쪽에 아이들의 할아버지가 있었다. 그녀의 남자친구는 한 살짜리 아이를 가슴에 안고 오른쪽에 서 있었다. 모두 미소를 짓고 있었다. 아니다, 네 살짜리 아이는 얼굴을 찡그리고 있었다. 한 살짜리 아이는 얼굴을 돌리고 있었다. 할아버지는 눈썹을 찌푸리고 있었다. 그런데 남자친구는 미소 짓고 있었다. 그게 아니면 미소를 지어 보이려 애쓰고 있었다. 사진 찍어 주는 사람이 약간 멀리 서 있는 바람에 오른쪽에 철제 캐비닛들이 길게 늘어서 있는 모습이 보였고, 왼쪽에는 비켜 있었으면 좋았을 사람 두 명의 등이 찍혀 있었다.

*

금요일 오전, 아빠인 아들이 안내판에 적힌 글을 읽고 있었다. 종을 한 번 울려 주시면 곧 달려오겠습니다. '한 번'이라는 글자에 밑줄이 그어져 있고 대문자로 진하게 쓰여 있었다. 아빠가 종을 한 번 울렸다. 그들은 기다렸다. 네 살짜리 아이가 성급히 뛰어 들어가려 했지만 플렉시 글라스에 막혔고, 한 살짜리 아이는 아기 캐리어에 탄 채 다리를 달랑거리고 있었다. 그곳은 전부 비어 있었다. 시간이 15분인 것을 알기는 했지만, 아빠는 성이 나서 휴대폰을 꺼내 화면을 들여다보았다. 가아아아. 한 살짜리 아이의 입에서 침이 흘러내렸다. 가게 문을 열어야지. 아빠가 말했다. 결국 그의 목소리가 높아졌다. 직원 휴게실에 앉아 휴대폰 화면에 눈을 고정하고 있는 게으른 직원은 새로운 고객을 몇 명 잃었다는 말을 듣게 될 것이다. 아무도 오지 않았다. 카운터에는 유아차나 신발이 허용되지 않으며 음식물 섭취는 구매한 음식에만 허용된다는 내용의 다른 안내판이 놓여 있었다. 그런 것은 모두 알고 있었다. 또한 시내에 다른 체인점이 여섯 개나 있다는 것도 알고 있었다. 첫 번째 가게가 오 년 반 전 문을 열었고 지난여름에 가장 최근의 가게가 문을 열었다는 것도. 그는 키즈클럽 이름이 캐나다인 사장의 손자 이름에서 따온 것임을 알고 있었으며, 두 살 이상은 요금이 179크로나이고 보호자가 키즈클럽에 동반 입장하는 것을 전제로 해서 어른과 두 살 미만은 무료라는 것도 잘 알고 있었다. 신분증을 지참하고 인적 사항과 메일 주소를 제출하는 것이 필요한 전부였다. 출발하기 전 집에서 인터넷으로 모든 사항을 알아보았기 때문에 그는 키즈클럽이 15분에 연다는 것을 알고 있었고, 최적의 이동 경로를 선택했으며, 도시락과 공갈 젖꼭지, 아이들과 자신이 입을 여벌의 옷과 여분의 기저귀와 물티슈 그리고 어디서라도 기저귀를 갈아 줄 수 있도록 접이식 위생 매트를 지퍼식 비닐봉지에 담아 기저귀 가방에 챙겨 넣었다. 지난달 그가 아이 기저귀를 갈아 준 장소는 도서관 바닥, 자동차 조수석, 공원의 작은 나무 성(城) 꼭대기, 친구가 셰르토르프의 자기 전세 아파트에 늦게 도착하는 바람에 그 아파트 밖의 계단통 등이었다.

왜 안 나오는 거야? 네 살짜리 아이가 물었다. 모르겠다. 아빠가 대답했다. 죽었나? 네 살짜리 아이가 말했다. 그러면 안 되지. 아빠가 대꾸했다. 레오의 외할아버지는 죽었어. 네 살짜리 아이가 말했다. 아이는 아무 말 없이 서 있었다. 아빠는 종을 한 번 더 울려 볼까 생각했다. 하지만 종을 한 번만 울리라고 특별하게 강조를 해 놓았다. 그들은 누군가 나오기만 기다렸다. 달팽이는 죽지 않아. 네 살짜리 아이가 말했다. 엄마 두 명 혹은 엄마와 그녀의 친구가 어린아이 한 명을 데리고 들어왔다. 그들은 그의 뒤에 줄을 섰다. 그들이 그를 쳐다보았다. 그는 겸연쩍게 어깨를 으쓱해 보이고는 안내판으로 시선을 돌렸다. 그 여자들 가운데 한 사람이 몸을 앞으로 기울여 종을 한 번 그리고 두 번 눌렀다.

남자 한 명이 그들 쪽으로 걸어 나왔는데, 전혀 스트레스를 받지 않은 얼굴이었다. 남자는 미소를 지어 보이며 어서 오시라고 말했고, 아빠는 키즈클럽에 한 살짜리 아이를 등록하기 위해 인적 사항을 기재하면서 이렇게 말했다. 미끄럼틀이 열두 개 있고, 장애물 코스는 아홉 개, 가장 어린 아이들을 위한 특별한 볼 풀 존 한 개, 오른쪽 가장 안쪽에 축구장 겸 농구장이 한 개 있군. 그는 종을 여러 번 울린 사람은 자신이 아니라고, 자기는 그렇게 하지 않았다고 말하고 싶었다. 카운터 뒤의 남자가 영수증을 건네면서 카드를 잊지 말라고 아빠에게 알려 주었다. 잊지 않게 알려 줘서 고마워요. 난 항상 카드를 잊어버리곤 하거든요. 아빠가 말했다. 그들은 키즈클럽 안으로 들어갔다. 아빠는 지갑에 영수증을 집어넣었다. 카운터에서 돌아 나오면서 자신이 카드를 잊어버리곤 한다는 말을 대체 왜 한 건지 궁금해졌다. 그가 카드를 갖게 된 건 열여덟 살이 넘어서였고 이후 한 번이라도 카드를 잊어버린 적이 있는지 기억이 없었다.

놀이 공간은 보라색과 노란색 그리고 빨간색으로 칠해져 있었고, 모든 딱딱한 표면에 기포 고무를 입혀 놓았고, 바닥에 부드러운 매트를 깔아 놓았고, 벽은 그물로 되어 있어서 네 살짜리 아이가 위층으로 타고 올라갈 때 아이들이 벽을 통해 서로 볼 수 있었다. 네 살짜리 아이는 줄사다리를 타고 위로 오르고, 원뿔 모양의 부드러운 스펀지에서 뛰어내리고, 밧줄에 매달려 그네를 타고, 노란색 터널 미끄럼틀을 타고 내려왔다. 한 살짜리 아이는 볼 풀에 앉아 있는 것에 만족했다. 그 아이는 귤 먹는 모습, 손전등을 켜거나 욕조에 물을 채우는 모습을 볼 때 내는 소리를 냈다. 그 소리의 의미는 나도 저걸 원해, 나도 놀고 싶어, 짧은 인생이지만 평생 꿈꿔 온 게 바로 그거야, 였다.

아빠는 한 살짜리 아이와 함께 바닥에 앉아 있었다. 아빠는 100퍼센트 함께했다. 그 순간을 즐겼다. 그는 정말로 자신의 두 자녀와 함께 그곳에 있었다. 다음 순간 그는 사진을 몇 장 찍으려고 카메라를 꺼내 들었고, 찍은 사진들을 여자친구에게 문자 메시지로 보냈다. 그런 다음 아버지로부터 회신이 있는지 확인했다. 그 후 휴대폰을 집어넣고 계속 자리를 지켰다. 그러다가 다시 휴대폰을 꺼내 조간신문의 기사 제목들을 확인했다. 그런 다음 다시 휴대폰을 치웠다. 잠시 후 그는 석간신문을 살폈다. 문화면. 연예면. 그런 다음 다시 휴대폰을 치웠다. 다시 페이스북, 인스타그램, 트위터를 살폈다. 그런 다음 다시 휴대폰을 내려놓았다. 지금 그는 법정에 와 있다. 그가 있는 곳은 다른 어느 곳이 아니었다. 지금 그가 와 있는 곳은 법정이다. 네 살짜리 아이가 스티로폼으로 만든 커다란 주사위 두 개를 들고 와서는 미끄럼틀에 놓으려고 무진 애를 썼다. 한 살짜리 아이는 플라스틱 공 두 개를 서로 부딪치며 뚝딱대고 있었다. 아빠는 헤드폰을 한쪽 귀에 슬쩍 끼었다. 리처드 프라이어*가 무대에 서서 사진을 찍으려는 관객들 중 한 사람을 놀리고, 화

* Richard Pryor(1940~2005). 미국의 배우·스탠드업 코미디언.

장실에 다녀왔더니 그사이 흑인들이 자신들의 자리를 차지한 걸 알게 된 백인들(오, 이런.)에 관해 우스갯소리를 하고, 다람쥐원숭이 두 마리가 교미하는 소리를 흉내 내고, 다람쥐원숭이가 죽었을 때 그를 위로하는 독일 셰퍼드 종(種) 개를 흉내 내고, 자신이 혼자서 페루를 삼켜 버렸다고 주장했다. 사실 아빠는 이 우스갯소리를 전부 알고 있었음에도 볼 풀에 앉아 속으로 조용히 웃고 있었다. 어쨌든 그는 10시가 되었는데도 아직 이 자리에 나타나지 않은 아빠보다야 수천 배 좋은 아빠였다. 그렇다, 그는 좋은 아빠였다. 그는 알고 있었다. 비록 누가 가르쳐 주지는 않았지만 말이다. 그때, 저쪽에서 한 살짜리 아이가 침을 흘리며 플라스틱 공을 던져대고 네 살짜리 아이가 비어 있는 미끄럼틀에 주사위를 밀어 올리려고 할 때, 그리고 프라이어가 자신의 전처가 그를 버리지 못하도록 자동차를 망가뜨렸는데 그 자동차의 펑크 난 바퀴 소리가 어땠는지 흉내 내고 있을 때, 아빠는 정말로 행복을 느꼈다. 그가 행복을 느끼는 건 바로 이런 순간들이다.

5시에 아이들이 잠에서 깨어났을 때 그들을 돌본 사람은 다름 아닌 그였다. 그가 아침 식사를 차리고, 밤새 축축해진 기저귀를 갈아 주고, 따뜻한 물·우유·꿀을 넣어 만드는, 외할머니가 가장 좋아하셨던 음료인 실버티(silver tea)를 아이들에게 주었다. 그런데 그의 여자친구가 아이들이 설탕을 너무 많이 섭취할까 두려워했기 때문에 따뜻한 물과 우유만으로 만들어 주었지만, 우유가 대개 암을 유발한다고 언급한 실험 결과를 읽고 나서는 아침에 아이들이 마시는 음료가 따뜻한 물과 오트 밀크로 바뀌었고 각자의 우유병에 담아서 주었다. 사실 딸아이는 우유병으로 음료를 마시기에는 너무 컸고 아들아이는 실버티를 마시기에는 너무 어렸지만, 딸아이는 어린 게 좋았고 아들아이는 큰 게 좋았기 때문에 그렇게 아침을 시작하게 되었다. 여자친구가 나타날 즈음이면 아이들은 옷을 다 입고 있어야 했고, 그녀가 마실 레몬 넣은 물도 준비해 놓아야 했다. 그는 그녀의 기장 죽도 미리 준비하고 식기세척기에서 설거지가 끝난 그릇들도 꺼내 놓았다. 자신이 좋은 사람이기 때문에 그렇게 하는 것이고, 그렇게 하는 것이 자연스러운 것이며, 그렇기 때문에 그냥 그렇게 할 뿐이라고 생각하고 싶었다. 그는 뭔가를 할 때마다 그것에 대해 어떻게 생각할지를 머릿속에 떠올렸다. 그는 식기세척기에서 그릇들을 꺼낸 것에 대해 자신을 칭찬해 마지않았다. 그는 이런 삶을 증오하며 산다는 건 절대로 이렇게 지루한 것이 아니며 그가 하고 싶은 단 하나는 벌떡 일어나 그냥 떠나 버리는 거라고 속삭이는 목소리들을 모두 차단해 버렸다. 그냥 다 버리고 사라지는 거.

그런데 볼 풀에 앉아 있을 때도 그는 여전히 감사했다. 그는 행복했다. 지금이 황금 시기였다. 아이들이 집을 떠나 독립하게 될 때 그는 이 시기를 틀림없이 그리워하게 될 것이다. 비록 시간이 멈춘다고 해도 말이다. 그들은 10시 15분에 여기에 왔다. 이제 시계는 11시 20분을 가리키고 있었다. 플라스틱 공을 던져라. 플라스틱 공을 가져와라. 플라스틱 공을 던져라. 플라스틱 공을 가져와라. 기저귀를 갈아라. 침을 닦아 주어라. 플라스틱 공을 던져라. 플라스틱 공을 가져와라. 플라스틱 공을 던져라. 플라스틱 공을 가져와라. 기저귀를 갈아라. 침을 닦아 주어라. 플라스틱 공을 던져라. 플라스틱 공을 가져와라. 플라스틱 공을 던져라. 플라스틱 공을 가져와라. 그를 구하는 유일한 방법은 자기가 우연히 스스로에게 불을 붙인 탓에 병원 침대에 누워서 아무것도 할 수 없을 때가 있었는데 인생에서 그렇게 멋진 건 없었다고 말하는 프라이어의 목소리였다.

네 살짜리 아이가 다리 사이에 손을 갖다 댔다. 우리 딸 혹시 쉬할래? 아빠가 물었다. 아니야, 라고 네 살짜리 아이가 소리쳤다. 한 살짜리 아이는 커다란 만곡형 거울이 세 개나 달린 곳을 향해 기어갔다. 한 살짜리 아이는 거울 속 자기 모습을 들여다보고 미소 지었다. 네 개가 전부인 아이의 치아가 반짝거렸다. 아이의 티셔츠는 침을 흘려 검게 변한 목 주변만 빼고는 모두 하늘색이었다. 너 정말 쉬 안 해도 돼? 라고 아빠가 물었다. 정말이라고 네 살짜리 아이가 대답했다.

아빠는 계속 볼 풀에 앉아 있었다. 두 엄마 혹은 엄마와 그녀의 친구가 딸아이를 데리고 걸어오고 있었다. 아빠가 머리를 어깨 쪽으로 기울이는 바람에 헤드폰이 귀에서 떨어졌다. 그는 재빨리 머릿속으로 비교해 보았다. 귀여움, 발달 정도, 치아, 옷과 관련해서 자신의 아이와 다른 아이 중 누가 우위인지 평가했다. 그쪽 여자아이가 귀여운 면에서는 앞섰지만, 그의 아들 머리가 더 크기 때문에 앞으로 더 똑똑할 거라는 징후가 있었다. 그 여자아이가 더 현대적이고 잘 어울리는 옷을 입고 있지만, 그의 아들의 옷은 덜 해지고 더 실용적이었다. 여자아이의 미소가 귀여울지 모르지만, 그의 아들이 머리숱이 더 많았다. 여자아이가 혼자서 몇 발짝 걷기는 했지만 매우 위태롭게 비틀거렸다. 반면 그의 아들은 기어가는 데 선수였고 유아차를 붙잡은 상태에서 아주 빠르게 걸었다. 결과적으로는 비긴 것 같았다. 아빠는 그 여성들을 향해 미소 지어 보였다. 그들도 미소로 화답했다. 그는 그 시선을 느꼈다. 훌륭한 아빠들이 하는 일이 바로 이런 것이므로 그들은 그가 좋은 아빠라고 생각할 것이다. 좋은 아빠라면 아침에 일찍 일어나고, 키즈클럽에 데려가고, 기저귀를 갈아 주고, 흐트러진 레고와 듀플로를 정리해 주고, 바닥에서 플레이모를 치워 주고, 장난감 경찰차와 모터사이클, 고무손, 최애 인형들, 빈 플라스틱 상자들, 아동용 지갑들, 메모리 게임, 퍼즐 조각들, 장갑, 모자, 양말 그리고 구슬판을 바닥에서 주워 올린다. 좋은 아빠들은 몸을 앞으로 기울이고 서 있거나 무릎을 대고 앉아 있거나 욕설을 하지 않고, 삶에서 가장 중요한 것을 자기 아이들에게 가르쳐 준다. 정말로 중요한 건 포기하지 않는다는 것이다. 무슨 일이든 상관없이 안 돼, 이건 불가능해, 라고 절대로 말하지 않는다. 좋은 아빠에게는 그야말로 모든 것이 가능하다. 모든 걸 할 수 있고 절대로 절대로 포기하지 않는다. 알았지? 아빠는 네 살짜리 아이에게 여러 차례 반복해서 말했다. 알았다니까요오오오오. 네 살짜리 아이는 마치 10대 아이 같은 어조로 대답했다. 정말이야, 농담 아니라고. 아빠가 말하면서 딸을 향해 씨름 자세를 취했다. 그들은 거실에서 서로를 넘어뜨리며 장난을 친다. 딸이 곤란한 상황에 부닥친다. 아빠가 참을 수 없을 정도의 간지럽히기와 뽀뽀로 공격한다. 아빠가 뽀뽀하고 간지럽힌다. 뽀뽀하고 간지럽힌다. 전혀 끝날 것 같지 않은 장난에 한 살짜리 아이가 처음엔 심각하게 쳐다보다가 미소를 짓는다. 항복해. 아빠가 외친다. 알았어! 딸이 소리 지른다. 안 돼, 절대 포기하지 마! 아빠는 소리치며 절대로 멈추지 않는다. 나보고 항복하라고 했잖아요. 딸이 말한다. 내가 항복하라고 말하면 너는 이렇게 대답해야 돼……. 기억나니? 네가 절대로 하면 안 되는 게 뭔지 기억나? 아빠가 말했다. 뽀뽀와 간지럽히기 공격이 잠시 멈춘다. 딸은 생각 중이다. 그럴 때 보통 아빠가 뭐라고 했는지 기억나지? 절대로…… 항복 안 해! 딸이 소리쳤다. 바로 그거야. 아빠가 소리치며 씨름을 계속했다. 네 살짜리 아이가 갑자기 헐크로 변해 아빠를 제압해서 바닥에 눕히자, 한 살짜리 아이가 눈을 휘둥그레 뜨고 바라보았다. 딸이 간지럽히기 공격으로 복수했다. 딸이 아빠에게 항복하라고 말하자 아빠가 말했다. 절대로 항복 안 해! 그런데 딸이 이미 이겼기 때문에 어떻게 대답하든 상관이 없었다. 잘 싸웠어. 아빠가 말했다. 아빠도 잘 싸웠어. 딸이 말했다. 한 살짜리 아이가 기어 와 두 사람의 얼굴에 침을 묻혔다.

키즈클럽은 아이들로 가득 차 있었다. 미끄럼틀 앞에 아이들이 줄을 선 모습이 보였다. 어린이집 아이들이 와 있었다. 베이비시터들도 도착했다. 아이가 일곱 명인 가족도 도착했다. 네 살짜리 아이가 달려왔다. 너무 늦었다는 말이 목소리에 실려 왔다. 아빠, 아빠, 아빠! 여벌 바지를 가져와서 정말 다행이야. 아빠가 화장실에서 옷을 갈아입히며 말했다. 그때 직원이 순찰을 돌다가 한숨 한번 쉬지 않고 기계적으로 분비물을 닦았다. 그렇지. 아빠가 다시 말하며 딸을 꼭 껴안았다. 내가 여벌 바지를 챙겨 온 건 정말 신의 한 수였어. 그가 조용해졌다. 그는 자신이 박수받고 싶어 한다는 걸 느꼈다. 그는 자신의 네 살짜리 아이가 자신을 바라보며 이렇게 말해 주기를 원했다. 정말 대단해, 아빠. 팬티와 여벌 바지 모두 챙겨 오는 걸 잊지 않았다니 믿을 수가 없어. 하지만 그의 딸은 수도꼭지에 손잡이도 없는데 어떻게 물이 나오는지 알아보는 데 정신이 팔려 있었다. 아이가 세면대 앞에 발끝으로 서서 손을 들이밀자 물줄기가 흘러내리기 시작했다. 다시 그리고 계속해서 다시. 자동이야, 완전 자동이야! 아이가 말했다.

그사이에 아빠는 한 살짜리 아들아이의 기저귀를 갈아 주었다. 아이는 바닥에 눕자마자 유도 검은 띠 보유자로 변신해 잡으려 할 때마다 마치 뱀장어처럼 요리조리 빠져나갔다. 기저귀를 벗긴 뒤 아이의 배를 한 손으로 잡고는 물티슈에 손을 뻗기 위해 시선을 잠깐 옮기는 사이 돌아보니 아이가 사라지고 없었다. 아이는 이미 볼 풀에 가서 앉아 있었다. 아이는 집으로 가는 지하철에 혼자 오르기도 하고, 헬리콥터 프로펠러가 회전하듯이 배로 몸을 돌리기도 하고, 벽을 타고 기어오르기도 할 것이다. 낙하산을 멘 병사가 비행기에서 뛰어내리는 것처럼 아이 기저귀 갈 때 사용하는 높은 탁자에서 몸을 던지려고 할 것이다. 그렇지만 아빠는 단련이 되어 있었다. 그는 모든 것을 한눈에 꿰고 있었다. 네 살짜리 아이가 아기였을 때만 해도 아빠는 인내심이 많았다. 기저귀 가는 일이 전부 끝날 때까지 가만히 누워 있도록 딸아이를 설득하려고 찬찬히 설명했었다. 그런데 한 살짜리 아들아이에게는 화가 났다. 그는 아들을 힘으로 눌렀고, 아들이 소리를 지르도록 내버려 두었고, 새로운 기저귀를 갈아 채운 다음 네 살짜리 아이가 세면대를 물바다로 만들지 못하도록 강제로 저지했다.

*

드디어 금요일, 아버지인 할아버지가 손주들을 만나는 날이 되었다. 그가 시내 아무 데서나 만나자고 제안했다. 올렌스 백화점, 화장품 전시대들이 보이는 1층 입구에서. 그들이 늘 만나는 장소이기도 했다. 왜냐하면 아들이 열두 살이었을 때 그들이 각자 한 손에 빈 바나나 상자를, 다른 손에는 서류 가방을 들고 준비하던 곳이 바로 그곳이었기 때문이다. 경찰복을 입은 사람들이 보였다가 이내 사라지고, 아버지와 아들은 드로트닝가탄 가(街) 중심부를 향해 아무 일도 없다는 듯 헤치고 나아갔다. 쇼타임. 아버지가 속삭였다. 아들은 사랑하는 아버지와 이렇게 함께 올 수 있는 것에 대해 진심으로 고마워하며 활짝 미소를 지어 보였다. 멍멍 짖어대며 뒤로 재주넘는 강아지 장난감을 파는 남자에게, 아니면 유리창을 타고 내려오는 산타클로스 장난감을 파는 남자 혹은 인도 사람처럼 옷을 차려입고 특별한(꽤 어려워 보이는) 기술로 혓바닥 밑에 넣어 마치 새 같은 소리를 내게 해 주는 작은 피리를 파는 남자에게 자리를 빼앗기고 싶지 않았기 때문에 빨리 움직이는 것이 상책이었다. 허가권을 가지고 있어서 경찰이 와도 자리를 이동할 필요가 없는 사람은 핫도그 노점상이었지만, 그는 다른 사람들의 경쟁 상대가 아니었다. 그 역시 경찰차가 와서 서는 것을 보면 크게 휘파람을 불어 신호를 주었고, 그러면 좌판을 벌이고 물건을 내놓았던 사람들은 모두 몸을 던져 서둘러 물건들을 모두 커다란 포대에 담아서 올렌스 백화점 입구를 향해 빠르게 걸음을 옮겼다. 바나나 상자에 기대 놓은 가방에 물건을 담은 뒤 그 상자들을 재빨리 발로 걷어차고 가방을 닫은 다음 휘파람을 불며 회토리에트 광장 방향으로 태연하게 발걸음을 옮겼다. 핫도그 노점상은 그대로 서 있다가 경찰을 향해 손짓하며 자신의 허가권을 살펴보고 싶지 않은지 물었다. 물론 그곳에서 상행위가 법적으로 가능하다는 걸 모두 알고 있었음에도 말이다. 아버지와 아들은 여기서 주말에 물건을 팔았다. 직접 수입한 시계를 팔았고, 올렌스 백화점 안에서 파는 것과 똑같은 이름의 향수들을 팔았으며, 아버지가 '한숨의 터널'에서 산 덜거덕거리는 플라스틱 눈이 달린 스티커를 팔았다. 신학기 시작이 가까워 오면 그들은 필통과 향기 나는 지우개를 팔았고, 부활절이 시작될 때면 위로 아주 조금 들어 올려 열 수 있는 파스텔 색의 부활절 계란을 팔았다. 아들이 아무 말도 하지 않았지만, 아버지는 이미 열두 살이 된 아들에게 이러한 일들이 가치를 따질 수 없을 정도로 소중한 공부였다는 사실을 알고 있었다. 아들은 인생에서 그 무엇도 공짜가 없다는 사실을 잘 이해하고 있었다. 원치도 않는 사람에게 뭔가를 판다는 것이 매우 소중한 기술이라는 것을 그는 배웠다. 물건값을 깎으려고 하는 사람들과 흥정하는 법을 배웠다. 이 초도 안 걸려 바나나 상자를 차 버리고 서류 가방을 닫는 법을 배웠다. 규칙이라는 것을 배우기는 했지만 어떤 규칙들은 어겨도 되었다. 그런데 그러한 통찰력이 없어서 아들도 엄마처럼 세상을 두려워하게 되었다.

하지만 올해 아들은 이유가 뭔지는 모르겠으나 시내에서 만나는 것을 원치 않았다. 아들은 도시 남쪽에 살아서 아버지가 지하철을 타고 키즈클럽까지 오기를 원했다. 키즈클럽이라고? 할아버지는 키즈클럽에 가기에는 정말 너무 피곤하고 몸이 좋지 않았다. 그는 시력을 잃어 가고 있었다. 오래 서 있는 것도 불가능했다. 분명히 입장료도 있을 것이다. 그러나 자신의 아이들을 위해 못 할 것이 무엇인가? 할아버지는 지하철을 타기 위해 마지막 남은 힘을 끌어모았다. 릴예홀멘에서 지하철을 갈아타고 남쪽 노르스보리를 향해 계속 지하철을 타고 갔다.

스톡홀름 지하철은 예전과는 달라 보였다. 그때만 해도 금발에 파란 눈을 가진 스웨덴 사람들이 사방에 있었다. 그리고 이국적인 그리스인이 객차들 사이를 오가며 혁명적인 그림엽서를 팔거나 아프리카인이 레게 장르의 카세트테이프를 팔았다. 그런데 지금은 지하철 객차 안이 세계 각지에서 온 사람들로 가득 찬 동물원 같았다. 지하철이 외른스베리를 지나자 나이 든 여자 두 명이 스페인어로, 십 대 청소년 네 명은 러시아로, 남자 두 명은 페르시아어로, 관광객 가족은 덴마크어로 떠드는 소리가 그의 귓가에 들려왔다. 세트라에서는 거지 한 명이 탔다. 그 사람은 헐렁한 바지를 입고 은색 테이프를 둘러 대충 수선한 신발을 신고 있었다. 그가 비어 있는 모든 좌석에 코팅한 사진을 올려놓았다. 할아버지가 그 사진을 흘깃 바라보았다. 맑고 밝은 색상의 옷을 입은 한 무리의 아이들이 집 앞에 서 있는 사진이었다. 현관에는 합판으로 만든 문이 달려 있었다. 사진 속 아이들은 전부 맨발이었고 카메라를 향해 미소 짓고 있었다. 그는 그렇게 많은 아이들을 자식으로 두기에는 나이가 한참이나 어려 보였다. 그의 아내인 듯한, 갓난아기를 안고 있는 여성은 무척이나 아름다웠다. 거지는 사진을 다시 거둬 모으면서 일회용 종이컵을 들고 한 바퀴 돌았다. 할아버지가 차창 밖을 응시했다. 할아버지에게는 이런 속임수가 통하지 않았다. 그들이 조직을 이루어 활동한다는 것을 할아버지는 잘 알고 있었다. 그 사람들은 자기네 나라에서 명품 자동차를 타고 다녔을 것이다. 할아버지는 오랫동안 엄청 열심히 일했고, 자기 돈을 무상으로 기부했다. 게다가 지금 그에게는 돈이 거의 남아 있지 않았다. 남아 있는 돈도 앞으로 필요할 때를 대비해 전부 저축해 두었다.

할아버지는 에스컬레이터를 타고 광장으로 올라갔다. 눈에 들어오는 풍경이 대체로 그전과 같았지만 모든 것이 똑같은 건 아니었다. 시내를 새롭게 재건했다. 사람들이 광장에서 비싼 바클라바*를 팔았다. 천막 두 개에서는 상인들이 과일을 팔았는데, 두 천막 앞에 줄이 비슷한 정도로 늘어서 있었다. 할아버지가 키즈클럽이 어디인지 물었다. 그렇지만 아는 사람이 없었다. 마침내 아들에게 전화를 걸기는 했지만, 전화 카드에 충전이 되어 있지 않아서 프레스뷔론 편의점에 가서 계산대 뒤에 서 있는 남자에게 카드 충전을 도와 달라고 부탁했다. 알파벳과 코드가 너무 작아서 그의 눈에는 들어오지 않았다. 할아버지가 자신의 휴대폰을 건네자 직원이 말했다. 와, 정말 옛날 휴대폰이네요! 내 아들한테 받은 거예요. 할아버지가 말했다. 계산대 뒤의 남자는 십 년이나 된 노키아 휴대폰으로 문자를 보내려면 어떻게 하면 되는지 살펴보기 시작했다. 나는 자식이 둘이라오. 아들 하나에 딸 하나. 딸아이는 정말 성공했어요. 지금 PR 쪽 일을 하고 있지요. 바사스탄에 살아요. 딸아이는 인터넷을 할 수 있고 날씨 앱이 들어 있는 새 휴대폰을 내게

* 호두·밤·꿀 등을 넣어 만든 중동 지방의 디저트.

사 주고 싶어 해요. 하지만 나는 이걸로 만족한다고 말하지요. 계산대 뒤의 남자가 고개를 끄덕였다. 그가 문자 기능을 발견했고, 전화 카드에 입력해야 할 코드를 눌렀다. 아들아이는 회계 컨설턴트예요. 우리는 사이가 정말 좋아요. 할아버지가 말했다. 계산대 뒤의 남자가 고개를 끄덕였다. 좋으시겠어요. 아들과 사이가 좋은 사람이 많지 않잖아요. 이제 통화가 제대로 될 거예요. 행운을 빕니다.

할아버지가 광장으로 나갔다. 그는 아들의 전화번호를 눌렀다. 휴대폰 버튼이 너무 작고, 해가 구름 속으로 사라졌고, 휴대폰 화면에 문제가 있어서, 그는 자신이 알고 있는 자판으로 번호를 눌렀다. 첫 번째 시도에서 그는 번호 하나를 빠뜨렸다. 다시 시도했다. 신호음이 세 번 울리고 나서 아들이 전화를 받았다. 어떻게 가면 되는지 아들이 설명해 주었다. 그는 아들이 설명해 준 대로 길을 갔다.

에스컬레이터에서 이미 그는 아이들 웃음소리와 비명으로 융단 폭격을 받았다. 그는 왜 이곳에 온다고 동의했을까? 그가 키즈클럽에 들어가자마자 처음 마주친 것은 울음이 터진 여동생을 데리고 미끄럼틀에서 뛰쳐나오는 남자아이였다. 아이는 마치 부상한 군인을 이송하는 것처럼 팔뚝을 뻗어 여동생을 안고 있었다. 몇 발짝 옮기자 가슴이 터질 것처럼 울어대던 여자아이의 울음소리는 귀가 먹을 듯한 불협화음 속으로 온데간데없이 사라져 버렸다. 이곳에서 아들을 찾기란 불가능할 것 같았다. 그러다가 아들이 그의 시야에 들어왔다. 그들의 시선이 마주쳤고, 그들은 서로를 향해 미소를 지었다.

아들은 기괴하게도 제 엄마를 닮았다. 두 사람은 똑같이 몸매가 호리호리하고 뺨에 솜털도 없었다. 똑같이 검은 옷을 즐겨 입었고 좁다란 코를 가졌다. 아버지와 아들은 포옹했다. 반년 만에 만난 아들은 십 년은 늙어 보였다. 얼굴이 마치 시멘트처럼 창백했고, 눈 밑에 원래 지방 주머니가 있었는데 한동안 지퍼 달린 작은 힙색 정도로 보였던 것이 이제는 큼직한 검정 쓰레기봉투로 변해 있었다. 하지만 아버지는 그것에 대해 한마디도 하지 않았다. 아들의 마음을 다치게 하고 싶지 않았다. 만약 그가 무슨 말이라도 꺼내게 된다면, 아들이 생기 넘치고 원기 왕성해 보인다고 사랑스러운 농담만 할 것이다. 패키지 여행이라도 다녀왔니? 아버지가 물었다. 아들은 대답이 없었다. 그 대신 그는 이렇게 물었다. 무슨 일이에요? 찾기가 어려웠어요? 아니면 늦잠이라도 주무셨어요? 그게 무슨 말이니? 아버지가 물었다. 두 시간 전에는 여기 와 계셨어야 하잖아요. 아들이 말했다. 여기로 두 시간, 저기로 두 시간. 아버지가 대꾸했다. 어쩌면 할아버지는 길을 잃어버렸을지도 몰라. 아들의 오른쪽 다리 밑에서 나지막한 목소리가 들려왔다. 할아버지가 밑을 내려다보았다. 거기에 그 아이가 서 있었다. 그의 사랑스러운 손녀. 아이는 아주 컸다. 아이는 아주 작았다. 세 살에서 여섯 살 사이일 것이다. 그 아이는 이제는 이 세상에 없는 딸아이를 놀랄 정도로 닮았다. 둥근 뺨이 똑같았다. 강렬한 눈길도 똑같았다. 유일하게 다른 것은 옷이었다. 아니, 이게 누구야. 할아버지가 말했다. 안녕하세요. 손녀가 청바지에 감싸인 아빠 허벅지에 얼굴을 갖다 대며 말했다. 몰라보게 컸구나. 네 살이에요. 근데 곧 다섯 살이 돼요. 손녀가 말했다. 내가 누구인지 알겠니? 할아버지가 물었다. 할부지. 손녀가 대답했다. 맞아, 할아버지야. 내가 할아버지야. 할부지, 내 생일 선물 있어? 할아버지가 자신의 주머니 속을 더듬는다. 없어, 어쩌지. 오는 길에 선물을 잃어버렸나 봐. 선물 받고 싶지? 할아버지가 선물 꼭 줄게. 인형 선물을 줄게. 말. 비행기. 네가 원하는 것이 무엇이든 그걸 선물로 줄게. 뭘 갖고 싶니? 축구 양말을 가장 갖고 싶어요. 손녀가 말했다. 정강이 보호대하고 같이. 그럼 그걸 선물로 주마. 축구 양말 열 켤레하고 정강이 보호대 열 개 선물할게. 할아버지가 말했다. 네 살짜리 아이가 아빠를 올려다보았다. 이게 진짜일까 아니면 꿈일까? 아마 꿈일 거야. 아빠가 말했다. 진짜지. 할아버지가 못 박았다.

그들은 자리를 잡고 앉았다. 아이들한테 점심을 먹여야 했다. 할아버지는 커피 한 잔으로 족하다. 그리고 데니시 페이스트리 하나. 그는 배가 고팠지만, 아들이 화가 난 눈치였으므로 아들한테 불편을 끼치고 싶지 않았다. 아버지 당뇨병 있잖아요, 그러니까 아시지 않아요? 혈당량을 반드시 체크해야 한다고요. 그런데 데니시 페이스트리요? 정말 미치겠네요. 아버지, 혈당량이 이런 식으로 계속 오르내리면 무슨 일 일어나는지 모르세요? 아들은 자기 자식들 앞에서 이 모든 말을 떠들어 댔다. 너무 크게 떠들어서 가까운 테이블에 앉아 있던 젊은 엄마와 큰 언니 들이 다 듣게 되었다. 하지만 할아버지는 화를 내지 않았다. 좋지 않은 말로 받아치지 않았다. 아들이 주문을 하기 위해 계산대로 걸어갔다. 못된 번데기 같으니라고. 할아버지가 말했다. 할아버지 눈이 왜 이렇게 된 거야? 손녀가 물었다.

아들이 플라스틱 쟁반 두 개를 들고 돌아왔다. 아들은 자신이 먹으려고 라자냐를 주문했고, 아이들 몫으로는 피자를, 그리고 아버지를 위해서는 샌드위치를 샀다. 치즈 샌드위치 하나. 계란과 생선알이 든 샌드위치는 아니었다. 아이들이 식사하기 시작했다. "자, 먹으렴. 의자에 가만히 앉아 있어. 흔들거리지 마. 소리 내지 말고 입을 다물고 먹으렴. 포크로 먹어. 냅킨을 사용하고. 먹는 걸 바닥에 버리지 마. 아, 정말. 그냥 조용히 피자만 먹을 수 없겠니? 대체 뭐 하는 거야. 빨리 먹으라니까! 아들이 말했다. 애들이 그렇지 뭐. 할아버지가 말했다. 바로 그래서 애들 식사 예절이 중요하다니까요. 아빠가 말했다.

할아버지가 미소를 짓고는 화제의 방향을 바꾸었다. 그는 식사 분위기를 바꿔 보려고 우스갯소리 몇 개를 꺼내 들었다. 할아버지의 매력은 줄지 않았다. 그의 보조개는 항상 있던 자리에 그대로 있었다. 무슨 물건이 되었든 누구한테라도 팔기 위해. 그는 자신이 사용할 어조와 타이밍을 정확하게 알고 있었다. 그는 해변의 모래도 팔 수 있었다. 아이스크림 장수한테 아이스크림도 팔 수 있었다. 태풍에게 바람도 팔 수 있었다. 식탁에 긴장감이 감돌 때 그는 누구라도 웃게 만들 수 있는 탁월한 재담 능력을 지니고 있었다. 특히 네 살짜리 아이를. 그 아이가 너무 많이 웃는 바람에 작은 피자 조각들이 플라스틱 쟁반에 마구 떨어졌다. 하지만 아이 아빠는 웃는 방법을 잊어버린 것 같았다. 토마토가 길을 건너다가 차에 치였다는 옛날 농담을 들려줘도 그의 입은 조금도 씰룩거리지 않았다. 할아버지가 토마토를 당근과 당근 주스로 바꾸었을 때도. 할아버지가 아이 두 명을 데리고 지나가면서 아이들이 아이스크림을 사 달라고 하는데도 사 주지 않으려 하는 유대인 아빠에 관한 농담을 할 때도 아이들 아빠는 전혀 웃지 않았다.

제발요, 이렇게 부탁할게요. 그런 말 좀 하지 마세요. 아들인 아빠가 말했다. 어떤 말. 유대인에 관한 말? 너 인종차별주의자냐? 유대인이라는 것이 다른 것보다 더 나쁘다고 생각하니? 할아버지가 말했다. 아빠는 계속해서 라자냐를 먹었다. 할아버지는 자기 커피를 마셨다. 가서 놀아도 돼? 손녀가 물었다. 아빠는 고개를 끄덕였다. 잘 먹었습니다, 라고 말하고 나면. 잘 먹었습니다. 손녀가 말했다. 그래.

아빠가 할아버지에게 고맙다는 인사를 받으려는 듯한 눈빛을 보냈다. 일단 치즈 샌드위치가 점심은 아니지. 그게 무슨 말이에요? 커피 한 잔과 말라 비틀어진 치즈 샌드위치 하나 사 줬다고 내 아들한테 고맙다고 해야 하나? 다음 단계는 뭐냐? 내가 없을 때 내 우편물을 받아 주고 있는 것에 대해 돈이라도 내야 하나? 내 세금 신고를 해 주는 대가로 나에게 청구서라도 보낼 작정이냐? 네가 내 비행기표를 예약해 줬으니 내가 돈을 지불해야 하냐? 할아버지는 말을 멈추었다. 그는 자신이 아들의 그런 인색함보다 더 큰 아량이 있음을 보여 주려 했다. 그는 제대로 된 사람은 이 세상에서 어떻게 행동해야 하는지, 그리고 제대로 된 사람이라면 자기 아버지에게 맛 없는 커피와 곰팡이 낀 것 같은 치즈 샌드위치를 대접하지 않으며 감사도 바라지도 않는다는 좋은 본보기를 보여 주고 싶었다. 특히 장남이라면 더욱 그랬다. 장남은 아버지를 돌보는 것을 영광으로 생각해야 했다. 아들은 아버지의 세금 신고를 할 수 있는 걸 감사해야 맞다. 그런데 이건 아니다. 아들은 고마움을 느낄 줄 모르는 것 같았다. 그 대신 아들은 질문을 던지기 시작했다. 그는 할아버지가 어떻게 생계를 유지하는지, 다른 나라에서 잘 사는지, 누구를 만나는지, 정치적 상황이 관광업에 영향을 미치는지 그리고 국가가 단시간에 커다란 변화를 겪었는데 지금 더 안전하게 느끼는지 아니면 덜 안전하게 느끼는지 알고 싶어 했다. 할아버지는 그 질문들에 대답했다. 어쨌든 그 질문들 가운데 몇 개에 대해. 하지만 아빠가 왜 그렇게 호기심을 보이는지 이해할 수 없었다. 아니, 할아버지는 정확히 이해가 되었다. 아빠는 그를 당국에 신고할 수 있다고 위협하고 싶은 것이다. 장차 자신이 받게 될 유산을 정확하게 조사해 놓고자 하는 것이다. 종국에 가서 할아버지가 죽고 나면 돈을 최대한 많이 받아 낼 방법이 무엇인지 벌써 계획을 세우려 하는 것이다. 할아버지는 그 질문들에 대답하는 것을 멈췄다. 그들은 침묵 상태로 앉아 있었다. 얼마 동안 계실 거예요? 아빠가 물었다. 금요일에 갈 생각이다. 할아버지가 대답했다. 그러면 딸아이 생일 파티에 못 오시겠네요. 아빠가 말하고는 머리를 흔들었다. 난 방해가 되고 싶지 않아. 할아버지가 말했다. 열흘. 아빠가 중얼거렸다. 그게 짧다는 거냐, 아니면 길다는 거냐? 네가 내 비행기표를 예약해 줬잖아. 할아버지가 물었다. 아빠는 대답하지 않았다. 그 대신 이렇게 물었다. 제 사무실에서 지내는 건 괜찮으세요? 욕실 세면대가 막혔더구나. 할아버지가 말했다. 알아요. 아빠가 대꾸했다. 주방 수납장에 세면대 뚫는 기구가 있어요. 알았다. 할아버지가 말했다. 반려동물들은 좀 어때요? 아빠가 물었다. 바퀴벌레? 할아버지가 반문했다. 바퀴벌레는 반가워요. 혼자가 아니라는 걸 깨닫게 해 주니까요. 하지만 전염병을 옮기죠. 아빠가 말했다. 잠을 자는 동안 바퀴벌레가 이도(耳道)로 기어 들어와 알을 깔 수 있어. 말도 안 되는 일이지. 할아버지가 말했다. 바퀴벌레는 전 세계에 있어요. 여기만 빼고 어느 곳에나. 바퀴벌레가 위험하진 않아요. 이번에는 음식을 싸 오지 않으신 거죠? 아빠가 물었다. 할아버지는 대답하지 않았다. 아빠가 꽤 오랫동안 아무 말 없이 앉아 있다가 테이블에 시선을 고정하며 말했다. 우리 이야기 좀 나눠요.

*

아빠가 된 아들이 키즈클럽 화장실에서 나오는데 그의

휴대폰이 진동했다. 아이들의 할아버지였다. 목소리에 화가 잔뜩 묻어 있었다. 할아버지는 바람 부는 광장에 서 있었다. 그는 카즈클럽을 찾을 수가 없었다. 간판이 없었고, 비가 내리고 있었다. 지저분한 거지들이 사방에 넘쳐났다. 여기까지 지하철을 타고 오면서 검표원 때문에 지하철에서 두 번이나 내려야 했다. 첫 번째는 검표원이 그가 탄 객차에 탔기 때문이었고, 두 번째는 사복을 입은, 검표원 같은 사람들을 본 뒤 그대로 앉아 가면서 위험을 감수하고 싶지 않았기 때문이다. 아들은 한숨을 쉬며 설명했다. 최대한 침착하고 매우 교육적인 목소리로 말했다. 지하철역을 등지고 광장에 서면 왼쪽에 시내로 들어가는 입구가 보일 거예요. 회전문을 통과해 그 안으로 들어가세요. 헴텍스 가정용품 상점, 포렉스 환전소, JC 청바지 체인점을 지나가면 길 중간에 화장품 가게가 있을 거예요. 거기서 주차장을 향해 왼쪽으로 돈 뒤 에스컬레이터를 타고 내려가세요. 그러면 클라스 올손 공구 상점의 입구가 보일 텐데, 그 뒤로 돌아가세요. 알았다. 할아버지인 아버지가 대답하고는 전화를 끊었다.

이십 분 뒤 아버지가 키즈클럽으로 들어왔다. 그는 맞바람을 맞으며 걷듯 몸을 앞으로 굽히고 있었다. 마치 실내에 비가 내리는 것처럼 실눈을 뜨고 쳐다보았고 다리를 절룩거렸다. 그는 초인종도 누르지 않고, 입장료도 지불하지 않고, 신발을 벗어야 한다고 안내하는 안내판도 살펴보지 않고 안으로 들어왔다. 그가 자기 아들을 발견하고는 미소 지었다. 아버지의 턱수염에는 군데군데 잿빛 수염이 튀어나와 있었다. 그의 치아는 누렜다. 그의 스웨터는 흰색이었지만 셔츠 깃 안쪽처럼 얼룩져 있었다. 에이, 뭔 날씨가 이 모양인지. 아버지가 말하며 고개를 가로저었다. 그들은 포옹을 나누었다. 그가 자신의 손주들에게 인사를 건넸다. 커피를 마시고 싶구나. 뭔가 달콤한 것이 있으면 좋겠는데. 데니시 페이스트리나 초콜릿 비스킷 같은 것으로. 그가 자리에 앉으며 말했다. 아들이 한 살짜리 아이가 앉을 유아용 의자를 가지러 계산대로 갔다. 아들이 음식을 가지고 돌아왔을 때 할아버지는 한 살짜리 아이와 놀고 있었다. 그는 구겨진 냅킨을 한 손에 잡고는 손을 빙빙 돌리기도 하고 팔을 서로 엇갈리게 두었다가 손자에게 한 손을 선택하게 했다. 한 살짜리 아이가 연거푸 손을 선택했다. 아이는 어느 정도 즐거워하는 듯했다. 마치 나이 많은 친척의 마음에 맞춰 주기 위해 자신이 이따금 나서야 한다는 걸 알아차린 듯 보였다. 가서 놀아도 돼? 네 살짜리 아이가 물었다. 이 피자 다먹고 나면. 내가 너희한테 피자 사 줬잖아. 아빠가 말했다. 아빠가 내가라는 말을 특별히 강조해서 말하자, 아이들은 이것이 할아버지와는 전혀 상관없는 일이라는 걸 알아차렸다. 난 배 안 고파. 네 살짜리 아이가 말했다. 너 배고프잖아. 아빠가 말했다. 난 피자 싫어. 아이가 다시 말했다. 너 좋아하잖아. 아빠가 이렇게 말하고는 피자를 작은 조각으로 자르기 시작했다. 난 저 샌드위치 먹고 싶었어. 아이가 말했다. 그러면 안 돼. 아빠가 대꾸했다. 너 아이한테 너무 심하게 하는구나. 할아버지가 말했다. 내 데니시 페이스트리는 어디 있냐? 아버지 것으로 대신 샌드위치를 샀어요. 난 샌드위치 싫어한다. 할아버지가 투덜대는 어조로 말했다. 할아버지 샌드위치 싫어해요? 네 살짜리 아이가 놀란 표정으로 물었다. 난 데니시 페이스트리를 좋아해. 할아버지가 대답했다. 나도요. 네 살짜리 아이가 말했다. 한 살짜리 아이는 이미 자기 피자를 반이나 먹어 치웠다. 아빠는 자기 라자냐를 먹었다. 할아버지는 커피를 마시고 샌드위치를 먹었다. 아무도 말을 하지 않았다. 아빠가 대화를 시작하려고 했다. 할아버지는 잘라서 짧게 대답했다. 아빠가 다시 시도했다. 할아버지는 대답하지 않았다. 마치 싱크홀에 말을 내뱉는 것 같았다. 마치 주차 무인 정산기에 질문을 던지는 것 같았다. 그들은 아무 말 없이 앉아 있었다. 아이 두 명이 동시에 트램펄린으로 뛰어 들어가다가 부딪쳐서 울기 시작하자, 부모들이 서로 다른 방향에서 뛰어오기 시작했다. 한 살짜리 아이는 피자를 다 먹고 물병 안의 물을 벌컥벌컥 마셨다. 네 살짜리 아이도 피자를 다 먹었다. 그 아이는 농구와 축구를 할 수 있는 운동장을 향해 달려갔다. 쟤는 왜 사내놈처럼 옷을 입혔냐? 할아버지가 물었다. 숫자가 프린트된 티셔츠를 무척 좋아해서요. 아빠가 대답했다. 그들은 다시 침묵했다. 할아버지가 헛기침을 했다. 아빠는 물 한 모금을 마셨다. 은행 서류 가지고 왔냐? 할아버지가 물었다. 아니요. 아빠가 대답했다. 난 그게 필요한데. 할아버지가 말했다. 알아요. 제가 처리할게요. 아빠가 대꾸했다. 난 발을 치료해야 하는데. 할아버지가 말했다. 알았어요. 주치의한테 가서 말하세요. 제가 월요일 9시 15분에 아버지 이름으로 진료 예약을 해 두었으니까요. 기억하시겠어요? 월요일 9시 15분이에요. 아빠가 말했다. 할아버지가 안쪽 주머니에서 종이 한 장을 꺼냈다. 반으로 접은 하얀 봉투였다. 그는 거기에 열 개의 숫자를 차례로 썼다. 아들이 진료 예약을 했다는 월요일의 날짜와 시간을 적었다. 다이어리는 없어요? 아빠가 물었다. 난 다이어리 필요 없어. 다이어리는 종이 회사들이 사람들 돈 쓰게 하려고 만들어 낸 거라고. 할아버지가 말했다. 언제 가실 거예요? 아빠가 물었다. 금요일. 그러면 딸아이 생일 파티에는 못 오시겠네요. 아빠가 말했다. 나이 먹는 걸 축하할 게 뭐 있냐. 할아버지가 대꾸했다. 이제 더는 안 되겠어요. 아빠가 말했다. 뭐가 안 된다는 거야? 할아버지가 물었다. 전부 다요. 아버지가 제 집에서 사는 거요. 제가 아버지의 일을 돕는 거요. 내가 네 집에서 살진 않잖아. 네 사무실에서 살고 있잖아. 할아버지가 말했다. 맞아요. 그게 안 되겠다는 말이에요. 아빠가 대답했다. 일 년에 두 번인데. 한 번에 이 주, 그러니까 일 년에 한 달간 저는 일을 할 수가 없어요. 아빠가 말했다. 너 육아 휴직 중 아니니? 할아버지가 물었다. 지금이야 그렇죠. 하지만 육 개월 후에는 아니에요. 아빠가 대답했다. 할아버지가 자기 아들을 뚫어지게 쳐다보았다. 떠나시기 전에 열쇠들을 돌려주세요. 아빠가 말했다. 그러면 난 어디에 살란 말이냐? 할아버지가 물었다. 너희 아파트에? 거긴 너무 비좁아요. 우리 가운데 살아남을 사람이 아무도 없을 것 같아요. 아빠가 대답했다. 그러면 내가 호텔에 들어가야 하니? 네 아비가 호텔에서 살길 원하냐? 네가 원하는 게 그거야? 손자들 만날 기회를 얻기 위해 호텔비를 내라는 거지? 나를 늙은 개처럼 거리에 내다 버리겠다는 거지? 목소리좀 낮추세요. 아빠가 말했다. 나한테 목소리 낮추라고 말하지 마. 할아버지가 중얼거리며 테이블 윗면을 손으로 내리쳤다. 한 살짜리 아이가 웃었다. 네 살짜리 아이가 걱정스러운 표정으로 달려왔다. 싸우는 거야? 아이가 물었다. 이 문제는 나중에 얘기하죠. 아빠가 말했다. 나중에 언제? 할아버지가 물었다. 아이들이 없을 때요. 아빠가 대답했다.

*

엄마이고 여동생인 딸이 금요일 오후 도시 전체에서 악취가 풍길 시간에 직장에서 퇴근해 집으로 가는 길이었다. 엘리베이터에서 절연 테이프 냄새가 났다. 에스컬레이터에서는 고무 태우는 냄새가 났다. 지하철 객차에서는 오래된 프렌치프라이 냄새가 났다. 그녀는 삼십 분 사이에 두 번이나 화장실에 다녀왔다. 그녀는 기뻤다. 자랑스러웠다. 강했다. 슬펐다. 모든 것이 살얼음판이었다. 그렇지만 동시에 힘이 넘쳤고 에너지가 가득했다. 그녀는 이내 지하철 객차에서 잠이 들었고 내려야 할 정거장을 지나쳤다. 잠에서 깨어나자 그녀는 치즈 케이크를 먹고 싶었다. 그녀가 원하는 것은 그것뿐이었다. 치즈 케이크. 이 엿 같은 도시 어디에 치즈 케이크가 있을까? 그녀는 카페에 들어가서 물었다. 우리 카페엔 당근 케이크만 있어요. 턱수염을 기른 남자가 계산대 뒤에서 말했다. 저는 치즈 케이크를 찾고 있거든요. 여동생은 이글거리는 목소리로 말했다. 그러시군요. 그가 대답했다. 미안해요, 제가 힘이 빠져서 녹초가 됐거든요. 그런데 치즈 케이크가 정말 먹고 싶어요. 그녀는 계속해서 찾아 헤맸다. 그녀는 빵집 안으로 들어갔다. 건강식품 판매점으로 들어갔다. 마침내 식료품 가게에서 비닐에 포장되어 있는 메말라 보이는 치즈 케이크를 발견하고 두 개나 샀다. 그녀는 그 자리에 선 채로 치즈 케이크를 샌드위치처럼 손으로 들고 전부 먹어 치웠다. 사람들이 쳐다보는 것도 아랑곳하지 않았다. 그들은 그녀를 마음 가는 대로 실컷 쳐다보았다. 그녀는 집으로 향했다. 그녀의 휴대폰이 울렸다. 그녀가 전화를 받자 아버지가 말했다. 드디어 통화가 됐구나. 제가 계속 전화했었어요. 아버지 목소리 들으니까 좋아요. 우리 만날까요? 커피라도 한잔 할까요? 저녁 먹을까요? 난 언제든지 괜찮아요. 물론 아버지가 바쁜 거 잘 알아요. 괜찮아요, 아버지. 그녀가 말했다. 그런데 무슨 일 있어요? 아니다, 난 그저 내 멋진 딸을 만나고 싶어. 물론이에요. 우리 만나야죠. 그녀가 말하며 자신의 일정을 살폈다. 다음 주에는 약속이 꽤 많은데 내일 점심은 어떨까요? 그녀가 말했다. 내일이 무슨 요일이지? 아버지가 물었다. 토요일요. 그녀가 대답했다. 그러면 11시 30분쯤에 시내에서 볼까? 난 기쁘기 그지없구나. 아버지가 말했다. 사랑하는 스페이스 에인절, 그때까지 잘 지내거라. 그들은 전화를 끊었다. 그녀는 계속해서 집으로 향했다. 그녀의 배 속에 있는 건 아직 인간이 아니었다. 태아도 아니었다. 몇 개의 작은 세포가 자궁점막에 착상해 1밀리미터 크기의 세포구를 형성할 때까지 계속해서 분열하고 또 분열하고 있을 뿐이었다. 아직 피부도 없고, 신경도 없고, 귀도 없고, 눈도 없다. 근육도 없고, 뼈도 없고, 신장도 없고, 뇌도 없다. 창자도 없고, 소화계통도 없고, 폐도 없고, 방광도 없고, 성(性)도 없고, 성격도 없고, 이름도 없다. 첫 번째 호흡, 첫걸음, 반항적인 두 살, 고집센 세 살까지는 아직 멀었고, 도전적인 네 살까지는 말할 것도 없었다. 신고도 없었고, 경찰 심문도 없었고, 법적 대응도 없었고, 탄원서나 진술서도 없었고, 항소도 없었고, 공공장소에서의 공동 양육권 합의도 없었다. 새로운 통보도 없었고, 지난 오 년간 진행되어 온 일들에 관해 전혀 모르는 새로운 담당 공무원과의 회의도 없었다. 합의가 이루어질 경우 어느 부모가 어느 주말을 아이를 맡을 것인지에 관한 갈등도 없었고, 크리스마스는 누구와 함께 지낼 것이며, 학교 졸업식에는 누가 참석할 것이며, 아버지와 비교해서 엄마와는 몇 시간을 함께 보낼 것인가에 관한 갈등도 없었다. 새로운 양육권 분쟁도 없었고, 거주지 교대도 없었고, 부모 사이의 장기적인 갈등으로 인해 아이가 얼마나 많은 상처를 입었는지 평가하는 독립 컨설턴트도 없었고, 다른 부모에 대해 긍정적인 이미지를 제공하는 부모가 주 보호자가 되는 게 좋다고 추천하는 최종 보고서도 없었다. 바로 그녀가 하는 일이었다. 그녀가 너무 잘하다 보니 오히려 아들이 그녀 집에 오는 걸 거부하게 되었고, 이제 그녀는 혼자 남게 되었다. 비록 그녀가 혼자는 아니더라도. 그녀에게는 남자친구가 있었다. 그리고 자궁 안에서 자라고 있는 아기는 작은 관 모양의 심장이 이제 막 뛰기 시작한 태아 상태였다.

*

아버지인 할아버지가 지하철에서 내려 광장을 가로질러 갔다. 카페, 식료품 가게, 숯불 바비큐 식당, 인도 음식점, 미용실 두 곳, 역할 놀이용 작은 조각상을 팔고 있는 가게, 방물 상점 그리고 피자 가게 두 곳을 지나쳤다. 할아버지는 인도 음식점에 가는 것은 꿈도 꾸지 않았다. 그 식당 음식이 맛있다는 아들의 주장은 아무런 상관이 없었다. 가격이 무척 저렴하다는 말을 듣고 난 뒤에는 절대로 의견을 바꾸지 않았다. 할아버지는 인도 사람을 신뢰하지 않았다. 인도인들은 자기네 음식에 뭐든지 집어넣어. 메뉴에 치킨이라고 쓰여 있을지 모르지만 사실은 개고기인지 누구 알겠어. 그는 숯불 바비큐 식당에도 가지 않았다. 쿠르드인이 하는 식당이었는데, 쿠르드인을 믿는 것은 알바니아인을 믿는 것과 같다고 생각했다. 심지어 더 심하다고 생각했다. 피자도 더 비싸고 샐러드에 추가 요금을 내야 하는 초록색 간판의 피자 가게와 단 두 명의 직원을 두고 식사보다는 술 손님들을 더 많이 받는 파란색과 흰색 간판의 피자 가게 중 한 곳을 선택했다. 오늘 그는 파란색과 흰색 간판의 피자 가게를 선택했다. 그는 거의 항상 파란색과 흰색 간판의 피자 가게를 선택했다. 거리 위쪽에 살며 차고를 가지고 있는 전기 기사가 그를 향해 고개를 끄덕이며 인사를 건넸다. 그 남자는 계절에 상관없이 이마에 미러 선글라스를 끼고 있었는데, 주름을 가리려고 하는 건지 벗어진 머리를 가리려고 하는 건지는 알 수 없었다. 프리다가 닳아빠진 핸드백을 들고 주방 안에 있는 화장실에서 나왔는데, 크게 소리 내어 웃는 모습을 보니 옛날에 그녀가 지금보다 훨씬 더 예뻤을 거라는 사실을 알 수 있었다. 정말 건강해 보이세요. 그녀가 (여느 때처럼) 말했다. 외국에 살아서 좋은 점이 그거예요. 그가 (여느 때처럼) 대꾸했다.

할아버지는 늘 하던 대로 주문을 하고는 늘 앉던 자리에 앉았다. 다른 테이블에 할아버지가 아는 사람들이 앉아 있었지만 그들은 그와 시선을 마주치지 않았다. 한 남자는 목에 문신이 있었고, 다른 남자는 글자를 수놓은 가죽조끼를 입고 있었다.

계산대 뒤에 있는 남자가 할아버지에게 기다리는 동안 맥주 한잔 하지 않겠냐고 물었다. 할아버지는 괜찮다고 대답했다. 왜냐하면 당연히 그 맥주는 공짜가 아니었기 때문이다. 그가 맥주를 대접하겠다는 투로 말했지만, 예전에 한번 속은 적이 있었기 때문에 다시 속고 싶지 않았다. 피자

가 나왔고, 그는 김이 모락모락 나는 네모 난 피자 상자를
받았다. 프리다가 그에게 문을 열어 주었다. 내일 봐요. 계
산대 뒤의 남자가 말했다.

그는 열쇠 꾸러미를 꺼내기 위해 아파트 밖 계단통에 피
자 상자를 내려놓았다. 손으로 열쇠의 무게를 재 보았다. 이
건 그의 열쇠였다. 그는 열쇠를 복사하기 위해 돈을 냈다.
예전에 사용하던 열쇠가 없어졌지만, 아들은 그에게 새로
운 열쇠 복사해 주는 것을 거부했다. 그는 자신의 열쇠 꾸
러미를 그에게 건네주고는 열쇠공에게 다녀오라고 말했다.
열쇠공이 어디 있는데? 온 사방에 다 있죠. 아들이 대답했
다. 네가 좀 할 수 없겠니? 할아버지가 말했다. 왜요? 아들
이 물었다. 내가 너무 피곤해서 그럴 힘이 없구나. 할아버지
가 대답했다. 아버지, 이번 주에 결산해야 할 일이 세 건이
나 있어요. 우리 아파트를 리모델링해 줄 사람도 구해야 하
고요. 제 여자친구는 회의에 갈 거예요. 그래서 이번 주는
몹시 바빠요. 그러니 아버지가 열쇠공에게 가서 복사해 오
시면 좋겠어요. 하실 수 있겠어요? 아들이 말했다. 할아버
지가 고개를 끄덕였다. 그는 열쇠공을 찾아가 열쇠를 복사
했다. 그 비용을 낸 사람이 바로 그였기 때문에 이것은 그
의 열쇠였다. 나중에 여러 해가 지나고 나서 아들이 그것을
달라고 주장할 수는 없었다.

아버지는 가위를 하나 들고 와서 TV 앞에서 피자를 잘
랐다. 그는 금요일 밤의 영국 추리물에 집중하려 했다. 모든
사람이 비슷해 보였다. 경찰들은 마치 도둑 같았다. TV 화

면 속에서는 비가 멈추지 않고 계속 내렸다. 모두가 외투를 걸치고 있고 걱정스러워하는 얼굴이었다. 오늘 아들과 나눈 대화가 계속 머릿속에 떠올랐다. 아들처럼 생기기는 했지만 실제로는 뱀이었다. 어떻게 그런 식으로 앉아서 사랑하는 아버지에게, 그것도 손주들이 보는 앞에서 지옥으로 꺼지라고 말할 수 있을까? 어떻게 그리도 냉정할 수 있을까? 도대체 언제 사랑하는 아버지보다 커리어와 돈을 우선순위에 두는 로봇으로 변해버린 걸까? 믿을 수가 없었다. 아들은 수치거리였다. 아들은 아들이 아니었다. 아들은 인생을 살면서 그 어떤 것을 위해서도 싸울 필요가 전혀 없었던, 버릇없이 자란 아이였다. 자신의 불행을 전부 다른 사람에게 돌리고 비난하는, 거북스럽기 짝이 없고 진부한 인간이었다. 그는 평생 나쁜 일들은 모두 자신의 능력 밖의 무언가와 연결되어 있다고 생각하는 필터를 가지고 세상을 바라보았다. 어렸을 때 아들은 인종차별주의자였다. 그리고 비보(Vivo)의 인턴십을 얻지 못했다. 비보는 인종차별주의자들이에요. 아들이 말했다. 아들은 B를 받은 음악만 빼고 전 과목에서 A를 받았다. 음악 선생님은 인종차별주의자예요. 아들이 말했다. 아들은 농구 경기를 하다가 상대 팀 센터의 관자놀이를 팔꿈치로 쳐서 다섯 번째로 파울 조치를 받았다. 심판은 인종차별주의자예요. 아들이 말했다. 친구들과 함께 유르고르덴의 야외극장에 가기로 했던 날 저녁, 날씨가 좋지 않았다. 정말 인종차별주의적인 날씨구나. 아버지가 말했다. 정말 재미있네요, 자기네 농구 팀에서 제일 피부가 흰데도 불구하고 그 누구보다 차별을 받는다고 느끼던 아들이 말했다.

중학교 때 아들은 음악을 알게 되었다. 이어폰 없이는 절대 밖에 나가지 않았다. 언젠가 아버지는 아들이 이어폰을 얼마나 간절히 찾는지 알아보려고 이어폰을 숨겼고, 아들은 30분간 아파트 전체를 헤매 다녔다. 이어폰은 놔두고 학교에 가거라. 아버지가 말했다. 안 돼요. 아들이 말했다. 왜? 아버지가 물었다. 모르겠어요. 안 돼요, 난 그게 있어야 해요. 아들이 대답했다. 아들은 농구 팀 친구들과 함께 청소년 문화 센터에서 음악을 만들기 시작했다. 그 애들이 만든 게 음악이 아니라는 것이 문제였다. 드럼과 잡담뿐이었다. 때로 그들은 아버지가 가지고 있던 옛날 레코드판 가운데서 샘플링을 훔쳤고, 때로는 다른 노래의 연주곡 버전을 가져와 곡을 만들기도 했다. 창의적인 것도 아니었고, 멜로디도 아니었고, 코러스도 없었다. 그냥 욕설과 사이렌 소리만 들렸다. 진실되게 행동하라는, 주류 팝은 절대로 안 되며 계속 언더그라운드에 머물러야 한다는 가사뿐이었다. 왜냐하면 아들은 세상의 악한 모든 것은 대규모의 상업 음반 회사로부터 나온다고 확신했기 때문이다.

이후 이혼을 하게 되었다. 아버지와 자식들은 간헐적으로 연락하고 지냈다. 그러다가 연락이 끊겼다. 아들은 그에게 페미니즘을 가르쳐 준 주근깨가 난 여자애와 함께 살게 되었다. 아버지와 아들이 다시 연락하게 되자 아들은 세상 모든 악의 근원에는 남자의 권력이 있다고 했다. 폭력적인 포르노물, 집단 성폭력, 아름다운 여성과 하이힐과 여성용 자전거를 광고 캠페인에 이용하는 것은 모두 남성의 잘못이었다. 그렇지만 세상은 멋진 거야. 아버지가 말했다. 아버지의 세상이 그랬겠죠. 아버지는 실제로 세상이 어떤 모습인지 전혀 몰라요. 아버지는 비밀경찰이 현관문을 두드려 대서 커피 테이블 밑에 숨어 본 적이 없잖아요. 아버지한텐 감옥에서 분신자살한 외삼촌도 없잖아요. 아버지는 배고픔이 정말로 뭔지, 진짜 불안이 뭔지, 진짜 두려움이 뭔지 전혀 느껴 본 적이 없어요. 그것에 관해 아버지가 뭘 알아요? 아들이 말했다.

아버지는 외국으로 이주했고, 아들은 증여세 한 푼 물지 않고 아버지의 아파트를 증여받았다. 유일하게 요구된 것은 아버지의 우편물을 관리하는 일과 아버지가 집에 올 때 머무를 곳을 제공하는 것이었다. 아들은 스웨덴 명문 대학에서 경제학을 공부했다. 그의 동창들은 외국으로 이주했다. 그들은 런던에서 경영 컨설턴트가 되었다. 그들은 베를린에서 인터넷 회사를 창업했다. 하지만 아들은 회계를 전공으로 선택했는데, 회계사가 제일 간단하고 안정된 직업이었기 때문이다. 그는 출판사와 서점을 운영하던 철학자 두 명을 통해 자기 사무실을 발견했다. 철학자 한 사람은 1970년대 좌파의 일원이었으며, 다른 철학자는 예테보리의 폭력 진압 경찰에 붙잡혀 폭동 시도 또는 공무원에 대한 폭행 또는 기마 경찰에 대한 폭행 혐의로 수개월 동안 감옥에 갇혀 있었다. 아버지는 알지 못했지만 그들의 출판

사는 몇 년 동안 아들의 사무실 옆에 있었으며, 그동안 모든 악의 근원은 인종차별주의나 음반사 또는 남성의 권력이 아니었다. 이제 아들은 대문자 C로 시작하는 자본주의 때문이라고 주장했다. 하지만 넌 경제 전문가잖아? 아버지가 반문하며 고개를 가로저었다. 저항하는 경제 전문가예요, 아들이 대꾸했다.

내 아들의 뇌는 한 번에 한 가지 생각만 들어갈 자리가 있다고 지금은 할아버지인 아버지는 생각했다. 모든 것이 다른 사람 잘못이었고, 주로 아버지의 잘못이었다. 그는 텔레비전 앞에 앉아 있었고, 사계절처럼 잘린 피자 네 조각 가운데 두 조각을 먹어 치웠다. 남은 계절들은 내일의 점심이 되었다. 그는 일어나서 피자 상자를 주방으로 치웠다. 주방으로 가던 중 현관 복도에 있는 책더미를 넘어뜨리고 말았다. 그는 그 책들을 눕혀 놓았다. 그의 잘못이 아니었다. 아들이 사무실을 너무도 많은 쓰레기로 채워 놓아서 숨을 쉬기도 어려울 정도였다.

*

엄마인 여자친구는 노조 변호사로 일했다. 그녀는 완전히 엽기적인 이른 저녁 식사에 늦지 않게 퇴근하기 위해 지하철을 타려고 걸음을 재촉했다. 비록 노동 시간은 끝났지만, 그녀는 계속해서 일했다. 단체 협약 위반에 대한 부두 회사의 손해 배상금 지급에 대한 노동 법원의 결정을 훑어

보았다. 다음 주에 있을 경찰청과의 중재 시도에 앞서 그녀
는 동료의 메모를 읽었다. 세 명의 경찰이 사적 활동을 하지
못하게 막는다는 이유로 고용주를 고소했다. 폭발물 담당
경찰은 안전하고 실속 있는 자동차 운행을 가르쳐 주고 싶
어 했다. 정찰 경찰은 드론을 가지고 골프장의 사진과 영상
을 찍어서 비즈니스 활동을 하고 싶어 했다. 가정 폭력 부
서의 수사관은 인터넷의 위험에 관한 학교 강연을 계획했
다. 경찰 위원회는 경찰들의 부수적 활동이 경찰에 대한 신
뢰에 타격을 줄 수 있다고 주장했다. 그런 주장에 대해 노
조는 법정 대리인을 통해 반대 주장을 펼쳤다. 그녀는 경찰
노조의 법정 대리인이었다. 그녀의 이름이 홈페이지에 나
와 있다. 그녀에게는 점심 식사 전에 그녀가 원하는 커피가
어떤 종류인지(거품 낸 오트 밀크를 곁들인 더블 아메리카
노), 점심 식사 후에 마시고 싶어 하는 차가 어떤 허브 차인
지(캐모마일 차) 그리고 늦게까지 일할 때 그녀가 간식으로
먹고 싶어 하는 젤리가 어떤 것인지(고트 오크 블란다트
과일 맛 젤리) 정확히 아는 비서가 있었다. 그녀의 직장에
는 그녀에게 조언을 구하고자 질문을 하는 나이 많은 동료
가 있었으며, 금요일 회의에서 그녀의 업무 성과를 여러 차
례 칭찬한 상사가 있었다. 그녀의 봉급은 그녀 어머니의 연
금보다 여섯 배나 많았다. 그렇지만 그 모든 것이 사실인지
여전히 의심해야 할 때가 몇 번 있었다. 정말로 그런 일이
일어나고 있는지. 그리고 그녀가 새로 고용되었을 때 그녀
는 직원 주소록에 있는 자신의 이름을 살펴보려고 이따금

노조 홈페이지에 들어가곤 했다. 거기에는 비서, 건물 관리인, 사무 직원 카테고리가 있었고, 변호사라는 카테고리 제목 아래에 굵은 글씨로 그녀의 성(姓)과 이름이 적혀 있었다.

그녀는 가족 가운데 처음으로 대학 교육을 받았다. 그녀의 부모는 전쟁으로 인해 여기에 왔다. 그들은 자신의 조국을 떠나야 했으며, 공장의 노동력이 부족했기 때문에 버스를 타고 이곳으로 실려 왔다. 아버지는 볼보에서 일했고, 나중에 어머니도 볼보에 일자리를 구했는데, 같은 공장이었으며 거의 비슷한 봉급을 받았다. 그들은 정년퇴직할 때까지 그 직장에서 일했으며, 그들 가운데 누구도 볼보 외에 다른 자동차를 운전할 생각을 해 본 적이 없었다. 딸이 고등학교를 졸업한 뒤 부모가 그녀를 근사한 식당에 데려갔을 때 웨이터들은 잘 어울리는 제복 차림이었으며, 테이블은 새하얀 식탁보가 깔리고 꽃으로 장식되어 있었다. 어머니는 딸의 견진성사 때 입은 것과 똑같은 옷차림이었다. 아버지가 웨이터에게 딸의 생일이라고 알려 주었다. 물론 어느 정도는 사실이었지만 생일은 약 한 달 전이었다. 웨이터가 생일 촛불이 꽂힌 아이스크림 디저트를 가지고 들어오자, 아버지는 딸이 촛불을 불어서 끄기 전에 웨이터에게 손짓하면서 식사비에 포함되어 있는지 아니면 돈을 추가로 내야 하는지 물었다. 이젠 너도 어른이야. 아버지가 눈물을 참으며 말했다. 앞으로는 인생을 살면서 하고 싶었던 것을 자유롭게 하렴. 어머니가 말했다. 난 안식년을 가질까 생각 중이에요. 그녀가 말했다. 음. 엄마가 말했다. 마약도 시작할 거니? 아버지가 물었다. 앞으로 뭘 공부하고 싶은지 네가 스스로 선택하렴. 어머니가 말했다. 의대 아니면 공대, 네가 선택해라. 아버지가 말했다.

아직 엄마가 아니었던 딸은 법대를 선택했다. 그녀는 스톡홀름의 학생 기숙사로 이사했다. 그리고 사 년 반이라는 시간 동안 옷을 바꿔 입는 데 매진했다. 화장을 4분의 3으로 줄었다. 상표가 보이는 옷들을 모두 버렸다. 사투리와 욕설이 사라질 때까지 스톡홀름 말을 연습했다. 운동할 때 스니커즈를 신고 트레이닝복 바지와 후드티만 입었다. 중고로 검은색 구두와 갈색 외투를 사서 착용하고 여러 곳의 학생 기숙사 파티를 찾아다녔다. 그런 파티에서 사람들은 와인을 상자로 가져다 마시고 취해서는 문장 구조와 어형 변화 그리고 문화적 영역과 문맥의 이야기들을 알아들을 수 없게 중얼거렸다. 그녀는 언어학 박사 과정 학생과 섹스했다. 클럽 프로모터인 젠더 전공 학생과 육 개월 사귀었다. 디자인을 공부하고 클럽에서 스트립쇼를 하는 여학생과 개방적인 관계였다. 전산학을 공부하는 남학생과 일 년 칠 개월을 사귀었다. 그녀가 사귄 모든 파트너는 달랐지만 동시에 똑같았다. 그들의 부모도 비슷하게 생겼다. 그들은 똑같은 이름을 가지고 있었다. 고향도 비슷했다. 바비큐에 빠진 것도 모두 비슷했다. 그들 모두 지구온난화에 관한 다큐멘터리 라디오 방송을 들었다. 그들은 온갖 영화들, 3부작 소설들, 남자 배우들, 클럽하우스, 운동선수들과 그녀가 결코 들어 본 적 없는 싱어송라이터를 언급했다. 그녀는 미소를 짓고 고개를 끄덕이기만 했다. 안데르스 예뤼드*나 스벤 델블랑,** 마이굴 악셀손,*** 투스텝 서클, SAG 그룹이 누구인지 잘 모른다는 사실을 우연히 들킬 때마다, 모두가 그녀를 쳐다보며 머리를 갸우뚱했다. 그들은 동정하는 눈빛을 보내왔다. 이런 것을 알지 못한다고 해서 이상한 건 전혀 아니라고 그들이 위로해 주는 설명을 덧붙였지만, 예전에 그녀가 수리남이 음식 이름이고 TBC가 텔레비전 채널인 줄 알았다는 걸 우연히 밝혔던 일을 암시하는 어조로 말했다.

그녀의 부모가 스톡홀름을 방문했을 때 그녀는 그들과 함께 학생 기숙사를 한 바퀴 돌았다. 그녀는 당시 깨어 있던 친구들을 전부 그들에게 소개했다. 왜 그랬는지는 그녀 자신도 명확히 알지 못했다. 친구들과 부모 양쪽에 자신이 어느 선까지 왔는지 보여 주고 싶었나 보다. 친구들은 그녀의 부모님이 무척 좋은 분들이고 정말 진실한 분들이며, 드디어 그분들을 만나게 되어 이루 말할 수 없이 반갑다고 말했다. 그녀의 부모는 그녀의 친구들이 술을 좀 덜 마시고, 자기 방을 좀 더 열심히 청소하고, 머리도 좀 깎고, 면도하는 데 시간을 들이는 게 좋겠다고 말했다.

졸업 후 그녀는 스웨덴에서 노동 문제에 관해서는 가장

* Anders Per Järryd(1961~). 스웨덴 출신의 전 프로 테니스 선수.
** Sven Delblanc(1931~1992). 스웨덴의 작가이자 문학 교수.
*** Majgull Axelsson(1947~). 스웨덴의 저널리스트이자 작가.

일가견이 있는 로펌에 취업했다. 사람들이 일하는 게 장난 아니게 힘들다고 말했던 것이 무슨 의미인지 그녀는 이해가 가지 않았었다. 일자리를 얻게 된 그녀는 그 일을 통해 에너지를 느꼈으므로 거의 그 반대였다. 그녀는 금방 적응이 되었다. 야근이라도 하게 될 경우, 그녀는 트레이닝복 바지, 후드티 그리고 플라스틱 슬리퍼 같은 편안한 차림을 했다. 중요한 거래를 앞두고 있을 때는 집중할 요량으로 힙합 음악을 크게 틀어 놓았다. 그녀는 법조인이 아닌 사람들, 이를테면 환풍기도 없는 식당 주방에서 하루에 열네 시간씩 일해야 하는 사람들이나 숲에서 벌목 작업을 한다는 이야기를 듣고 캄보디아에서 이곳으로 이주해 왔는데 알고 보니 사기 취업이어서 어쩔 수 없이 밭에서 열매를 따며 창고에 갇혀 살아야 하고 임금과 관련해서는 협상의 여지가 전혀 없는 사람들과 이야기하는 것이 오히려 더 쉬웠다. 그녀는 이 일을 위해 만들어진 사람이었다. 단 한 가지 이 일에 문제가 있다면, 일과 관련되지 않은 모든 것은 비교적 색깔도 없고 중요하지 않다고 느껴진다는 것이었다.

5시 9분에 그녀는 엘리베이터 문을 연 다음 현관문에 열쇠를 넣고 돌렸다. 그런 다음 수북이 널브러져 있는 신발 더미를 넘고 이미 다른 외투가 걸려 있는 옷걸이에 자기 외투를 걸었다. 모자들이 가득 쌓여 있는 현관 선반 위에 자신의 목도리를 던진 다음 거실에서 달려오는 아이들을 향해 돌아서서 양팔을 벌렸다. 엄마, 네 살짜리 아이가 소리치며 달려와 그녀의 품에 안겼다. 마, 한 살짜리 아이가 소리치며 그녀의 다리를 잡고 기어오르려고 했다. 자기 잘 다녀왔어? 지하철이 연착이라도 한 거야? 주방에서 소리가 들렸다. 그녀는 대답하지 않았다. 금요일 저녁을 부부싸움으로 마무리할 생각은 없었다. 하긴 그가 싸움을 걸려고 하는 것도 지극히 정상적인 일이었다. 그가 온종일 아이들을 돌보았으니 말이다. 아이들한테 화를 낼 수는 없는 노릇이니 그는 그녀에게 바가지를 긁어야 했다. 그런데 그녀가 육아 휴직을 했을 때 그녀도 그랬던가? 그녀가 아이처럼 행동했는가, 아니면 어른처럼 행동했는가? 그녀는 대꾸하지 않고 방향을 바꾸었다. 아이들을 들어 올려 품에 안고 어슬렁거리며 주방으로 들어갔다. 네 살짜리 아이가 한 살짜리 아이를 아래로 밀어 내리려고 하자, 한 살짜리 아이는 플라스틱 컵으로 네 살짜리 아이의 얼굴을 치려고 했다. 너희의 멋진 아빠가 오늘 어떤 맛있는 요리를 했는지 한번 볼까? 엄마가 말했다. 소시지 스트로가노프, 그런데 소시지 대신 할루미*로. 아빠가 대답했다. 그녀는 의자에 아이들을 내려놓은 뒤 싸우지 못하도록 서로 떨어뜨려 놓았다.

인덕션에 빨간 얼룩이 묻어 있었다. 싱크대 위에는 사용한 것으로 보이는 도마, 음식물이 들러붙어 있는 냄비들, 빈 깡통들과 아직 완성하지 않은 구슬 판이 가득했다. 자기 잘 지냈어? 그녀가 말했다. 안녕. 그가 대꾸했다. 그들은 가볍게 입맞춤했다. 그렇지만 입술이 아닌 뺨에 하는 짧은 입

* 키프로스의 치즈. 주로 양젖과 염소젖을 섞어서 만들며 녹는점이 높아 구워 먹는 경우가 많다

맞춤이었다. 노인들이 하는 입맞춤. 성인식에서 하는 입맞춤. 우리가 제대로 된 키스를 한 게 언제였지? 여자친구는 이렇게 생각하며 대중교통에서 묻혀 온 병균을 모두 씻어 내기 위해 세면대로 얼굴을 숙였다.

그들은 저녁 식사를 무사히 마쳤다. 아이들을 무사히 재웠다. 엄마가 침실에서 나와 시계를 쳐다보았다. 이제 그들에게는 두 시간이 있었다. 그들은 차를 마실 수도 있고, 영화를 볼 수도 있고, 섹스를 할 수도 있고, 서로에게 마사지를 해 줄 수도 있고, 모든 걸 동시에 할 수도 있었다. 그녀가 원하지 않는 딱 하나는 싸움을 시작하는 것이었다. 그렇지만 그녀가 주방으로 돌아오자 그는 삐쳐 있었다. 그녀는 그걸 한눈에 알아챘다. 그가 싱크대 수납장을 열었다가 좀 세게 닫았다. 그는 한숨으로 자신의 감정을 노골적으로 드러내며 싱크대 아래에 있는 쓰레기봉투를 갈아 끼웠다. 차마실래? 그가 자신이 엄청난 희생을 하고 있다고 암시하는 목소리로 물으며 그가 주전자에 손을 뻗어 스위치를 눌렀다.

그녀가 이런 대접을 받을 만한 무슨 일은 한 걸까? 한 살짜리 아이의 잠자는 시간을 너무 많이 빼앗았을까? 화장실에 너무 오랫동안 앉아 있었을까? 빈 우유갑 버리는 걸 잊어버리기라도 한 걸까? 알지도 못하는 사이에 직장에서 세바스티안과 우연히 바람을 피우기라도 했나? 차 좋아. 그녀가 말했다. 무슨 차. 그가 물었다. 또다시 그랬다. 말 자체가 문제가 아니었다. 그가 어떤 식으로 말하는가가 문제였다. 그 목소리. 그가 그녀에게 같은 질문을 백 번은 한 것처럼 들렸고, 그녀는 지금까지 매번 꼬박꼬박 대답했다. 이 멍청아, 신경 쓰지 마. 캐모마일. 그녀가 말했다. 그가 아무 말 없이 컵 두 개와 티백을 꺼냈다. 화났어? 그녀가 물었다. 그녀는 그렇게 말해야 하는 게 너무 싫었다. 왜냐하면 그녀는 이 멍청한 바보에게 감정적으로 책임을 느끼는 걸 그만두 겠다고 자신과 약속했기 때문이다. 화가 난 것을 극복하는 건 바로 그 자신의 책임이었다. 그녀의 책임이 아니었다. 그렇지만 지금 그녀는 이렇게 말을 건넸고, 그는 대답을 짜낼 기회를 얻었고, 잠시 생각하더니 이렇게 대답했다. 화 하나도 안 났어. 그냥 좀 피곤할 뿐이야. 긴 하루였거든. 그녀는 자신이 질문하게 될 거라는 걸 알고 있었다. 그녀는 집에서 두 아이와 함께 지내는 것이 힘드냐고 물어봐야 했다. 그렇지만 그렇게 묻고 싶지 않았다. 그녀는 딸아이를 돌보느라 육아 휴가를 거의 다 써 버렸다. 그리고 지금 풀타임으로 일하고 있다. 그녀가 잘못한 건 없었다. 그녀가 그렇게 묻지 않더라도 그는 이야기할 것이다. 키즈클럽에 차를 몰고 가는데 한 살짜리 아이가 카시트에 똥을 쌌고, 네 살짜리 아이가 주차장에서 쓰레기통 찾는 걸 도와준 이야기 말이다. 직원이 먼저 와서 문을 열어주지 않은 일하며, 세 명이 함께 미끄럼틀을 탄 일 등. 그는 충분히 시간을 가졌다. 오 분, 어쩌면 십 분. 그리고 여느 때처럼 이야기를 할 때 자신이 얼마나 대단한 아빠인지 티를 내려고 했다. 중요한 건 그녀가 그에게 박수를 쳐 주는 것이었지만, 그녀는 팔조차 들어 올리지 못할 정도로 피곤했다. 나중에 아이들과 함께 광장에서 과일을 산 다음 차에 기름을 채워야 했고, 네 살짜리 아이가 갑자기 오줌이 마렵다고 해서 하는 수 없이 길에서 빠져나왔다는 이야기를 늘어놓자, 고개를 끄덕이며 듣던 그녀는 자신이 육아 휴직을 할 때도 그가 이런 모든 일에 시시콜콜 관심을 가져 주었는지 생각해 보았다. 육아 휴직 때문에 몸이 정말 녹초가 되어 버려. 어떻게 이럴 수가 있지. 앞으로 내가 이걸 해낼 수 있을지 모르겠어. 이렇게 말하는 그의 모습은 기운이 없어 보였다. 자기. 그녀가 말했다. 자신의 목소리에 찬 기운이 섞여 있는 걸 알 수 있었다. 자기. 그녀가 좀 더 가벼운 톤으로 말하려고 애쓰며 다시 말했다. 자기가 집에 있은 지 이제 얼마나 됐지? 사 개월? 십일 개월 연속으로 집에 한번 있어 봐. 당신이 어떻게 그걸 해냈는지 이해가 안 돼. 그가 이렇게 말하며 고개를 가로저었다.

그녀가 그를 쳐다보았다. 그가 냉동고에서 아이스크림 통을 꺼냈다. 그런 다음 숟가락으로 아이스크림을 퍼내려고 애쓰다가, 숟가락이 구부러지자 그것을 다시 폈다. 아버지도 오셨어. 그가 그렇게 큰 문제가 아니라는 투로 말했다. 잘됐네. 그녀가 말했다. 둘이 이야기 좀 나눠 봤어? 시도해봤어. 하지만 아버지와 이야기를 나눈다는 게 너무 힘들어. 내가 대화를 주도하지 않으면 바로 대화가 끊기고 침묵이흘러. 그녀가 고개를 끄덕였다. 그들은 침묵했다. 그녀는 그의 아버지가 그의 안에 얼마나 있는지 그리고 그녀의 어머니가 그녀 안에 얼마나 있는지 궁금했다. 내가 아버지 조항

이야기를 꺼냈어. 그가 말했다. 어머나. 그녀가 놀람의 탄성을 내뱉었다. 사무실에서 지내는 건 이번이 마지막이라고 말했어. 정말로? 그가 고개를 끄덕였다. 아버지가 가시기 전에 열쇠를 돌려받을 거야.

그들은 함께 사용하는 주방에 서 있었다. 차가 식어 버렸다. 아이스크림은 녹아 버렸다. 나무 바닥은 닦지 않고 방치해 둔 한 살짜리 아이의 흔적들, 곰팡이가 핀 귤 알맹이들 그리고 축축한 옥수수 조각들로 덮여 있었다. 갑자기 아빠가 너무 작아 보였다. 그녀가 보는 그의 모습에서, 새 이어폰을 끼고 청소년 문화 센터에서 집으로 귀가하는 열세 살짜리 남자아이가 보였다. 그는 성적이 매우 좋은 편이지만, 당구대 주변에 있던 자기보다 나이 많은 남자아이들에 대한 두려움을 감추려고 필사적으로 노력하고 있었다. 그녀의 눈에 몇 년 동안이나 아버지와 말을 하지 않은 열아홉 살짜리 남자아이가 보였다. 그러다가 아버지가 자기에게 실망하지 않을 거라는 희망으로 경제학을 공부하기 시작하면서 정확히 언제인지는 알 수 없지만 아버지와 다시 말을 트기 시작한 그의 모습을 그녀는 보았다. 그녀의 눈에 휴대폰을 귀에 대고 컴퓨터 앞으로 몸을 구부리고 앉아서 아버지의 지시에 따라 여러 계좌로 돈을 이체하는 이십 대 시절 그의 모습이 보였다. 그런데도 그는 왜 아버지가 자신의 생일에 한 번도 연락하지 않는지 물어보지 않았다. 그들의 딸이 태어난 날 산부인과 병동에 서 있던 서른세 살의 그가 보였다. 그는 누구에게 메시지를 남길지, 어떤 번호가 가장 최근의 것인지, 전화를 곧장 받을 가능성이 가장 큰 것이 누구의 전화번호인지도 모른 채, 자기 휴대폰에 저장해 둔 아버지의 번호들을 전부 스크롤하고 있었다.

우리 좀 앉을까? 그녀가 말했다. 그가 고개를 끄덕였다. 그들은 거실로 가서 소파에 앉았다. 그가 차를 한 모금 마셨다. 당신이 잘못한 건 없어. 아버지가 스웨덴에 오셨을 때 당신이 아버님의 거처를 마련해 드렸잖아, 아버님의 우편물도 관리해 드렸고. 그리고 은행 업무도. 또 아버님의 여행도 예약해 드렸고. 그녀가 말했다. 그런데 내가 장남이잖아. 그가 말했다. 그게 무슨 상관이야? 그녀가 물었다. 내가 장남이라고. 그 작은 아파트를 물려받은 사람이 나야. 그가 다시 말했다. 아버님은 외국으로 이주하셨잖아. 이 나라를 완전히 떠나신 거지? 그녀가 물었다. 응, 그런데 적어도 일 년에 두 번은 여기 오시잖아. 그러면 아버지는 침대에서 주무시고 난 침대식 소파에서 잠을 자지. 아들이 말하고는 헛기침을 했다. 하지만 당신이 관리비를 내잖아. 당연하지. 그리고 새로 조합을 구성해서 임대 아파트에서 소유 아파트로 전환할 때 그 아파트를 산 건 바로 당신이었잖아. 그가 고개를 끄덕였다. 왜 아버님이 사시지 않은 거야? 거절하셨어. 대출받는 걸 꺼리셨거든. 아버지는 새로 조합을 구성하는 게 거품이라고 확신하셨어. 방 하나짜리 아파트가 100만 크로나가 넘을 거라는 말을 들으시고는, 은행들이 성실하게 사는 보통 사람들 돈을 사기쳐 먹으려고 눈이 벌게져 있다고 말씀하셨어. 그 아파트를 사려고 하는 사람들은 평생

빚을 떠안게 될 거라고 하셨지. 그런데 당신은 그걸 어떻게 산 거야? 그녀가 물었다. 거래가 성사될 수 있도록 아버지가 서류에 서명을 하셨어. 그러고는 세월이 흘렀고, 내가 거기에 살게 되었지. 아버지가 방문하시기 전까지는. 그때는 아버지가 거기에 사시기로 했었어. 그런 다음 우리가 이곳으로 이사하려고 했을 때 그걸 팔아 버린 거야. 그 후로 아버지는 사무실에서 사시게 되었고. 그래도 별 고통 없이 괜찮았잖아? 그녀가 말했다. 정말 그랬어. 꿈같이 해결되었지, 전혀 문제없이. 그들은 서로를 보고 웃었다. 두 사람 모두 아버지가 떠나고 난 후에야 그 사무실이 보통 어떠했는지 알게 되었다. 언젠가 한번 그녀가 그곳에 들러 청소를 도와 드리려고 한 적이 있었다. 그런데 아버지는 그녀를 사무실에 들여보내 주지 않았다. 네가 이곳을 보는 걸 난 원치 않아. 아버지가 말했다. 그러는 대신 그들은 광장에 있는 인도 레스토랑에 가서 점심을 먹었다. 마치 내가 가지고 있는 모든 걸 아버지가 의도적으로 파괴해 버리려는 것처럼 느껴질 정도야. 아들이 말했다. 아버지가 정말 그러시려는 건지 상상해 봐. 여자친구가 말했다.

여러 해가 지나고 그들은 거실에서 서로의 옆에 앉아 있다. 아이들이 깨지 않고 한 시간 동안 잠을 자고 있다. 그녀가 그의 얼굴을 어루만졌다. 그가 그녀의 머리카락 주변을 손가락으로 부드럽게 어루만졌다. 그들은 서로 인지하지 못한 채 시나브로 가까워졌다. 뭐라도 좀 볼까? 그녀가 물었다. 그가 고개를 끄덕였다. 그들은 다큐멘터리 채널을 틀었다. 그리고 가까이 누웠다. 다큐멘터리에 집중하기가 어려웠다. 그녀가 불을 끄자 그가 콘돔을 가져왔다. 그들은 소파에서 섹스했다. 한 살짜리 아이가 잠에서 깼다가 혼자 다시 잠드는 데 성공했다. 그들은 서로를 바라보며 미소 지었다. 이제 전환점에 다다랐는지도 모를 일이었다. 이제부터 아이들이 혼자서 잠을 자기 시작하고, 그들은 서로에게 다시 돌아갈 수 있는 길을 찾을 것 같았다.

잠시 후에 그가 물었다. 수요일에 내가 뭐 하는지 알아? 생일 파티를 위해 장을 보려고? 그녀가 되물었다. 거의. 나 스탠드업 코미디를 해 볼까 해. 그가 말했다. 뭐라고? 그녀가 물었다. 스탠드업 코미디. 스탠드업 코미디를 하려고 해. 수요일 저녁에 쇠데르에 있는 바에서 공개 무대가 열려, 그가 말하며 미소 지었다. 그녀는 크게 심호흡을 했다. 전에 그들이 갔던 곳이었다. 못된 고객이 정리되지 않은 영수증을 비닐봉지에 넣어 보낼 때마다, 그는 집에 와서 그가 정말로 하고 싶었던 일은 다른 것이라고 중얼거렸다. 그게 뭔데? 바로 그게 문제야.

그들이 사귀던 초기에 그녀는 그에게 이렇게 제안하곤 했다. 등산을 다시 하면 어때? 말도 안 돼. 그건 이미 끝난 페이지인걸. 그가 대답했다. 그러면 음악은? 그녀가 물었다. 난 곧 서른이야. 지금 내가 음악 프로듀서로 성공할 가능성이 얼마나 있을 것 같아? 그가 대답했다. 그럼 글쓰기는? 글 쓸 기회는 모든 사람에게 한번쯤 있지 않을까? 그녀가 말했다. 그는 대답하지 않았다. 나 심각하게 말하는 거야. 좋은 책을 읽는 것보다 당신을 더 즐겁게 만들어 주는 게 있을까? 그녀가 물었다. 에잇, 그건 창피한 십 대 때의 꿈이었어, 그가 대답했다.

그다음 주말에 그들은 셉스홀멘의 현대박물관에서 열리는 군대를 주제로 한 전시회에 갔다. 위장하고 나무 꼭대기에 숨어 있는 병사들, 부두에 늘어선, 흰색 큐브 조명을 받아 속이 들여보이는 무기들을 보았다. 저녁에 예술학 강의를 들으러 다닐까 봐. 집에 오는 길에 그가 말했다. 전시를 기획하면 재미있을 거야. 한번 해 봐. 그녀가 말했다. 시험해 본다고 해서 손해 볼 건 없었다. 몇 주 후 그는 친구가 홈페이지 디자인하는 것을 도와주었다. 그날 저녁 그는 고객에게 회계 업무에 더해 멋진 웹디자인까지 제공하는 것으로 사업으로 확장해야겠다고 결심했다. 좋은 생각이야, 해 봐. 그녀가 말했다. 여름에 그는 집에서 맥주를 빚기 위해 스타터 키트를 구매했다. 발효용 용기, 냄비, 온도계 그리고 맥주 키트로 욕조 안을 가득 채웠다. 그리고 수제 맥주 상표에 사용할 이름을 생각해 내느라 몇 주의 시간을 보냈다. 어느 날 그녀가 직장에서 퇴근해 집에 돌아와 보니, 발효 용기와 냄비가 사라지고 없었다. 그녀는 그것들이 전부 어디로 가 버렸냐고 묻지 않았다. 그의 열정에 어떠한 비판도 하지 않았던 것과 똑같이 말이다. 집중하지 못하는 상태로 여기저기 방황하는 것이 얼마나 고통스러운지 그녀 자신이 너무도 잘 알고 있었기 때문에, 그녀는 그가 인생에서 자신의 열정을 찾아내기를 바랐다.

스탠드업 코미디? 왜 스탠드업 코미디냐고? 육아 휴직하는 동안 스탠드업 코미디를 무척 많이 봤거든. 무대에서 내가 어떤 인물을 구현할지 난 정확하게 알 것 같아. 그 캐릭터와 캐릭터의 강렬함 그리고 이러이러한 인물들의 정치적 포인트를 빌려올 거야. 그런 다음 이러저러한 삶의 지혜와 이러저러한 메타 레벨들로 잘 버무려 주려고 해. 그가 말했다. 그런 다음 코미디언들의 이름을 말하는데, 그녀는 전혀 들어 보지 못한 이름들이었다. 그녀는 그를 마치 방언으로 말하는 사람을 보듯 쳐다보았다. 이렇게 하는 게 아버님하고 무슨 상관인데? 그녀가 물었다. 전혀 상관없어. 정말 없어. 사실 모든 게 아버지와는 상관없는 일이야. 그가 대답했다.

그녀는 그들 공동의 소파에 벗고 누워 있는 사람이 대체 어떤 사람인지 궁금했다. 수요일에 새로운 자료를 좀 시험해 보면 재미있을 것 같아. 그가 말했다. 새로운 자료라고? 그러면 옛날 자료도 있는 거야? 그리고 수요일에 장을 보려는 게 아니고? 그녀가 물었다. 나중에 볼 거야. 목표는 십 초마다 웃음을 끌어내는 거야. 밑밥깔기. 결정적 대사. 밑밥깔기. 결정적 대사. 나는 차에 관한 농담으로 오프닝을 할 거야. 차는 모든 사람하고 관계가 있잖아. 가족과 같은 주제는 별로야. 그가 말했다. 그가 팔을 그녀에게 올려놓았다. 그런데 스탠드업 코미디를 시험해 보기 위해 새로운 고객을 거절해선 안 되지. 그녀가 속삭였다. 알고 있어. 그런데 이 육아 휴직이 나에게 삶에 있어 중요한 것을 재평가하게 해 주었어. 그가 말했다.

그녀가 소파에서 일어났다. 나에게 재능이 없다고 생각하는 건 아니지? 그가 물었다. 당연히 있지. 난 그냥 당신이 해야 할 일을 하지 않고 도망쳐 버릴까 봐 염려될 뿐이야. 그녀가 말했다. 예를 들면? 그가 물었다. 그녀는 대답하는 대신 화장실로 향했다. 한 살짜리 아이의 똥 기저귀가 탑처럼 높이 쌓여 있어서 개폐식 쓰레기통의 뚜껑이 열린 채였다. 안의 쓰레기 봉투는 미끄러져 내려가 있었다. 오줌에 젖어 무겁고 차가워진 기저귀를 누군가 손으로 집어 조심스럽게 쓰레기봉투 안으로 밀어넣어야 할 것이고, 역함에 토하지 않으려면 혀로 목구멍을 막고 있어야 할 것이고, 결국 나중에는 그 쓰레기봉투를 계단통으로 살그머니 들고 나가 쓰레기 수거함에 직접 버릴 것이다. 그렇게 할 사람이 바로 그녀 자신일 거라는 느낌이 강하게 들었다. 하지만 지금은 아니었다. 그녀는 몸을 돌려 큰 욕실을 향해 걸어갔다.

그녀는 소변을 보고 눈에서 렌즈를 빼냈다. 지금 하는 편이 좋았다. 그래야 그의 옆에서 하는 걸 피할 수 있었다. 그는 저 밖에 앉아서 분명 오 분 스탠드업 코미디 루틴의 제목이기도 한 첫 '오 분'의 내용에 관해 더 이야기하려고 기다리고 있었다. 또 시작이군. 얼마 안 가 너희 둘은 이걸 웃어넘길 거야. 이 몇 년간의 메시지들을 돌아보며 수면 부족으로 미쳐 버릴 것 같았던 일을 떠올리겠지, 제대로 살피지 못하고 멋지게 시작해 버린 일을 망치지는 않았다는 이유로 그저 감사할 거야. 그녀가 거울에 비친 자기 모습을 보며 말했다.

화장을 지우고 이를 닦으며 그녀는 텔레폰플란 근처에 있는 클라이밍 센터에서 그를 처음 봤을 때를 떠올렸다. 그와 그녀의 친구들이 초급반 벽을 오르기 위해 안전 로프를 만지작거리고 있었다. 그림자 같은 형체가 손에 클라이밍 초크를 바르고는 목을 꺾어 뚝 하는 소리를 내더니 수직 벽 위로 날아 올라가는 모습이 그녀의 눈에 들어왔다. 그 모습을 본 그녀는 도저히 믿기 어려웠다. 그가 다 올라간 뒤 손을 놓고 바닥에 깔려 있는 두꺼운 매트로 낙하했다. 그는 그녀와 시선을 마주치지 않고 탈의실로 걸어 들어갔다.

그들이 처음 말을 트게 된 건 어느 집들이에서였다. 아파트가 너무 좁아서 모두가 파티 의상을 더럽히지 않으려고 펀치 글라스를 공중에 높이 쳐들었다. 하지만 결국 펀치 글라스들이 공중에서 부딪쳐 모두의 파티 의상에 쏟아졌기 때문에, 그 전략은 그다지 효과적인 것은 아닌 듯했다. 음악 소리가 거실에서 쿵쿵 울려 댔고, 싱크대는 플라스틱 컵들로 가득 차 있었으며, 사람들이 안에서 담배를 피우기 시작했고, 바닥은 엎질러진 음료수 때문에 끈적거렸다. 그녀는 주방 한쪽의 빈자리를 발견하고 그쪽을 쳐다보았다. 그런데 그가 거기에 앉아 있었다. 식탁 반대편에. 그의 주변에는 그녀만큼 소수의 사람들이 있었다. 그들은 서로를 향해 머리를 끄덕였다. 지난번에 클라이밍 센터에서 봤잖아요. 어쨌든 나는 당신을 봤거든요! 그녀가 소리쳤다. 그랬을 수도 있어요. 그런데 난 클라이밍 그만둔 지 꽤 되었어요! 그가 고함을 질렀다. 볼더링* 경기에서 예선을 통과하고 본선에 진출했고 본선 경기에서 거의 우승할 뻔했는데 그만 힘줄이 늘어나는 부상을 입는 바람에 도중에 그만둘 수밖에 없었다고 그는 이야기했다. 너무 운이 없네요! 그녀가 말했다. 정말요. 그가 대꾸했다. 그녀가 핸드볼을 하다가 생긴 상처를 보여 주었다. 사실 그 상처는 그녀가 스페인에서 개에 물린 상처였다. 그러자 그는 어렸을 때 집에 거피와 황새치를 키우는 수족관이 있었는데, 그가 먹이를 너무 많이 주는 바람에(혹은 너무 적게 주어서—그는 너무 많이 주었기 때문이라고 생각했다.) 어느 여름날 물고기들이 모두 죽어 버려서 물고기를 새로 사게 된 이야기를 들려주었다. 그의 부모는 수족관 물을 모두 비워 버리고는, 그의 아버지 말에 의하면 긴수염대벌레를 샀다. 그런데 그 긴수염대벌레가 너무 움직이질 않아서 그는 오늘까지도 그것이 긴수염대벌레가 아니라 그냥 대벌레라고 의심하고 있다는 이야기였다. 그녀는 옆 반에 다니던 쌍둥이 자매가 고양이를 사 달라고 부모를 졸라 대자 그들의 엄마가 고양이 알레르기가 있었기 때문에 그들에게 미니 돼지를 사 주었고 쌍둥이는 돼지를 짧은 목줄에 묶어 동네를 돌아다녔는데, 그 돼지가 검은색에 정말 작고 윤기가 흐르고 아주 예뻤다는 이야기를 들려주었다. 그런데 그 돼지는 식욕이 너무 왕성했다. 돼지는 계속해서 커졌다. 결국 얼마 지나지 않아 미니

* 암벽 등반의 한 종류로 로프 없이 바위를 기어오르는 종목이다.

돼지는 일반 돼지만큼 커졌다. 쌍둥이는 꿀꿀거리며 침을 흘리는 120킬로그램의 암퇘지를 데리고 동네의 아스팔트 길을 돌아다녔는데, 그 돼지는 동네 아이들을 놀라게 하고 농작물을 닥치는 대로 먹어 치웠다고 했다. 소문에 의하면 언젠가 한번 그 돼지가 셰퍼드 개를 공격해서 목을 물어뜯은 적도 있다고 했다. 두 사람은 자기들이 성장한 곳에 관해, 그리고 동네마다 각기 색다른 정체성이 있다는 것에 관해 이야기를 나누었으며, 아파트 대신 단독 주택에 살려고 하는 사람들은 좀 모자란 사람들이라는 이야기도 나누었다. 그들이 모자란 이유는 단독 주택의 경우 누구라도 마음만 먹으면 집 안에 들어갈 수 있으며 창문을 박살 내기라도 하면 어떤 사람의 집에도 침입할 수 있다는 사실을 깨닫지 못하기 때문이라고 했다.

그녀의 당시 남자친구가 주방으로 들어오는 바람에 그녀가 조금 갑작스레 자리에서 일어났다. 그녀는 그를 따라서 거실로 나갔다. 남자친구가 그녀에게 펀치를 더 마시라고 권하자 그녀는 한 잔, 또 한 잔 받았다. 그녀는 첫 잔을 단숨에 마셨지만, 다음 잔은 옆에 남겨 두었다. 그들은 미끄러운 바닥에서 춤을 추었다. 펀치 맛있지, 인정하지? 그녀의 남자친구가 소리쳐 물었다. 파티가 끝나는 시간이 되자 그녀는 주방 안을 들여다보지 않고 현관으로 향했다. 침실의 침대에는 파티에 온 사람들의 외투가 높이 쌓여 있었다. 그들은 옷을 입었다. 그녀의 남자친구는 외투를 걸치는 데 도움이 필요했다. 그들은 계단으로 향했다. 주방 안을 들여다보고 싶진 않았지만 그래도 그가 남아 있는지 살펴보기 위해 불필요하게 주방 안을 반쯤 돌고 나온 것이 그녀가 마지막으로 한 일이었다. 그는 주방에 있었다. 그가 그녀를 향해 자기 잔을 들어 올리며 미소 지었다. 그녀도 미소로 화답했다. 택시 안에서 그녀는 그건 완전히 일상적인 만남에 불과하고 어떠한 의미도 없으며 일반적으로 사람들이 별다른 생각 없이 늘 그러듯 파티에 참석해 모르는 사람들과 대화를 나눈 것뿐이라고 자신을 타일렀다.

그녀는 그에게 연락할 생각이 없었다. 남자친구와의 현재 관계에 만족했다. 그녀가 자기의 남자친구를 쳐다보며 그에게서 그녀가 좋아하는 점들을 마음속 목록에 하나하나 담아 보았다. 통통한 몸이 너무나도 편안한 사람. 샤워하면서 부르는 노래의 가사를 외우는 데는 전혀 관심이 없어 보이는 사람. 어렸을 때 스베로크* 역할 연기 협회에서 높은 자리에 있었던 것에 대해 창피해하지 않는 사람. 인생에는 뭔가가 좀 더 있어야 한다며 끊임없이 갈구하는 삶을 살지 않는 사람. 만족을 느끼는 사람. 그와 함께 있는 것은 그녀 자신에게서 벗어나 휴식을 취하는 것과 같았다.

사흘 뒤 그녀는 사무실에 앉아 산업 안전법 위반에 대한 무죄 판결 항소 건에 관련한 보고서를 작성하고 있었다. 스메예바켄에서 한 노동자가 연속 주조기에서 일상적인 작업을 수행하다 사망했다. 노동자는 그 기계에 올라가 '스타팅

* 스웨덴의 게임 취미들을 하나로 모아 1700개 제휴 조직에 5만 5000명의 회원을 보유하고 있는 스웨덴 최대 청소년 협회 중 하나다.

핀 교환'이라는 작업을 수동으로 실행하고 있었다. 그 작업이 실행되던 곳에서는 900도의 뜨거운 강철 케이블이 천천히 통과하고 있었다. 그런데 혼자서 그 작업을 수행하던 노동자가 알 수 없는 이유로 인해 강철 케이블 바로 아래에 위치하게 되었고, 엄청난 열기에 노출되면서 즉사했다. 법원은 위험도 평가가 충분하지 않았다는 사실을 분명하게 찾아냈지만, 위험도 평가와 죽음 사이의 상관관계가 판결에 영향을 미칠 만큼 충분치 않다고 했다. 솔직히 말해서 완전히 정신 나간 판결이었다. 그 개 같은 사장들은 자기 직원들이 죽어 가는데도 고용을 늘리는 데 엄청나게 인색하고, 어찌 되었든 그 개 같은 핀을 교체해 놓았으니 충분히 오랫동안 사용할 수 있다며 사고를 발생시킨 900도의 뜨거운 데스 머신을 폐쇄할 생각조차 하지 않았다. 어쨌든 간에 개 같은 것들, 법정에서 보자고! 그녀는 휴식을 취했다. 그녀는 '유죄 판결' 다음의 모든 단어를 삭제했다. 보고서를 끝낸 다음 그것을 상사에게 메일로 보냈다. 그런 다음 나중에 자기 아이의 아빠가 될 그 남자한테서 메일이 온 것을 발견했다. 그녀는 그의 메일을 읽었다. 자신의 얼굴이 발개진 것에 대해 누군가 반응을 보였는지 다시 살펴보기 위해 컴퓨터 화면을 들여다보았다. 그녀는 메일을 다시 읽었다. 그리고 또다시. 이내 그녀는 메일 내용을 외울 정도가 되었다. 그녀는 답 메일을 보내지 않기로 결심했다. 물론 그는 수직 벽을 오를 수 있었다. 선한 눈을 지니고 있었다. 메일도 재미있게 썼다. 그들은 왁자지껄한 집들이 파티에서 재미있는 대화를 나누었다. 하지만 사실 재미있는 대화는 많은 사람과 나눌 수 있다. 그는 전산학을 전공한 남자친구와 행복했고, 어떠한 위험도 감수하고 싶지 않았다.

삼 주 후 그녀가 답 메일을 보냈다. 그녀는 그를 만날 수 없다고 썼다. 그녀는 직장의 컴퓨터로 메일을 쓰고는 그 초안을 저장한 다음 자신의 휴대폰으로 보냈는데, 마치 답 메일을 보낼 짬이 마침내 생겨서 보내는 것처럼 보였다. 텅 빈 지하철 플랫폼에 서 있다가 달리 할 일이 없어서 보낸 것처럼 보였다. 마치 그녀가 답을 하지 않는 게 예의에 어긋나는 것이라는 생각이 갑자기 떠오른 것처럼 보였다. 그가 바로 답신을 보냈다. 그는 왜 그들이 만날 수 없는지 물었다. 그녀는 그가 이유를 알고 있을 거라고 답했다. 그가 답했다. 그녀가 답했다. 그가 답했다. 그녀가 답했다. 이 주 후 그녀는 그의 메일에 사로잡혀 버렸다. 3분마다 받은메일함을 체크했다. 엘리베이터 안에서 별안간 얼굴이 붉어지기도 했다. 버스 안에서 크게 소리 내어 웃기도 했다. 그녀는 그의 글을 읽다가 가슴에 휴대폰을 대고 있는 자기 자신을 발견했다. 지하철 안에서 전혀 안면이 없는 아주머니에게 미소를 돌려줄 때처럼, 무슨 일이 일어났는지 정확히 알고 있지만 아무에게도 발설하지 않겠다고 약속하는 것처럼 미소를 지어 보였다.

그들은 노래를, 사진을, 링크를 보냈다. 하지만 절대로 만나지 않는다는 것에 합의했다. 왜냐하면 그들이 만나려고 한다면 결혼하려고 하는 것이고, 그들이 결혼한다면 그들의 외삼촌들이 술을 마시고 완전히 뻗을 것이며, 그들의 사촌들은 칼을 들고 싸움을 시작할 거고, 그들의 고모들은 상대편 가족의 옷 취향에 대해 감 놔라 배 놔라 하며 온갖 흉을 볼 것이기 때문이었다. 그리고 그들의 아버지들은, 그렇다, 그들은 또 어떨까? 우리 아버지를 오게 하려면 비행기표에 택시비에 내 돈을 들여 가며 구슬려야 할 거예요. 그가 썼다. 우리 아버지는 자기 볼보를 타고 올 텐데, 바가 텅 비기 전까지, 음식이 다 떨어지기 전까지 자리를 뜰 생각을 안 할 거예요. 그녀가 썼다. 우리 부모 세대의 아버지들은 도대체 뭐가 문제일까요? 진심으로 누가 이들을 망가뜨린 걸까요? 내가 아는 사람들 가운데 아버지하고 제대로 된 관계를 맺고 있는 사람이 한 사람도 없는데 대체 어떻게 된 일일까요? 그가 썼다. 제대로 된 관계란 게 뭔가요? 그녀가 썼다. 누군가와 제대로 된 관계를 맺고 있는 사람을 본 적이 없어요, 특히 부모와. 그리고 그런 관계가 얼마나 정상적이겠어요? 그가 썼다. 적당히 정상적이면 좋겠네요. 그녀가 답했다. 새로운 메일이 매번 점점 더 마음을 열게 했다. 보이지 않는 원반 장난감을 타고 현실에서 벗어나는 느낌. 자기 자신을 점점 더 나은 버전으로 변화시키는 무언가에 가까이 다가가는 느낌. 사실 나 이렇게 재미있는 사람 아니에요. 두 달 후 그들 가운데 누군가가 썼다. 나도요. 다른 누군가가 답했다. 그들은 이미 함께 성장하기 시작했기 때문에 누가 무엇을 썼는지는 중요하지 않았다.

마침내 그들이 만났을 때는 너무 늦었다. 그들은 서로

를 위해 창조된 존재였다. 그들 두 사람이 지금 바로 이 순간 여기서 만나게끔 할 결정적인 목적으로, 그들의 부모와 부모의 부모 그리고 부모의 부모의 부모들이 고등학교 졸업식에서 이야기를 나눈 것이다. 바로 저 시민 공원의 조식 테이블 너머 바로 그 바에서, 시위 영화가 끝난 후 학생 파티에서 서로 이야기를 시작한 것이다. 그들은 그뢴달에 있는 해안 절벽에서 만났다. 그가 그녀의 전 남자친구로 의심되는 사람이 혹시 풀숲에 숨어 있는 건 아닌지 살피기 위해서 먼저 그곳을 찾았다. 염려할 일이 전혀 없다고 판단되자 그는 그녀에게 문자를 보냈다. 그녀가 멀리서 그를 발견했다. 그의 눈에서 햇살이 반짝였다. 그의 미소에 담긴 기대감. 그의 머리칼에 불어 오는 산들바람. 그녀는 달콤한 과자류와 드레싱을, 그는 샐러드를 가지고 왔다. 그런데 샐러드를 어떻게 만드는지 몰라 유감이라고 설명했다. 가능한 한 많은 재료를 넣어야 가장 맛있는 샐러드가 완성된다고 그는 생각했다. 그의 에코백에는 냅킨, 스테인리스 포크와 나이프, 접시와 커피 보온병이 있었고 그 아래 에코백 바닥에는 샐러드가 담긴 통이 있었는데, 샐러드가 벽돌처럼 눌려 먹을 수 없을 정도로 으깨져 있었다. 그가 뚜껑을 열어서 보여 주었다. 정말로 샐러드 통 안에는 온갖 것이 다 들어 있었다. 붉은 양파와 석류, 꼬투리째 먹는 콩, 레드비트, 강낭콩과 브로콜리. 아무도 샐러드를 건드리지 않았다. 구역질이 나서가 아니라, 그들에게 시간이 많지 않았기 때문이다. 그들은 이제까지 이야기하지 못한 모든 것에 관해 이야기를 나누려고 했다.

그리고 7년 후 그녀는 두 사람이 함께 쓰는 욕실에 서 있다. 아이들은 자고 있다. 그녀는 그 해안 절벽 데이트에서 그와 어떤 주제로 대화를 나누었는지 거의 기억하지 못했다. 그렇지만 그들이 만난 시간은 11시였고 오 초 후에 땅거미가 졌다. 그들은 여덟 시간 동안 담요 위에 앉아 있었다. 그들은 먹지도 않았다. 커피 마시고, 담배 피우고, 단것을 먹고, 소변 보러 짧게 화장실에 다녀온 게 전부였다. 이제 그들은 작별 인사를 해야 했다. 그러지 않으면 이상해져 버릴 터였다. 그들은 뻐근해진 다리를 일으켜 세웠다. 그들은 주차장 부근에서 걸음을 멈추었다. 이제 작별의 인사를 할 시간이었다. 여기서부터는 함께 가서는 안 되었다. 혹시 그들이 지인을 만날 수도 있었다. 지인이 질문을 던질 수도 있었다. 그렇게 되면 어쩔 수 없이 무슨 일이 일어난 건지 설명해야 하는 상황에 봉착하고 말 것이며, 두 사람 가운데 아무도 그와 유사한 상황을 겪은 적이 없었기 때문에, 그게 무엇인지 도무지 알 수가 없었다. 그들은 그 자리에 멈춰 서 있었고, 키스를 나누었다. 그리고 다시 키스했다. 그들은 작별 인사를 했다. 그러고는 다시 키스했다. 그녀가 먼저 언덕 아래 저 멀리 철도를 향해 걸어 내려갔다. 잠시 후에 그녀가 몸을 돌렸다. 그가 여전히 그 자리에 서 있었다. 그녀는 그의 신체 윤곽을 바라보았다. 두 사람 중 누구도 손을 들어 올리지 않았다. 시선으로 충분했다.

이후 두 사람은 사귀게 되었고 여섯 달 동안 따로 자지 않았다. 그렇게 되지 말아야 했는데. 신체, 아침 입 냄새, 공허한 이야기들, 스트레스로 인한 변덕스러운 기분 변화와 일상에서 오는 피로감을 경험하게 되면서 그들이 말로 쌓아 올린 모든 것이 파괴되는 것은 당연했다. 그래도 그들은 그것을 극복했다. 그들은 임신 기간, 불면의 밤들, 비에 흠뻑 젖은 패키지 휴가들, 겨울의 유행성 감기들, 가족 간의 갈등들 을 그럭저럭 견디며 살았다. 아이들이 잠을 자지 않아서 너무 화가 난 나머지 그가 주방에 달려 들어가 예쁘게 생긴 노란색 샐러드 나이프와 포크를 부러뜨려 버렸을 때도 그들은 살아남았다. 그녀가 두 번째 육아 휴직을 끝내고 나서 풀타임으로 일을 시작해 자기 가족을 예전만큼 사랑하지 못할 때도 그들은 살아남았다. 그들은 모든 것을 견디고 살아남았다. 그리고 이제야 비로소 딸이 네 살, 아들이 한 살이 되었다. 그가 아버지 조항을 끝내겠다고 선언하고 갑자기 스탠드업 코미디언이 되겠다고 말한 것도, 그녀가 거울 앞에 서서 화장을 지운 자기 얼굴을 바라보며 그들이 이 상황을 헤쳐 나갈지에 대해 주저하게 된 것도 처음이었다. 침실로 향해 가던 그녀는 그의 목소리를 들었다. 그는 자동차 모델 같은 것에 관해 이야기하고 있었다. 그런 다음 웃음을 기다리느라 침묵했다. 잠시 후 그가 만족한 듯 킬킬거리며 웃더니 이렇게 말했다. 아주. 졸라. 좋아.

계단이면 계단이지 계단 말고 절대로 다른 것이 될 수는 없다. 그런데 오늘 특별한 토요일 아침에 여동생과 그녀의 남자친구가 그걸 얼음 베개로 변신시키면서 그 의미가 무색해졌다. 그들은 누워서 잿빛 구름 사이로 비집고 나오려고 애쓰는 새벽 일출 광경을 바라보고 있었다. 그들의 겉은 차가웠지만, 몸속은 따뜻했다. 댄스 플로어에서 울려 오는 베이스음이 맞은편 창고의 유리창을 덜걱덜걱 움직이게 했다. 안쪽으로 들어서기 전에 귀마개를 끼웠는데도 불구하고, 그들의 소리가 귓속으로 울려 퍼졌다.

자정에 파티가 시작되었다. 그들이 여기에 올 힘이 남아 있는지 마지막 순간까지 확실하지 않았다. 그들은 일주일 내내 일했다. 그녀는 금요일 오전에 중요한 고객과 약속이 있었다. 그는 툭하면 싸워 대는 중3 아이들을 데리고 야외 활동을 했다. 그들은 집에서 저녁을 먹고 텔레비전을 보다 잠이 들었고, 12시 30분에 잠에서 깨어 각자 커피를 마시고 택시에 올라탔다. 그들이 실내로 들어서자 이미 사람들이 그곳을 반쯤 메우고 있었고, 한 시간이 지나자 물방울이 벽을 타고 흘러내렸다. 바와 풍선이 있었는데, 술을 마시고 싶어 하는 사람에게는 술을, 웃음 가스를 원하는 사람에게는 풍선이 제공되었다. 여성 가운데 여동생은 물만 마셨고, 그녀의 남자친구 행세를 하는 그는 파티 주최자를 후원하기 위해 칵테일을 가장 많이 마셨다. DJ가 그로서는 도저히 저항하기 힘든 음악을 틀자, 그가 칵테일 두 모금을 마시고는 밝게 생긋 웃었다. 그녀는 그가 댄스 플로어를 어떻게 점령하는지 지켜보기 위해서 그대로 바에 앉아 있었다. 그와 그의 카리스마는 그 공간 안의 모든 사람으로 하여금 그를 쳐다보게 했다. 먼저 여성들이. 그다음에는 남성들이. 그런 다음에는 어떤 이유에서인지 네온색 귀 보호대를 한 개들이 달려 나와 바 주변을 뛰어다녔다.

그는 그녀와 너무나도 달랐다. 그는 춤추기 위해 술을 마실 필요가 없었다. 그는 음악의 박자에 결코 주저함이 없는 것 같았다. 작달막하고 넓은 몸으로 리듬에 곧장 장단을 맞추었다. 춤추던 사람들이 갈라졌다. 그는 몇 초 만에 전체 분위기에 녹아들었다. 그는 항상 자석처럼 그에게 이끌린 낯선 사람들 무리에 둘러싸여 한가운데에 있었다. 그녀는 그대로 서서 그를 바라보았다. 그러다가 물잔을 옆으로 치우고 춤추는 무리 속으로 몸을 던졌다.

그들이 밖으로 나온 시각은 아침 8시였다. 그들은 택시를 예약하고는 계단에 머리를 대고 바닥에 푹 쓰러져 버렸다. 지질학자라면 그 계단을 보고 돌의 역사에 관한 모든 것을 밝혀 주는 미네랄의 여기에 그리고 저기에 어떻게 줄이 생겼는지 설명할 수 있었을 것이다. 그러나 그들에게 그 돌은 그냥 돌이었다. 홈이 패어 있고 거칠게 절단된, 옅은 회색의 돌. 그들은 거기에 누워 숨을 고르면서 이제는 더이상 공장이 아닌 옛 공장의 녹슨 간판을 쳐다보았다. 엑스트림 목공소. 스톡홀름 피아노 제작소. 엔텔레 칠·니스 주식회사. AB 라디우스. 우리에게 아기가 생기면 늘 이 시간에 일어나야 할지도 몰라. 그가 말했다. 아이가 얼마나 일찍 일어나는지 자기는 전혀 모르잖아. 그녀가 대꾸했다. 내아들은 매일 아침 5시에 일어났어. 항상. 정확하게 5시. 마치 원자시계처럼. 그 사람한테서는 아무 소식 없었어? 그가 물었다. 그녀가 고개를 가로저었다. 말하고 싶지 않은 거야? 그녀는 대답이 없었다. 우리 아이들은 어쩌면 반에서최고가 아닐지도 몰라. 하지만 춤추는 거 하나는 엄청나게 잘할 거야, 그가 말했다. 그녀가 고개를 끄덕였다. 그리고 먹성도 좋을 거야. 그녀가 말했다. 머리숱이 엄청 많을거야. 그가 이렇게 말하면서 그녀의 팔뚝을 쓰다듬었다. 그리고 공과 피크닉을 좋아할 거야. 그녀가 말했다. 그런데 주말에는 당신이 늦잠 좀 자야지. 그가 말했다. 약속할게. 내가 애들을 주방으로 데리고 나올게. 쌍둥이를 기다리는 거야? 그녀가 물었다. 우리가 팬케이크를 만들어 줘야지. 그가 말했다. 과일 조각, 커피와 거품 우유 그리고 집에서 만든 뮤즐리를 넣은 천연 요구르트도 준비하고. 그런 다음 일어나기로 의견의 일치를 보았을 때 아침 식사를 침대로 가져가는 거야. 그냥 평범한 토요일인데도 아이들이 생일 축하 노래를 부르면서 축하한다고 말해 주고. 그리고 뭐가 또있지? 그녀가 물었다. 우린 침대에 그대로 누워 있는 거야.

그가 말했다. 아침 식사 하고, 신문을 읽고. 자기는 뉴스면을 읽고, 나는 문화면을 읽고, 아이들은 영화를 보는 거야. 아이들이 예브게니 바우어를 좋아할까? 그녀가 물었다. 나중에 그렇게 되겠지. 그가 대답했다. 애들이 열한 살, 열두 살이 되었을 때. 그때는 디즈니의 「판타지아」를 보게 될 거야. 오후가 되면 우린 밖으로 나가서, 아이들은 공원에서 놀고, 자기와 난 짬을 내서 뛰거나 야외 운동장에서 운동을 하겠지. 그다음엔? 그녀가 물었다. 저녁이 되면 레스토랑에서 저녁 식사를 하고, 아이들은 유아차에서 잠이 들겠지, 자기와 난 와인 한 병을 나눠 마신 뒤 손에 손을 잡고 집으로 가는 거야. 자기가 상상하는 가정의 모습이 정말 그럴까? 그녀가 물었다. 그와 비슷하겠지. 그가 대꾸했다. 오늘 무슨 계획이라도 있어? 자기하고 같이 있을 생각인데. 그가 말했다. 좋아. 그녀가 대답했다. 그럼 합의한 거야, 이번 한 번만은. 그래, 그런 다음 난 점심때 아버지를 만나러 갈 거야. 그녀가 말했다. 그렇다면 세 시간쯤 남은 거네. 그들은 미소 지었다. 택시가 도착했다. 그들은 택시 뒷좌석에 앉아 도시를 향해 이동했다. 릴예홀름스브론 다리의 가장 꼭대기에 다다르자, 잔뜩 끼었던 구름이 걷혔다. 그가 옆으로 조금 옮겨 앉더니 반짝거리는 호수로 시선을 옮겼다. 그녀는 그에게 사랑한다고 말하지 않기 위해 이를 악물고 참아야 했다.

주말이어서 아빠, 엄마 그리고 두 자녀가 드디어 함께 시간을 보내게 되었다. 그들은 시내로 가는 지하철을 탈 준비를 했다. 두 시간이 지났는데도 그들은 여전히 시내로 가는 지하철을 탈 준비를 하고 있다. 기저귀 가방을 채워야 했다. 지난번 피크닉에 가져갔던, 썩은 과일이 담겨 있는 비닐봉지를 버려야 했다. 그런 다음 젖병에 물을 채우고, 옥수수 스낵을 담은 비닐봉지를 넣고, 아이들에게 갈아입힐 옷, 물티슈와 깔개, 지하철을 조용히 타고 가기 위해 가지고 놀 장난감, 사라져 버리는 마법을 부리는 양말 때문에 챙겨야 할 여분의 양말, 음식과 숟가락, 턱받이, 그리고 만일을 대비해 더 많은 물티슈를 넣었다. 아빠인 아들은 아이들에게 좋은 옷을 입히고 싶었다. 할아버지를 만나러 갈 수도 있으니 축구 유니폼 셔츠를 입지 않는 게 중요하다고 느꼈다. 마지막으로 모두 옷을 갖춰 입었다. 하지만 집을 나설 시간이 가까워질 때마다 누군가는 똥을 싸야 했고, 다른 누군가는 오줌을 싸야 했고, 손모아장갑이 없어졌고, 우주복은 여전히 젖어 있고, 네 살짜리 아이는 반바지 말고 다른 걸 입기를 거부하고, 한 살짜리 아이는 계단으로, 무엇보다 계단통으로 기어 나가 새까맣게 더러워진 환기구 철책에 손가락을 대고 실로폰처럼 연주하고 싶어 했다. 그러고 나서 마침내 출발할 준비가 끝났다. 엄마가 소변만 보면 되었다. 하지만 네 살짜리 아이도 오줌을 싸야 했다. 그런데 어떻게 오줌을 싸지 않고 응가를 할 수 있니? 아빠가 물었다. 난 다할 수 있어. 네 살짜리 아이가 대답했다. 아빠는 수십억 배나 강해. 헐크보다 강할까? 아빠가 또 물었다. 헐크보다 강한 사람은 없어. 철로 만들어진 집인데도 그 집을 통째로 들어 올릴 수 있어. 네 살짜리 아이가 진지하게 대답했다.

마침내 그들은 계단으로 나왔다. 계속해서 그들은 엘리베이터 안으로 들어갔다. 그들은 베이비 캐리어를 잊고 나왔다. 엄마가 베이비 캐리어를 가지고 왔다. 그들은 유아차 자물쇠를 잊고 나왔다. 저기서 자물쇠를 살 수 있어. 엄마가 말했다. 아빠가 올라가서 자물쇠를 가지고 왔다. 내 휴대폰 본 사람 있어? 아빠가 물었다. 화장실에 있어. 네 살짜리 아이가 대답했다.

아빠와 네 살짜리 아이가 다시 엘리베이터를 타고 올라갔다. 마침내 그들은 플랫폼에 서서 지하철을 기다린다. 아침 식사 이후 그들은 외출 준비만 했다. 이제 우리 재충전해야지. 엄마가 말했다. 지하철이 사 분 후에 도착할 거야. 아빠가 말했다. 아빠가 딸을 커다란 아날로그 시계를 향해들어 올린 다음 빨간색의 가느다란 초침이 일정한 속도로원을 그리며 움직이고 검은색의 긴 분침이 한 걸음 앞으로점프하는 것을 보여 주는 모습을 플랫폼에 있는 모든 사람이 쳐다보자, 그는 자신이 좋은 아빠가 된 것 같은 기분이들었다. 그들이 거기에 서서 초침을 보고 있자니 시간이 믿을 수 없을 정도로 느리게 흘렀다. 난 시계를 정말 잘 읽을수 있어. 네 살짜리 아이가 말했다. 그래, 넌 최고야. 아빠가 말했다. 나는 시계를 볼 수 있어. 나는 페르시아어를 할 줄 알아. 나는 아이슬란드어, 프랑스어, 그리고 스웨덴어를 할 수 있어. 딸이 말했다. 페르시아어로 말할 수 있는 거 뭐 있어? 아빠가 물었다. 불불. 새라는 뜻이야. 딸이 대답했다.

*

할아버지인 아버지가 깨끗한 셔츠를 입었다. 면도도 했다. 마침내 그가 가장 좋아하는 막내딸을 만나기 위해 시내로 가는 길이었다. 그녀는 그가 바라던 대로 완벽했다. 물론 그녀가 젊었을 때 그 미친놈하고 함께 살게 된 건 불행한 일이었다. 그녀는 그와 절대로 결혼하지 말아야 했다. 그녀는 정말로 그와 아이를 갖지 말아야 했다. 그녀는 아버지의 충고를 들어야 했다. 하지만 이제 그녀는 지난날을 잊고 PR 컨설턴트로서 성공적인 경력을 쌓는 데 집중하며 사랑하는 아버지를 돌볼 수 있다. 지하철이 아버지가 보기에 따라 반평생, 아니, 한평생을 산 역을 지나갔다. 그는 떠오르는 기억을 차단해 버렸다. 그는 자기가 타고 있는 객차에 스웨덴 사람이 얼마나 많이 타고 있는지 헤아려 보았다. 역을 지나갈 때마다 점점 더 많아졌다. 그는 마치 거울처럼 지하철 창문에 비친 자기 모습을 보았다. 그는 젊어 보였다. 보통 스웨덴 사람들은 나이가 들면 알코올에 찌들어 반쯤 죽은 퇴직자처럼 보였다. 스웨덴 사람들은 안면 근육을 잘 사용하지 않아 피부가 처졌다. 스웨덴 사람들은 공항에서 다른 나라 사람들이 너무 큰 소리로 울고 소리를 지르고 웃어 대는 걸 목격하고 당황스러워했다. 그런데 아버지는 스웨덴 사람들이 안면 근육을 잘 사용하지 않고 열에 아홉은 손가락을 입에 대고 누군가에게 속삭여 말하는데, 그런 식으로 몸짓을 통해서만 의사소통을 하면 얼굴에 있는 250개의 근육을 팽팽히 유지하기에는 부족하다고 생각했다. 그가 T센트랄렌 역에서 일어나더니 지하철에서 내렸다.

에스컬레이터를 타고 올라가는 중에 그의 휴대폰에서 삐 하고 소리가 울렸다. 딸이 유감스럽게도 점심 약속을 취소해야 할 것 같다고 문자를 보냈다. 직장에서 중요한 일이 생겼다고 했다. 하지만 딸은 그 대신 일요일 저녁 식사에 그를 초대했다. 아버지는 실망하지 않았다. 직장 일이 먼저여야 한다는 걸 충분히 이해했다. 그는 바사가탄에 있는 맥도날드에 들어가 치즈버거 세 개와 환타 작은 것 하나를 얼음 없이 주문했다. 그는 창가 테이블에 앉아 이혼 후 아이들을 만났던 일들을 하나하나 더듬어 보았다. 그의 아내가 그를 내쫓았다. 그래서 그는 친구의 소파에서 잠을 잤다. 그래도 그에게는 아이들을 보는 것이 중요했다. 한번은 아이들과 함께 영화관에 갔다. 두 번째는 호른스가탄에 있는 맥도날드에서 만났다. 그들은 특가 세트 메뉴를 얼음 없는 환타와 함께 주문했다. 왜냐하면 가족 모두가 환타가 최고의 탄산음료이고 얼음은 물일 뿐이라는 데 동의했고, '얼음 없이'라고 말하면 직원이 환타를 컵 가장자리까지 가득 채워 주기 때문이었다. 딸은 햄버거를 게걸스럽게 먹어 치우고,

감자튀김을 순식간에 해치우고, 탄산음료를 벌컥벌컥 전부 마시고는 놀이방에 가도 되냐고 물었다. 물론이지. 아버지가 말했다. 아들은 그대로 앉아 있었다. 아들은 과학 점수가 올라 최고 성적을 받았다고 말했다. 지난 프랑스어 시험에서는 40점 만점에 39점을 받았다. 이번 학기에 열아홉 과목의 시험 중 열일곱 개 과목에서 최고의 결과를 얻었다. 다른 두 사람은 어떻게 되었니? 아버지가 농담을 던졌다. 공부벌레 리사는. 아들이 한숨을 쉬었다. 아버지는 미소를 지었다. 성적은 중요해. 그렇지만 그게 전부는 아니란다. 가장 중요한 건 네가 행복하냐는 거야. 그리고 부자가 되는 것. 아버지가 말했다. 아들은 고개를 끄덕였다. 아버지는 아들이 이상하다고 생각하지 않았다. 아들이 주말 저녁에 친구들과 축구공을 차는 대신 집에서 기름 먹인 종이에 위성을 추적해 우주 책에 붙여 넣으며 시간을 보내는 것에 대해 크게 걱정하지 않았다. 아버지는 아들이 자랑스러웠다. 어쨌든 상당히 자랑스러웠다. 갑자기 놀이방에서 비명이 들렸다. 딸이 다른 두 명의 아이들과 싸움에 휘말렸다. 아버지가 그리로 가서 상황을 정리해 주었다. 그때 자신이 무슨 말을 했는지는 정확히 기억나지 않았다. 어쨌든 그렇게 심각한 일이 아니었다. 그는 화를 내지 않았다. 누구의 따귀도 때리지 않았다. 신발을 벗고 싸움을 시작하지도 않았다. 심지어 가볍게라도 누구의 엉덩이도 때리지 않았다. 딸아이가 울음을 그치자, 보라색 폴로셔츠 바깥쪽에 은색 십자가를 단 살찐 아주머니가 나타났다. *애네들이 아이들이*

라는 걸 기억해야 해요. 그녀는 미소를 지으며 영어로 말했다. 뭐라고요? 아버지가 스웨덴어로 물었다. *얘네들도 작은 인간이에요.* 그녀가 말했다. 알아요. 아버지가 대답했다. *아이들도 감정이 있어요. 아이들도 무서워합니다.* 그녀가 말했다. 알아요. 아버지가 대답했다. *당신과 저처럼 말이에요.* 그녀가 아버지의 어깨에 부드럽게 손을 얹으며 말했다. 아버지는 고개를 끄덕이며 미소를 지었다. 그녀가 떠나자 그는 딸을 보고 웃기 시작했다. 아들이 웃었다. 딸이 웃었다. 그 아주머니는 아버지가 스웨덴어를 할 줄 모른다고 생각했다며 모두가 비웃었다.(아니면 스웨덴어를 모르는 사람이 그녀였나? 누구였든!) 비록 그들이 정확히 왜 웃었는지는 몰라도, 그들은 그녀가 아버지에게 말한 것에 대해 비웃었다.(그는 아무도 때리지 않았는데도 말이다!) 그들은 자신들이 왜 웃는지 잘 몰랐지만 웃었던 것을 비웃었다. 그들의 웃음이 그치고 아버지가 계산대에 가서 아이스크림을 사서 플라스틱 쟁반을 들고 돌아왔을 때, 아들은 아이스크림의 총액과 아버지가 얼마를 거스름돈으로 돌려받았는지까지 계산해 놓았다. *아이들도 감정이 있어요.* 모두가 웃기 시작했으니까요. 심지어 딸아이까지도요. 심지어 딸아이는 너무 어려서 그 의미를 이해하지 못하는데도 말이에요, 집으로 가는 내내 아버지는 단지 이렇게 말하는 것으로 충분했다.

할아버지인 아버지는 플라스틱 쟁반을 테이블에 놓아둔 채 출구로 향했다. 관광 안내소에 가서 지도 몇 장과 광고 전단을 집어 들고, 바닥에 왕관과 로고가 있는 파란색 비닐봉지 하나를 달라고 요청했다. 바사가탄도 그대로였다. 여행사들과 가죽 상점 그리고 액자 가게가 더 현대적인 다른 상점으로 바뀌었다는 점만 빼고는. 거기에는 호텔, 중국 식당, 무언가를 파는 네온사인 간판의 가게가 있었는데, 할아버지는 그게 무슨 가게인지 잘 알지 못했다. 그다음으로 주차 건물, 계단 그리고 코드 잠금 장치를 설치하기 전에 그와 그의 친구들이 몰래 들어가 화장실을 쓰곤 했던 쉐라톤 호텔이 나왔다.

길 건너편 물가를 따라 감라스탄 구시가지와 센트랄브론 다리가 내려다보이는 곳에 수카르나스 툰넬(탄식의 터널)이 있었다. 이 이름을 생각해 낸 사람이 바로 그였다. 그는 베네치아에 가 본 적이 전혀 없지만 그곳에 탄식의 다리가 있는데, 이 탄식의 터널이 바로 이 장소에 완벽하게 어울린다고 들었다. 주말이면 이곳에 많은 사람이 모여들었다. 사람들은 맥주를 마시고, 농담하고, 그들의 아이들은 막대기와 빈 깡통을 물에 던졌다. 한번은 그 아이들 가운데 한 명이 낚싯대를 가져온 적이 있었다. 그러나 대부분 그들은 가정에서 벗어나 휴식을 취하기 위해 이곳에 왔다. 그 당시에는 여기서 무엇이든 살 수 있었다. 편지봉투, 중고 아동복, 보안 표시가 있는 VHS 비디오테이프, 지팡이, 대용량의 고등어 통조림, 해시시, 폐고 처리된 도서관 책, 비닐로 싼 깃털 먼지떨이, 도난 방지 태그를 제거한 바람막이와 (한때 사용되던) 거대한 크기의 구식 오버헤드 프로젝터. 누가 저런 걸 사고 싶어 할까? 아버지인 할아버지가 말했다. 혹시 저기 계신 분이 선생님일까? 그의 친구가 말했다. 아버지는 전 세계에서 온 친구들을 만나 세일 가격으로 물건을 샀다. 페루인들은 바닥 샌딩 회사의 인력을 찾고 있었고, 폴란드인들은 배관 작업할 사람을 찾고 있었고, 유고인은 스플리트의 저렴한 여름 숙소를 제공하는 연락처가 있었고, 스웨덴 여성의 이름은 왜 모두 셰르스틴인지 모두가 궁금해했다. 베테랑들은 새로 온 사람들에게 스웨덴 독감에 대해 경고했다. 그게 뭔데요? 신참들이 물었다. 스페인 독감과 비슷하지만, 훨씬 더 지독해요. 베테랑들이 설명했다. 스페인 독감은 사람의 신체를 죽이지만 스웨덴 독감은 정신을 죽입니다. 그건 당신의 뇌에 침투해요. 당신은 꿈과 희망, 그리고 모든 것이 가능하다는 강한 믿음을 지닌 건강한 청년으로 이곳에 옵니다. 그런데 스웨덴 독감이 서서히 사람을 질식시켜요. 실제적인 예를 한번 들어 보겠습니다. 할아버지의 친구 중 한 명이 말했다. 한 청년이 여기에 옵니다. 그는 기타 연주하는 걸 좋아합니다. 그는 밴드를 시작하고 음반을 내고 리무진을 타고 순회 공연하는 꿈을 꿉니다. 그게 안 돼서 그는 꿈을 수정합니다. 음악 교사가 되는 꿈을 꾸기 시작하고, 멋진 여자친구를 찾고, 볼보 740을 살 여유가 있는 삶을 꿈꿉니다. 그는 음악 대학에 지원합니다. 그러나 입학 허가를 받지 못합니다. 그는 사범 대학에 지원합니다. 역시 입학 허가를 받지 못합니다. 아무것도 되지 않을 경우, 그는 또다시 꿈을 수정합니다. 그는 직업을 갖기를, 어떤 직업이든 갖게 되기를 꿈꿉니다. 그는 괜찮은 여자친구를 찾고 싶어 합니다. 하지만 그가 찾은 것은 프레스뷔로 편의점에서 시간당 임금을 받는 아르바이트뿐입니다. 그는 오르스타의 소시지 공장에서 추가 아르바이트를 합니다. 그는 차를 살 여유가 없습니다. 금전적으로 여자친구를 감당할 여유가 없습니다. 그가 만나는 여자친구는 그가 꿈꾸던 여자친구가 아닙니다. 그녀는 못생겼습니다. 그녀는 뚱뚱합니다. 짜증 나는 목소리를 가졌으며, 여드름이 났고, 약을 복용하지 않으면 이상한 목소리들을 듣습니다. 그녀의 아버지는 돌아가셨고, 오빠는 정신 병원에 있습니다. 그녀는 누구의 아이 엄마가 되기에 좋은 사람은 아닙니다. 기타 연주자는 알고 있습니다. 자신이 그녀의 남자친구가 되기엔 너무 잘생겼다는 걸 알고 있습니다. 계속 찾아보는 것이 좋다는 걸 알고 있습니다. 그래도 그들은 커플이 됩니다. 그는 혼자 지내는 것에 지쳤습니다. 두 사람 사이에 자녀가 생깁니다. 그녀는 그가 가족을 충분히 돌보지 않는다고 불평합니다. 그가 얼마나 많은 추가 아르바이트를 하고 있는가는 아무런 상관이 없습니다. 어떻게 해도 충분치가 않습니다. 그녀는 그가 기타를 팔기를 원합니다. 하지만 그는 기타 팔기를 거부합니다. 반년이 지나갑니다. 그는 프레스뷔로 편의점에서 더 이상 아르바이트를 하지 못합니다. 그는 기타를 팝니다. 이 주 후, 돈이 바닥납니다. 그렇지만 이 중 어느 것도 스웨덴의 잘못이 아닙니다. 청년이 자신이 일을 못 할 때 정부로부터 받는 돈보다 더 많은 돈을 버는 일자리를 구할 수 없다는 걸 깨달을 때쯤 스웨덴 독감이 침투합니다. 청년은 자신의 시간이 공짜보다도 가치가 없다는 걸 깨닫습니다. 국가는 당신은 너무 하찮은 존재이니 밖에 나가 노동을 해서 우리를 귀찮게 하지 말고 우리가 돈을 지불할 테니 집에 앉아서 TV 홈쇼핑을 보는 것이 낫다고 말합니다. 그리고 이제 스웨덴 독감이 남자의 뇌에 영향을 미치기 시작합니다. 그것은 그의 귓속으로 침투합니다. 독감은 그의 인생 전체가 실패작이었다고 속삭입니다. 삶을 바로잡는 유일한 방법은 처음부터 다시 시작하는 거라는 확신을 줍니다. 모든 것을 끝내는 것. 자기 가족을 떠나 새로운 가족을 찾는 것. 그는 자기 가족을 떠납니다. 자기 아이들을 똑바로 바라볼 수가 없습니다. 그가 할 수 있는 일은 여기 탄식의 터널 아래에 서서 당신 같은 사람들, 아직 불꽃이 남아 있는 젊은 수탉들에게 경고하는 것뿐입니다. 이 나라를 조심하세요. 왜냐하면 아무것도 공짜가 아니기 때문입니다. 그들이 베푸는 공짜는 중독입니다. 그 대가로 그들은 당신의 영혼을 가져갑니다. 그렇지만 할아버지는 베테랑들의 경고에 귀 기울이지 않았다. 스웨덴 독감은 그들이 실패에 대처하기 위해 발명한 것이었다. 이제 은퇴하고 나니, 그는 그들이 더 잘 이해된다.

할아버지가 탄식자의 터널로 내려가 보니 그곳은 텅 비어 있었다. 그의 옛 친구들은 한 명도 남아 있지 않았다. 일부는 죽었고, 일부는 교도소에 들어가 있다. 많은 사람이 해외로 이주했다. 인간적인 삶의 유일한 흔적은 녹색 쓰레기통 앞에 묘하게 가지런히 정리해서 세워 놓은 빈 맥주 캔들이었다. 아버지인 할아버지는 벤치에 앉아 한숨 돌렸다. 그는 물을 바라보았다. 눈을 가늘게 뜨고 신호가 울리는 휴대폰을 얼굴 앞뒤로 움직이며 누가 전화를 걸었는지 보려고 했다. 전화 건 사람이 아들이라는 걸 깨닫고는 휴대폰을 다시 안주머니에 넣었다. 눈을 감았다. 다시 눈을 뜨니 모든 것이 암흑이었다.

*

그들은 지하철 안에서 갈라졌다. 엄마는 한 살짜리 아이와 함께 섰고, 아빠는 네 살짜리 아이를 데리고 있었다. 그들이 빈자리를 발견했고, 아빠는 배낭에서 동화책을 꺼냈다. 정직하지 못한 과일 장사꾼에게서 사과를 산 노인에 관한 이야기였다. 장사꾼이 자신의 정원에 있는 최고로 잘 익은 사과 대신 플라스틱 사과를 노인에게 주는 이야기였다. 노인은 아무것도 눈치채지 못하고 집에 가서 사과가 익기를 기다리며 플라스틱 사과를 창턱에 올려놓는다. 앵무새 한 마리가 그 사과를 떨어뜨리자 그 사과가 할머니에게 떨어지고, 할머니의 비명에 놀란 고양이가 나무 위로 뛰어 올라가고, 자동차가 과일 장사꾼의 울타리를 들이받고, 베르틸이 잘 익은 사과를 가져다가 여선생님께 드렸는데, 도둑이 그 사과를 여선생님에게서 훔쳐 가다가 교장 선생님과 부딪혀서 사과가 창문 밖으로 날아가서, 나무에 올라간 고양이를 내려 주기 위해 달려가던 소방관의 손에 떨어진다. 소방관이 사다리를 펼치자 그의 동료가 나무 위로 올라가지만, 고양이를 내려 주려면 어쩔 수 없이 사과를 내려놓아야 한다. 그가 플라스틱 사과가 있던 바로 그 창턱에 사과를 내려놓자, 노인은 그 진짜 사과를 발견하고는 플라스틱 사과가 익었다고 생각한다. 책의 마지막 그림은 도시 전체를 조망하고 있다. 아빠는 네 살짜리 아이가 이야기를 잘 들어 줘서 기뻤다. 곧 그들은 마리아토리에트 광장에 도착하고, T센트랄렌까지는 멀지 않았다. 이제 장기를 펼칠 부분이 나온다. 아빠가 도시에 보이는 글자들을 가리키기 시작했다. 저기에 뭐라고 쓰여 있지? 저건 무슨 글자야? 그러자 네 살짜리 아이가 무슨 글자인지 말했다. 와, 네 살밖에 안 되었는데 알파벳을 다 아네. 아빠가 말했다. 그는 주변 사람들의 시선을 즐겼다. 아니면…… 누군가 주목하는 사람이 있나? 그는 주위를 둘러보았다. 그러나 모두가 이어폰을 끼고 앉아 있다. 아무도 화면에서 시선을 들어 쳐다보지 않았다. 유일하게 반응하는 사람은 멀리 문 옆에 서서 경멸이 가득한 시선으로 그를 바라보는 그의 여자친구뿐이었다. 그래도 아빠는 포기하지 않았다. 그는 ㅌ, ㅐ, ㄱ, ㅅ, ㅣ가 택시가 되고 ㅁ, ㅣ, ㅇ, ㅛ, ㅇ, ㅅ, ㅏ가 미용사가 되는 것을 네 살짜리 아이에게 보여 주었다. 그런 다음 학교 건물을 가리키며 물었다. 이 글자들은 뭘까? ㅎ. 맞아. ㅏ, ㄱ. 정확해. ㄱ, ㅛ. 음, 그러면 어떻게 되지? 네 살짜리 아이가 고민하다 대답했다. ㅎ. 아빠가 말했다. 하아아아아, 학생? 네 살짜리 아

이가 물었다. 비슷해. 하아아아아. 아빠가 말했다. 학? 네 살
짜리 아이가 물었다. 오, 이제 거의 다 맞혔어. 아빠가 대답
했다. 하아아아아악…… 하악생? 네 살짜리 아이가 말했다.
아빠는 포기했다. 그가 여자친구를 바라보며 미소 지었다.
그녀는 창밖을 내다보았다. 한 살짜리 아이는 흰색 이어폰
을 끼고 있었으므로 잠들었을 것이다. 오늘 할아버지 만날
거야? 네 살짜리 아이가 물었다. 아마도, 봐서. 아빠가 대답
했다.

*

　그저 관광객이 되고 싶은 관광객은 도시를 더럽히는 모
든 것을 걸러내기 위해 최선을 다한다. 그녀는 1980년대 중
반에 이곳에 한 번 온 적이 있다. 그때 그녀는 금융업계에
서 일했고, 비예르 야를스가탄에 있는 고급 호텔에 머물렀
고, 고용주가 음식과 술을 모두 사 주었고, 온종일 회의가
있어서 관광을 위한 시간이 많지 않았지만, 마지막 날 아침
에 예약한 택시가 그들을 태우러 오기 전에 그녀는 산책을
하러 도시로 나갔다. 도시는 놀랍도록 아름다웠다. 물이 반
짝거렸다. 사람들에게서 빛이 났다. 심지어 노숙자까지도
깨끗해 보였다. 그때에도 노숙자가 있었나? 아니야. 그녀는
떠올려 보았다. 기타를 연주하는 친절한 히피 그룹이 있었
고, 커피를 제공하는 기독교 단체가 있었고, 전통 의상을
입고 팬파이프를 연주하는 인디언들이 있었다. 그렇지만

노숙자나 거지, 가난은 전혀 기억나지 않았다. 몇 년 동안 그녀는 수도들을 오가며 살았고, 그녀의 아파트에 세간살이라고는 집에 들렀을 때 내용물을 바꿔 담는 가방 하나만 있었다. 그곳에서 거의 이 년 동안 살았지만, 그녀는 여전히 냄비 하나 사지 않았다. 그녀는 일주일에 80~100시간을 일했다. 60시간도 너무 많아. 휴식을 좀 취해. 숨 좀 쉬고. 휴가도 좀 다녀와. 친구도 좀 만나고. 춤도 추고. 가정을 꾸려야지. 나하고도 시간을 좀 보내. 그녀의 어머니가 말했다. 괜찮아요. 난 젊어요. 시간도 많고요. 그녀가 대꾸했다. 그러다 어머니가 백혈병에 걸려서 딸이 어머니를 돌보러 집으로 들어갔다. 어머니는 1993년 2월에 세상을 떠났고, 가을에 딸은 간호사 교육을 받기 시작했다. 그녀가 돌보리라 생각했던 환자는 아이와 청소년 들이었지만, 그녀는 전망이 환상적으로 아름다운 요양원에서 첫 직장을 얻었고 그것이 너무 좋아 그대로 머물게 되었다.

매일 아침 그녀는 자신이 맡은 복도를 돌아다니며 문을 두드리고, 노인들에게 인사하고, 커튼을 걷고, 환기를 해 오줌 냄새가 나지 않게 하고, 이불을 갈아 주고, 커피 마시고 아침 식사를 하러 식당으로 내려오라고 설득했다. 그곳으로 내려오면 그들은 자신이 아버지의 바람과 달리 집에서 도망쳐 나와 적십자에서 일하기 시작한 1942년 디에프에서 나치를 어떻게 공격했는지, 아니면 1943년 일본인들을 수용소에 어떻게 억류했는지, 1948년 당시 유럽의 모습이 어땠는지 등 전쟁 당시에 관한 이야기를 들려주려고 했다. 그러나 다들 그러한 사건들의 중심에서 어느 정도 안전한 거리를 유지하며 삶을 살아온 것 같았다. 1945년 5월 7일, 그들은 시내에 엄청나게 많은 사람이 모여들 것을 알고 있었기 때문에 종전을 축하하기 위해 시내에 나가지 않았다. 1969년 7월 20일, 달 착륙에 관해 많은 이야기가 있었지만 그들 중 한 명은 빨래를 했고, 또 다른 사람은 멀리 살던 사촌을 방문했다. 형제자매의 이름을 거의 기억해 내지 못할 정도로 혼란스러워하는 사람도 몇 명 있었고, 다른 사람들은 과거가 아닌 현재에 관해 이야기하고 싶어 했다. 그들은 댄스 경연 대회에 참가한 손자에 대해, 해외 이주를 생각하는 아들에 대해, 모스크를 지어 수당을 받아 살아가려고 이곳으로 이주한 이민자에 대해 이야기했다. 내 어머니가 여기로 이민을 왔어, 더 이상 어머니가 없는 한 여성이 말했다. 그 어머니는 고국의 정치적 이상을 버리고 주차 안내원으로 일하게 되었다. 이십 년 동안 일하면서 병가를 삼 일밖에 안 냈으며 백혈병을 앓다가 사망했다. 가엾어. 84세의 제임스가 말했다. 항상 예외는 있어. 91세의 텔마가 말했다. 네 어머니만큼 부지런한 이민자는 거의 없어. 89세인 헬렌이 말했다.

그래도 그녀는 요양원에 남아 있었고, 곧 비공식적이긴 하지만 데이터 관리자가 되었다. 그녀가 컴퓨터에 대해 특별히 많이 아는 것도 아니었다. 프린터 토너를 바꿔 끼울 줄 아는 유일한 사람이었기 때문이다. 언젠가 그녀가 양면 복사에 성공했다는 소문이 돌았다. 그녀는 말썽을 부리는

USB 외장하드를 부장의 컴퓨터에서 분리하는 것을 두 번이나 도와주었다. 그 후 인터넷에 문제가 생기면 모든 노인이 그녀를 찾아왔다. 그녀의 인내심은 무한했고, 라우터의 플러그를 뽑는 바람에 연결이 끊겨 무선 네트워크를 고칠수 없었던 것을 82세의 스티브에게 침착한 목소리로 설명해 주었다. 92세의 베티가 공동 휴게실에서 프로젝터의 환기구에 DVD 디스크를 밀어 넣으려고 했을 때도 그녀는 결코 화를 내지 않았다. 그녀는 91세의 얼이 실수로 컴퓨터에 우유를 쏟았을 때 백업 복사본으로 하드디스크 드라이브를 복구하는 것을 도와주기도 했다. 그녀는 은퇴하기 전까지 계속 일했고, 이제 갑자기 무한한 시간을 갖게 되었다. 그녀에게 자녀와 손주가 없다는 것의 이점은 자유롭게 세계를 여행하고 예전에 가 보긴 했지만 거의 기억해 내지 못하는 장소들을 다시 발견할 수 있다는 것이었다. 단점은 사진을 보여 줄 사람이 없다는 것이었다. 만약 그녀에게 자녀가 있었다면, 지금 전화를 걸어 자신이 갔던 도시들이 비슷하면서도 다르다고 말했을 것이다. 집들이 그대로이고, 하늘은 높고, 물줄기는 반짝거렸다. 그렇지만 사람들은 변했다. 사람들은 코펜하겐, 브뤼셀, 파리, 뉴욕 또는 프라하와 거의 비슷해 보였다. 이 장소를 특별하게 만들었던 모든 것이 사라져 버렸다. 특별했던 그 어떤 것도 남아 있지 않았다. 유일하게 특별한 것이 있다면 *100% SWEDISH*라고 프린트되어 있는, 스웨덴 국기 색인 파랗고 노란 티셔츠, 플라스틱 바이킹 헬멧 그리고 다양한 크기의 빨간색 목마(木

馬)들을 판매하는 기념품 상점이었다. 크리스마스가 한 달 넘게 남았는데도, 빨간 깃발이 달린 막대기 뒤에서 산타 모자를 쓴 두 남자가 막대 사탕을 팔고 있었다. 관광객들은 다리 위에 서서 스트룀멘을 내려다보고 있었다. 그들은 국회의사당 건물 앞에서 서로 사진을 찍어 주었다. 경이로운 모습의 수역을 가리켜 보이기도 했다. 그녀는 사진을 찍지 않았다. 그 대신 뒤로 돌아 물을 따라서 시청 방향으로 걸어갔다. 그곳이 더 조용하고 관광객도 없었다. 산타클로스들도 없었다. 그녀 그리고 굽이치는 물줄기와 부둣가로 내려가는 작은 계단뿐이었다. 그녀는 멀리서 그를 보았다. 겨울에는 문을 닫는 공원 아이스크림 가판대 앞 벤치에 그가 비스듬히 앉아 있었다. 검은 외투. 밝은 흰색 스니커즈. 손목에 감은 파란색 비닐봉지. 그런 다음 맥주 캔을 보고 그녀는 그가 취했다고 생각했다. 더 가까이 다가가서 살펴본 결과 맥주 캔은 그가 마신 것이라고 보기에는 그에게서 너무 멀리 떨어져 있었고, 게다가 너무 깨끗하게 면도를 한 모습이어서, 그런 사람이 이 시간에 공원 벤치에 앉아 맥주를 마시지는 않았을 거라는 결론을 내렸다. 아마도 그는 그냥 졸고 있는 것이리라. 잠시 후 그가 눈을 뜨고 비명을 질렀다. 그는 벤치에서 일어나 부둣가를 향해 몇 걸음을 내디뎠다. 그녀가 앞으로 달려가 몇 미터 남지 않은 상황에서 그를 붙잡았다.

가족은 좌석에서 일어나 T센트랄렌에서 내렸다. 엄마는 쿨투르후세트 문화 회관에서 열리는 인체의 신비 전시회를 보고 싶어 했고, 한 살짜리 아이는 어린이 도서관 안에서 마음껏 기어다녀도 되었으며, 네 살짜리 아이는 나무 블록 게임을 하기로 허락받았다. 어린이 도서관에 들어가려면 최소 한 시간의 대기 시간이 있었기 때문에, 일단 번호표를 뽑고, 과일을 먹고, 미술 전시관으로 올라갔다. 유리 상자 안에 약 삼십여 개의 혈관이 그대로 보이는 매우 사실적인 남성의 발기된 생식기가 있었다. 작품 안내문에는 남성의 생식기가 완전한 기능을 가진 플루트라고 설명되어 있었다. 고추 플루트! 미쳤다, 그치? 아빠가 말했다. 네 살짜리 아이가 어깨를 으쓱했다. 또 다른 공간은 거울과 조명 효과가 있는 작품들로 구성되어 있었다. 와. 네 살짜리 아이가 탄성을 내뱉으며 그 방에서 나가기를 거부했다.

아빠는 계속해서 휴대폰을 주시하고 있었다. 그는 일정한 간격으로 아버지의 스웨덴 번호로 전화를 걸었다. 때로는 통화가 거절되었고, 때로는 아무도 받지 않았다. 자기, 이제 아버님을 그만 놔 드려. 우리를 보고 싶다면 아버님이 전화를 걸면 되지. 우리의 일정에 전부 맞추어 움직이라고 할 수는 없는 일이잖아. 여자친구가 말했다.

아들은 아버지에게 더 이상 전화하지 않았다. 그는 자기 가족과 시간을 보내려고 노력했다. 휴대폰을 보지 않고, 무슨 일이 일어났는지 궁금해하지 않으려고 애썼다. 미술 전시 관람 후 그들은 커피를 마시러 갔고, 그러고 나니 어린이 도서관으로 들어갈 차례가 되었다. 그들은 신발을 작은 보관함에 집어넣었다. 엄마는 자기 외투를 아이들 옷걸이에 걸었다. 아빠는 오리털 점퍼를 입고 있었다. 그는 다른 부모들을 신뢰하지 않았다. 만약 그가 점퍼를 여기에 놓고 간다면 누구나 가져갈 수 있었다. 입구에 직원이 앉아 있다 해도 상관이 없었다. 그들은 누구의 점퍼가 누구의 것인지 알지 못했다. 엄마는 그를 쳐다보았지만 아무 말도 하지 않았다. 한 살짜리 아이는 아기 책들 사이를 기어다니고, 네 살짜리 아이는 나무 블록으로 먼저 길을 만들고 나무 막대기로 소달구지를 만들었다. 이제 좀 쉬어. 엄마가 말했다. 아니, 괜찮아. 아빠가 대꾸했다. 아니긴. 자기, 내가 진심으로 말하는 거야. 도서관으로 내려가. 책을 좀 빌려. 당신의 '오 분'을 사용해. 명상을 하든가 하고 싶은 걸 하면서 재충전을 하라고. 엄마가 말했다. 아니야, 사실 난 여기에 있는 게 더 좋아, 내 가족과 함께. 아빠가 말했다. 대체 뭐 하자는 거야. 자기가 여기 있으면 무슨 일이 벌어질지 난 정확히 알고 있어. 당신은 당신만 빼고 모든 사람이 자신이 원하는 일을 하게 된 것에 대해 분노를 표출할 것고, 그다음에는 당신 자신의 망할 놈의 필요를 충족할 만큼 충분히 어른이 되지 못했기 때문에 남은 하루 동안 계속해서 화를 낼 거야. 그러니 가라니까, 어서, 지금. 아이들은 내가 돌볼게. 엄마가 작은 소리로 말했다. 그가 일어나 어린이 도서관 밖으로 나갔다. 아빠! 네 살짜리 아이가 소리 질렀다. 아빠는 미소를 지으며 곧 돌아오겠다고 말했다. 그가 가는 걸 딸이 너무 슬퍼하는 모습이 사랑스러운 건지 아니면 불편한 건지 확실하지 않았다.

그는 일반 도서관으로 내려갔다. 책 몇 권을 집어 들고 창가에 있는 안락의자에 앉았다. 유명한 미국 현대 소설의 첫 페이지를 읽어 내려갔다. 프랑스 단편 소설집의 서문 절반을 읽었다. 그런 다음 코미디에 써먹을 만한 아이디어를 얻고 휴대폰에 기록해 둔 뒤 잠이 들었다. 그리고 휴대폰 진동 소리에 잠에서 깼는데, 사실 기분이 좋다고 인정하고 싶은 것 이상으로 기분이 좋았다. 어디야? 휴대폰에서는 그의 아버지가 아닌 다른 사람의 목소리가 들렸다. 휴식 좀 취했어. 당신이 나한테 그러라고 말한 것처럼. 그가 말했다. 당신 한 시간 십 분 동안이나 사라져 버렸잖아. 그의 여자 친구가 말했다. 미안해. 그는 이렇게 대꾸하고 자리에서 일어났다. 유아차에 물티슈가 더 있어? 그녀가 물었다. 내가 가져갈게. 그가 말했다. 그는 에스컬레이터를 타고 3층으로 올라갔다. 그가 휴대폰을 내려다보았다. *혹시 아버지한테서 연락받은 사람 있어?* 그가 가족 단톡방에 물었다. *오늘 나하고 점심 드시기로 했는데, 내가 다른 일이 생겼어. 아버지는 괜찮은 것 같아.* 여동생이 즉시 답했다. *아무 말 없었고 들을 것도 없음.* 어머니의 메시지였다.

아빠인 아들이 에스컬레이터에서 내려 마지막으로 한 번 더 전화를 시도했다. 신호가 갔고, 아버지가 전화를 받았다. 목소리가 달라져 있었다. 아버지 기분이 좋은…… 것 같은데? 목소리의 배경으로 발걸음 소리가 들렸다. 뭐 하세요? 아들이 물었다. 시내에 있어. 나 산책하고 있어. 아버지가 대답했다. 산책을 하신다고요? 혼자서요? 아들이 물었다. 친구하고 같이. 아버지가 대답했다. 친구요? 어떤 친구요? 아들이 물었다. 그냥 친구. 너는 모르는 여자야. 나중에 전화할게. 아버지가 말했다.

아버지가 전화를 끊었다. 아들은 전화기를 손에 들고 서 있었다. 친구? 아버지는 친구가 없다. 경찰이 탄식의 터널 아래를 급습한 이후 아버지에게는 친구가 한 명도 남지 않았고, 어머니는 다시는 그곳에 가지 않겠다고 약속하라고 아버지에게 다짐을 놓았다.

*

할아버지인 아버지가 눈을 떴다. 세상이 어두웠다. 그는 심장 마비를 겪었다. 뇌출혈을 겪었다. 누군가가 그의 뇌에 들어와 시신경을 절단했다. 그는 죽은 채로 살고 있고 곧 죽은 채로 죽을 것이다. 목소리가 들렸다. 아이들이 웃었다. 공이 튀었다. 자동차, 더 많은 자동차 소리가 들렸다. 버스 한 대가 들어와 쉭쉭 소리를 내며 포장 도로로 내려갔다. 그는 공원 벤치에서 일어나 어둠 속에서 더듬거리며 물 위로 메아리치는 자신의 목소리를 들었다. 누군가 그의 손목을 잡고 다시 벤치로 데려가 뺨을 토닥거렸다. 내 말 들려

요? 그녀가 영어로 물었다. 예. 그가 대답했다. 뭔가 가져갔
나요? 그녀가 다시 물었다. 아니요, 내가 잠이 들었었나 봐
요. 그녀는 대구하지 않았다. 여자는 사라졌다. 일어나서 떠
난 것이 틀림없다. 다른 모든 사람과 똑같이. 잠시 후 그는
라이터 소리를 듣고 담배 냄새를 맡았다. 그녀는 그대로 옆
에 앉아 있었다. 그의 곁을 떠나지 않았다. 나는 잠을 많이
안 자요. 그가 말했다. 그래 보여요. 그녀가 대구했다. 나는
눈에도 문제가 있어요. 그가 다시 말했다. 눈을 좀 크게 떠
보세요. 그녀가 말했다. 그가 눈을 떴다. 그리고 눈을 깜박
여 보았다. 죽은 사람은 넘어지는 경향이 있으므로, 앉아
있다는 건 좋은 징조라고 그는 생각했다. 죽은 사람은 대개
감각이 부족하다는 점을 생각하면 식은땀이 흐르는 것도
좋았다. 시야의 검은색에 밝은 점들이 섞여 들었다. 처음에
는 작은 폭발로 시작하다가 나중에는 긴 선들과 뒤섞였는
데, 마치 여러 개의 지평선이 있는 것처럼 한 번에 하나씩
불이 붙었다. 그런 다음 세상이 돌아왔다. 햇빛이 그의 눈
안으로 비집고 들어왔다. 나무, 집, 벤치, 자동차들 그리고
그의 옆에서 담배를 피우고 있는 아주머니, 모든 것이 그대
로 남아 있었다. 이제 기분이 좀 나아졌나요? 그가 고개를
끄덕였다. 그녀는 그가 상상했던 외모는 아니었다. 목소리
가 얼굴보다 더 아름다웠다. 그러나 그녀가 가지 않고 남아
있었기 때문에 그런 건 아무런 상관이 없었다.

*

한때 아들이었던 아빠는 쿨투르후세트 문화 회관의 1층 회전문 안에서 한 바퀴, 또 한 바퀴 빙글빙글 돌았다. 네 살짜리 아이가 같이 걸어가며 웃었다. 우린 서커스단이에요! 그녀가 회전문으로 들어가려고 하는 사람들에게 손을 흔들며 소리쳤다. 그런데 아빠, 네 살짜리 아이 그리고 바나나가 들어 있는 유아차를 탄 한 살짜리 아이 때문에 사람들이 회전문 안으로 들어가지 못했다. 유아차는 양쪽 바퀴 속에 들어 있는 공기 양이 서로 달라 균형이 안 맞았고, 한 살짜리 아이의 윗입술은 말라붙은 콧물이 가득했고, 유아차 아래쪽 바구니에는 물에 젖어 부풀어 오른 저렴한 그림책, 콤비네이션 자물쇠가 달린 케이블, 썩은 귤 껍질, 짝이 맞지 않는 장갑, 잊고 있던 여분의 양말, 바퀴에 공기를 넣는 펌프, 우산, 네 살짜리 아이가 모으겠다고 우연히 주운 돌, 그리고 방금 갔던 미술 전시회의 프로그램이 들어 있었다. 친구. 아빠가 중얼거렸다. 그에게는 친구가 없었다. 딸아이가 그를 쳐다보았다. 그는 조용해졌다. 그들은 회전문에서 나왔다. 기저귀 가방을 뒤져 보면 코 닦아 준 휴지 빼고는 세상 모든 것이 다 들어 있다. 아빠는 젖은 물티슈로 한 살짜리 아이의 콧물을 닦아 주고, 아들은 추위 때문에 기분이 좋지 않고, 아빠는 그와 그의 여자친구가 마음 설레는 커플이었을 때를 떠올렸다. 그들은 전시회, 카페, 저녁 식사, 파티에 활발하게 어울려 다니며 매일매일을 아주 많은 경험들로 채웠다. 아침에 밖에 나가면 저녁에 집으로 돌아올 기약이 없었다. 옛날에 그들은 가젤이었지만 지금은 디플로도쿠스이고, 옛날에는 제트 스키였지만 지금은 유조선이다. 코스를 변경하는 데 십오 분이 걸렸고, 그들은 아늑한 카페에 들어갔다. 직원이 유감스럽지만 유아차는 밖에 세워 두어야 하며 유아용 식탁 의자도 없다고 안내했다. 아빠가 카페 파노라마에서 점심을 먹자고 제안한 것은 바로 그런 이유에서였다. 그곳의 직원들은 가족 구성원 사이에서만 볼 수 있는 아름다운 방식으로 서로에게 불친절했다. 경치는 황홀할 정도였다. 리필이 무료였고, 샐러드 뷔페는 훌륭했다. 또는 확실히 괜찮았다. 그리고 그들의 한 살짜리 아이가 좋아하는 달콤한 옥수수빵 같은 것이 있었다. 가격도 문제가 없어. 아빠가 말했다. 하지만 엄마는 그곳에서 여러 번 먹었지만 정말 맛있다고 생각한 적이 한 번도 없었다. 좋아. 아빠가 말했다. 극장 바에 가 볼까? 엄마가 제안했다. 그곳은 식탁보가 흰색이고 가격이 비쌌다. 별로 관심없어. 아니면 그 아시안 식당은 어때? 아빠가 대답했다. 가족은 1층에 있는 레스토랑을 지나갔다. 엄마가 메뉴판을 보며 흥얼거렸다. 아빠는 그녀가 만족스러워하지 않으며 그곳에 글루텐 프리 채식 메뉴가 없거나 아니면 두 가지가 있지만 그녀가 카운터에 문의해 보니 둘 다 유제품이 포함되어 있다는 사실을 들었다는 걸 알고 있었다. 그들은 쿨투르후세트 문화 회관에서 나왔고, 플라탄이라는 중고품 가게 앞에 서 있다. 이제는 유당을 안 먹어? 아빠가 물었다. 안 먹는 게 더 좋아. 왜, 무슨 문제라도 있어? 엄마가 물었다. 전혀. 아빠가 대답했다. 난 핫도그 먹을래. 네 살짜리 아이가 말했다. 우리 지금 어디로 가는 거야? 아빠가 물었다. 핫도그에 케첩. 딸아이가 말했다. 모르겠어. 뭐 당기는 거 없어? 엄마가 물었다. 핫도그, 핫도그, 핫도그. 딸이 말했다. 재키가 쿵스홀멘에 있는 비건 레스토랑에 관해 이야기한 적이 있어. 엄마가 이렇게 말하면서 전화기를 들었다. 핫도그. 네 살짜리 아이가 말했다. 아빠는 조용히 서서 이런 상황에서는 어떤 계획도 결코 생기지 않을 거라고 생각했다. 그가 어렸을 때 그의 어머니는 샌드위치를 만들고 병에 담긴 주스와 사과 몇 개를 가져왔다. 그것이 점심이었다. 지금 그와 아이들은 무엇이든 먹을 수 있다. 핫도그를 주면 그것으로 만족할 것이다. 아니면 맥도날드에서 파는 치즈버거도. 선 채로 그것을 먹은 다음 다른 일에 집중할 수 있다. 그러나 그러는 대신 그들은 엄마가 비건 레스토랑의 주소를 찾아낼 때까지 기다리다가 쿵스홀멘을 향해 걷기 시작했고, 클라라베리스베엔 거리를 걷다가 손님 몇 명이 토요일 3시 2분인데 무모하게 술을 사겠다고 교묘한 말로 설득해 안으로 들어가려고 하는 쉬스템볼라예트 주류 판매점 앞을 지나쳤다. 24시간 영업하는 약국 앞을 지나고, 바사가탄 거리를 가로지르는 다리를 건넌 뒤, 좋은 택시와 나쁜 택시가 줄지어 서 있는 곳을 통과했다. 그런 다음 다리를 건너는 도중에 아빠는 그들이 이곳을 걷고 처음 사랑에 빠졌던 그날 밤을 떠올렸다. 그 당시 그들은 각각 무언가를 물에 던지기로 했고, 보도블록 더미를 발견한 다음 각각 세 개의 보도블록을 던졌다. 각각의 보도블록은 그녀의 성격 중 좀 없애 버렸으면 하는 점들을 상징했다. 그녀는 계획에 대한 공포를 상징하는 보도블록, 부끄러움을 상징하는 보도블록 그리고 잘못하지 않았는데도 미안하다고 말하는 습관을 상징하는 보도블록을 다리 아래로 던져 버렸다. 그는 자기비판을 상징하는 보도블록과 원한을 상징하는 보도블록을 떨어뜨렸다. 마지막 보도블록을 손에 들고 섰을 때, 그는 무엇을 버려야 하는 건지 생각이 나지 않았다. 혹시 통제에 대한 욕구 중 일부를 버리고 싶지 않아? 그녀가 물었다. 나는 통제에 대한 욕구가 없는 것 같은데. 있다 해도 그 욕구가 다른 사람보다 작은 것 같은데? 그리고 설령 나에게 통제에 대한 어떤 욕구가 있다 해도 그것이 꼭 나쁜 의미는 아니잖아. 통제에 대한 욕구가 없었다면 아무것도 얻지 못했을 거야. 내가 이런저런 일을 해내는 것도 다 통제에 대한 욕구 덕분이야. 그가 말했다. 알았어, 이제 진정해. 그러면 뭔가 다른 걸 버려. 그녀가 말했다. 그는 네모나고 무거운 보도블록을 손에 들고 있었다. 그 돌이 새벽빛에 반짝였다. 그는 그 보도블록에 '완벽'이라고 명명한 뒤 물에 내던졌다. 그런 다음 집으로 향했다. 그런데 '완벽'과 '통제에 대한 욕구'는 동전의 양면이 아닐까? 그녀가 말했다. 나한테는 아니야. 그가 대꾸했다.

칠 년 후, 그들은 두 자녀와 함께 같은 다리를 건너게 되었다. 그들은 서로에게 말을 건네지 않았다. 그들은 오른쪽으로 돌았고, 여전히 말을 건네지 않았다. 핫도그 먹을까? 네 살짜리 아이가 말했다. 그들은 비건 레스토랑에 거의 도착했다. 조명이 은은하고, 테이블은 짙은 갈색이며, 벽은 직물로 덮여 있었다. 아빠는 여자친구를 의심한 것을 후회했다. 그는 그녀가 존재하는 것이 정말 행운이라고 생각했다. 그녀가 없었다면 그는 자기 아버지처럼 변했을 것이고, 할인 판매를 한다는 이유만으로 삼 일 지난 새우 샐러드를 먹으려고 했을 것이다. 그는 십 년 지난 옷을 입고 돌아다녔을 것이다. 배터리 수명이 이십 분으로 줄어든 골동품 휴대폰을 사용했을 것이다. (친구? 무슨 친구? 그 친구가 누군데? 그의 목소리가 왜 이렇게 즐겁게 들리지?) 확실히 좋아 보이지? 그의 여자친구가 물었다. 정말 그러네. 그가 대답했다. 핫도그 있어? 딸아이가 물었다. 아가, 분명히 있을 거야. 엄마가 대답했다. 케첩도? 들어가서 살펴볼게. 아빠가 대답했다. 그가 문을 당겼다. 그러나 문은 잠겨 있었다. 그 레스토랑은 평일 오전 10시에서 오후 5시까지만 문을 열었다. 네 살짜리 아이가 울기 시작했다. 네 살짜리 아이가 우니 한 살짜리 아이도 울기 시작했다. 아코디언처럼 생긴 파란색 굴절 버스가 다가왔다. 아빠는 유아차 손잡이를 놓아버리고 그 버스에 올라타 사라져 버리고 싶은 충동을 느꼈다. 하지만 그러는 대신 유아차를 놓고 가장 가까운 세븐일레븐으로 가서 두 개는 아이들 것, 하나는 자기 것으로 핫도그 세 개를 산 다음 여자친구의 시선을 피하기 위해 계산대에서 자기 것을 게걸스럽게 먹어 치웠다. 계산대 뒤에 있던 여자 점원이 그를 쳐다보았다. 이건 내 아이들한테 줄 거예요. 그가 말했다. 그녀가 고개를 끄덕였다.

그들은 한트베르카르가탄 거리를 걸어 올라가, 그들 중 누구도 전에 와 본 적이 없는 카페에 도착했다. 특색 없는 프랜차이즈 카페였다. 아이들이 없었다면 그와 그녀 둘 다 들어갈 생각조차 하지 않았을 그런 곳이었다. 그들은 유아차를 놓을 수 있는 좋은 테이블을 찾았고, 아빠는 계산대에 서서 여자친구를 위해 두부 샐러드를, 자신을 위해 샌드위치와 카페라테를, 아이들을 위해 스무디와 비스킷을 주문했다. 여자친구가 주문하는 소리를 듣고 그를 쳐다보았고, 그는 비스킷을 프로틴 볼로 바꾸었다. 성함이 어떻게 되세요? 계산대 뒤의 남자 점원이 물었다. 뭐라고요? 아빠가 되물었다. 이름이? 남자 점원이 다시 물었다. 그는 마커펜을 손에 들고 적을 준비를 하고 있었다. 아빠는 생각에 잠겼다. 그리고 자기 이름 중 하나를 말했다. 남자가 컵에 이름을 적은 뒤 영수증을 원하는지 물었다.

*

할아버지와 관광객이 탄식의 터널에 있는 공원 벤치에 앉아 도시들의 차이점에 관해 이야기를 나누고 있다. 그녀는 캐나다 밴쿠버에 살고 있으며(그녀는 정확하게, 그러니까 처음에는 도시, 그다음에는 시골이라고 말했다.), 금융업계에서 몇 년 동안 일한 다음 간호사 교육을 받고 요양원에 일자리를 얻었다고 말했다. 그녀는 국가명을 말할 때와 똑같이 또렷한 어조로 숙소 이름을 말했다. 그러나 할아버지는 그 숙소 이름을 한 번도 들어 본 적이 없었고 즉시 그 이름을 잊어버렸다. 그 관광객은 이제 은퇴했고, '심지어 나보다 나이가 더 많은 고객'을 위한 모자를 만드는 아틀리에에서 파트타임으로 일하고 있었다. 당신은 그다지 늙지 않은 것 같은데요? 할아버지가 말했다. 그러는 당신은요? 무슨 일을 하세요? 관광객이 웃으며 물었다. 나는 평생 세일즈맨으로 일했어요. 참깨와 향수, 직수입한 시계와 덴마크 비데, 비디오와 가죽옷을 팔았어요. 그런데 이제는 나도 은퇴했어요. 나는 해외에 살아요. 자식들을 만나기 위해 여기에 머물고 있습니다. 할아버지가 대답했다. 저는 당신도 관광객인 줄 알았어요. 관광객이 말했다. 내가요? 관광객인 줄 알았다고요? 왜 그렇게 생각하셨어요? 아버지가 웃으며 물었다. 어쩌면 그 관광 안내소 봉투 때문일지도요. 그녀가 말했다. 아이고 참, 이걸 가지고 다니면 사람들이 더 친절하게 대해 주기 때문에 가지고 있는 것뿐이에요. 그가 말했다. 어떤 사람들요? 그녀가 물었다. 모든 사람요. 특히 상점 점원과 버스 기사들, 그리고 경찰관들요. 할아버지가 대답했다. 관광객이 생각에 잠겼다. 지금까지 제가 만난 사람들은 모두 친절했어요. 그녀가 말했다. 사람들은 처음에는 친절해요. 그랬다가는 변해 버리지요. 할아버지가 말했다.

관광객은 할아버지에게 권하지 않고 또 다른 담배에 불을 붙였다. 그는 그걸 칭찬으로 받아들였다. 그는 흡연자로 보이기에는 너무 잘생기고 젊음을 잘 관리하고 있었다. 그가 그녀를 바라보았다. 이십 년 전이라면 그녀는 투명 인간이었을 것이다. 십 년 전이라면 그가 그녀를 보았을지 모르지만 그녀가 자기 타입이 아니라고 금방 판단했을 것이다. 그런데 오늘은 그녀가 매우 아름답다고 생각했다. 그녀가 그런 눈을 가지고 태어난 건 그녀의 잘못이 아니었다. 저는 시청으로 가는 길이었어요. 관광객이 말하고 일어났다. 나도요. 아버지가 말했다.

그들은 물을 따라 걸었다. 아버지는 세일즈맨이라는 직업과 병행해 자기사업에 대한 무한한 아이디어를 가지고 있었다고 말했다. 예를 들어, 우주에 있는 별을 사서 자기 이름을 붙이는 아이디어를 처음으로 내놓은 사람이 그였다. 그는 대단히 앞선, 손잡이에 세제가 들어 있는 최초의 설거지용 솔을 제조할 계획도 세웠다. 그러나 매번 다른 사람이 그에 앞서 그 아이디어를 실행했다. 더 많은 돈과 더 좋은 인맥을 가진 사람.

그들은 시청으로 향하는 다리를 건넜다. 관광객이 여행 책자를 큰 소리로 읽었다. 시청을 짓는 데 십이 년이 걸렸고 800만 개의 벽돌이 필요했다고. 나에게 묻는다면 시간과 벽돌 낭비라고 대답하겠어요. 할아버지가 말했다. 그들은 시청 안뜰로 들어갔다. 바람이 잠잠해졌다. 그들은 셀카봉을 든 관광객, 모자를 쓰고 베이지색 조끼를 입은 사진사에게 포즈 지시를 받고 있는 신혼부부, 담임 선생님 앞에 있는 피라미드에서 포즈를 취하려는 네덜란드 학생 무리를 지나쳐 갔다. 물 전체가 믿을 수 없을 정도로 아름다워요. 여름에는 이곳에서 사람들이 수영을 하겠죠? 관광객이 물었다. 네, 그렇지만 엄청 차가워요. 할아버지가 대답했다. 놀라울 정도로 깨끗해요. 관광객이 다시 말했다. 그렇지만 마실 수는 없습니다. 일부 멍청한 정치인들이 생각하는 것과는 달라요. 할아버지가 대꾸했다. 관광객은 고개를 끄덕였다. 그녀는 다른 질문을 하지 않았지만, 할아버지는 스톡홀름이 올림픽을 개최할 수 있기를 바라며 멜라렌 호숫물을 맛보도록 올림픽 위원회를 초청하고 언론인 무리를 끌어모았던 지역 정치인에 관한 이야기를 이어 나갔다. 하지만 그날 물은 마실 수 있는 상태가 아니었다. 올림픽 위원회 관계자들이 모두 설사를 하고, 올림픽 개최는 아테네에게 넘어갔다. 운이 나빴네요. 관광객이 말했다. 그들이 옳았어요. 바보였던 거죠. 할아버지가 말했다. 누가요? 관광객이 물었다. 모두가요. 그런데 특히 정치인들요. 그리고 올림픽 위원회도. 할아버지가 대답했다.

이제 저는 계속 여행을 하려고요. 하지만 만나서 반가웠습니다. 관광객이 말했다. 어디로 가세요? 할아버지가 물었다. 구시가지요. 관광객이 대답했다. 나도 따라갈게요. 달리 할 만한 더 나은 일이 없어요. 할아버지가 말했다. 그들은 다리를 건너 되돌아갔다. 그녀가 여행 책자를 읽었다. 그는 뒤처지지 않도록 걸음을 서둘렀다. 저기에 감라스탄이라는 구시가지가 있어요. 그가 말했다. 알아요. 제가 가고 있는 곳이 거기예요. 그녀가 말했다. 저도요. 할아버지가 말했다. 그의 휴대전화가 울렸다. 실례할게요, 전화 좀 받아야 겠어요. 그가 말하고는 전화를 받았다. 관광객은 계속 움직였다. 전화한 사람은 그의 아들이었다. 아버지는 자신이 바쁘다고 설명했다. 그들은 전화를 끊었다. 할아버지와 관광객은 베스테르롱가탄 거리에 도착했다. 지갑을 꽉 쥐세요. 이곳에 소매치기가 많아요. 할아버지가 말했다. 그들은 성에서 근위병 교대식을 지켜보았다. 여기에 와 있는 군인들은 가장 비겁한 병사들이에요. 할아버지가 말했다. 그들은 쿵스트레드고르덴 공원으로 되돌아갔다. 저 동상은 스웨덴 나치의 사랑을 받았던 왕을 상징해요. 할아버지가 말했다.

관광객은 하품을 하며 피곤하다고 말했다. 이제 그녀는 자신을 헬싱키 그리고 상트페테르부르크로 태우고 갈 유람선의 자기 선실로 돌아가고자 했다. 신사인 할아버지는 당연히 동행하겠다고 했다. 관광객은 혼자서 찾아가겠다고 대답했다. 그런데도 할아버지는 함께 가 주겠다고 고집을 부렸다. 관광객은 고맙다고 말했지만 혼자 가는 것을 선호했다. 할아버지는 이 거리가 마약을 거래하는 아프리카인들 때문에 조금 위험할 수 있다고 말했다. 골목에 누가 숨어 있는지 절대 알 수 없었다. 이제 됐어요. 관광객이 대꾸하고 돌아서서 떠났다.

집으로 돌아가는 길에 할아버지는 외로운 늑대인 게 다행이라고 생각했다. 그는 자신이 누구도 필요로 하지 않는 것에 대해 자부심을 느꼈다. 사람들은 바보였다. 그의 막내 딸은 점심 식사를 취소했기 때문에 바보였고, 그의 아들은 아버지를 길바닥에 내쫓고 싶어 하니 바보였고, 그의 전처는 그들의 결혼 생활을 파탄 냈으니 바보였고, 그의 큰딸은 세상을 떠났으니 바보였고, 그의 형제자매들은 돈 빌리고 싶을 때만 그에게 연락하니 바보였고, 스톡홀름 교통공사는 레드라인 지하철을 거의 다니지 않게 하니 바보였고, 교정기를 끼고 있는 저 바보는 큰 소리로 통화하며 동시에 입을 벌리고 오렌지를 처먹고 있으니 바보였고, 열린 핸드백을 든 저 아주머니는 자기 지갑을 훔쳐 가는 게 얼마나 쉬운 일인지 이해하지 못하는 것 같으니 바보였고, 지하철 기사는 너무 급하게 브레이크를 밟으니 바보였다. 그렇지만 할아버지는 아파트로 가는 도중에 있는 숲에서 천천히 발걸음을 옮기면서 그래도 가장 큰 바보는 아까 그 늙은 관광객 아주머니라고 생각했다. 집에서 만든 옷에 지퍼 달린 실용적인 작은 주머니를 들고 정형외과용 신발을 신은, 줄담배를 피우는 못생긴 중국계 캐나다인 관광객 아주머니가 다가와 흥미롭지도 않은 것들에 대해 이야기한 다음 호화 유람선에서 함께 자자고 암시를 주었다. 딱딱한 침대에 무거운 이불을 덮고 나란히 누워, 서로를 끌어안고 서로의 등에 숨을 쉬면서 숨결로 달래줄 수 있을 거라고. 배가 워낙 커서, 한 사람으로 예약된 방에 두 사람이 있다는 걸 아무도 눈치채지 못할 터였다. 소파에서 잠을 자도 돼요. 관광객이 말했다. 그들이 객실에 도착했을 때 그가 침대에서 자기를 원할 것이 분명했지만 말이다. TV를 켜도 괜찮을까요? 나는 잠을 자려면 주변에서 계속 소리가 들려야 해서요. 그가 말했다. 당신은 잠을 잘 수 있을 거예요. 관광객이 말하며 그를 침대로 안내했다. 그녀의 말이 옳았다. 그는 TV 소리 없이 잠을 잤다. 다음 날 그들은 호화로운 뷔페에서 식사를 했고 유람선이 항해를 시작했다. 그가 사라져도 아무도 그를 그리워하지 않으리라. 하지만 그런 일은 일어나지 않았고, 할아버지는 소파에 주저앉으며 애석한 일이라고 생각했다. 그녀에게는 너무도 안된 일이었다. 그녀는 기회가 있었지만 놓쳐 버렸다. 밤에 그는 누군가가 그의 몸 안에 있고, 누군가가 그의 혈관 속을 걷고 있고, 누군가가 그의 심장에 손을 대고 작은 새를 안듯 그것을 껴안는 꿈을, 천천히, 천천히, 세게, 더 세게, 새의 목이 부러질 때까지 껴안는 꿈을 꾸었다. 아버지는 광고 문구가 프린트된 흰색 티셔츠를 입었는데, 그 티셔츠가 너무 젖어서 거의 투명해진 상태에서 놀라서 잠을 깼다.

일요일

V

아빠인 아들은 4시 45분까지 아침잠을 청했다. 그러면 일요일이 시작된다. 그는 할아버지인 아버지에게 전화를 걸기 전 9시까지 기다렸다. 대답이 없었다. 그는 십오 분 뒤에 다시 전화를 걸었다. 이십 분 뒤. 이십오 분 뒤. 마침내 아버지가 전화를 받았다. 안녕하세요? 아들이 말했다. 피곤해, 아주 피곤해. 발이 아파. 눈이 침침해. 아버지가 말했다. 뭐 하고 계세요? 아들이 물었다. 축구 경기를 보고 있었다. 잉글랜드 프리미어 리그였다. 만날까요? 아들이 물었다. 그들은 피자 가게 바로 맞은편 대각선 방향에 있는 카페에서 만나기로 했다. 제가 모시러 갈까요, 아니면 카페에서 볼까요? 아들이 물었다. 거기서 보자. 은행 서류를 가져오너라. 아버지가 대답했다.

아들은 집에서 나와 사무실로 향했다. 걸어가는 데 이십오 분까지는 아니고 이십 분 정도 걸릴 텐데, 그 정도 시간 동안 들을 수 있는 재생 목록이 있었다. 음악이 시작되자 그가 신호등 버튼을 조금 세게 눌렀고, 그의 걸음 때문에 먼지가 일었다. 그의 입꼬리가 가늘어졌고, 그는 등을 곧게 펴며 눈살을 찌푸렸다. 십칠 년. 이 일이 십칠 년 동안 계속되고 있다. 아버지가 우리를 돌본 것보다 더 오래되었다. 그렇지만 이건 정말 무슨 의미일까? 아버지는 우리를 어떻게 돌보았는가? 아버지는 왔다가 떠났다. 잠시 머물렀다가 흔적도 없이 사라져 버렸다. 어느 주말엔가 그들은 만나서 함께 영화를 보러 갔다. 그리고 석 달 후에 그가 예고도 없이 공원에 나타났다. 여섯 달 후에는 어머니에게 줄 속옷이 들어 있는 상자 두 개를 가지고 지나갔다. 그런 다음 일 년 반 동안 살아 있다는 흔적도 없이 모습을 감추었다. 그러다가 뜬금없이 연락해서 아들에게 왜 연락하지 않았냐고 물었다. 그런 다음 또다시 여섯 달 동안 나타나지 않았다. 그렇게 사 년 동안 그들은 서로 소식을 전하지 않았다. 그러다가 그는 도심에 있는 방 하나짜리 아파트에 들어올 세입자가 필요해졌고, 그들은 아버지 조항에 대해 동의했다. 아버지는 해외로 이주했고, 금융 거래에 도움이 필요할 때만 연락을 해 왔다.

아들이 친구를 만나려고 베를린에 갔을 때가 처음이었다. 아버지가 전화를 했다. 그는 불가리아에 있는 누군가에게 돈을 보내야 했다. 위급 상황이야. 늦어도 오늘 중으로 웨스턴 유니언 은행으로 송금해. 아버지가 말했다. 아들은 수령인의 이름과 주소를 받아 적고 일요일에 문을 여는 베를린의 웨스턴 유니언 은행을 찾기 시작했다. 그는 무슨 일이 생겼는지 친구에게 말했다. 왜냐하면 그것은 그가 실제로 아버지와 유대감을 가지고 있고 그들이 관계를 맺고 있으며 그가 아버지에게 완전히 잊히지 않았다는 것을 보여 주기 때문이었다. 그는 친구의 컴퓨터를 빌려 적절한 카드로 돈을 이체하고 ATM에서 돈을 인출한 다음, 베를린을 종횡무진으로 돌아다녔다. 전차를 타다가 지하철로 갈아타고, 지하철을 타다가 다시 기차역으로 갔다. 마침내 그가 은행에 도착했을 때, 은행은 업무 시간이 이십 분 남아 있었다. 그는 줄을 섰다. 메이크업을 과도하게 한 창구 여자 직원은 안타깝게도 신분증이 없어서 송금할 수 없다고, 스웨덴 운전 면허증은 유효하지 않다고 설명했다. 여권이 있어야 한다고 했다. 그는 그녀를 설득하려 했다. 위급 상황이라고 말이다. 내일 여권을 가지고 와서 보여 줄 수 있지만 돈은 오늘 꼭 송금해야 한다고 했다. 결국 그녀가 창구를 닫았고, 그는 아버지에게 전화를 걸어 일을 처리하지 못했음을 시인했다. 그는 혼날 준비를 했다. 아버지는 이런 일 하나 제대로 못 하냐며 아무짝에도 쓸모없는 아들이라고 소리칠 것이다. 하지만 아버지는 다음 날 돈이 와도 괜찮다고 했다. 위급 상황이 아니었어요? 아들이 물었다. 내일도 괜찮을 거야. 아버지가 대답했다. 다음 날 아들은 친구 집 근처에 있는 웨스턴 유니언 은행 지점을 찾아서 돈을 송금했고, 아버지에게 여러 자리의 코드를 문자로 보냈다. 하지만 아버지의 답 문자를 받지 못했다. 그는 다시 문자를 보내고 아버지에게 수신 확인을 요청했다. 여전히 답이 없었다. 점심시간이 되자 아들은 아버지에게 전화를 걸었다. 아버지는 누군가 전화를 걸면 금융사기를 치려는 사람의 전화를 받는 것처럼 항상 화난 목소리로 대답했다. 저예요. 아들이 말했다. 예? 아버지가 대구했다. 코드 받으셨어요? 그래, 송금해 준 돈 도착했다. 아버지가 대답했다. 알았어요. 아들이 말했다. 잘했어. 아버지가 대꾸했다. 그들은 전화를 끊었다.

아들이 산등성이를 올라갔다. 그는 또 다른 거래를 기억해 냈다. 사촌이 영국에 있는데 급히 돈이 필요했다. 중요한 부품 대금을 지불해야 하니 포르투갈에 있는 세아트 자동차 공장에 500유로를 보내라. 슬로바키아의 전자제품 제조 업체에 700유로를 보내라. 베트남 의류 공장에 400유로를 보내라. 아버지는 항상 그에게 연락했다. 여동생한테는 절대 하지 않았다. 왜냐하면 그가 장남이기 때문이었다. 아버지의 아파트에 살던 사람도 그였다. 한동안은 그가 센트럴렌의 포렉스에 하도 자주 갔기 때문에 직원이 그를 알아보고는 친절하게 인사하고 주말은 어떻게 지냈는지 물었다. 그리고 어느 순간 아들은 포렉스 직원이 그의 아버지가 결코 묻지 않는 것을 물어보는 게 이상하다고 생각했다.

그의 친구 중 한 명만 반응을 보였다. 베를린에 살고 자기 아버지와 비슷한 관계를 맺고 있는 친구였다. 그러니까 너와 네 아버지 사이의 애정 말이구나. 하지만 이걸 물어봐야 할 것 같아. 너희 아버지는 정확히 무슨 일을 하셔? 친구가 물었다. 수출입. 아들이 대답했다. 무얼 수출입하는데? 여러 가지. 그런데 그게 네 돈이냐? 아니, 당연히 아니지. 아버지 돈이지. 여기에 아버지 계좌가 하나 있는데, 내가 돈을 보내고 그다음에 그 돈을 아버지 계좌에서 내 계좌로 옮겨. 아들이 대답했다. 네가 누구한테 돈을 송금하는 건지 확인해 보는 게 좋지 않을까? 이런 편집증 시대에 누가 돈을 수령하는 건지 확신이 서지 않는 한 나는 돈을 송금할 때 극도로 조심해. 넌 수령인이 확실한지 생각해 봤어? 친구가 물었다.

아들은 무인 옷장에 외투를 걸어 본 적이 한 번도 없었다. 자전거를 잠글 때도 이중 자물쇠로 잠갔다. 카페에서 이메일에 답장해야 할 때는 항상 벽에 등을 대고 앉아서 했다. 그는 항상 세상이 그를 쫓고 있다는 느낌을 받았다. 한참 뒤, 그의 아이의 엄마가 된 그녀가 처음으로 그에게 편집증에 관해 설명해 주었다. 그녀는 사람이 자기 부모에게 방치되고 부모의 그런 부재 속에서 자기가 감시당하고 있다고 상상하게 되는 거라고 말했다. 쫓기는 것이 완전히 무시당하는 것보다는 나았다. 하지만 그래도 그는 아버지의 지시에 따라 전 세계에 돈을 보내는 것이 그렇게 위험할 거라고 생각해 보지는 않았다. 아버지가 그에게 연락하는 것이 오히려 자랑스러웠다. 저녁 식사 자리에서 또는 술집 카운터에서 누군가 돈이나 친척 또는 주말 계획 또는 날씨에 대해 이야기하면, 아들은 즉시 최근에 이스탄불에 있는 아버지의 거래처로 돈을 송금했다는 사실과 얼렁뚱땅 연결 지어 버렸다. 그렇게 하면 그 자신이 좋은 아들인 것처럼 느껴졌고, 그들이 어느 정도 정상적인 관계를 유지하고 있는 것처럼 느껴졌다. 그리고 항상 상황이 급박했다. 아들이 주말 전에 세 개의 재무제표 작성을 끝내려고 씨름하고 있더라도, 항상 그랬듯이 그가 포렉스에 가는 것이, 노란색과 검은색의 웨스턴 유니언 은행 서식을 작성하고 가능한 한 빨리 코드를 보내는 것이 절대적으로 중요했다. 내가 아버지에게 싫다고 말할 수는 없을 것 같아. 아들이 친구에게 말했다. 왜? 친구가 물었다. 그랬다가 무슨 일이라도 일어나면? 그땐 아버지가 나와 연을 끊으려고 할 거야. 아들이 말했다. 예전에 정말로 그런 적이 있었다.

아들은 좌회전해서 숲을 통과했다. 그는 친구 두 명과 함께 파리에 있었던 어느 봄날을 머릿속에 떠올렸다. 휴대폰이 진동했다. 아버지였다. 세 글자로 된 메시지가 도착해 있었다. SOS. 아들은 식당 테이블에서 일어나 바깥 보도에 나가서 전화를 걸었다. 아버지가 전화를 받았다. 목소리가 평소보다 어두웠다. 아버지는 기침을 심하게 했고, 도무지 멈추질 못했다. 몇 분 후 아버지의 아랫사람이 전화를 받더니, 아버지가 중병에 걸렸고, 몇 주 동안 침대에 누워 있었고, 폐암이나 결핵이 의심된다고 했다. 오늘 아침에는 엄청나게 많은 피를 기침과 함께 뱉어 냈고, 힘이 없어서 자리에서 일어날 수조차 없으며, 얼굴이 이루 말할 수 없이 창백하다고 말이다. 아무래도 폐에 무언가 자라고 있다는 느낌이 강하게 든다고 했다. 가능한 한 빨리 흉부 엑스레이를 찍도록 애를 써야겠지만, 지금 가장 중요한 건 당신이 이리로 오는 것이라고 말했다. 당신 아버지에겐 당신이 필요해요. 최대한 빨리 오세요. 전화를 끊은 아들은 곧바로 호텔을 향해 걷기 시작했다. 친구들에게 설명하고, 호텔 프런트에 있는 여자에게도 그의 아버지가 심각할 정도로 아프다고 했다. 그래서 당장 공항으로 가야 한다고. 자정에 그는 이상하게 들뜬 가슴을 안고 다른 나라에 도착했다. 공항에서 그보다 몇 살 위이고 마지막으로 만난 이후로 대머리가 되어 버린 아버지의 아랫사람이 그를 픽업했다. 그들은 반가움에 서로를 껴안았다. 아버지의 아랫사람은 절뚝거리며 자동차를 향해 걸어갔다. 그는 아들에게 교통사고를 당했다고 말했다. 앞에 가던 트랙터에서 트레일러가 떨어져 나오는 것을 보고 해안 쪽을 향해 자동차를 틀면서 결국 도로를 벗어나 쌓여 있는 여러 개의 건초 더미로 돌진하게 되었다고. 팔 개월 전에 일어난 일이고 이제 거의 회복되었다고 했다. 다리를 절뚝거리는 것과 엉덩이의 통증만 남아 있었다. 그들은 자동차에 올라타고 도심으로 향하는 도로를 탔다. 모든 가로등 꼭대기에 대통령의 포스터가 끝도 없이 달려 있었다. 보라색 배경을 향해 경건한 미소를 짓고 있는 그는 국가에 안정을 가져오고, 여성에게 자유를 제공하고, 미래를 두려워하지 않는 모든 사람에게 경제적 기회를 선사한 대통령이었다. 그는 모든 변화가 점진적이어야 한다는 것을 잘 알고 있었으며, 국가가 장래에 적대적인 종교의 혼란에 빠지지 않을 것을 보장하는 인물(일부 가족에 따르면)이었다. 그는 테러와 종교 탄압, 집단 검거와 반민주주의를 옹호했다. 그는 서구 열강의 하수인, 팔레스타인의 배신자, 심지어 최악의 아내를 둔 부패한 권력에 굶주린 바보(가족 내 다른 사람들에 따르면)였다. 아들은 포스터를 올려다보았다. 왜 이 사람은 항상 보라색 배경 앞에 서 있는지 아세요? 아들이 물었다. 아랫사람이 대통령을 바라보았다. 그런가요? 난 그런 생각을 한 번도 해 본 적이 없어요. 그리고 더 이상 그 사진들을 보지 않아요. 그가 대답했다. 그들은 큰길에서 좌회전한 다음 아버지가 사는 대형 마트 뒤 작은 길에서 우회전했다. 아버지는 소파에 누워 식은 땀을 흘리며 일어나지 못했고, 작은 눈으로 미소를 지으며 집에 갈 수 있도록 아들이 도와줘야 한다고 속삭였다. 스웨덴 집에. 언제 여행을 할 수 있겠어요? 아들이 물었다. 여행 못 해. 난 너무 허약해. 곧 죽을 거야. 아버지가 속삭여 말했다. 아들은 가장 가까운 PC방으로 달려갔다. 그는 커피를 주문하고, 인터넷에 접속해 여행 정보를 찾기 시작했다. 동시에 외무부에서 일하는 지인의 지인에게 전화를 걸어 죽어 가는 스웨덴 국민을 귀국시키는 방법을 물었고, SOS 서비스 전화번호와 구급 비행 비용이 수십만 크로나라는 것을 알아냈고, 보험 회사와 이야기를 나누었고, 당사자의 주소가 올바르다면 최대 사십오 일 동안 여행자 보험이 된다는 이야기를 들었다. 그분이 떠나 있은 지 넉 달 반이 되었어요. 아들이 말했다. 그렇다면 유감스럽지만 보험 조항이 적용되지 않습니다. 보험 회사 직원이 말했다. 그는 전화를 끊고 계속해서 다른 여행 옵션을 확인했다. 전세 항공편이 없었고, 정기 항공편도 없었다. 최대한 빠르게 스톡홀름에 갈 수 있는 유일한 방법은 개인적으로 바르셀로나 행 항공편을 예약한 다음, 바르셀로나에서 스톡홀름으로 가는 다른 항공편을 예약하는 것이었다. 항공사 홈페이지에서는 환승하는 시간이 너무 짧다는 이유로 예약 수락을 거부했지만, 아들은 항공편을 각각 별도로 예약했다. 반드시 해야 해. 우리에게는 다른 선택의 여지가 없어. 우리는 여기서 떠나야 하고, 집에 가야 해. 아버지가 집에 가서 좋은 치료를 받아야만 해. 우리는 함께 집으로 가는 여정을 해결할 거야. 아들은 생각했다. 그는 열심히 뛰어서 아파트로 돌아왔다. 아버지와는 거의 의사소통을 할 수가 없었다. 그는 집으로 가는 항공편을 예약했으며 휠체어 서비스를 요청했고 바르셀로나를 거쳐 함께 집으로 날아갈 거라고, 모든 것이 잘될 것이며 그가 계속 아버지와 함께 있을 거라고 말했다. 얼마에 예약했어? 아버지가 물었다. 상관없어요. 항공료는 제가 지불했어요. 아들이 말했다. 고맙다. 그런데 나는 여행을 할 수 없을 것 같구나. 아버지가 아들을 쓰다듬으며 말했다. 아버지는 가야 해요. 아들이 말했다. 남은 시간 동안 그들은 여행을 준비했다. 아버지의 아랫사람이 자기가 다니던 재활 센터에 가서 아버지가 현관에서 차까지 갈 때 사용할 일종의 보행기를 빌렸다. 아들은 도시락을 만들고, 의료 안내 담당자, 행운을 기원하는 엄마 그리고 국경 없는의사회에서 일하는 친구의 전화번호를 알려 준 여동생과 이야기를 나누었다. 아들이 그 의사에게 전화를 걸어 아버지의 증상, 아버지가 받은 검사들, 아무것도 보이지 않은 흉부 엑스레이 사진에 관해 설명했다. 여동생의 친구는 갑자기 입을 다물었다. 그녀가 목을 가다듬고 물었다. 흉부 엑스레이를 찍었다고 하셨죠? 두 번요. 아들이 대답했다. 그런 다음 의사를 만났나요? 물론이죠. 여러 명을요. 그런데 아무것도 발견하지 못했어요. 다 엉터리들이에요. 이곳의 의료 시스템은 꽝이에요. 아들이 말했다. 누가 그렇게 말해요? 의사가 물었다. 아버지가 그러시더라고요. 아들이 대답했다. 아버님이 항우울제를 복용하고 계세요? 혹시 약 복용을 중단하셨나요? 의사가 물었다. 언제부터 우울증 때문에 몸이 마비되고 피를 토하나요? 아들이 되물었다. 제가 드리고 싶은 조언은 집에 도착하면 바로 정신과 응급실로 가라는 거예요. 의사가 대답했다.

그들은 다음 날 출발했다. 아버지의 아랫사람과 아들이 아버지를 업고 계단 아래로 내려갔다. 아버지는 보행기에 기대어 대기하고 있던 차량의 앞좌석을 향해 발을 질질 끌면서 다가갔다. 아들이 트렁크에 짐을 실었고, 아버지는 자신이 죽어 가고 있으며 여행에서 살아남지 못할 거라고 말했다. 하지만 그들은 공항 터미널에 무사히 도착했고, 아들이 휠체어를 가져왔고, 체크인을 했다. 그들은 바르셀로나를 거쳐 스톡홀름으로 가야 했는데, 다행히 국내선 비행기가 십 분 이상 지체하지 않았다. 스톡홀름행 비행기를 탈 시간이 될까? 아버지가 속삭여 물었다. 될 거예요. 되어야만 해요. 반드시 될 거예요. 아들이 대답했다. 그들은 비행기의 가장 앞좌석에 앉았고, 바르셀로나에서 내리니 휠체어가 그들을 기다리고 있었다. 승무원이 마지막에 내려야 한다고 말했다. 그건 절대 안 되지. 아들이 중얼거렸다. 기내의 안전벨트 표시등이 꺼지자 그는 자리에서 일어나 뒤에 줄을 서 있는 사람들을 막아섰다. 그는 다루기 힘든 아버지의 몸을 들어 올려 비행기에서 천천히 내릴 수 있도록 팔로 안았다. 대기 중인 휠체어에 앉은 아버지는 금방이라도 기절할 것 같았다. 피부가 노랬고, 숨을 얕게 들이쉬었고, 좀 자야겠다고 속삭였다. 그들은 뛰어서 수하물 벨트를 지나갔다. 아들이 휠체어를 끌었고, 휠체어 책임자는 옆에서 나란히 달렸다. 휠체어 책임자가 스톡홀름행 비행기는 공항의 다른 쪽 터미널에서 출발하기 때문에 시간에 맞춰 가는 것이 불가능할 거라고, 여기서 버스를 타는 것은 가능할 테지만 십오 분 정도 걸릴 거라고 말했다. 아버지는 더 이상 의식이 없는 것처럼 보였다. 눈을 뜨고 앉아 마른 입술을 떨고 있었고, 눈의 흰자위가 노랬다. 아들은 자동문 밖으로 나가면서 그런 정보를 받아들이길 거부했다. 바로 저거예요! 휠체어 책임자가 소리치며 앞으로 달려갔다. 그 순간 버스 기사가 문을 닫았고, 휠체어 책임자는 버스 앞으로 달려 나가 버스 기사에게 손을 흔들었다. 애원하듯 양손바닥을 합장해 앞뒤로 흔들며 위를 올려다보았고, 버스 기사에게 아들과 아버지를 가리켰다. 버스 기사는 버스를 멈추고 뒷문을 열었고, 아들과 휠체어 책임자는 서로를 도와 휠체어를 버스 안으로 들어 올렸다. 다른 터미널로 이동하며 그들은 30초마다 시계를 들여다보았다. 안 되겠어요. 휠체어 책임자가 몇 번이고 말했다. 하지만 그래도 정말 성공할 가능성이 있는지 시험해 보고 싶은 듯, 새로운 희망의 불빛을 가지고 말했다. 그가 버스 기사에게 뭐라고 소리치자, 버스는 정거장이 아닌 한두 개의 문이 있는 곳에 정차했다. 그들은 휠체어를 내리고 체크인을 위해 달려갔다. 십오 분을 남겨 두고 스톡홀름행 비행기의 체크인을 했고, 계속해서 탑승 게이트를 향해 달려가는 동안, 휠체어 책임자도 동행했다. 그는 기절할 것처럼 보였다. 마침내 그들이 도착했을 때 탑승은 아직 시작되지 않았고, 아들은 휠체어 옆에 웅크리고 앉아 호흡을 가다듬었다. 그는 물, 커피, 그리고 대용량 스니커즈 초콜릿 바를 사서 아버지와 휠체어 책임자와 함께 나눠 먹었다. 해냈어요. 아들이 말했다. 나는 전혀 의심하지 않았습니다. 휠체어 책임자가 대꾸했다. 그들은 비행기 탑승구에서 작별 인사를 했고, 아버지는 아들에게 몸을 기댔다. 그들에게 맨 뒤쪽 자리가 주어졌지만, 아이들이 있는 어느 가족이 자리를 바꿔 주겠다고 제안했다. 아버지는 자리에 주저앉더니 이내 잠이 들고 말았다. 아들이 아버지 위로 몸을 구부려 안전벨트를 매 주었다. 병을 앓고 있는데도, 한밤중에 잠에서 깨어나도, 땀범벅이 되어 버려도, 스트레스에도 불구하고, 아버지에게서는 이상하리만치 좋은 냄새가 났다.

그들은 비행기에서 내리자마자 택시를 타고 상트 예란에 있는 정신과 응급실로 직행했다. 차가 돌아 나오는 지점으로 들어가자 여동생이 기다리고 있었다. 그녀가 아버지를 껴안고 차에서 보도로 나오는 걸 도왔다. 와 줘서 고맙구나. 네가 여기 와 있다니 그게 전부지 뭐. 아버지가 여동생에게 속삭였다. 아버지는 작디작은 보폭으로 걸어 거의 혼자서 대기실로 들어갔다. 아들은 짐을 가지고 뒤따라갔다. 그들은 번호표를 뽑고 기다렸다. 삼십 분 후 젊은 남자한 명이 팔뚝에 붕대를 감고 머리에 색색의 파이프 클리너를 꽂은 채 들어왔다. 그의 어머니가 카운터 뒤의 여자와이야기를 나누고 있었고, 그는 마치 다른 세계에서 온 것처럼 주위를 둘러보았다. 젊은 남자가 아버지보다 먼저 들어갔다. 쟤는 그냥 연기하는 거야. 정말로 아픈 게 아니야. 아버지가 고개를 가로저으며 말했다. 한 시간 삼십 분이 지나서야 아버지는 의사를 만날 수 있었다. 아들이 따라 들어가고, 여동생은 밖에서 기다렸다. 갑자기 아버지에게 기침 발작이 일어났다. 기침이 또다시 발작했다. 그가 가래와 피를티슈에 뱉었다. 의사는 그에게 앉으라고 했다.

아버지는 자기 의지로 여기에 온 게 아니라고 말했다. 그에게 심리학은 여성과 미치광이를 위한 것이었다. 프로이트는 코카인에 중독된 유대인 소아성애자였다. 융은 게이였다. 그랬다, 아버지는 슬플 때가 있었다. 이혼 후에 그랬던 것처럼. 그가 당뇨병에 걸렸을 때처럼. 하지만 가끔 슬프지 않은 사람이 어디 있을까? 새들도 슬프다. 개도 슬프다.사람도 슬플 수 있다. 마지막으로 슬펐던 때는 언제입니까?의사가 물었다. 슬펐던 때요? 나는 절대로 슬프지 않아요.난 슬퍼할 시간이 없었어요. 나에게는 자식이 셋 있습니다.아니, 둘. 나는 평생 일했습니다. 나는 정신력이 강해요. 망가진 건 내 몸이지요. 아들은 아버지 뒤 대각선 방향에 있는 의자에 앉았다. 그리고 울었다. 아드님이 슬퍼 보이네요.의사가 러시아 억양으로 말했다. 저 애는 생각이 너무 많아요. 너무 예민해요. 아버지가 말했다. 충분히 이해하시겠지만, 입원 승인은 해 드릴 수가 없습니다. 하지만 외래 진료로 예약을 해 드릴 수는 있어요. 의사가 말했다. 아버지가 날카로운 눈길로 그녀를 바라보았다. 나는 정신과 의사가 필요 없어요. 진짜 의사가 필요해요. MRI를 찍어야 합니다. 나에게 필요한 건……. 그가 기침을 하기 시작하더니 멈추지 못했다. 일반 응급실에서 기침의 원인을 알아보는 게 좋겠어요. 의사가 말했다.

아버지는 다른 의사를 만났다. 그 의사는 아버지의 병을 결핵으로 의심하며 입원 승인을 내려 주었다. 아버지는 계속해서 진찰을 받았다. 폐 엑스레이 촬영을 했으며, TV, 패턴이 있는 침대시트, 창가에 플라스틱 꽃이 놓여 있는 1인실을 얻었다. 아버지는 만족해하는 것 같았다. 아이들이 문병을 왔을 때, 그는 음식이 훌륭하고 간호사들이 친절하며 의사들은 결핵이나 다른 폐 감염을 의심한다고 말했다. 너희는 내가 우울한 것 같다고 생각하지? 하지만 우울증이 언제부터 사람의 몸을 마비시켰다니? 그가 웃으며 말했다. 어떤 날은 기침이 좀 나아졌고 어떤 날은 일어나기가 어려웠다. 그들은 그를 구급차에 실어 후딩에 종합병원의 감염 부서로 옮겼다. 그곳 입원실에는 옷을 걸 수 있는 작은 대기실과 VHS 플레이어가 붙어 있는 바퀴 달린 텔레비전이 있었다. 그의 자식은 모두 아이가 아니라 어른이어서, 그를 방문할 때 하얀 마스크를 착용해야만 했다. 그가 제한된 채널에 대해 불평하자 아이들이 비디오카세트를 잔뜩 빌려

가지고 왔다. 「페이스 오프」, 「언더 시즈」, 「복수무정」, 「형사 니코」 등이었다. 아버지가 좋아하는 영화를 어떻게 알았는지 그런 영화만 가져왔다. 장클로드 반담이 나오는 건 없니? 아버지가 물었다. 있어요, 살펴보세요. 여기에 「하드 타깃」이 있어요. 그리고 「더블 반담」도요. 아버지는 미소를 지었다. 그는 더 건강해 보였다. 몇 주 후 의사들이 의심되던 결핵 감염이 치료된 것 같다고 확인해 주었다. 아이들은 결핵 검사에서 음성 판정을 받았다. 아버지의 기침은 그쳤거나 적어도 빈도가 훨씬 줄어들었다. 정신과 상담가가 불려왔고, 그녀는 전기 충격과 항우울제를 권했다. 아버지는 정신과 병동으로 다시 옮겨졌고, 아버지 말에 따르면 그곳에서 '완전히 제정신이 아닌' 세 남자와 입원실을 함께 사용했다. 그는 전기 충격을 받았고, 항우울제를 삼켰고, 어느 화창한 화요일에 집에 돌아갈 수 있게 되었다.

이제 그는 실제로 자신의 아파트였지만 지금은 아들이 사는 아파트에서, 실제로는 아들의 침대지만 지금은 자신의 것인 평범한 침대에 누워 있다. TV가 켜져 있었다. 여동생이 거기에 있었다. 그녀는 아들을 데리고 있었다. 이 무슨 시련이냐! 내가 이 모든 걸 어떻게 관리했는지 알지? 모든 희망을 잃었을 때 무엇이 내 생명을 구했는지 알지? 아버지가 중얼거렸다. 그의 아들이 미소 지었다. 그는 무슨 일이 일어날지 알고 있었다. 바로 이것이다, 수년의 기다림 끝에. 그는 이렇게 말하려고 했다. 내 생명을 구한 건 아이들에 대한 사랑이었어. 아버지의 대본에 따르면 말이다. 반드시 들어가야 하는 대사는 내 아들이 나를 구했다는 것이었다. 나는 네가 정말 자랑스럽다, 사랑하는 내 아들. 네가 나를 위해 한 모든 일에 대해 고맙다. 아버지가 진작 말해야 했는데 그러지 못했지. 하지만 아버지는 이렇게 말하는 대신 "내 정신력이 굉장히 강한 덕분에 병을 이겨냈어. 그러지 않았다면 난 죽었을 거야."라고 말했다.

아들은 화장실에 갔다. 침실에서 속삭이는 소리가 들렸다. 그가 돌아오자, 아버지는 그처럼 훌륭하고 성공적인 자식을 둔 것에 대해서도 감사하다고 말했다. 그는 이 말을, 그가 연기하고 있는 인물이 살해당해서 시리즈에서 제외될 거라는 사실을 아는 배우가 마지못해 하는 대사처럼 말했다. 그래도 아들은 이상할 정도로 행복했다. 아버지는 비행기표, 택시비, 식사 비용을 내겠다고 한 번도 제안하지 않았다. 당연히 아니지. 우리는 한 가족이었다.

아빠인 아들이 정해진 시간에 카페 밖에 서 있었다. 그는 이미 한 번 안으로 들어가 직원들에게 인사를 건넸다. 테이블 앞에 앉아서 기다릴 수도 있었다. 그러나 그는 한 시간을 기다려야 할 위험도 있다는 걸 잘 알고 있었으며, 그렇게 해서 온종일이 걸리는 걸 원치 않았다. 십 분 후, 그는 집들 사이의 놀이터를 가로질러 2층으로 통하는 계단을 올라가, 술에 취해 TV 앞 소파에 앉아 자고 있는 아버지를 모시러 왔다. 좀 어떠세요? 아들은 아버지가 무척 싫어하는 어조로 말했다. 좋지 않아. 피곤해. 난 아파. 발에 통증이 있어. 눈이 끝장나 버렸어. 그리고 에버튼이 지고 있어. 아버지가 소파에 등을 대고 누우며 말했다.

아들은 바닥에서 무료 신문을 집어 들고, 빈 피자 상자를 접고, 거리에서 빛이 들어오도록 블라인드를 열었다. 그건 재방송이에요. 그가 말했다. 아버지는 대답하지 않았다. 여기서 잘 지내냐고? 좋지 뭐. 그런데 사방 여기저기에 책이 너무 많아. 비집고 들어갈 자리가 없어. 아버지가 말했다. 엄마 말씀이, 두 분이 처음 만났을 때 아버지는 항상 책을 읽었다고 하던데요. 아버지는 대답하지 않았다. 이제 어서 가요. 아들이 말했다. 이곳의 이웃들은 좋지가 않아. 아버지가 그대로 누운 채 말했다. 지금 이웃들이 뭐가 문제인데요? 아들이 물었다. 그 사람들은 마약을 해. 아버지가 대답했다. 산드로를 말씀하시는 거예요? 그 사람은 건물 관리인으로 일하잖아요. 조금 독특하긴 하지만 맹세코 마약을 하지는 않아요. 아들이 항변했다. 옆집 여자는 손님이 있대. 아버지가 말했다. 누구요, 클라라요? 아들이 물었다. 중국인 말이야. 아버지가 대답했다. 그 여자는 절반은 태국인이에요. 아들이 말했다. 이십사 시간 내내 남자들이 들락날락해. 아버지가 말했다. 그 여자는 전등갓을 디자인해요. 집에서 사업을 운영하고 있어요. 우리 거실에 있는 프리다 칼로의 녹색 전등갓도 그 여자가 만든 거예요. 그거 보셨죠? 아들이 물었다. 내가 너희 집에 가 본 지 아주 오래됐어. 아버지가 말했다. 어쨌든 그건 아주 훌륭해요. 아들이 말했다. 그는 몸을 굽혀 바닥에서 책 몇 권을 집어 들었다. 이 책들이 스스로 여기에 떨어졌나요? 그가 물었다. 아버지는 못 들은 척했다. 이제 가요. 아들은 자신의 직업을 싫어하는 개인 트레이너처럼 아니면 열의를 속이려는 포르노 배우처럼 느끼게 하는 목소리로 아버지에게 말했다. 아버지는 한숨을 쉬며 일어났다. 그러자 피자 부스러기가 카펫에 떨어졌다. 밖이 춥니? 아버지가 물었다. 밖은 항상 추워요. 아들이 대답했다. 왜 모자가 없니? 아버지가 물었다. 그들은 함께 거리를 따라 올라갔다. 아버지가 천천히 걷자, 아들은 그가 다리를 절고 있는 것을 알아차렸다. 모자를 쓰는 게 좋아. 아버지가 말했다. 네 귀가 너무 시렵겠다.

카페 안에서 아버지는 코너 테이블에 자리를 잡고 앉았다. 그는 아들에게 자신이 원하는 것을 말했다. 아들이 계산대에서 주문을 했다. 아들은 단 한 번만이라도 좋으니 아버지가 커피값을 내 주길 바라면서도, 동시에 다른 빚에 관해 생각하지 않고는 아버지 커피값조차 내지 않으려는 자신을 경멸했다. 그는 자유를 갈망했지만, 무엇이 그를 부여잡고 있는지 확신하지 못했다. 아버지는 의자에 그대로 앉아 있었다. 아들은 커피, 단것 그리고 물을 들고 왔다. 아버지가 테이블 위 램프의 초가 꺼졌다며 한숨을 내쉬었다. 커피가 너무 연해. 비스킷은 너무 작고. 서류는 가지고 왔니? 아버지가 물었다. 아들은 고개를 끄덕이며 인터넷 은행에서 출력한 거래 명세서를 넣어 둔 플라스틱 폴더를 꺼냈다. 지난 여섯 달 동안 발생한 입출금 명세가 모두 들어 있었다. 많은 이체가 발생하지는 않았다. 아버지의 여행을 위한 약간의 인출, 몇 번의 병원 진료비, 주택 청약 연회비, 세금

환급 정도였다. 두 은행의 거래 명세서가 모두 한 페이지에 들어 있었다. 아버지는 펜을 꺼내 들고 모든 입출금 명세를 항목별로 살펴보기 시작했다. 아들 휴대전화의 계산기로 모든 것이 올바른지 확인했다. 아버지, 정확해요. 최고의 은행들이에요. 이 은행들이 사람들의 돈을 가져가려고 영업하지는 않아요. 아들이 말했다. 가장 믿을 만한 사람이 최고의 범죄자란다. 아버지가 대꾸했다. 속담이에요? 아들이 물었다. 내가 만든 격언이야. 이건 뭐니? 아버지가 물었다. 저번에 탔던 항공료예요, 아들이 대답했다. 6300? 항공료는 항상 5000에서 6000 사이였잖아. 그런데 6300이라고? 많은 것 같구나. 지난번에 갑자기 집에 가고 싶어 하셨잖아요. 기억하세요? 아들이 물었다. 6300? 6300? 아버지는 숫자를 계속 반복적으로 되뇌었다. 아들이 보관해 둔 지난번 항공료 영수증을 꺼낸 다음 오른쪽 가장 아래에 있는 숫자를 보여 주자 아버지는 그제야 안심했다. 총액이 보이죠, 그렇죠? 잔고하고 비교해 보시면 알겠지만, 6300은 그렇게 많은 금액이 아니에요, 안 그래요? 아들이 말했다. 아버지는 좋은 분위기를 조성하려는 아들의 시도를 무시해 버렸다.

커피를 다 마시자 아들이 헛기침을 했다. 이제 우리 아버지의 원칙에 관해 이야기해요. 그가 말했다.

*

할아버지가 된 아버지는 휴대폰 소리에 일찍 잠에서 깼

다. 전화기가 몇 번이고 울리고 울리고 또 울리자 마침내 그는 전화를 받았다. 아들은 바로 오늘 그를 꼭 만나고 싶어 했다. 왜냐하면 다음 주에 그가 육아 휴직에 들어갈 예정이므로, 그들이 따로 만나려고 한다면 지금이 아니면 불가능했기 때문이다. 그들은 만나기로 했다. 아버지는 다시 잠이 들었다. 그가 잠에서 깨어나니, 아들이 아파트 안에서 돌아다니고 있었다. 아들은 문을 직접 열고 안으로 들어왔다. 짜증 섞인 한숨 소리가 주방에서 들려 왔다. 아들은 화가 나 있었다. 언제나처럼. 아들은 태어날 때부터 화가 나 있었고, 죽을 때도 화를 내며 죽을 것이다. 아들 앞에서는 뭔가를 올바르게 한다는 게 불가능했다. 아들에게 질문을 하면 너무 꼬치꼬치 캐묻는 것이 되고, 질문을 하지 않으면 그의 지루한 삶에 무슨 일이 일어나고 있는지 신경 쓰지 않는 것이 된다. 음식을 가져오면 아들은 바퀴벌레를 들여온다고 비난했다. 음식을 가져오지 않으면 그로 하여금 기본적인 식자재를 다 사 오게 한다고 화를 냈다. 한 달 동안 머무르면 아들을 일하지 못하게 만들 것이다. 열흘 동안 머물면 아들의 아이들을 볼 시간이 없을 것이다. 또한 아들은 일어나는 모든 일을 그 자신 외에는 아무도 관심 갖지 않는 역사적 사건과 연결 짓는 데 선수였다. 그들은 TV로 축구 경기를 볼 수 있었고, 시내의 카페에 앉아 있을 수 있었고, 드로트닝가탄 거리를 따라 산책할 수도 있었다. 삶은 그들 주변에서 계속되었고, 굳이 역사를 끌어들일 이유가 없었다. 그래도 아들은 어떻게든 방법을 찾아냈다. 아들은 축구 팀 유니폼이 아버지의 병실 밖 대기실에 걸려 있던 그림의 색상을 떠올리게 한다고 말했다. 커피 한 잔을 손에 들고는 맥도날드에서 그 뚱뚱한 아주머니와 싸웠던 일을 기억하냐고 아버지에게 물었다. 그들은 텡네르룬덴을 향해 언덕을 함께 올라가고 있었다. 아들이 말했다. "우리가 예전에 살던 아파트 주방에서 아버지가 내 따귀를 때렸던 것 기억하세요?" 아버지는 아들의 따귀를 때린 일을 기억하지 못했다. 그가 따귀를 때린 적은 없었다. 반면 아버지는 기름기 많고 여드름투성이에 복부 지방으로 축 늘어져 있던 아들의 십 대 시절이 기억났다. 아들은 엉뚱한 친구들과 어울리고, 깡패처럼 옷을 입고, 해적처럼 빨간 반다나를 머리에 쓰고, 허리케인처럼 펄럭이는 큰 청바지를 입고, 청소년 문화 센터에서 집에 돌아와서는 단지 아버지가 병에 걸렸기 때문에 멸시하는 눈으로 아버지를 바라보았다. 그리고 언젠가 그들이 주방에 서 있을 때 아버지가 공부는 잘되는지 친절하게 물었고, 아들은 잘되고 있다고 대답했다. 그리고 아버지가 인생에서 가장 중요한 건 가능한 한 일을 많이 하는 것이라고 말하자 아들은 아버지는 그야말로 하는 일이 별로 없다고 대구해 아버지의 비위를 거스르고 말았다. 그러나 아버지가 따귀를 때리지 않았고, 거의 밀지도 않았다. 아들은 그가 세게 밀어붙이지 않은 것에 대해 감사해야 할 것이다. 만약 그랬다면 매우 큰 흔적이 남았을 것이기 때문이다.

그들은 카페에 갔다. 내가 대접할 테니 네가 돈을 내렴.

아버지가 이렇게 말하면서 자신의 재미있는 농담에 스스로 웃음을 터뜨렸다. 그는 아들이 돈을 내게 했다. 그것은 아들이 성장했다는 표시이고, 아버지로서 충분히 잘 해냈다는 외부 세계에 대한 신호였다. 그러나 아들은 그걸 불만스러워했다. 아들은 결코 흡족해하지 않았다. 그들이 자리에 앉자마자 아들은 그가 지난 몇 년 동안 아버지를 도와 온 일들을 나열하기 시작했다. 그는 아버지의 여행을 예약했고, 다른 계좌로 돈을 이체했으며, 아버지의 우편물들을 관리했다. 봉투 몇 개 여는 것이 얼마나 힘들어서? 아버지가 물었다. 나에겐 전혀 문제가 없는 은행 계좌가 있어. 그리고 인터넷 은행의 이율이 더 높으니 그것으로 바꾸라고 제안한 게 바로 너였잖아. 아들은 대답하지 않았다. 인터넷 사용 방법을 가르쳐 주면 내가 직접 여행을 예약하마. 아버지는 컴퓨터가 없잖아요. 체크카드도 없고요. 아들이 말했다. 내 것을 하나 주문해. 아버지가 말했다. 돈이 들잖아요. 아들이 대꾸했다. 상관없어. 가장 중요한 건 우리가 서로 잘 지내는 거야. 난 너와 싸우고 싶지 않아. 아버지가 말했다.

그러나 아들은 해결책을 찾을 준비가 되어 있지 않았다. 그는 전쟁을 원했다. 그는 아버지가 한 번도 청소를 한 적이 없다고 비난했다. 아버지가 사무실에서 물건을 훔쳤다고 주장했다. 또 그는 아버지가 도움이 필요할 때만 전화한다고 했는데, 그건 사실이 아니었다. 왜냐하면 절대로 아버지에게 전화를 걸지 않는 사람은 바로 아들이었기 때문이었

다. 여기가 법원이냐? 내가 무슨 일로 고소라도 당했니? 아
버지가 말했다. 그건 아니죠. 아들이 대꾸했다. 그런데 왜
나를 길바닥으로 내쫓으려고 하니? 아들이 한숨을 쉬었다.
아무도 길바닥으로 내쫓지 않을 거예요. 여기 사시지도 않
는데 어떻게 길바닥으로 내쫓길 수 있어요? 이 일에 대해
엄마와 이야기했니? 아버지가 물었다. 엄마가 이 일하고 무
슨 상관이 있어요? 아들이 항변했다. 네가 후회할 일을 하
기 전에 엄마하고 이야기하렴. 아버지가 말했다. 내가 후회
하는 단 하나는 이 일을 너무 오랫동안 방치했다는 거예
요. 아들이 말했다. 아버지가 아들을 쳐다보았다. 그는 아
들의 분노가 대체 어디서 오는 건지 이해하려고 애썼다.

저는 아버지와 좀 다른 관계를 갖기를 원할 뿐이에요. 처
음에 저는 아이였고 아버지는 어른이었죠. 그러다가 저는
어른이 되고 아버지는 아이가 되었어요. 더 늦기 전에 우리
둘 다 어른이 될 수 있다면 얼마나 좋을까요? 아들이 말했
다. 그들은 조용히 앉아 있었다. 넌 어른이 아니야. 넌 절대
로 어른이 되지 않을 거다. 아버지가 말했다. 아이들 기저
귀나 갈아 주고 와이프가 벌어다 주는 돈으로 사는 사람은
어린애일 뿐이야. 아버지가 말했다. 왜 그런 말을 하는 거
예요? 내가 마음에 상처를 받는다는 걸 모르세요? 아들이
말했다. 그냥 그게 사실이니까. 진실로 인해 마음에 상처를
받는 사람은 어른이 아니야. 나는 평생 나 자신을 돌보았
어. 다른 어떤 인간도 전혀 필요로 하지 않았어. 아무도. 아
버지가 말했다. 하지만 아버지를 필요로 하는 사람들은 없

었나요? 아들이 물었다. 어떤 사람들? 예를 들어, 아버지의
아이들? 내 아이들. 나는 절대로 내 아이들을 실망시킨 적
이 없어. 나는 내 아이들을 위해 옆에 있었어. 너희들을 위
해 버텼어! 아버지가 너무 크게 소리를 질러서 계산기 뒤
커피 머신 앞에 있던 남자가 쳐다보았다. 음…… 아버지의
첫째 딸이 그 말에 동의할 거라고 생각하세요? 아들이 물
었다. 아버지는 자리에서 일어나 카페 밖으로 나갔다. 길을
가로질러 걸어갔다. 그런 다음 뒤를 돌아보더니 다시 돌아
와 아들 위로 몸을 구부리며 속삭였다. "내가 죽으면 후회
할 거다."

*

　엄마인 여동생이 일요일 저녁 식사에 가족을 초대할 것
이다. 아니면 서로 이야기를 나누는 가족의 일부 구성원만
이라도. 그녀의 어머니와 아버지는 같이 주방에 있지 않을
것이다. 소리를 지르고 포크를 흔들어 댈지도 모른다. 그녀
는 자기 아들을 저녁 식사에 초대할 수 없었다. 왜냐하면
그 아이가 여전히 자기 아빠와 함께 살고 있고, 그녀가 이
야기하고 싶어서 전화하면 통화를 거절해 버렸기 때문이
다. 그녀는 남자친구를 초대하고 싶지 않았다. 왜냐하면 그
는 이제 그녀의 남자친구가 아니기 때문이다. 오늘 저녁 그
녀 집에 올 사람들은 그녀의 아버지와 오빠였다. 그녀는 채
식 라자냐를 준비했다. 그들이 한 번만이라도 말다툼 없이

잘 어울릴 수 있을지 모르겠다. 그들은 일상적인 일들, 이탈리아의 선거, 자전거 도로의 이점, 친구들이 어떻게 크리스마스를 보낼지에 관해 이야기할 것이다. 모두가 이야기하고 있지만 그들은 시간이 없어서 보지 못한 일부 TV 시리즈에 관해 이야기를 나눌 것이다. 그녀의 오빠는 이 저녁 식사를 그들의 어린 시절에 아버지가 부재했다는 이유로 아버지에게 맞서는 기회로 생각하지 않아야 할 것이고, 그녀의 아버지는 아들이 자기 동창들보다 수입이 적어서 실망스럽다고 대답해서는 안 될 것이다. 그녀는 그들 가운데 앉아서 십 대처럼 행동하는 오빠와 바보처럼 행동하는 아버지 사이의 중재자 역할을 하지 않을 것이다. 그들은 그냥 잘 어울릴 것이다. 아주 평범한 가족처럼.

그녀는 와인 병에 손을 뻗었다. 그러나 자제한다. 대신 와인 잔에 특별히 진한 빨간색의 주스를 채우고는 시계를 바라보았다. 그들이 곧 여기에 도착할 것이다. 그녀의 전화기가 진동했다. 오빠가 자기가 무엇을 사 가면 되는지 물었다. 그녀는 대답했다. 그런 다음 이메일을 확인했다. 사실 그럴 필요는 없었다. 지금은 일요일 저녁이고, 직장으로부터 특별히 기다리는 일도 없었다. 답신을 보내지 않는 아들에게도 이미 몇 줄 적어 보냈다. 그녀는 발신인이 아들 이름으로 되어 있는 이메일을 발견하고 기뻐서 펄쩍 뛰었다. 그런 다음 내용을 읽고는 전화기를 떨어뜨릴 뻔했다.

아빠인 아들이 여동생 집에서 일요일 저녁 식사를 하러 집을 나섰다. 그래도 정말 대단하다. 그는 방금 그녀를 유치원에서 데려왔다. 그는 매주 금요일 저녁마다 그녀를 위로해 줘야 했다. 아빠가 사라졌으므로 그녀가 이번 주의 영웅이 되어야 한다고 디즈니 클럽에 편지를 보냈는데 다른 아이가 영웅으로 뽑혔다는 것이 밝혀졌기 때문이다. 현재 그녀는 시내 바사스탄에 있는 19세기 말에 지어진 방 두 개짜리 아파트에 살고 있으며, 홍보 대행사에서 직원 오십 명과 함께 네 개의 고객 계정을 책임지고 있다. 얼마 전까지만 해도 여동생은 누군가에게 놀림을 받는 바람에 눈이 빨갛게 충혈되어 학교에서 집으로 돌아왔는데, 이제는 사회적 의식을 지닌 회사가 후원하는 괴롭힘 방지 갈라 쇼의 TV 방송을 준비하고 있다. 방금 전 그는 어머니가 술을 보관해 두는 찬장에서 캄파리, 보드카, 위스키, 베일리스, 페르네와 같은 마시다 남은 술을 색이 진하고 끈적끈적한 혼합물에 섞어 칵테일로 만드는 방법을 그녀에게 보여 주었다. 그런데 이제 그녀는 오빠인 그에게 와인을 '될 수 있는 대로 병으로' 가져오라고 부탁했다. 물론 그는 와인을 가져가야만 한다. 그가 테트라 팩 와인을 마신 지 몇 년이 지났다. 그는 집 주방에서 와인 두 병 중 하나를 고르고 있다. 가격대가 적절한지 확인하기 위해 쉬스템볼라예트 국영 주류 판매점의 홈페이지에 들어가 보았다. 한 병은 170크로나, 다른 한 병은 79크로나였다. 그는 더 저렴한 와인을 선택했다. 170크로나는 평범한 일요일 저녁 식사에는 무리한 금액이었다. 와인 말고 다른 것도 가져갈까? 그는 시내로 들어가는 지하철 안에서 문자를 보냈다. 샐러드용 망고! 여동생이 답문자를 해 왔다. 그리고 양파. 그는 망고, 양파, 비닐봉지를 샀다. 사실 비닐봉지는 필요하지 않았다. 하지만 자기 여동생과 아버지에게 자신이 비닐봉지를 사는 사람이라는 걸 보여 주고 싶었다. 그가 산 물건들이 공짜로 주는 작은 투명 봉지에 아주 잘 들어감에도 불구하고.

*

엄마인 여동생은 아들이 보낸 답메일을 읽고 또 읽었다. 그녀는 소파에 앉았다. 침대에 누워 이불을 머리 위로 끌어당겼다. 그녀는 그녀가 어렸을 때, 마음에 상처를 받았을 때, 엘리제 페트렌이나 프란체스카 오베리가 탈의실에서 그녀의 피부 모반에 대해 몹시 불쾌한 말을 했을 때 또는 막스 루트만이 팔뚝에 털이 많다고 그녀를 놀렸을 때 아버지가 그녀에게 했던 말을 떠올렸다. 아버지는 그녀 앞에 쪼그려 앉아서 그들이 질투심 때문에 그런 말을 한 거라고 속삭였다. 그러니까 그 애들은 우리가 자기들과 다르다는 걸 잘 알고 있는 거야. 우리는 그 애들의 두 배야. 너는 네가 평범한 사람이라고 생각할지 모르지만 그렇지 않아. 너에게는 날개가 있어. 너는 여왕이고, 네 혈관에는 별

똥별이 있고, 네 눈은 보름달이야. 아버지가 속삭였다. 그게 정말이에요? 그녀가 묻자 아버지가 고개를 끄덕였다. 그때 그는 한번은 진심으로 진지해지려고 했다. 우리는 다른 사람들과 달라. 우린 스페이스 에인절이야. 우리의 모든 것은 항상 존재해 왔어. 사람이 무엇으로 구성되어 있는지 아니? 산소, 수소, 탄소, 그리고 질소와 칼슘과 같은 다른 물질들이야. 이것이 인간을 만드는 데 필요한 전부란다. 그리고 나는 네가 태어나기 전에는 더 많은 아이를 갖는 데 관심이 없었어. 난 딸도 있었고 아들도 있었지. 그 둘을 두 명의 다른 엄마들과의 사이에 얻게 되었지만 나는 그것으로 충분하다고 생각했단다. 세상이 가득 차 버렸어. 그런 다음 네가 태어났고 모든 게 바뀌었지. 너는 다른 누구와도 같지 않았어. 너는 보물이었어. 네가 인류의 종결점이었어. 나는 몇 시간이고 누워서 너의 팔꿈치, 무릎 옆의 움푹 들어간 곳, 내 얼굴에서도 찾아볼 수 있는, 한쪽 눈썹 위의 걱정으로 찌푸려진 주름을 바라보았어. 그리고 그 모반은 추한 것이 아니야. 그것은 아름답단다. 그건 네가 선택된 사람이라는 표시야. 그가 속삭여 말했다. 무엇을 위해 선택된 건데요? 그녀가 물었다. 그건 아무도 몰라. 아직은 때가 아니야. 그러나 우리 둘 다 우리의 맥락보다 더 큰 존재란다. 우리는 전 세계 인구의 99.9퍼센트보다 똑똑해. 우리는 더 아름답고, 더 재미있고, 더 음악적이야. 우리는 더 빨리 생각하고, 더 빨리 달리고, 더 잘 팔아. 그렇기 때문에 수수료도 더 높게 받아서 사람들이 우리에게 위협을 느끼는 거야. 관리자는 우리가 그들의 자리를 차지할까 봐 두려워하는 거고. 그래서 그들은 우리가 당국과 문제가 있는 것처럼, 우리가 사적인 이익을 위해 물건을 팔고 있는 것처럼 이야기를 꾸며내서 우리를 해고해야 한다고 주장하지만, 그건 사실이 아니야. 솔선수범하는 사람들, 어떠한 약점도 눈에 띄지 않는 사람들을 제대로 관리하지 못하니, 문제가 있는 건 바로 관리자들이지. 아버지가 말하고는 숨을 고르느라 잠시 말을 멈췄다. 간단히 말해서, 우리가 너무 똑똑한 거야. 평범한 사람들과 함께 일하기에는 너무 똑똑해. 그들의 멍청한 규칙으로 복종시키기에는 우리가 너무 똑똑해. 어떤 규칙요? 그녀가 물었다. 모든 규칙. 우리의 기본 요소는 운석인데, 그 운석이 올챙이가 되었고, 올챙이가 트리케라톱스가 되었고, 트리케라톱스가 모자걸이가 되었고, 모자걸이는 오렌지 나무가 되었고, 오렌지 나무는 네 할머니가 되었고, 네 할머니는 내가 되었고, 나는 네가 되었어. 우리는 절대로 죽지 않을 거야. 그가 말했다.

*

오빠인 아들이 현관 앞에 서 있었다. 예전의 현관 키패드가 새로운 디지털 메탈 박스로 교체되고 코드도 변경되어, 방문하려는 사람의 성(姓)을 입력하라는 메시지가 떴다. 그는 여동생과 아버지 그리고 그의 성을 입력했다. 화면에 그녀에게 신호를 보냈다고 나오는데, 목록에는 그녀의 성뿐만 아니라, 그녀가 10년 넘게 함께 살지 않은 전 남편 이름도 올라 있었다. 그런 다음 오류 메시지가 떴다. 여동생 전화에 연결할 수 없다고 했다. 그는 여동생의 휴대폰으로 전화를 걸었다. 내가 내려갈게. 그녀가 말했다. 그는 몇 분 동안 기다렸다. 그러자 그녀가 왔다. 그녀의 눈이 빨갛고 눈물로 젖어 있었다. 힘든 하루였어. 그녀가 이렇게 말하면서 밖의 교통 상황을 바라보았다.

그들은 엘리베이터를 타고 6층으로 올라갔다. 집 현관문이 잠겨 있지 않았다. 그녀는 세탁실에 내려갈 때 현관문을 잠그지 않은 채로 두었다. 언젠가 한번은 예테보리에서 오는 친구 두 명이 거기에 머물러야 할지도 몰랐기 때문에 주말 동안 열쇠를 안에 꽂아 둔 채 문을 열어 놓았다고 했다. 가까운 친구들이야? 그가 물었다. 여러 번 만났던 애들이야. 그녀가 이렇게 대답하며 놀라워하는 그의 표정을 보고 웃었다. 정말 좋은 애들이야. 그녀가 말하면서 미소 지었다. 이런 부분에서 우리는 완전히 달라. 그가 말했다.

그리고 그것은 사실이었다. 그들은 같은 부모에게서 태어났고 같은 아파트에서 자랐지만, 바로 이러한 면에서는 결코 서로를 이해하지 못했다. 언젠가 그녀가 그를 하우스 파티에 데려갔을 때 그를 제외한 모든 사람이 외투를 침대 위에 무더기로 던지는데 그 혼자만 까치발을 하고 커튼 봉에 외투를 조심스럽게 걸어 놓는 모습을 보고 그녀는 웃음을 터뜨렸다. 오빠, 도대체 뭐 하는 거야? 그녀가 물었다. 그러자 그는 세상에서 가장 자연스러운 일인 것처럼 말했다. 외투를 숨기고 있어. 그런 다음 외투에서 지갑, 열쇠, 헤드폰을 꺼내 청바지 주머니에 넣었다. 또 그녀가 지나가는 말로 자신은 컴퓨터 안의 모든 파일, 사진, 작업 자료, 일기를 한 번도 백업한 적이 없다고 말하자, 그가 그녀에게 별도의 외장 하드를 주고는 그녀의 파일을 모두 백업하도록 도와주었는데, 그녀는 그의 그런 모습을 보고 미소를 지었다. 어떻게 백업도 안 하고 컴퓨터를 사용할 수 있지? 그가 거의 비명을 지르다시피 하며 말했다. 아주 잘 사용하고 있어. 그녀가 이렇게 대꾸하고는 웃음을 지었다. 어느 일요일엔 그녀의 현관에 커다란 검은색 여행 가방이 있었다. 이거네 거야? 그가 물었다. 그녀가 절대로 그런 싸구려 가방을 구입할 리가 없으며 그렇게 터질 정도로 가방을 싸지도 않을 것이기 때문에, 그는 그 가방이 절대로 그녀의 것이 아니라는 걸 알고 있었다. 친구의 친구 가방이야. 그녀가 대답했다. 어떤 친구? 그가 다시 물었다. 아드리안의 친구야. 그녀가 말했다. 쿠바에서 만난 그 사람. 아드리안 친구의 가방이 왜 여기에 있는 거지? 그가 물었다. 그러자 그녀는 그에게 댄스 공연에 대해 이야기했다. 아드리안의 친구가 국립 순회 극단과 함께 스웨덴에서 순회 공연을 했다. 스웨덴 화폐로 급여를 받았으며, 그래서 무용수들이 쇼핑을 아주 많이 했는데, 막상 집에 가려고 하자 짐이 너무 많아져 그가 그 가방을 가져갈 수 없는 상황이 되었다는 이야기였다. 그래서 그 친구가 다음에 내가 쿠바에 갈 때 가져와 달라고 부탁했어. 다음번에 내가 쿠바에 갈 거야. 그녀가 말했다. 그들은 가방을 사이에 두고 현관에 서 있었다. 진심이야? 그가 물었다. 뭐라고? 그녀가 되물었다. 너 이거 열어 본 것 같은데, 맞아? 내 가방이 아니야. 그녀가 대답했다. 너 미쳤어? 만약 안에 마약이라도 들어 있으면 어쩌려고? 그가 물었다. 그만해, 옷으로 가득 차 있어. 그녀가 대답했다. 그는 신발도 벗지 않고 안으로 들어갔다. 그가 그녀 아들의 이층 침대와 그녀가 보지도 않는 TV를 올려놓을 TV 거치대를 조립하는 걸 도울 때 사용하던 공구 상자를 가지고 왔다. 그러지 마, 내 가방이 아니야. 그녀가 몇 번이고 계속 말했다. 그는 스크루드라이버, 펜치, 망치를 꺼냈다. 망치는 진짜 망치는 아니고 고기를 두드릴 때 사용하는 도구 같은 것이었다. 그녀는 그를 말리려고 했다. 십 분 뒤 그가 가방 자물쇠를 열었다. 그는 가방 안으로 손을 집어넣어 안에 있는 물건들을 한 겹 한 겹 샅샅이 살펴보기 시작했다. 마약 탐지견은 어떻게 하고 있어? 코카인이라도 좀 찾았어? 그러면 좋겠다. 왜냐하면 내가 정말로 좀 하고 싶거든! 그녀가 주방에서 소리쳤다. 그는 운동복을 발견했다. 스니커즈, 헤드폰, 대용량 새 모이 봉지 두 개도 있었다. 그러나 불법적인 것은 아무것도 발견하지 못했다.

그가 포기하자 여동생은 웃었다. 그거 봐, 사람들을 신뢰해도 되잖아. 그녀가 말했다. 그러나 그는 의심을 떨쳐 낼 수가 없었다. 그녀가 쿠바로 떠나기 전날 밤, 그는 그녀에게 전화를 걸어 가방 안감 속을 살펴보고 새 모이 봉지 안에 숨겨진 게 없는지 확인하라고 말했다. 새 모이 봉지 안에 숨겨진 건 아무것도 없어. 그녀가 말했다. 확실해? 그가 물었다. 응, 이제 짐을 싸야 해. 그녀가 대답했다. 그녀는 짐을 싸서 떠났다. 그는 세관원들이 그녀를 붙잡아 가는 광경을 상상했다. 그의 상상 속에서 그들이 새 모이 봉지 안에 든 것이 실제로는 새 모이가 아니라는 걸 알아냈고, 그녀를 법정으로 데려가 사형을 선고했다. 그녀는 총살형을 당할 것이며 형이 즉시 집행될 것이고, 그녀가 사랑한다고 말하기 위해 마지막 통화로 자기 아들에게 전화를 걸었다. 아들은 통화를 거절했다. 그러자 그녀가 오빠에게 전화를 걸어 모든 것이 그의 잘못이라고 말했다. 그러나 실제로 발생한 유일한 문제는 수하물 중량 초과로 그녀가 약간의 추가 비용을 지불해야 한다는 것이었다. 아드리안과 그의 친구가 그녀를 마중하기 위해 공항에 나왔고, 친구는 가방을 받자 고맙다고 말했다. 자물쇠가 깨진 것에 대해서는 별로 신경 쓰지 않는 것 같았다. 그런 다음 아드리안과 끝났고, 그녀는 집으로 돌아왔다.

어떻게 여동생은 문제가 그렇게 잘 풀리는 걸까? 아마도 아버지가 도망가 버렸을 때 그녀가 너무 어렸기 때문일 수도 있다. 그녀가 그런 삶을 잘 감당하도록 만들어졌기 때문일 수도 있다. 혹은 큰오빠인 아들이 결코 그런 아버지가 아닌 아빠가 되었기 때문일 수도 있다.

오빠는 신발을 벗고 여동생을 따라 주방으로 들어갔다. 그가 제일 먼저 왔다. 물론 당연한 일이었다. 아버지는 한 시간 후에 여기에 올 것이다. 여동생 집의 샹들리에는 와인

잔들을 거꾸로 매달아 만든 것이었다. 식탁 위의 검은색 자석 칠판에는 다음과 같이 쓰여 있었다. *자기 자신을 사랑하는 만큼 다른 사람에게도 아낌없이 사랑을 주어라. 모든 발전은 과감하게 달라지려고 할 때 일어난다. 평화를 확대해라.* 냉장고 문에는 그녀 아들의 아기 때 사진이 담긴 자석 장식들이 붙어 있었다. 이제 그 아이는 일 년 넘게 그들 가족의 구성원이 아니었다. 그 사진들을 볼 때마다 그는 자기 아이와 헤어지면 어떤 기분일지, 그것을 극복하는 데 시간이 얼마나 걸릴지, 얼마나 공황 상태가 될지, 그 사실에서 어느 정도 해방될 수 있을지 궁금해졌다. 여동생이 라자냐의 상태를 확인하기 위해 쪼그려 앉았다. 그 일에 대해 이야기하고 싶어? 그가 물었다. 그녀는 고개를 가로저으며 그에게 와인 잔을 건넸다. 그래도 무슨 일이 있었는지 정도는 말해 줄 수 있지 않아? 그가 말했다. 조만간. 하지만 그 전에 다른 것에 대해 이야기하자. 안 좋은 이야기로 들어가기 전에 먼저 좋은 이야기를 많이 들어 두어야 해. 그녀가 대답했다.

*

엄마가 아닌 여동생은 아무 일도 없는 듯 태연한 척하려고 애썼다. 그녀가 아래층으로 내려가 오빠를 위해 문을 열어 주었다. 오빠의 검은 곱슬머리가 뒤로 넘어가 있어서 추위에 얼어붙은 것처럼 보였다. 오리털 점퍼가 너무 커서 그녀를 안기 위해 팔을 뻗기가 힘들었다. 무슨 일이 있어? 직

장? 아니면 전 남편? 맹세컨대 내가 그놈을 죽여 버릴 거야, 내가……. 그가 엘리베이터를 타고 올라오면서 말했다. 여동생이 고개를 흔든 뒤 대꾸했다. 오빠, 그러지 마. 그들은 아파트 안으로 들어갔다. 내 남자친구가 꼭 그런 식으로 말한다니까. 그녀가 말했다. 네 남자친구? 그 남자 퍼스널 트레이너야? 오빠가 물었다. 퍼스널 트레이너가 아니야. 체육 선생이야. 알았어. 오빠가 대꾸하면서 와인 잔을 건네받았다. 왜 얼굴을 찌푸리고 그래? 그녀가 물었다. 난 얼굴 찌푸리지 않았어. 그가 말했다. 분명히 찌푸린 얼굴이었어. 그런데 찌푸린 얼굴이 아니었단 말이지. 그런데 왜 그가 퍼스널 트레이너냐고 물었어? 그녀가 물었다. 그가 체육 선생이냐고 물으면 네가 얼굴을 찌푸릴 것 같아서. 그건 그렇고, 무슨 일이 있었는지 말해 봐. 오빠가 말했다. 제발, 그 전에 뭔가 다른 이야기를 하자고. 뭐라도 좀 이야기해 봐. 뭐든지. 그녀가 말했다.

그녀의 오빠는 그녀에게 육아 휴직을 하는 중이라고 말했다. 스탠드업 코미디를 시도해 보기로 했다는 것도. 오늘 일찍 그들의 아버지를 만나 이야기를 나눴다는 것도. 와, 어떻게 됐어? 그녀가 물었다. 꽤 잘 진행됐어. 물론 약간의 속상한 감정이 있었지만, 아버지와 함께 있으면 항상 일어나는 일이잖아. 어쨌든 싸움을 하지는 않았어. 내가 아버지에게 숙소를 제공하는 것도, 이번이 마지막 시간이라는 것에도 아마도 서로 동의했다고 생각해. 그가 말했다. 아마도? 아버지가 떠나기 전에 나에게 열쇠를 주실 거야. 만약 아버지가 주지 않는다면 내가 그것들을 가져올 거야. 그가 말했다.

그들은 말없이 앉아 있었다. 아버지가 왜 일 년에 두 번 우리를 찾아오는지 그 진짜 이유를 너 혹시 알아? 오빠가 물었다. 우리가 보고 싶어서? 그건 전혀 아니지. 결국 아버지도 손주들과 조금이라도 시간을 보내는 데 관심이 있기 때문일까? 그녀가 물었다. 오빠가 미소 지으며 고개를 흔들었다. 다시 생각해 봐. 약이 필요해서? 그녀가 말했다. 비슷해. 진짜 이유는 여섯 달 이상 거기에 머무르면 영주권자로 간주하기 때문이야. 그리고 영주권자가 되면 아버지는 세금을 내야 해. 세금을 많이 내야 하지. 그가 말했다. 여동생이 그를 쳐다보았다. 언제부터 오빠가 그 나라의 세금 조항에 대해 전문가가 됐어? 난 그냥 진실을 말하고 있는 것뿐이야. 그가 대꾸했다. 그녀가 일어나서 오븐에서 라자냐를 꺼냈다. 미안. 그가 말했다. 괜찮아. 그녀가 대답했다. 난 네가 알고 있는 줄 알았어. 그가 말했다. 나도 모르게 알았을 수도 있지. 그녀가 대꾸했다.

이제 말해 봐, 너 도대체 무슨 일이 있었어? 그가 물었다. 그녀는 집게를 내려놓고 휴대폰에 손을 뻗어 자기 아들이 보낸 이메일을 보여 주었다. 오빠의 얼굴이 창백해졌다. 이거 농담이지? 그가 말했다. 이걸 쓴 사람은 그 애가 아니야. 정신 나간 그 애 아빠 짓이야. 그 애가 이런 말을 썼을 리 없어. 난 모르겠어. 하지만 난 그 애한테 연락하는 걸 멈추지 않을 거야. 적어도 하루 걸러 한 번씩 계속 연락할 거야. 그

애의 공격성이 그 애에 대한 나의 사랑을 막을 수 있다는 생각을 절대로 못 하게 할 거야. 그녀가 말했다. 이메일을 다시 읽어 볼 수 있을까? 맙소사, 내 아이가 나에게 이런 글을 보냈다면 나는 산산이 부서졌을 거야. 이런 일이 실제로 얼마나 오랫동안 지속된 거야? 그가 말했다. 열세 달하고도 이 주 그리고 삼 일. 그녀가 대답했다. 가슴이 너무 아프다. 그가 말했다. 그 애는 너무 어려. 그녀가 말했다. 잘될 거야. 나는 그렇게 느껴. 해결되어야만 해. 그 애는 자기 아빠의 거짓말을 간파하고 너에게 돌아올 거야. 반드시 그럴 거야. 그가 말했다. 그녀는 미소를 지어 보이려고 애썼다. 아빠들은 빌어먹을 바보 새끼들이야. 그가 말하며 고개를 흔들었다. 어머니들을 상상해 봐. 그냥 하나의 실험처럼 어머니들이 아버지들처럼 행동한다고 상상해 봐. 그러면 우리는 파멸했을 거야. 그가 말했다. 그런데 아버지 이야기가 나왔으니 말인데, 우리 아버지는 어디에 있는 거야? 그녀가 휴대폰을 보며 말했다. 내가 전화해 볼까? 그가 물었다. 아버지는 우리 전화번호를 가지고 있어. 그러니까 아버지가 전화하시게 해. 그녀가 말했다. 그녀는 샐러드를 준비하고 주스를 홀짝였다. 8시 30분에 그들은 식사를 하기 시작했다.

*

아버지인 할아버지는 약속 시간보다 사십오 분 전에 딸의 집 현관 앞에 도착했다. 그는 긴장하지 않았다. 사랑하는 딸을 곧 만나게 되어 매우 기쁠 따름이었다. 그는 너무 빨리 도착해 딸을 방해하지 않으려고 그 블록을 한 바퀴 돌았다. 공원 벤치에 앉아 100퍼센트의 편안함을 느꼈다. 잘 주차된 자동차들은 광택이 나는 비싼 차들이었다. 그런 자동차의 뒷좌석에서는 누군가 차를 집으로 사용해야 했던 흔적을 찾아보기 어려웠다. 여자들은 성형 수술을 하고, 남자들은 원기 왕성하고, 아이들은 점퍼와 잘 어울리는 신발을 신고, 퇴직자들은 보기 좋게 햇볕에 그을려 있었다. 그도 여기서 살 수 있었다. 약속한 시간 십오 분 전에 그는 딸 집 현관 앞으로 돌아갔다. 현관 코드가 작동하지 않았다. 새로 설치된 보안 시스템이 너무 복잡해서 그걸 제대로 이해하려면 엔지니어가 되어야 할 판이다. 그가 딸에게 전화를 걸 수도 있었지만 휴대폰 선불 카드에 잔액이 부족했다. 아버지가 저녁 식사에 오길 정말 원한다면, 적어도 제대로 된 현관 코드를 알려 주거나 그가 나타나지 않을 경우 딸아이가 그에게 전화를 해야 했다. 그는 길 건너편 스포츠 바에 가서 앉았다. 그곳의 식탁보는 녹색이었고, 모니터 화면 절반에서는 축구를 보여 주고, 나머지 절반에서는 아이스하키를 보여 주고 있었다. 입구 주변의 간판에 8시 30분까지는 그 주의 맥주를 더 저렴한 가격으로 제공하는 해피아워라고 쓰여 있었다. 아버지는 맥주를 주문하고 딸의 전화를 기다렸다. 잠시 후 맥주 한 잔을 더 주문했다. 8시 10분에 그는 아들이 걸어서 지나가는 것을 보았다. 아들은 장을 본 물건이 담긴 비닐봉지를 들고 있었다. 아버지는 깜짝 놀랐다. 그는 사랑하는 딸과 단둘이 하는 저녁 식사를 기대하고 있었다. 딸아이에게 오빠는 가족을 돌보지 않는 배신자라고 설명하고 싶었다. 저녁 식사를 하러 가고 싶은 마음이 조금 사라졌다. 8시 28분이 되자 그는 맥주 두 잔을 주문했다. 둘 다 손님이 드실 건가요? 웨이트리스가 물었다. 왜요? 그가 되물었다. 그녀는 뭐라고 중얼거리더니 자리를 떴다. 가격이 이제 거의 두 배가 되었는데도 할아버지는 새로 맥주를 주문했다. 그는 휴대폰을 꺼냈다. 아이들이 왜 자기에게 전화를 걸지 않는지 이해되지 않았다. 그들은 그가 걱정되지 않는 건가? 아니면, 그래, 그는 이해했다. 그들은 그가 오는 걸 진정으로 원하지 않기 때문에 전화하지 않는 것이다. 지금 그들은 저 위에 앉아서 그가 나타나지 않는다는 사실을 즐기고 있을 것이다. 그는 그들이 그를 놓아준 것에 대해 건배했다. 9시 30분에 그는 현금으로 맥주값을 지불하고, 바를 나와 딸의 집 현관으로 향했다. 유리창을 두드려 본 다음, 몸을 앞으로 숙여 키패드 버튼에 입김을 불었다. 그렇게 하면 가장 최근에 사용된 버튼이 어떤 것인지 알 수 있을 것이다. 그는 교통 카드를 꺼내 문을 열려고 했다. 하지만 아무것도 작동하지 않았다. 누가 다가왔다. 그에게 거기 사느냐고 묻는 수상한 바보였다. 아니요. 그는 대답했다. 그렇다면 유감스럽지만 저도 당신을 들여보낼 수가 없어요. 그녀가 말했다. 그는 스포츠 바로 돌아갔다. 오랜만이네요. 웨이트리스가 말했다. 그가 또 맥주를 주문했다. 메뉴를 보실래요? 웨이트리스가 물었다.

난 배고프지 않아요. 할아버지가 대꾸했다.

*

엄마인 여동생은 의자에 등을 기대고 오빠가 자기 여자 친구에 대해 불평하는 동안 하품을 하지 않으려고 애썼다. 그는 그녀와 함께 사는 것이 불가능하다고, 그녀는 끊임없이 그에게서 결점을 찾고 있지만, 그래도 집 안의 모든 일 아니면 거의 모든 일을 하는 사람은 바로 자신이라고 말했다. 하지만 돈을 전부 벌어 오는 사람은 그 여자잖아? 여동생이 말했다. 전부는 아니야. 그리고 나는 육아 휴직 중이잖아. 오빠가 대꾸했다. 육아 휴직에 들어가기 전에는 일이 조금밖에 없었어? 그녀가 물었다. 과포화 상태인 지점에서 새로운 고객을 유치하는 건 어려운 일이야. 그가 말했다.

그녀의 오빠는 언제나 똑같은 주방 의자에 앉았다. 모퉁이 쪽으로, 자기 휴대전화에 그의 시선이 머물렀다. 때때로 난 우리가 서로에게 잘하는 것인지 의심이 가. 그가 말했다. 이제 정신 차리고 힘을 내야 해. 그녀는 오빠에게 일어난 일 중 진짜 최고였어. 오빠가 그 여자를 얼마나 사랑했는지 잊어버렸어? 그녀가 물었다. 내가 정말 그랬어? 이젠 거의 기억도 안 나. 그가 말했다.

여동생은 오빠의 여자 취향을 전혀 이해하지 못했다. 그는 고등학교 다닐 때 얼굴에 주근깨가 있는 페미니스트들과 사랑에 빠졌다. 경제학을 공부할 때는 그 동네의 고층 아파트에서 자란 여자애들, 올바른 억양을 지닌 소녀들, 트랙 슈트와 큰 금귀걸이에 관심이 있었다. 그런 다음 그는 학교를 졸업했고 자기 사업을 시작했으며, 큰 책장을 가진 여자에게 반하기 시작했다. 어느 일요일 저녁 여동생의 주방에서 남매가 모였다. 여동생의 아들도 늦게까지 자지 않고 깨어 있었다. 당시 그녀의 남자친구는 설거지를 하고 있었고, 오빠는 누군가를 만났다는 사실을 털어놓았다. 그 여자애는 다른 여자애들과 달랐다. 그 여자애는 진짜배기였다. 그가 이제껏 기다려 온 여자가 바로 그녀였다. 이유가 뭐였을까? 그녀에게는 고양이가 한 마리 있었는데, 이름이 뒤라스*였다. 좋다. 다음 여자애는 자기 집 화장실에 파트릭 샤무아조**의 인용문을 써 넣은 액자가 있었다. 머리를 밀어 버린 그녀는 레즈비언 파티에서 앤 카슨***의 모든 책을 읽었다. 그녀는 손목 안쪽에 흉터가 있었고 첫 아이의 이름을 프닌으로 짓고 싶어 했다. 어떤 여자애는 보로스에서 도서관학을 공부했고, 또 다른 여자애는 이카의 계산대 뒤에 앉아 여름 내내 『잃어버린 시간을 찾아서』를 읽었다. 『잃어버린 시간을 찾아서』가 뭐야? 당시 그녀의 남자친구가 물었다. 『잃어버린 시간을 찾아서』가 무엇인지 모르는 사람은 설명을 들을 가치가 없는 사람이기 때문에 『잃어

* 마르그리트 뒤라스(Marguerite Duras, 1914~1996). 프랑스의 소설가·극작가·시나리오 작가.
** Patrick Chamoiseau(1953~). 마르티니크 출신의 프랑스 작가.
*** Anne Carson(1950~). 캐나다의 시인·수필가.

버린 시간을 찾아서』라고 대답하는 것만으로 충분했다. 한 여자애는 컴퓨터의 배경 화면에 훌리오 코르타사르*가 있었기 때문에 오빠와 대화를 시작했다. 또 다른 여자애는 자기가 가지고 있던 소설책『어느 겨울밤 한 여행자』를 오빠에게 빌려주면서 어떤 부분이 훌륭하고 어떤 부분이 아쉬운지에 대해 그녀와 생각이 같아야만 그 책을 간직할 수 있다고 말했다.(그녀는 그 부분들을 다른 색상의 포스트잇으로 표시했다.) 그다음 여자애는 레지스탕스의 미학을 사랑했고, 또 다른 소녀는『저항의 미학』을 싫어했다. 오빠는 적어도『저항의 미학』에 대해 들어 보지 못한 사람에게 관심 두는 것을 스스로 허용하지 않았다.『저항의 미학』이 뭐야? 여동생의 아들이 물었다. 전혀 모르겠어. 여동생이 대답했다.『다빈치 코드』의 속편. 그녀의 남자친구가 말했다. 아니, 잠깐만! 인도 음식을 먹고 나면 배가 아파. 오빠는 그의 말을 무시했다. 페터 바이스**의 소설이야. 오빠가 말했다. 좋은 작품인가요? 여동생의 아들이 물었다. 모르겠어. 솔직히 말해서 도입 부분조차 넘어가지 못했어. 오빠가 대답했다. 그가 만난 여자애들은 모두 다른 어딘가의 혈통을 지닌 애들이었다. 누군가는 폴란드 혼혈, 또 누군가는 포르투갈 혼혈이었다. 그다음은 부모님이 페루 출신이었다. 다음은 우간다에서 태어났지만 에슬뢰브에서 성장했다. 다음은 부모님이 알제리 출신인데 코펜하겐에 살았다. 한국에

* Julio Cortázar(1914~1984). 아르헨티나의 소설가.
** Peter Weiss(1916~1982). 독일의 극작가·소설가.

서 입양된 그녀를 제외하고 모든 여자애들이 휴대폰이 더 일반적인 다른 단어로 자동 교정하려는 이름을 지니고 있었지만, 그녀의 책장에는 『로드 짐』*의 다양한 번역본을 모아 둔 전용 섹션이 있었다.(이것은 그로 하여금 그녀가 자기의 포켓판 책들을 색상 순으로 분류하게 한 것을 거의 용서하게 했다.) 그는 그 책들과 몇 달 동안 함께 지냈다. 반년. 아마도 일 년. 그런 다음 끝났다.

다음 주 일요일에 그는 다시 여동생 집 주방에 앉아 제대로 만난 사람이 아무도 없다고 한탄했다. 진정으로 사랑에 빠지려면 통제력을 놓아야 할 수도 있어. 그녀가 말했다. 알았어, 내가 한번 해 볼게. 그가 말했다. 오빠가 누구와 사랑에 빠지는지 통제할 수가 없는 거야. 그래도 사랑에 빠지고 싶어? 그녀가 물었다. 물론이지. 열다섯 살 때부터 내가 원해 온 유일한 것이 바로 그거야. 그가 말했다. 하지만 당신이 꿈에 그리는 여자를 묘사할 때마다 들어 보면 마치 당신자신에 대해 이야기하는 것 같아요. 그녀의 전 남자친구가 말했다. 이 말에 침묵이 흘렀다. 너무 터무니없거나 너무 사실이인 경우 흐르는 침묵처럼. 그들은 웃어넘겼다.

여섯 달 후, 그는 자기 아이들의 엄마가 될 여자를 만났다. 그는 그녀가 자기 영혼의 반려자라고 주장했지만, 여동생은 두 사람이 서로 얼마나 다른지 보고 안도했다. 여동생이 발견한 유일한 유사점은 두 사람의 헤어스타일이 거의

---

* *Lord Jim.* 폴란드 출신의 영국 소설가 조지프 콘래드의 장편 소설.

똑같다는 점이었다. 그는 시내에 아파트를 사서 살고 있었고, 그녀는 나카에 있는 좌파 공동체에서 살았다. 그는 세금과 관련된 이유로 개인 소유 회사와 주식회사, 두 회사를 동시에 운영하고 있었다. 그녀는 로스쿨을 막 졸업하고 대규모 노조가 소유한 로펌에서 노동법 관련 업무를 하고 있었다. 그는 구두골을 사용하고 연금에 대해 걱정했다. 그녀는 선불 카드를 사용하는 휴대폰을 가지고 있었고 인도 여행을 꿈꿨다. 그는 무명의 힙합을 좋아했고, 그녀는 듣기 편한 소울 뮤직을 좋아했다. 그럼에도 불구하고 그들은 여동생 집 주방에 앉아 행복한 미소를 짓고 있었다. 그녀의 오빠는 그녀를 바라보는 방식으로 다른 사람을 본 적이 없었다. 저 여자 놀랍지 않아? 그녀가 화장실에 갈 때마다 그는 이렇게 물었다. 여동생은 고개를 끄덕였다. 그녀는 대단해. 그녀는 대단해. 아마도 그녀가 그에게 통제당하는 것을 가장 허용하지 않았기 때문일 것이다. 그리고 두 자녀를 둔 오빠가 여기에 앉아 의심이 든다는 주장을 펼치고 있다. 가끔은 해치우고 싶은 기분이 들어. 그가 말했다. 뭘 해치워? 그녀가 물었다. 떠나 버리는 거. 그가 대답했다. 어디로? 모르겠어. 그러지 마. 그녀가 용서하지 않을 거야. 그녀가 말했다. 나도 알아. 오빠는 아빠 같지 않아, 그녀가 말했다. 그걸 어떻게 알았어? 그가 대꾸했다.

그들은 조용히 앉아 있다. 12시 30분이다. 라자냐가 차가워지더니 그다음엔 굳어 버렸다. 아버지는 오시지 않을 거야, 그치? 그가 말했다.

더 이상 살고 있지 않거나 아니면 사실 지금 그 어느 때보다 많이 살고 있는 누나이자 딸이 마침내 자기 몸을 잃고 아버지를 찾아 도시 상공을 유랑하고 있다. 그녀는 아무것도 부족하지 않았다. 또는 그녀에게 부족한 유일한 것이라면 그녀의 길고 검은 머리카락이었다. 왜냐하면 낯선 도시 위를 높이 날아다니며 머리카락으로 바람을 느끼는 것이 정말 좋았기 때문이다. 그러나 그것만 빼면 그녀에게는 부족한 것이 없었다. 몸이 방해가 되었다. 뇌는 고갈되었고, 장 시스템은 구멍이 났고, 면역 체계는 포기했고, 엔도르핀 생산은 중단되었다. 멀리서 보면 팔은 정상으로 보일지 모르지만 정맥이 모두 찢어져 류머티즘보다 더 고통스러웠다. 두 다리, 특히 오른쪽 다리는 검붉은 불꽃이었고, 마치 화상을 입은 것처럼 보였다. 언젠가 그녀가 치마를 입으려고 했을 때 아이들이 멈춰 서서 손가락으로 가리켰고, 바늘 자국이 허벅지 끝까지 있었기 때문에 어른들은 단호한 태도로 시선을 돌렸다. 그녀의 몸은 난장판이었고, 작별 인사는 마치 낯선 사람의 땀 냄새가 나는 두꺼운 외투를 벗는 것과 같았다. 마침내 그녀는 자유로워졌다. 첫째 날 밤, 그녀는 어머니 집에서 깨어났다. 혼자가 아니라는 걸 확인하고 싶었다. 어머니가 주방의 흑백 체크무늬 바닥에 쓰러져 흐느껴 울면, 침대에서 뒤로 자빠져 숨이 가빠 헐떡거리기 시작하면, 일어나서 카디건을 곧게 펴고, 전화기를 들고, 딸의 번호를 누르고, 그러다가 멍한 얼굴로 전화기를 던져 버리면, 그녀는 어머니를 안고 위로해 주었다. 엄마 친구들은 어디 있어요? 딸이 물었다. 필리페와 마리크리스틴에게 왜 전화하지 않아요? 엄마 여동생은 어디 있어요. 왜 자신을 스스로 고립시키고 혼자서 이겨내려고 하는 거예요? 다음 날 문 두드리는 소리가 났고, 마리크리스틴이 어머니에게 문을 열라고 소리쳤고, 필리페는 어머니가 스스로 열지 않으면 문을 발로 차 버릴 거라고 말했다. 육체가 없는 딸은 촌충의 다리 힘으로 아파트의 보안 문을 발로 차서 열려고 하는 필리페를 생각하고 미소 지었다. 어머니는 소파에 가만히 앉아 있었다. 딸은 어머니를 문에 밀어붙이려 했고, 열쇠를 가지고 자물쇠로 다가가 씨름했다. 그러나 그녀는 약간의 준비만으로 현실 세계에 영향을 미칠 만큼 충분한 에너지를 모으는 방법을 아직 이해하지 못했다. 마침내 어머니가 소파에서 일어나 문을 열고 자기 친구들의 포옹을 받았을 때, 어쨌든 그녀는 열쇠의 반짝이는 금속 느낌, 어머니 앞치마의 꺼칠꺼칠한 촉감, 깔끔하게 손질되어 뾰족한 필리페의 회색 콧수염의 따끔따끔함을 여전히 느꼈다. 하지만 그녀가 현실 세계에 영향을 주려고 할 때마다 그녀의 손은 홀로그램을 움켜쥐는 것처럼 그냥 통과해 버렸다. 마치 물줄기를 잡으려는 것 같고, 냄새를 잡으려는 것 같았다.

필리페와 마리크리스틴은 실제적인 일들로 어머니를 도왔다. 파트릭을 제외한 모든 사람이 장례식에 왔다. 멋진 장례식이었다. 그녀는 줄지어 늘어선 좌석들 사이에서 앞뒤로 옮겨 다녔다. 모두의 눈물에 그녀의 기분이 고양되었다. 마리크리스틴이 관 옆에 서서 딸과 어머니가 어떻게 온갖 역경에 맞서 싸웠고 많은 사람이 저버렸는데도 불구하고 절대로 포기하지 않았는지에 관해 일관되지 않고 욕설이 가득한 연설을 하자, 그녀는 큰 소리로 웃어 댔다. 마리크리스틴은 아버지의 이름을 언급하지 않았지만, 그녀가 말하는 사람이 누구인지는 만인에게 분명했다. 그제야 딸은 아버지가 오지 않았다는 사실을 깨달았다. 분명 그는 거기에 없었다. 그에게는 새로운 가족이 생겼다. 새로운 아이들. 새로운 나라에서의 새로운 삶. 장례식 후 몇 주 동안 그녀는 자신의 힘을 살피며 주위를 맴돌았다. 그녀는 몸이 없는 다른 사람들을 알게 되었다. 그들의 수는 그녀가 상상한 것보다 훨씬 더 많았다. 그들은 황혼 무렵 평평한 지붕에 모여 그들이 무엇을 후회하는지, 되돌아올 수 있다면 무엇을 할 것인지, 다음 장소로 계속 이동하지 않기로 선택했을 때 그들의 논리는 무엇이었는지에 관해 이야기를 나누며 시간을 보냈다. 나는 선택한 기억이 없어요. 난 그냥 머무른 것 같아요. 딸이 말했다. 그녀가 그렇게 말하자 묘한 분위기가 감돌았다. 모든 사람이 선택할 수 있는 건 아니에요. 오른쪽 눈에 식칼이 삐져나와 있는 사십 대 여성이 말했다. 맞아요. 목에 큰 덩어리 같은 흑갈색 종양이 있는 한 노인이 말했다. 나도 선택하지 못했어요. 나는 그냥 머물렀고, 아무도 나에게 이 주간의 시험 기간이 있다는 것에 대해 말해 주지 않았어요. 나는 그냥 죽어서 여기까지 오게 되었죠, 영원히. 하체가 없는 중년 남성이 말했다. 아마도 사람마다 다를 수 있어요. 나는 선택해야 했고 내가 머물기로 했다는 걸 알고 있을 뿐이에요. 칼을 든 여자가 말했다. 나도요. 군인처럼 차려입은 허리 굽은 할머니가 말했다. 우리도요. 우린 겨우 열네 살에 죽었지만, 그래도 우리 스스로 선택해야 했어요. 3도 화상을 입은 십 대 쌍둥이 두 명이 말했다.

다음 몇 주 동안, 그녀는 친구들이 얼마나 오래 슬퍼하는지 확인했다. 일부는 장례식 직후 직장으로 돌아갔다. 다른 사람들은 며칠 동안 집에 머물렀고, 고용주에게 전화를 걸어 친한 친구의 갑작스러운 죽음 때문에 슬프다고 설명했다. 그런 다음 그들은 아침에 조간신문을 읽고 오후에는 비디오 게임을 했다. 하지만 저스틴은 정말 슬퍼했다. 그녀는 스스로 원해서가 아니라 집에 있으면 더 불안할 것 같았기 때문에 계속해서 일하러 갔다. 그녀는 저스틴이 두 차례 수업을 중단하고 학생들이 그녀의 좌절을 보지 못하도록 복도로 나가는 것을 지켜보았다. 그녀는 미소를 지으며 저스틴이 진정한 친구라고 생각했다. 파트릭도 슬퍼했다. 그녀는 그가 세인트찰스 기차역으로 내려가 평소보다 더 많은 대마초를 사는 것을 보았다. 그런 다음 그는 집에 가서 대마초를 둥글게 말고 컴퓨터 앞에 앉아 그들이 휴가 때 함께 찍은 사진들을 보았다. 그는 절대로 울지 않았다. 그저 멍하니 앉아서 사진을 한 장 한 장 넘겼다. 비디오 영상은 볼 때마다 건너뛰었다.

여름에 저스틴과 파트릭은 데이트를 시작했다. 그들은 파트릭의 집에서 만났다. 처음에 그들은 더 이상 살아 있지 않은 그녀에 대해 주로 이야기했다. 그러나 이후에는 다른 것들에 관해 이야기했다. 저스틴은 난폭한 학생들, 똑똑한 학생들, 정신 나간 학생들 그리고 순진한 질문으로 그녀가 학생들을 가르친 것보다 학생들이 그녀를 가르친 것이 더 많다고 느끼게 하는 학생들에 관해 말했다. 파트릭은 페루에 가서 바구아 대학살에 대해 무언가를 찍고 싶고 지단에 대한 영화와 라헬 파르나겐*에 대한 영화를 만들고 싶다는 자신의 새로운 다큐멘터리 영화에 대한 계획을 이야기했다. 아니면 두 가지 모두가 결합된 영화일 수도 있었다. 저스틴이 미소를 지었다. 그런데 지단이 라헬 파르나겐과 어떤 관계가 있어? 저스틴이 물었다. 모르겠어. 바로 그게 내가 탐구하고 싶은 거야. 파트릭이 어깨를 으쓱하며 대답했다. 몸이 없는 딸은 그때 저스틴을 들어 올리고 싶었다. 저스틴의 귀싸대기를 몇 대 때려 주고 싶었다. 주방으로 날아가 숟가락을 전자레인지에 가득 집어넣고 최대 전력으로 작동시킨 뒤 연기가 피어오르게 해서 저스틴과 파트릭이 어쩔 수 없이 아파트 밖으로 나가게 만든 다음 큰 소리로 웃고 싶었다. 딸은 소파 위에서 뛰어다녔다. 힘껏 고함을 질러 댔

* Rahel Varnhagen(1771~1833). 독일의 여성 작가. 18세기 후반~19세기 초반에 유럽에서 가장 유명한 살롱 중 하나를 주최했다.

다. 파트릭의 어깨를 최대한 세게 때렸다. 그러나 그들은 반응하지 않았다. 계속해서 서로의 눈을 바라볼 뿐이었다. 유일하게 일어난 일은 그녀가 어쩌다 한 번 테이블 위의 촛불을 깜박거리게 하는 데 성공했다는 것이었다. 이후 그들은 이사해서 살림을 합쳤고, 아이를 갖는 것에 대해 이야기하기 시작했다. 더 이상 몸이 없는 딸은 다시는 파트릭이나 저스틴을 방문하지 않기로 했다. 몸도 없고 통증을 느끼는 곳을 정확히 찾기가 어려웠음에도 불구하고 이 일 때문에 너무 아팠다.

이후 그녀는 첫 번째 남자친구를 찾아내느라 여섯 달을 보냈다. 그는 샤모니에서 스키 강사로 일하고 있었다. 뱃살이 나왔고, 하얀 피부는 눈 주위를 제외하고 검게 그을려 있었다. 밤이면 술집에서 그의 나이의 반밖에 안 되는 여성들과 시시덕거리며 수다를 떨었다. 어느 날 밤 그가 술집에서 집으로 돌아가는 길에, 그녀는 온 힘을 다해 그의 오른발을 타격했다. 그는 넘어져서 쇄골이 부러졌고, 그 시즌에 더 이상 일을 할 수 없게 되었다. 그러고 나서 그녀는 완전히 지쳐서 거의 집으로 날아갈 수 없을 정도였고, 제대로 회복되었다고 느낄 때까지 어쩔 수 없이 몇 주 동안 그 수로 근처에서 햇볕을 쬐어야 했다. 그러나 그가 그곳 바닥에 등을 대고 누워서 별을 올려다보며 어깨의 통증 때문에 신음하며 흐느껴 우는 소리에 그녀는 웃음을 멈출 수가 없었다.

기력이 돌아오자 그녀는 자신에게 마약 주사를 소개해

준 남자를 찾았다. 그는 아비뇽에 있는 중독 치료 센터에서 일하고 있었다. 그는 기독교인이 되었고, 여행사에서 추가로 돈을 벌었고, 저녁에는 스펀지 헤드셋을 끼고 컴퓨터 화면 앞에 앉아 있었다. 처음에 그녀는 그가 여행 상품을 판다고 생각했지만, 그가 몇 번이고 계속해서 "그런 일은 일어나지 말아야 했어요."라고 말했기 때문에, 오히려 고객 불만 사항을 처리하는 것처럼 보였다. 그녀는 힘을 한데 모아 그의 이마를 때렸다. 그의 코를 잡아당겼다. 그의 사타구니를 걷어찼다. 그녀가 가격하고 삼 분 후에 그는 이렇게 말했다. 산드린, 어디서 바람이 좀 들어오는 것 같지 않아요? 창문 좀 닫아 주시겠어요?(산드린은 머리카락이 뭉쳐서 마치 반죽 덩어리처럼 보이는 그의 동료였다.) 육체가 없는 그녀는 그를 따라 집으로 갔고, 중독 치료 시간에 함께 있었으며, 마약 중독자들에게 삶은 신성하며 신은 어디에나 있다고 확신시키려는 그의 말을 엿들었다. 그녀는 이제껏 그녀가 모았던 것보다 더 많은 에너지를 모았고, 어느 날 밤 그에게 그녀를 볼 수 있게 만들었다. 그가 집에 왔을 때 그의 집 현관에 그냥 서 있었고, 그가 문을 열고 나서 열쇠를 옆에 내려놓으며 그녀를 보았다. 그는 그녀를 보자마자 얼굴이 일그러지면서 무릎을 꿇고 현관 바닥에 이마를 대고는 뭐라고 속삭였다. 그가 뭐라고 말하는지 그녀는 듣지 않았다. 남은 밤 동안 그녀는 보이지 않는 채로 현관 바닥에 그대로 있었고, 그가 침실에서 흐느껴 우는 소리를 들었다. 그녀는 일어나려고 했지만 다시 쓰러졌고, 다음 날 오전 10시에야 아주 느린 속도로, 여러 번 멈추어 가며 집의 지붕 위로 날아가, 화상을 입은 쌍둥이, 눈에 칼이 박힌 여자, 파트너의 전 애인 또는 아마도 현재 애인에게 중독된 중년 남성에게 무슨 일이 일어났는지 이야기해 주었다.

몇 년 후, 그녀는 아버지를 찾기로 했다. 그녀는 숲과 들판, 개울과 많은 숲을 가로질러 건너갔다. 그녀는 그의 가족, 항상 웃고 항상 검은 옷을 입는 부인을 발견했다. 여드름 난 아들, 검은 화장을 한 딸도 있었다. 그러나 아버지는 사라지고 없었다. 그는 해외로 이주했다. 마침내 그녀는 아버지가 다시는 돌아오지 않겠다고 맹세했던 도시의 삐걱거리는 금속 의자가 있는 작은 술집에서 그를 발견했다. 그는 믿을 수 없을 정도로 늙어 보였다. 그는 항상 혼자 앉아 있었고, 아무에게도 말을 걸지 않았다. 아버지를 보자 그녀의 분노가 사라졌다. 그녀는 그를 불쌍히 여기기 시작했다.

밤이면 그녀는 현관에 야구 방망이가 있고 창가에 공기총이 있는 미니멀한 아파트의 소파 위 그의 옆에 앉았다. 그들은 함께 뉴스를 보았다. TV 화면에 죽은 아이들의 사진이 나오자 그들은 욕을 했다. 바보들. 모두가 바보였다. 유럽 연합은 소속된 나라들을 똑같은 나라로 만들려고 해서 바보였고, 미국은 전 세계를 지배하려고 해서 바보였고, 이스라엘은 팔레스타인 사람들을 죽이기 때문에 바보였고, 모퉁이에 있는 피자 가게는 아직도 괜찮은 포 시즌스 호텔처럼 되지 못해서 바보였고, 길 건너편에 있는 이웃들은 고양이들을 지붕 위에서 뛰어다니게 해서 바보였다. 그건 고양이들이 우리를 떠나 평화롭게 잠들도록 우리가 공기총을 꺼내야 한다는 의미였다. 우리를 제외하고 다 바보였다. 우리는 혜성이었다. 우리는 우주의 천사였다. 아버지가 채널을 바꿨다. 그들은 코미디 프로그램을 보면서 웃었다. 퀴즈 쇼에서 수도 이름을 잘못 말한 바보를 바보라고 불렀다. 그들은 술을 섞어 마셨고, 건배했고, 춤을 추었다. 소파에서 나란히 잠들었다. 그녀는 살아 있을 때는 한 번도 한 적이 없는 방식으로 아버지와 가까워졌다. 그녀는 절대로 그를 떠나지 않을 것이다. 밤이 되면 그녀는 그의 몸속으로 들어가 그의 혈류 속을 윙윙거리며 돌아다녔고, 그의 심장을 작은 새처럼 손에 잡고 있었다. 그가 아침 식사로 바게트를 먹을 때 그녀는 그의 옆에 앉았다. 그가 점심으로 피자를 먹을 때 그리고 저녁으로 파스타를 먹을 때 그의 맞은편에 앉았다. 그가 동네 술집에서 맥주 다섯 잔을 마신 뒤 해안을 향해 가고 있을 때 그녀는 그를 말리려고 했다. 그는 테이블에서 일어나 옆으로 몇 걸음 걸어가더니 주위를 두리번거리며 차를 찾았다. 거기에 검은색이고 더 이상 광택이 나지 않는 자동차가 서 있었다. 불과 몇 미터 떨어진 곳, 그가 주차한 바로 그 자리였다. 그는 차를 향해 걸어갔다. 문을 열려고 했다. 하지만 문이 망가졌다. 어떤 바보가 몰래 자물쇠를 망가뜨려 놓았다. 빌어먹을 나라 같으니. 아버지가 말했다. 딸은 동의했다. 뭐 하세요? 야외에서 서빙을 하던 남자가 소리쳐 물었다. 죄송합니다. 아버지가 대꾸하며 자기 차를 찾으러 계속 걸어갔다. 그는 차문을 열고 운전대를 잡았다. 열쇠를 돌려 시동을 걸었다. 다가오는 차들을 향해 가늘게 실눈을 떴다. 다른 차들은 불빛이 너무 밝았고, 상향등을 켜서는 안 되는데 상향등을 켰고, 그가 상향등을 끄라고 신호를 보내자 매우 강한 헤드라이트로 반응했기 때문에 그가 어쩔 수 없이 길가에 차를 멈춰야 했고, 그의 시력이 가까스로 돌아왔다. 오늘 밤에 꼭 해안에 가야 하나요? 그녀가 물었다. 그래. 그가 중얼거렸다. 그녀의 눈이 커졌다. 그녀가 잘못 들은 걸까? 왜 거기에 가야 해요? 그녀가 속삭여 물으며 그의 머리를 쓰다듬었다. 모르겠어. 그가 중얼거렸다. 그의 얼굴은 운전대를 향하고 있었다. 그가 딸꾹질을 했다. 그리고 다시 열쇠를 돌렸다. 먼저 잠을 좀 주무세요. 눈을 감으세요. 눈을 좀 쉬게 하세요. 대신 내일 그곳에 같이 가요. 육체가 없는 그녀가 속삭여 말했다. 약속하지? 아버지가 물었다. 약속해요. 딸이 대답했다. 그들은 차에서 잠을 잤다. 다음 날 동틀 녘 그들이 일어나 보니, 태양이 차를 강철 오븐으로 바꾸어 놓았다. 그들은 차에서 내려 집으로 갔다. 그리고 TV를 켰다. 그들은 해안에 가지 않았다. 해안은 그대로 있었다. 해안은 항상 그대로 남아 있을 것이다. 그들은 일상을 이어 갔다. 아버지는 일 년에 딱 두 번만 집에 가기로 했다. 그는 인슐린과 새 주사기를 마련하고, 환전을 하고, 발 미용을 받고, 물건을 사서 재판매하고, 악화되는 시력을 확인해야 했다. 그리고 물론 아이들도 만나야 했다. 함께 가고 싶지 않니? 아버지가 물었다. 난 여기 있을게요. 그녀가 대답했다. 그녀는 아버지가 자기 아이들과 웃고 농담하는 것을 참을 수 없었다. 그리고 그가 손주들을 안고 그 아이들의 목 냄새를 맡고 그 아이들의 귀에 동요를 속삭이는 모습을 바라보는 것이 너무 마음 아팠다.

하지만 지금 그녀는 여전히 여기에 있다. 그녀는 아버지를 찾아 도시를 떠나녔다. 그에게 자기가 필요하다고 느꼈고, 마침내 스포츠 바에서 그를 찾았다. 그는 행복해 보였다. 그가 웃으며 옆 테이블에 앉은 사람들과 건배했다. 테이블을 바꿔 달라고 하면 직원들이 투덜댄다고 중얼거렸다. 처음에는 웨이트리스, 그다음에는 주인, 그리고 나중에는 둘 다 그에게 그만 집으로 가라고 말했지만 그는 집에 가려 하지 않았다. 그렇게 실랑이를 벌인 다음에야 그는 술집을 떠났다. 그는 나이 든 아주머니와 함께 있었다. 그 아주머니는 재활용 스테이션 뒤에 웅크리고 소변을 보았다. 그는 계속 앞으로 걸어갔다. 딸아이 집 현관에 불이 꺼져 있었다. 그는 어둠 속에서 안을 들여다보았다. 유리창을 두드렸다. 1층에 사는 이웃이 창문을 열고 경찰을 부르겠다고 위협했다. 내 딸을 만나고 싶어요. 그가 말했다. 이웃이 창문을 닫았다. 어서요, 빨리 여길 떠나요. 새벽 1시예요. 너무 늦었어요. 내일 그녀에게 전화해요. 전화해서 사과하면 되잖아요. 다 괜찮을 거예요. 이제 여길 떠나기만 하면 돼요. 지하철역으로 가세요. 그는 딸의 지시를 따랐다. 그들은 개찰구를 통과했다. 벤치에 앉았다. 다음 열차까지는 십이 분 남았다. 잠들지 마세요. 내일 그녀에게 전화하면 돼요. 그

너도 이해할 거예요. 사람이면 누구든 늦을 수 있고, 저녁 식사 약속을 잊거나 아기를 낳은 다음에 책임지지 않을 수도 있어요. 그녀가 말했다.

그는 선로를 내려다보았다. 시계를 쳐다보았다. 플랫폼이 비어 있었다. 그는 벤치에서 일어나 선로로 내려갔다. 안 돼요. 그만해요. 열다섯 살이라면 그런 일을 벌일 수 있을지도 모르죠. 하지만 아버지는 은퇴 생활자잖아요. 아버지는 취했어요. 늦었어요. 이제 올라가세요. 그는 주위를 둘러보았다. 내가 도와 드릴게요. 딸이 말했다. 나에게 기대면 플랫폼으로 다시 올라갈 수 있어요. 그는 그 자리에 그대로 있었다. 서둘러요. 딸이 말했다. 다음 기차까지는 십 분. 그는 그대로 있었다. 구 분. 그는 그대로 있었다. 팔 분. 그가 아래로 몸을 굽혀 선로에서 검은 자갈 몇 개를 집어 들었다. 돌들은 화분에 있는 구슬처럼 이상하게 둥글었다. 어서요. 이번이 마지막으로 말하는 거예요. 마지막이에요. 다시는 말하지 않을 거예요. 알았지요? 지금은 여러 번 말했으니까 다시는 말하지 않겠어요. 이제 어서 올라가세요. 제 말 들려요? 오 분 남았어요. 딸이 부모가 된 느낌으로 말했다. 그는 그대로 있었다. 사 분. 그는 그대로 있었다. 올라오세요, 위로. 플랫폼. 으로. **지금요!** 딸이 마치 군인 같은 목소리로 말했다. 삼 분. 아버지, 더 이상 재미없어요. 이제 몸을 일으키세요. 젠장, 여기에 서 있으면 안 돼요. 이런다고 나아지는 건 없어요. 이 분. 제발 제발 제발 제발 제발. 아버지, 이렇게 부탁할게요. 올라가세요. 아버진 여기에 있으면 안 돼요. 집에 가셔야 해요. 내가 뭐라고 말하면 들으시겠어요. 내가 아버지를 사랑한다고, 아버지를 그리워한다고, 아버지를 용서한다고 말하길 원하세요. 일 분. 난간이 딸깍거리고, 선로가 진동하고 있어요. 올라오세요, 위로 올라오세요. 위로 위로 위로 위로 위로 ─

*

육아 휴직 중인 아들과 할머니인 어머니가 동네 인도 레스토랑에서 만나 점심을 먹는다. 채식 달 요리가 75크로나, 고기와 생선은 85크로나, 그릴 요리는 95크로나였다. 샐러드와 음료, 커피, 케이크가 포함되어 있었고, 일반 난은 10크로나, 갈릭 난은 15크로나였다. 아들은 가격을 모두 외우고 있었다. 병원에 갈 땐 아이들을 등록해 놓지 않아서 매번 전화기를 꺼내 메모장을 열고 아이들의 생일과 주민 번호 마지막 네 숫자를 이중으로 확인해야 했지만, 인도 레스토랑의 음식 가격은 정확히 기억하고 있었다. 그 가격들은 그의 머릿속 깊숙이 뿌리박혀 있는 반면, 다른 모든 것은 바람처럼 펄럭이고 스쳐 지나가 버렸다.

아빠인 아들은 약속 시간 오 분 전에 도착했다. 한 살짜리 아이는 유아차에서 잠이 들었다. 아빠가 모퉁이 테이블 쪽으로 조심스럽게 몸을 굴려 주면 깨지 않고 계속 잤다. 여기서는 방해받지 않고 이야기할 수 있었다. 레스토랑 안은 반쯤 차 있었다. 노동자 두 명이 들어와 포장해 갈 음식을 주문했다. 십오 분 걸립니다, 계산대 뒤에 서 있는 남자가 말했다. 십오 분요? 노동자 중 한 명이 바깥 광장 쪽을 바라보며 물었다. 십 분 안에 준비가 될 겁니다. 기다리시는 동안 샐러드와 커피를 드실 수 있어요. 계산대 뒤에 선 남자가 대답했다. 노동자들이 자리에 앉았다. 아들이 유아차를 흔들었다. 그 동작은 그의 몸에 배어 있었다. 그는 같은 방식으로 빈 쇼핑 카트를 흔들고 있는 자신을 여러 번 발견하곤 했다. 그는 시계를 바라보았다. 어머니가 오지 않을 수도 있다는 걱정을 그는 조금도 하지 않았다. 그녀가 오지 않은 적은 한 번도 없었다. 그러나 약속 시간 삼 분 전에 도착한 일도 한 번도 없었다.

그는 아버지가 집을 비우고 어머니는 친구들과 밖에서 시간을 보내던 때를 떠올렸다. 당시 그들은 오래된 아파트에 살았는데, 4차선 도로에서 발생하는 매연이 보도를 향해 난 주방 창문, 그 유리와 창틀, 현관 이중문 사이의 문지방을 숯처럼 검게 더럽혀서, 일반적인 경우보다 더 자주 청소를 해야 하는 아파트였다. 여동생은 자고 있었고 그는 깨어 있었다. 휴대폰도 없고, 인터넷도 없던 시절이었다. 시계는 있었지만 늦게 가는 시계였다. 갑자기 어머니가 죽었다는 걸, 그녀가 강간당하고 납치되었다는 걸 알게 되었다. 주방 맨 끝에 서서 청소 도구 수납장에 머리를 대고 서 있었다면, 멀리 떨어져 있는 비디오 가게가 보였을 것이다. 그녀가 터널로 걸어오는 대신에 바깥쪽 길을 선택했다면 그녀가 걸어오는 모퉁이를 볼 수 있었을 것이다. 그리고 그녀는 바깥길을 택한 것이 분명했다. 그 시간에 터널을 통해 집에 온다는 건 너무 멍청한 행동이 아닌가? 아니면 정말로 멍청했나? 갑자기 그는 그녀가 터널을 택했고 그것이 그녀 인생에서 마지막 실수라고 확신하게 되었다. 그는 블록의 모퉁이를 주의 깊게 살폈다. 비디오 가게 주인은 길에 서서 담배를 피우고 있었다. 야간 버스가 정차했다가 다시 떠났다. 그녀는 오지 않았다. 트렁크 안에 토막 난 채 누워 있었다. 그녀의 시신은 부식성 수조에 잠겨 있었다. 좋은 생각이 떠올랐다. 그는 방금 음악의 힘을 발견했다. 투팍 샤커*의 「파트타임 무타」 전곡을 듣는 동안 내내 숨을 참았다면 어머니는 무사히 집에 돌아왔을 텐데. 그는 반짝이는 새 CD를 집어 들었다. 그것을 주방에 있는 CD 플레이어에 넣었다. 1절까지 기다렸다가 숨을 깊이 들이쉬었다. 그리고 안 될 거라는 걸 곧 깨달았다. 그건 불가능했다. 그는 규칙을 다시 세웠다. 1절에서 숨을 참았다면 후렴구에서 숨을 쉬고 2절과 3절에서 다시 숨을 참는 것이었다. 그러면 엄마는 무사히 집에 돌아올 것이다. 그는 시도해 보았다. 좀 어려웠지만 그래도 해냈다. 거의. 어머니가 돌아가신 지금 그는 그와 그의 여동생이 어디서 살게 될지 궁금했다. 여기서 아버지

---

* Tupac Shakur(1971~1996). 미국 뉴욕 출신의 래퍼. 역사상 가장 영향력 있는 래퍼 중 한 명이다. 라스베이거스 도심 한가운데에서 총격을 당해 살해당했지만 오랫동안 범인이 잡히지 않아 많은 음모론을 파생시켰으며 여섯 달 후 그의 라이벌이었던 노토리어스 B.I.G.도 같은 방식으로 살해되는 등 미국 전역에 적지 않은 파장을 일으켰다.

와 함께? 외할머니 그리고 아버지와 함께? 주중에는 외할
머니 댁, 주말에는 아버지 집? 외할머니와 아버지는 결코
함께 살려고 하지 않을 터였다. 나와 장모님은 너무 달라.
아버지가 말했다. 당신과 내 어머니는 너무 비슷해. 완고한
면도 비슷하고 자기중심적인 것도 비슷하고. 어머니가 말
했다 헛소리. 아버지가 미소 지으며 말했다. 내가 당신 어머
니 같았으면 당신은 절대 나와 사랑에 빠지지 않았을 거야.
그게 바로 내가 당신과 사랑에 빠진 이유라고 상상해 봐.
어머니가 말했다. 끔찍한 생각. 그의 부모는 서로에게 미소
지었다. 아버지는 뉴스에 어떻게 반응할까? 아마 그는 미쳐
버릴 것이다. 그럴 거라는 걸 아들은 알고 있었다. 누군가
가족을 위협할 때마다 그는 세일즈맨에서 티라노사우루
스로 변했다. 한번은 아들이 공원에서 친구들과 농구를 하
다가, 마당에서 바비큐를 하고 있던 어느 가족과 우연히 충
돌했다. 공이 음식 한가운데에 떨어지지는 않았다. 공은 나
이 든 아주머니 한 명의 등에 스치듯 살짝 닿았고, 아들은
거기로 가서 사과하고 공을 가져오면 될 거라 생각했다. 그
집 맏아들에 대한 소문 때문에 친구들은 겁먹은 모습을 보
였지만 아들은 그 가족과 더 가까워질 기회라 생각했다. 그
가 기다려 온 기회라고 생각했다. 그는 아버지의 언어로 사
과했고, 뺨에 흉터가 있는 터프가이가 미소를 지으며 괜찮
다고 대답하고는 원한다면 아들과 그의 친구들이 음식을
맛보러 와도 좋다고 말했다. 그러나 그 집 맏아들은 그의
사과를 받아들이지 않았다. 그는 공이 그의 나이 든 친척에

게 살짝 닿았을 때 몹시 흥분했다. 그는 공을 잡아서는 발로 차서 하늘 높이 날려 보냈다. 공은 모래 놀이터 건너편으로 멀리 날아갔고, 아들은 무슨 일이 일어났는지, 왜 그의 사과가 그가 기대했던 반응을 가져다주지 않는지 잘 이해할 수 없었다. 그는 공을 주워 들고 울면서 집으로 돌아갔고, 아버지는 무슨 일이 일어났는지 파악하고 오 분 후에 마당으로 내려갔다. 아버지는 그 집 맏아들에게 다가갔고, 그들의 언어로 무언가 말했고, 아들은 대화마다 세 번째 단어 정도만 알아들었다. 그가 알아들은 모든 단어는 그가 모국어 언어 교육에서 전혀 배운 적이 없는 것들이었다. 그는 그 집 맏아들이 어떻게 사과하는지 들었다. 그사이 할아버지와 할머니 들이 떠나려고 했고, 맏아들의 엄마는 아버지를 자리에 앉히고 음식을 맛보게 하려 했지만, 아버지는 뇌물을 거부하고 계속해서 소리를 질러 댔다. 내가 다시 찾아올 좋은 이유를 하나 대 봐! 그런 다음 그들은, 아들과 아버지와 농구공은 집으로 돌아왔다. 아들은 창가에 계속서 있었다. 창을 통해 거리 모퉁이를 바라보았다. 똑같은 노래를 반복해서 계속 들었다. 마침내 어머니가 돌아왔을 때, 그녀에게서는 담배와 술 냄새가 났다. 화장한 그녀의 얼굴은 평소보다 더 피곤해 보였다. 어머나, 우리 사랑스러운 아들. 나를 좀 봐, 이 힐 좀 봐. 이 세상에 감히 나를 공격할 강간범은 없어. 맹세코. 그가 울기 시작하자 그녀가 말했다. 아들은 그 노래에 관해 이야기했고, 그가 숨을 참으려고 노력했으며, 그녀가 다시는 집에 오지 않을 거라고 확신했다고 말했다. 그러자 그녀는 걱정스러워하는 동시에 우쭐한 표정으로 그를 바라보며 말했다. 걱정할 필요 없어. 세상을 일치단결시키는 건 네가 할 일이 아니란다.

삼십 초를 남겨 두고 그는 그녀의 프리우스가 너무 빠른 속도로 달려오는 것을 보았다. 그녀는 핸들을 꺾어 광장 안으로 들어와서는 두 개의 벤치 사이에 주차했다. 창의적인 주차예요. 그녀가 문을 열고 들어오자 노동자 중 한 명이 말했다. 고마워요. 그녀는 미소를 지으며 대꾸했다. 그녀는 아들을 포옹하고, 유아차 가까이로 다가가 잠들어 있는 손자를 살짝 살펴보았다. 잘 자고 있구나. 그녀가 말했다. 지금은 그렇죠. 아들이 대꾸했다. 그들은 카운터로 갔고, 아들이 달 요리와 갈릭 난을 주문했다. 어머니가 다양한 요리들에 대해 열 가지 질문을 했다. 그녀는 닭고기를 원하지만 강한 소스여야 하고, 콜리플라워를 좋아하지 않았다. 결국 계산대에 있는 남자 직원이 요리사가 그녀를 위해 특별한 소스를 만들어 줄 거라고 약속했다. 정말 고마워요. 그녀가 결제할 카드를 내밀며 말했다. 제가 계산할게요. 아들이 말했다. 절대 안 돼. 그녀가 아들을 만류했다. 아니에요. 그가 말했다. 그건 안 되지. 그녀가 말했다. 그들은 계산대에 있는 남자가 지쳐서 아들의 카드를 가져갈 때까지 삼십 초 동안 계산 문제로 실랑이를 벌였다.

그들은 샐러드와 음료를 가져와 자리에 앉았다. 천장 높이가 훌륭해. 분명히 1940년대 말에 지었을까? 아니면 1950년대 초? 어머니가 말했다. 아들은 어깨를 으쓱해 보

였다. 나는 1951년일 거라고 생각해. 그녀는 자신의 질문에
스스로 답했다. 웨이터가 음식을 가져오자 그녀는 이 건물
이 언제 지어졌는지, 라멜라 하우스 이전인지 이후인지 물
었다. 라멜라 하우스요? 웨이터가 되물었다. 누가 이 건물
을 설계했는지 모르세요? 그녀가 다시 물었다. 전혀요. 우
리는 이 년 전에 이 가게를 인수했어요. 그 전에는 이곳에
중국 식당이 있었고요. 웨이터가 말했다. 나는 1951년이라
고 믿어요. 어머니가 말했다. 웨이터는 김이 피어오르는 접
시를 내려놓고 사라졌다. 사람들이 자신의 역사에 대해 아
는 것이 거의 없다는 건 참 놀라운 일이야. 어머니가 속삭
여 말했다.

　그들은 식사를 시작했다. 어머니는 계속해서 이야기했
다. 런던 출장과 이탈리아 여행에서 얻은 영감에 대해 말했
고, 내일 대성당에서 하는 콘서트에 갈 예정이며, 목요일에
는 지타에서 프랑스 영화제가 시작된다고 했다. 그런데 너
희는? 잠은 좀 자니? 그녀가 물었다. 자기는 해요. 모든 게
괜찮아요. 잘되고 있어요. 육아 휴직 중이어서 좋아요. 아
들이 대답했다.

　네 아버지가 그걸 아주 좋아했어. 무슨 말이냐고? 육아
휴직 말이야. 아버지는 너하고 네 여동생과 함께 집에 있
었어. 정말 대단했지. 그는 방풍나물과 당근으로 자기만의
퓌레를 요리했고, 수면 일정에 대해서도 엄청나게 꼼꼼했
어. 그녀가 말했다. 난 전혀 몰랐어요. 아들이 대꾸했다. 내
가 말 안 했니? 너희가 어렸을 때 너희 아버지는 정말 훌륭

한 아빠였어. 아버지 성격이 변덕스러워진 건 너희가 나이가 들면서부터야. 어머니가 말했다. 엄마가 아버지에게서 무엇을 보았는지 도무지 이해 못 하겠어요. 엄마와 아버지는 엄청 달라요. 아들이 말했다. 어머니가 포크와 나이프를 옆으로 치웠다. 그녀는 곰곰이 생각했다. 그는 용기로 나를 전염시켰어. 그리고 불필요한 규칙에 대한 경멸로. 그녀가 말했다. 그녀는 미소를 지으며 광장 밖을 살폈다. 하지만 그는 다른 직업을 선택해야 했어. 그런 카리스마를 가진 남자가 비데를 팔며 돌아다니면 안 되는 거였어. 그는 무대에 서거나 아니면 카메라 앞에 서야 했어. 아버지가 그걸 시도해 보기는 했어요? 아들이 물었다. 아니, 그는 관심이 전혀 없었어. 글을 쓰는 게 그가 하고 싶어 한 유일한 일이었지. 적어도 우리가 아이를 갖기 전에는 말이야.

*

증조할아버지가 된 것 같다고 느끼는 할아버지가 주치의를 만나기 위해 도심에 있는 병원 대기실로 들어갔다. 이 주소가 정확한가요? 그가 접수대에서 접수를 할 때 간호사가 물었다. 간호사는 유리문을 옆으로 열고 그에게 컴퓨터 화면을 보여 주었다. 할아버지는 돋보기안경을 쓰고 가늘게 실눈을 떴다. 간호사는 그의 입 냄새를 맡고 움찔했다. 할아버지는 첫 번째 안경 위에 다른 돋보기안경을 겹쳐 쓰고 머리를 앞으로 내밀었다. 예, 그 주소가 맞습니다. 그가 말했다. 집과 더 가까운 병원에서 의사를 만나보는 선택안이 있다는 걸 알고 계신가요? 간호사가 물었다. 고마워요, 나도 알고 있어요. 그런데 그곳의 의사들은 믿을 수 없어서요. 할아버지가 말했다. 간호사는 이의를 제기하지 않았는데, 그건 그녀도 동의한다는 걸 의미하는 것이나 다름없었다. 할아버지는 다음 대기실로 안내되었다. 그는 그는 그곳 벤치에 앉았고, 정신을 차리고 힘을 그러모아 잠들지 않으려고 노력했다. 물을 아무리 많이 마셔도 입안이 건조하다는 것이 여전히 이상했다.

그는 몸이 자신의 친구였던 때를 떠올렸다. 그것은 불멸이었다. 그는 자신이 원하는 무엇으로든 그것을 채울 수 있었고, 그것은 모든 것을 살아남게 했다. 이제는 그것이 그에게서 등을 돌렸다. 그것이 반란을 일으켰다. 완벽하게 작동하다가 갑자기 작동을 멈추었다. 모든 것이 동시에 고장났다. 백미러가 없어졌고, 창문 개폐 버튼이 작동을 멈추었고, 주유기 뚜껑이 벗겨졌고, 심지어 문을 닫기도 어려웠다. 문을 위로 들어 올리면서 동시에 잡아당겨야 하는 그의 고물 파사트와 같았다.

간호사가 그의 이름을 불렀다. 그는 스스로 준비하고 자리에서 일어났다. 어디부터 시작할까요? 그가 자리에 앉기도 전에 의사가 물었다. 그는 발이 아팠고, 무릎이 아팠고, 허벅지에 통증이 있었으며, 오늘 같은 경우는 두통이 있었고, 때때로 복통이 있었고, 꽤 자주 가슴에 압박감을 느꼈다. 특히 잠을 자다가 식은땀을 흘리며 깨어났고, 티셔츠가 흠뻑 젖어서 여러 번 갈아입어야 했다. 악몽을 꾸나요? 의사가 물었다. 아니요, 악몽은 꾸지 않아요. 그런데 이상한 꿈을 꿔요. 며칠 전에는 밤에 마르세유 주변을 몇 시간 동안 걸었어요. 하지만 지금 같은 마르세유는 아니었어요. 옛날과 같은 마르세유였어요. 차들이 모두 낡았고, 담배 포스터도 낡았고, 카페에서 흘러나오는 음악조차 1970년대 중반의 것이었지요. 아버지가 말했다. 그는 로디 로(路)를 따라 북쪽으로 걸어가다가 퐁탕주 로에서 우회전하고 3루아 로에서 좌회전한 다음 시비에 로에서 우회전했다. 기차역으로 가려면 트루아 마주 로까지 직진한 뒤 뒤고미에 대로와 아테네 대로로 이어지는 가리발디 대로에서 우회전하는 것이 더 빠르다는 걸 모두가 알고 있는데도 말이다. 하지만 꿈속에서 그는 그다지 서두르지 않았다. 가방도 없었고, 발도 아프지 않았다. 마치 이십 대 때 파티에 참석했다가 이상한 아파트에서 새벽에 잠이 깨어 반짝이는 햇빛 속으로 걸어 나가고, 자신이 어디에 있는지도 전혀 모르는 채 분수, 술집, 알랭 태너*의 새 영화를 상영하는 영화관처럼 그가 아는 곳이 나올 때까지 무작정 한 방향으로 걸었던 것처럼 따뜻한 봄 공기 속을 그냥 둥둥 떠다녔다. 그러나 그는 꿈속에서 자신이 어디에 있고 어디로 가는지 정확히 알고 있었다. 그는 시비에 로를 걸었고, 장 조레스 광장까지 계속 걸어갔고, 그곳에서 왼쪽으로 돌아 퀴리올 로까지 되돌아

* Alain Tanner(1929~2022). 스위스의 영화감독. 「샤를을 찾아라」, 「백색 도시」, 「요나와 릴라」 등의 영화를 만들었다.

갔고, 라 카느비에르에서 왼쪽으로 돌았고, 다음 대로에서 오른쪽으로 돌아 성 같은 역 건물의 계단을 올라갔을 때 비로소 혼자라는 걸 깨달았다. 역 건물은 비어 있고, 기차는 버려져 있었다. 매표소는 열려 있었지만 사람이 없었다. 그는 로디 로에서 기차역까지 걸어오는 동안 사람을 한 명도 보지 못했다는 걸 깨달았다. 그러나 두려워하지 않고 오히려 안도감을 느꼈다.

좋아요. 의사가 사려 깊은 표정으로 말했다. 그런데 가장 이상한 점이 뭔지 알고 싶으세요? 나는 로디 로에 살았던 사람을 전혀 알지 못합니다. 내 전처는 거기서 두 블록 떨어진 마렝고 로에 살았습니다. 하지만 제가 산책을 시작한 곳은 그곳이 아니었습니다. 아버지가 말했다. 의사는 고개를 끄덕이고 무언가를 적었다.

혹시 약 복용을 중단하지 않았습니까? 의사가 물었다. 중단하지 않았습니다. 저는 약을 먹고 있어요. 그런데 가끔 짧게 멈추기도 하지요. 나는 중독되는 걸 원치 않습니다. 할아버지가 말했다. 이 부분에 대해서는 지난번에 정확하게 이야기하지 않았습니까? 무슨 일이 있어도 약을 계속 복용하기로 약속하지 않으셨어요? 할아버지의 의료 기록이 떠 있는 컴퓨터 화면을 훑어보며 의사가 말했다. 할아버지는 말없이 조용히 앉아 있었다. 우울증은 심각한 질병이라는 걸 이해해야 합니다. 약 복용을 중단하면 그 결과가 나타납니다. 의사가 말했다. 할아버지가 고개를 끄덕였다. 특히 갑자기 중단하면 더욱 그렇습니다. 그렇게 하셨나요,

아니면 점진적으로 하셨나요? 나는 중독되기 싫어요. 할아
버지가 말했다. 중독되지 않습니다. 의사가 대꾸했다. 그렇
다면 언제까지 복용해야 할까요? 할아버지가 물었다. 필요
한 기간만큼요. 의사가 대답했다. 나는 그게 필요 없어요.
할아버지가 말했다. 이해합니다. 하지만 몸이 좋아지려면
약을 복용해야 하고, 몸이 나빠져도 괜찮다면 복용을 중단
해도 됩니다. 의사가 말했다. 나는 MRI를 찍고 싶어요. 할
아버지가 말했다. MRI 검사를 할 이유가 전혀 없습니다.
의사가 말했다. 할아버지는 말없이 조용히 앉아 있다. 발
관리, 항우울제 처방, 인슐린 주입을 도와 드릴 수 있습니
다. 또 아프신 데가 있나요? 시력요. 눈에 문제가 있는 것 같
아요. 할아버지가 중얼거렸다.

*

  설비와 조립을 혼자서 담당하는 할머니인 어머니가 제
한 속도 40킬로미터인 도로를 90킬로미터로 운전하고 있
다. 그녀는 작업이 예정보다 넉 달이나 늦어진 도시 북쪽
의 건설 현장으로 돌아가는 중이었다. 건설 회사가 곤경에
처했고, 노조에도 문제가 있었으며, 몇 달 전 사고로 직원
두 명이 부상을 입었고, 이제는 법적 분쟁이 기다리고 있었
다. 설상가상으로 그녀가 여덟 달 전에 주문한 스포트라이
트 조명들이 도착할 생각조차 없었다. 판매 회사가 늦어도
9월 말까지 배송을 보장했음에도 불구하고 말이다. 아마

추어들과 작업하는 건 이번이 마지막이다. 그녀는 이류, 삼류 들에 둘러싸여 있는 것에 너무 지쳤다. 그녀는 평생 언젠가 자신의 수준에 맞는 사람들과 함께 일하기를 기다려 왔다. 어린 시절 어린이집에 갔을 때 그녀는 침 흘리는 유아들에게 둘러싸였는데, 이미 그때 학교를 다니기 시작하면 모든 것이 달라지리라 생각했다. 학교에 입학해서 그녀는 자신이 이미 글을 읽을 수 있다는 걸 선생님에게 보여 주려고 했다. 쉬는 시간에도 앉아서 학교 친구들과 학교 과목에 관해 토론했다. 하지만 학교는 실망 그 자체였다. 남자애들은 문장 하나 제대로 만들 줄 몰랐다. 여자애들은 있는 말 없는 말로 남들 험담을 하거나 폴과 존 중 누가 더 잘생겼는지 토론했다. 그녀는 고등학교에 가면 모든 것이 달라질 거라는 꿈을 꾸기 시작했다. 그러나 고등학교에서도 상황은 똑같았다. 심지어 더 나빴다. 어디를 가나 바보들만 잔뜩 있었다. 재능 없는 교사들, 여드름투성이의 남자애들, 외모에 집착하는 여자애들. 멍청한 교장들. 아무도 수준 높은 생각을 하지 않았다. 모두가 일상이라는 족쇄에 묶여 있었다. 그들은 파티에 가고, 사랑에 빠지고, 헤어지고, 여행을 갔다. 인생이 곧 끝날 거라는 사실을 이해하지 못하는 것처럼 행동했다. 그녀가 누구와도 어울리지 않기로 했을 때 그녀의 부모는 걱정했다. 그들은 그녀에게 공부를 덜 하고 잠을 좀 더 자라고 말했다. 그러나 그녀는 잠자는 것을 싫어했다. 이미 그때부터 잠이 시간 낭비라는 걸 알고 있었다. 그녀는 최대 다섯 시간을 잤고, 그것은 그녀에게 큰 영향을 미치지 않았다. 물론 때때로 피곤함을 느꼈지만, 인생의 절반 이상 잠을 자는 사람이 되느니 오히려 피곤한 사람이 되는 게 낫다고 느꼈다. 그녀가 열여덟 살 때 그녀의 부모는 그녀가 가족의 친구인 어느 목사와 이야기를 좀 나눠 보기를 원했다. 그녀는 마지못해 그러기로 했다. 목사가 팔루코르브 소시지를 굽고 으깬 순무를 끓이는 동안, 그녀는 목사 집 주방의 등받이가 없는 딱딱하고 불편한 의자에 앉아 있었다. 그녀의 어머니는 딸이 먹지도 자지도 않으며 읽고 읽고 또 읽고 공부만 한다고 말했다. 정말 멋지네요. 목사가 이렇게 말하며 그녀에게 미소 지었다. 이 아이는 세상의 모든 사람이 바보라고 주장해요. 자기 자신을 제외하고 모두요. 아버지가 말했다. 그런데 무슨 책을 읽고 있니? 목사가 물었다. 그녀는 자기가 읽고 있는 책의 저자 이름을 말했다. 나쁘지 않네. 목사가 말했다. 저는 두 분께서 걱정할 필요가 없다고 확신합니다. 하나의 단계일 뿐이에요. 목사가 그녀의 부모에게 말했다. 이런 상황이 이 아이가 어렸을 때부터 계속되고 있어요. 아버지가 말했다. 그런 다음에 읽는 법을 배웠지요. 엄마가 말했다. 곧 인생에는 책보다 더 많은 것이 있다는 걸 이해하게 될 겁니다. 목사가 말했다. 하지만 만일 그러지 않는다면요? 엄마가 속삭여 물었다. 이 아이는 그렇게 할 겁니다. 절 믿으세요. 목사가 말했다. 부모는 그 목사를 믿었고, 여섯 달 후 그녀는 마르세유에서 전문 교육 과정을 밟고 있는 이모를 방문했다. 그들은 재즈 콘서트에 갔고, 머리 위 조명이 켜진 곳에서 그녀는 컬이 진 짙은 머리칼과 보조개를 가진 한 청년과 같은 테이블에 앉게 되었다. 그녀는 그에게서 무엇을 보았을까? 그게 무엇인지 그녀는 잘 몰랐다. 그가 왔을 때 세상이 넓어졌다는 것만 알았다. 그가 딸아이가 있는 집으로 돌아갔을 때 모든 것이 쪼그라들었다. 그도 똑같이 느꼈고, 여기로 이사를 오게 되었다. 얼마 지나지 않아 그녀는 출산을 기다리게 되었고, 그들은 결혼했다. 그는 사업을 접고 진짜 직장을 구하겠다고 약속했다. 그는 옷장 안에 있는 것들을 팔았다. 이탈리아로 급히 짧은 출장을 갔다가 돌아오기도 했다. 처음에 그녀는 그가 그곳에서 무슨 일을 하는지 정확히 몰랐다. 그는 항상 현금만 가지고 있었다. 욕실 용품을 제조하는 덴마크 회사의 세일즈맨으로 취직하기 전까지는 수출입을 한다고만 말했다.

그녀는 여전히 언젠가 자신에게 어울리는 환경을 발견하기를 꿈꾸고 있었다. 그들의 아들이 유치원에 다니기 시작했을 때 그녀는 문학 공부를 시도했다. 닳아서 해진 조끼를 입고 파이프 담배를 피우는 정신이 몽롱한 공산주의자들이 카프카가 칭찬할 만큼 충분히 파괴적인지 토론하는, 끝날 것 같지 않은 장시간의 세미나에 여섯 달 동안 참석했다. 봄이 되자 그녀는 문학 대신 정치학을 공부하기로 했다. 여섯 달 동안 자신의 그림자도 알아보지 못하는 멍청하기 짝이 없는 사람들과 어쩔 수 없이 조별 과제를 해야만 했다. 그녀는 학교를 중퇴해 버리고 자연 의약품 판매점에 지원했다. 남편이 건축학과에 지원하는 것이 좋겠다고 그

너를 설득할 때까지 그곳에서 일했다. 그는 그녀의 스케치를 본 적이 있었고, 그녀가 향 냄새 나는 가게에 서 있는 것보다 더 큰 일을 할 운명이라고 주장했다. 건축가? 그녀는 그런 생각을 해 본 적이 없었다. 그녀는 건축학과에 입학했다. 그리고 오 년 과정을 사 년 반 만에 마쳤다. 처음으로 그녀는 주위를 둘러싼 바보들에 대해 좀 더 인내심을 갖게 되었다. 왜냐하면 그 바보들이 어쨌든 야망을 품고 있었기 때문이다. 그들은 그들보다 오랫동안 존속할 무언가를 짓는 꿈을 꾸었다. 그녀는 졸업하자마자 건축 사무소에 일자리를 얻었고, 건축 사무소에서 몇 년 동안 일한 뒤 동료 두 명과 함께 건축 사무소를 시작했다. 경제 위기에서 막 벗어나려는 참이라 모든 사람이 잘되지 않을 거라고 말했고 위험 부담이 너무 컸지만 그들은 잘 해냈다. 그 위기와 다음 위기에서도 살아남았다. 이제는 직원 일곱 명과 인턴 네 명이 있었고, 그녀는 시간을 내 도시 반대편으로 가서 초라한 동네 식당이긴 하지만 아들과 함께 점심을 먹을 수 있었다.

그러나 아빠인 아들은 전 남편 못지않게 그녀의 세계에 대해 무관심했다. 그는 건축 일에 대해 아무것도 묻지 않았다. 동네 건축에 관해서나 런던 테이트 모던 미술관에서 하는 렘 콜하스*의 폰다치오네 프라다** 조명 솔루션이나 모나 하툼*** 전시회에 관해 이야기하고 싶어 하지 않았

* Rem Koolhaas(1944~). 네덜란드의 건축가.
** 이탈리아 밀라노에 있는 아트센터.
*** Mona Hatoum(1952~). 팔레스타인 출신의 영국 멀티미디어 및 설치

다. 그 대신 점심 식사 전 자신이 한 모든 일을 나열하고 싶어 했다. 잠에서 깨어나 더러운 그릇들을 식기세척기에 넣고, 세탁기를 돌리고, 그가 전(前) 아침 식사라고 부르는 것을 아이들에게 준비해 주고, 네 살짜리 아이를 유치원에 데려다주고, 빨래를 널고, 재활용품을 비워 내고, 종이 상자를 가지고 쓰레기 처리장으로 내려가고, 자동차 트렁크 안에 있는 쓰레기 더미를 비우고, 유아차의 유아용 시트를 새 것으로 교체했다. 한 살짜리 아이는 항상 그들과 함께 있었다. 아이는 시트 벨트에 매달려 침을 흘리고 있었다. 유일하게 좋지 않았던 일은 그가 사용 설명서와 잊어버리고 놔둔 장난감을 비닐봉지 두 개에 들고 자동차 뒷문을 가까스로 닫느라 새끼손가락이 문틈에 끼이는 바람에 손톱이 부어오르고 검푸른색으로 변한 것이다. 알로에 베라 젤이 있어. 벌레에 물린 상처, 염증, 가려움증 등 모든 피부 증상이 알로에 베라 젤을 바르면 좋아져. 할머니가 가방에서 튜브를 꺼내며 말했다. 부자 관계는요? 그가 물었다. 의심의 여지가 없지. 그녀가 튜브를 건네며 대답했다.

저 아버지의 규칙을 끝냈어요. 아빠인 아들이 손상된 손톱에 알로에 베라 젤을 바르며 말했다. 저런. 그녀가 말했다. 더 이상 참을 수가 없어요. 그건 너무 오랫동안 지속되었어요. 누군가 다른 사람이 이어받아야 할 거예요. 그가 말했다. 하지만 서로 합의가 있었겠지? 그녀가 물었다. 네,

예술가.

하지만 그게 영원히 적용될 수는 없지 않을까요? 특히 아버지가 그대로 놔두고 떠난 사무실의 상태를 고려하지 않는다면요. 그가 말했다. 아들은 망가져서 고물이 된 주방 찬장 문에 대해 묘사했다. 주방에는 쓰레기가 높이 쌓여 있었다. 사라져 버린 인스턴트커피. 도난당한 거스름돈. 일일이 열거할 수 없을 정도로 문제가 많았다. 그건 너한테 달렸어. 어머니가 아들의 말을 끊고 말했다. 그게 무슨 말이에요? 아버지와 연락하고 싶은지 여부를 네가 선택하면 되잖아. 만약 제가 아버지를 돌보지 않으면 아버지가 저와 연을 끊을까요? 나는 잘 모르겠어. 하긴 그 사람 전에도 그러긴 했지. 그녀가 말했다. 첫째 딸하고요? 아들이 물었다. 엄마는 계속해서 식사했다. 대체 그녀에게 무슨 일이 있었던 거예요? 무슨 일이 있었는지 알잖아. 엄마가 대답했다. 그런데 왜 우린 그 일에 관해 이야기하지 않는 거예요? 할 얘기가 뭐가 있어? 그녀가 매춘을 했다는 게 사실이에요? 아들이 물었다. 네 아버지한테 물어봐. 엄마가 대답했다. 아버지는 그 일에 대해 이야기하고 싶지 않다고 말해요. 나도 자세한 내용은 몰라. 엄마가 말했다. 저는 아버지가 변화된 멋진 사람이라는 것만 알아요. 그리고 아버지는 엄마와 함께 살 수 없었을 거라고 짐작해요. 그가 말했다. 그녀가 눈짓으로 대답했다. 난 그 사람을 충분히 도왔어. 그녀가 말했다. 저도요. 하지만 저는 아버지를 선택하지 않았어요. 엄마는 선택했고요. 아들이 말했다. 그 사람도 너를 선택하지 않았어. 어머니가 말했다.

그들은 식사를 마쳤다. 이제 난 가 봐야 해. 그러지 않으면 그 형편없는 기술자들이 나무 세공 마루에 형광등을 설치할 거야. 어머니가 말했다. 아들은 미소 짓지 않았다. 그는 화가 났다. 그는 불꽃을 산불로 변화시키고 깃털로 엘크를 만드는 데 전문가였다. 그녀가 조만간 한번 아기를 봐주겠다고 말한 것은 중요하지 않았다. 그녀가 평생 남자들을 돕느라 애썼다는 걸 그는 이해하지 못하는 것 같았다. 처음에 그녀는 아버지를 돌보았고, 그다음에는 남편을, 그다음에는 아들을 돌보았다. 그리고 이제 손을 털었다. 남자들에 대한 인내심이 바닥났다. 그녀는 손주가 깨지 않은 상태에서 작별 인사를 한 후 차를 타고 다시 건축 현장으로 향하는 걸 상상했다.

휴대폰이 울렸다. 그녀는 휴대폰 화면을 보았다. 그녀의 전 남편이었다. 그녀는 전화를 끊어 버렸다. 그가 다시 전화를 걸었다. 그녀는 전화벨이 울리도록 그냥 놔두었다. 그가 다시 전화를 걸었다. 그녀는 전화를 받았다. 그가 방금 의사에게 다녀왔다고 말했다. 병원에서 그의 눈을 검사했다. 이제 그는 수술을 받아야 한다. 처음에 병원에서는 몇 주 안에 수술 일정을 잡으려 했지만, 그가 해외에 산다고 말하자 친절한 직원이 취소된 내일 예약 건을 찾아 주었다. 무료 카드가 있어서 수술비는 무료야. 그가 말했다. 잘됐네. 그녀가 대꾸했다. 그런데 난 혼자 수술 받으러 가고 싶지 않아. 그가 말했다. 당신 자식들한테 물어봐. 엄마가 대꾸했다. 그 애들이랑 좀 싸웠어. 그 애들은 나를 위한 시간이 일 초도 없어. 그 애들은 일만 하고 자기들만 챙길 뿐이야. 당신 아들한테 전화해. 엄마가 다시 말했다. 그 애는 육아 휴직 중이야.

그는 더 이상 질문하지 않았고, 그들은 전화를 끊었다. 그녀는 계속해서 운전했다. 그는 어디에 있을까? 그녀가 사랑에 빠졌던 사람은? 유머가 전혀 없는 그녀에게 농담을 건네 미소 짓게 만들던 사람은? 반짝이는 눈을 가진 사람, 손가락을 꺾어 뚝뚝 소리를 내던 사람, 저음 악기 부분을 듣지 못해 제때 박자에 맞춰 노래를 시작하지 못하던 굵은 목. 맥박이 뛰는 살아 있는 모든 것에 대해 불성실하기로 악명 높던 사람. 그녀가 소리 높여 말하면 그는 비난을 넘겨 버렸다. 그녀가 경고하면 그는 미소 지었다. 그녀가 마지막 기회를 주었지만, 그는 같은 일을 반복하고 또 반복하고 계속해서 반복했다. 그의 부정행위가 그녀를 피곤하게 만든 건 아니었다. 그녀는 그 부정을 감당할 수 있었다. 또한 옆길로 새서 모험을 하는 사람이 세상에 그 사람 혼자는 아니었다. 그녀가 절대로 익숙해지지 않은 것은 예측 불가능성이었다. 그를 가장 필요로 할 때 사라져 버리고 없다는 것. 그녀는 참을 만큼 충분히 참았다. 그녀는 이혼을 요청했다. 그러자 그는 수락하고 사라졌다. 그는 몇 년 동안 자식들에게 연락도 하지 않았다. 그런 다음 자신의 그림자로 돌아와 딸이 죽었다고 말했다. 그는 그들이 다시 시작하기를 원했다. 그녀는 이미 마음이 떠난 지 오래라고 대답했다. 그러자 그가 다른 사람이 있느냐고 물었고, 그녀에게 그럴 여유가 있을 거라 생각하는 그의 바보 같은 사고방식에 그녀는 웃을 수밖에 없었다. 그때까지 몇 년 동안 그녀는 아빠로, 엄마로, 자영업자로, 직업 상담사로, 중재자로, 바운더리 세터로, 아동 수당 절약가로, 야단치는 사람으로, 격려하는 사람으로, 눈물 닦아 주는 사람으로, 헤어젤 발라주고 머리를 빗겨 주는 사람으로, 면도 교관으로, 축구 코치로, 축구 관중으로 그리고 딸의 축구 경기 주심을 맡은 심판이 급성 편두통을 앓았을 때 한 번(진짜 딱 한 번) 축구 심판으로(휘파람을 불고 경기장으로 달려 나가기 전에 그녀가 한 마지막 질문은 '오프사이드? 오프사이드가 뭔데 또 오프사이드에요?'였다.) 아이들한테 전력을 다했다. 그녀가 하지 못한 딱 한 가지는 아들의 넥타이를 매주는 일이었다. 봄 무도회에 가게 되어 처음으로 넥타이를 샀을 때 아들은 넥타이 매는 데 도움이 필요했다. 그녀는 오빠에게 전화를 걸었고, 그가 전화로 그녀에게 넥타이 매는 방법을 알려 주었다. 그녀는 한 번, 두 번 시험해 보았지만, 넥타이는 점점 더 구겨졌고, 아들은 점점 더 절망했다. 빨리 무도회에 가야 하는데 늦어 버렸다. 넥타이는 너무 짧았다가, 너무 길었다가, 매듭이 너무 작아졌다가, 막매듭처럼 되었고, 결국 그녀는 그에게 이웃에 가서 물어보라고 제안했다. 위층에 사는 화가가 넥타이를 받아서 완벽한 매듭을 만든 다음 팔을 뻗어 이미 키가 훌쩍 큰 아들의 목에 메달처럼 걸어 주었다. 그 이웃은 그것을 잡아당기며 말했다. 너 꼭 왕자님처럼 보이는구나. 아들은 무도회로 달려갔고, 그녀는 주방에 남아 있었다. 그녀는 천장 등을 끄고, 조금 미끄럽지만 멋진 구두를 신고 은색 넥타이를 어깨 너머로 펄럭여 황혼 빛에 반짝이게 하며 긴 다리를 짧은 보폭으로 움직여 학교를 향해 신나게 뛰어가는 아들을 바라보았다. 그녀는 그를 더 잘 보기 위해 불을 껐다. 이웃 사람들이 그녀의 눈을 보지 못하도록 불을 껐다. 전 남편은 사라졌지만 그녀는 남아 있었다. 그녀는 계속해서 도시락을 싸고, 가시를 뽑아 주고, 가족 예산을 짜고, 여자들끼리의 저녁 식사를 준비하고, 신발 끈을 바꿔 주고, 지퍼를 수선하고, 병원 입구, 주차장, 물품 수령 공간의 리모델링 설계도를 그리고, 개인 고객을 위한 다락방 리모델링을 계획했다. 대용량으로 포장된 냉동 피로슈키를 사고, 농구공에 맞아 삔 아이의 손가락에 붕대를 감아 주고, 남매의 갈등을 중재하고, 학교 시험을 앞두고 아이들을 격려해 주고, 고등학교 졸업 파티를 위해 와인을 구매해 주고, 접착용 퍼티와 은색 테이프로 TV 게임 리모컨을 수리해 주었다. 그녀는 아이들에게 유명 브랜드 옷을 사 주었지만 자신을 위해서는 사지 않았다. 친구들이 수염을 기른 이혼한 도시 설계사와 그녀를 엮어 주려고 했을 때, 그녀는 사랑할 시간이 없다고 대답했다. 지금은 아니야. 친구들이 포기하지 않자 그녀가 말했다. 지금 이 순간만은 내가 아이들을 위해 옆에 있어 줘야 해. 그녀는 이렇게 말하고 딸이 고등학교를 졸업할 때까지 자기의 삶을 보류했다. 딸이 학교 계단에서 달려 내려올 때 그녀는 너무 크게 환호성을 지른 나머지 목이 쉬고 말았다.

이후 이어진 졸업 파티에서 그녀는 점점 더 쉰 목소리로 이야기했다. 말하는 중에 계속 목쉰 소리를 냈다. 다음 날 그녀는 작은 소리로 속삭이지도 못했다. 몇 주 동안 그녀는 노트를 들고 돌아다니며 하고 싶은 말을 적어서 의사소통했다. 의사는 웃는 것도 나쁘고 속삭이는 것도 나쁘다고, 목소리를 되찾기 위해 그녀가 해야 할 일은 열흘 동안 완전히 침묵하는 것뿐이라고 말했다. 그러지 않으면 성대가 영구적으로 손상될 심각한 위험이 있다고 했다. 엄마는 절대 성공하지 못할 거야. 어떻게 열흘 동안 아무 말도 하지 않고 살 수 있겠어? 그건 불가능해. 그녀의 아이들이 말했다. 그러나 그녀는 해냈다. 역경이 닥쳤을 때 그녀가 하던 다른 모든 방식과 똑같은 방식으로. 목소리가 돌아왔다. 하지만 그녀의 전 남편은 여전히 실종 상태였다. 그가 무엇을 하고 있는지, 어디에 있는지 정확히 아는 사람은 아무도 없었다. 그들이 이혼하고 수년이 지나자 사람들은 그가 어떻게 지내는지조차 묻지 않게 되었다.

그녀는 건설 현장에 도착해 설계도에 따르면 잔디밭이어야 하지만 여전히 자갈과 웅덩이가 섞여 있는 곳에 주차했다. 여전히 스포트라이트 조명도 없이 임시 가구만 비치된 회의실을 향해 종종걸음으로 달려갔다.

*

아빠인 아들은 커피를 가져오기 위해 모퉁이 테이블에

서 일어나면서 한 살짜리 아이를 살폈다. 지금은 애가 확실히 곯아떨어졌네요. 그가 말했다. 엄마는 시계를 쳐다보았다. 그리고 커피를 저었다. 가 보셔야 해요? 아들이 물었다. 그녀가 고개를 끄덕였다. 아이 봐줄 사람이 급히 필요하면 알려 줘. 예, 그러면 정말 좋겠네요. 우린 정말로 휴식이 필요해요. 다음 주는 어때요? 아들이 물었다. 어머니가 캘린더를 확인했다. 난 수요일부터 금요일까지 예테보리에 있어. 예란과 함께 잠재적 고객을 만날 예정이. 그녀가 말했다. 그러면 혹시 주말은? 아들이 물었다. 아쉽지만 주말은 조금 어려워. 토요일에는 매거진 III에서 일반 공개에 앞서 관계자 공개가 있고, 일요일에는 여자친구들 모임에서 베르발드할렌 콘서트홀에 갈 예정이야. 그다음 주말은요? 다시 연락하죠 뭐. 그런데 일요일 아이 생일에는 오실 거죠? 그녀가 인생을 살고 있다는 이유로 벌을 주는 아들이 말했다. 물론이지. 알로에 베라 젤 가질래? 엄마가 물었다. 좋아요. 아들이 대답했다. 119크로나야. 그녀가 튜브를 건네며 말했다. 아들이 고맙다고 하며 알로에 베라 젤을 좀 더 발랐다. 젤은 초록색이고 투명했다. 느낌이 좋아요. 어떤 면에서는 시원하고요. 그가 말했다. 알로에 베라는 아주 좋다니까. 이건 직수입한 거야. 각종 염증을 억제해 주지. 내가 가게에서 일할 때 손님 열 명 중 아홉 명에게 추천해 줬어. 어머니가 말했다. 아들은 고마워했다. 가격은 119크로나야. 휴대폰으로 이체해 주면 돼. 아니면 내 계좌로 이체하든가. 그녀가 다시 말했다. 아들이 엄마를 쳐다보았다. 엄마 진심이에요? 그가 물었다. 내가 샀을 때와 똑같은 가격이야. 금액을 더 추가하지 않았어. 어머니가 대꾸했다. 아들이 고개를 끄덕였다. 그는 그녀에게 현금을 건넸다. 화났니? 어머니가 물었다. 전혀요. 아들은 이렇게 말하며 미소를 지어 보이려 했다. 그들은 작별 인사를 했고, 그녀는 레스토랑 문이 흔들려 닫히기 전에 차를 향해 달려가 운전대를 잡았다.

그는 잠든 아들아이와 그 자리에 그대로 남아 있었다. 어머니의 차가 광장에서 사라지자, 그는 일어나 집으로 걸어갔다. 언덕 아래를 향해 왼쪽으로 돌았다. 그는 매일 아침 7시에서 9시 사이에 그리고 매일 오후 4시에서 6시 사이에 닫힌 차단기를 통과했다. 무언가에 생각을 집중하려고, 차단기가 닫힐 때를 기억하기 위해 기억의 규칙을 생각해 내려고 노력했다. 그가 막 초등학교에 입학했던 일곱 살 때, 초등학교를 9학년을 졸업하던 열여섯 살 때, 운전면허를 땄던 열여덟 살 때를 머릿속에 떠올렸다. 지나가는 차들을 바라보며 혼다 시빅, 도요타 프리우스, 볼보 V70, 볼보 V70 하나 더, 마쓰다 3 등 자동차 모델명들을 혼자서 조용히 중얼거렸다. 그는 단독 주택과 사과나무 들을 계속해서 지나쳤으며, 하수 시스템과 건물의 기초를 만들기 위해 기반암을 폭파하느라 매일 오전 10시, 12시, 오후 4시에 자동차 도로를 통제하는 고층 아파트 건설 작업 현장을 지나쳤다. 시끄러운 경고음이 들린 후 둔탁하게 윙윙거리는 소리가 들렸고, 그다음에는 폭파가 완료되었음을 알리는 긴 신호음이 들렸다. 집까지 얼마 남지 않았고, 그는 계속 생각했다. 주차 규칙을 생각했고, 조끼를 자주 입으며 조그만 흰색 개를 데리고 다니는 노인을 생각했다. 하지만 오늘은 아니었다. 그는 엘리베이터에서 마주칠 때마다 항상 미소를 짓는, 커다란 열쇠 다발을 가지고 다니는 오렌지색 티셔츠 차림의 남자 방문 요양사를 생각했다. 그는 마당을 돌아 들어갔다. 현관으로 들어가자 삐 하는 소리가 났다. 모든 것이 엘리베이터에서 쏟아져 나왔다. 이유는 모르겠지만 그는 생각을 멈출 수 없었다. 마치 그가 어렸을 때와 같았다. 그는 현관 안으로 들어가 유아차를 주차했고, 침실로 들어가 베개에 대고 비명을 지르며 담요를 벽에 던졌다. 거울에 비친 자기 모습을 보며 마음을 진정시켰고, 침대 가장자리에 조용히 앉아서 무슨 일이 일어나고 있는지 이해하려고 애썼다. 잠을 자던 아들아이가 현관에서 깼다. 그가 나가서 아이를 들어 올렸다. 한 살짜리 아이가 아빠의 눈을 들여다보았다. 아이가 손을 뻗어 아빠의 뺨에 남아 있는 차가운 눈물을 만졌다. 눈물이 왈칵 쏟아지자 둘은 미소를 지었다.

*

할아버지인 아버지는 두근거리는 마음으로 진료실에서 나왔다. 그는 전처에게 전화를 걸었다. 그녀는 그와 통화할 여유가 없었다. 그녀는 집을 짓고 있었고, 전시회에 참석해야 했고, 함께 탱고를 즐길 젊은 연인들이 있었다. 그녀 대신 그는 아들에게 전화를 걸었다. 아들이 전화를 받았다. 아들의 목소리가 이상하게 들렸다. 감기 걸렸니? 아버지가 물었다. 아니요. 아들이 대답했다. 네가 모자를 안 쓰고 다니기 때문이야. 아버지가 말했다. 전 감기에 걸리지 않았어요. 어제 무슨 일이 있었어요? 우린 몇 시간 동안 아버지를 기다렸는데, 왜 저녁 식사 하러 안 오셨어요? 아들이 물었다. 일이 생기는 바람에. 아버지가 대답했다. 동생이 실망했어요. 그 애가 라자냐를 만들었거든요. 아들이 말했다. 그 애하고 나중에 얘기할게. 아버지가 말했다. 그들은 조용해졌다. 내일 병원에서 눈 수술 할 거야. 진짜요? 응. 우리가 갈까요? 아들이 물었다. 우리라니? 아버지가 되물었다. 저 육아 휴가 중이잖아요. 아들이 말했다. 좋아, 오고 싶으면 와도 돼. 아버지가 대답했다.

화요일

손녀이며 축구 프로이며 드래곤 테이머이며 화력 좋은 닌자인 딸아이는 네 살이지만 1900만의 힘을 가지고 있다. 아니, 정확히 말하면 네 살은 아니다. 네 살 반, 아니, 네 살 하고 수개월, 거의 다섯 살이다. 그녀는 즐라탄보다 축구를 잘한다. 그 아이는 이 세상에서 가장 빨리 달린다. 우주 로켓보다 더 빠른 것은 없지만, 거의 우주 로켓만큼이나 빠르다. 라이트닝 맥퀸*만이 예외다. 옆구리에 불이 있기 때문이다. 진짜 불은 용암보다 더 뜨겁다. 용암은 화산에서 발견된다. 여기에는 화산도 없고, 공룡도 없고, 검치호랑이도 없다. 물론 동물원에 가면 호랑이가 있지만, 그들은 코드도 모르고 혼자 엘리베이터를 타지도 못해서 밤에 여기에 올 수 없다. 설령 누군가 문을 열어 준다 해도, 그들에게는 열쇠도 없고 주머니도 없어서 우리 아파트에 들어오지 못한다. 사자는 코뿔소보다 빠르다. 코뿔소는 코처럼 단단한 두 개의 뿔을 가지고 있다. 코가 모서리처럼 단단해서 코뿔소라고 불리는 것이다. 싱켄스담**은 스팅켄스담은 아니지

* 디즈니 픽사 영화 「카」 시리즈 주인공. 최연소 챔피언을 노리는 레이싱 카이다.
** 생일 파티 때 하는 사탕 낚기 놀이.

만 운율이 맞는다. 또 운율이 맞는 것은 공과 고무공, 샌디와 앤디, 시원한과 안 시원한, 예쁜과 아주 예쁜 등이다. 한 살밖에 안 된 아이에게 화를 내서는 안 된다. 왜 풍선을 입으로 물면 안 되는지 또는 우주 책을 찢거나 레고 바퀴를 먹거나 노란색 악어를 쓰레기봉투에 넣으면 안 되는지 이해하지 못하기 때문이다. 한 살짜리 아이는 아무것도 하지 못한다. 말도 하지 못하고, 자전거를 타지도 못하고, 축구를 하지도 못한다. 그들은 그냥 먹고, 침 흘리고, 콧물을 흘릴 뿐이다. 한 살짜리 아이를 물고 싶어도 물어선 안 된다. 배나 머리를 때려서도 안 된다. 한 살짜리 아이의 머리, 등, 발을 부드럽게라도 차서는 안 된다. 심지어 그들의 트롤 펜슬 토퍼를 변기에 넣는 것 같은 어리석은 일을 해서도 안 된다. 네 살짜리 아이는 기저귀를 하지 않는다. 네 살짜리 아이들은 유치원에 다니고, 축구를 하고, 풍선 야구를 좋아한다. 토요일이면 네 살짜리 아이는 사탕을 받고, 한 살짜리 아이는 아무것도 받지 못한다. 네 살짜리 아이들은 어쩌면 스위트콘을 받을지도 모르고, 한 살짜리 아이는 건포도를 한번 맛본 적은 있다. 하지만 한 살짜리 아이는 페즈 캔디도 없고, 라즈베리 젤리도 없고, M&M 초콜릿도 맛보지 못하며, 특히 감초는 절대 맛도 보지 못한다. 네 살짜리 아이들은 감초, 콘플레이크, 귤 그리고 특히 냉장고에 들어 있었을 경우 딱딱해진 브라운색 배, 입안을 다치더라도 얼음 조각을 입에 넣는 것, 종류가 다양하지만 특히 배와 초콜릿 맛 아이스크림을 좋아한다. 사탕이 들어 있는 아이스크림은 있다. 하지만 아이스크림이 들어 있는 사탕은 없다. 그렇게 되면 아이스크림이 사탕에 녹을 것이다. 엄마는 아이스크림을 좋아하지 않는다. 엄마는 초콜릿, 견과류, 대추, 요구르트에 넣는 녹색 호박씨를 좋아한다. 아빠는 아이스크림, 과자, 와인, 소시지를 좋아한다. 엄마는 와인을 조금 마시고 역겨운 맛이 난다고 한다. 엄마는 소시지를 절대로 먹지 않으려고 한다. 엄마는 소시지보다 다른 것이 더 좋다고 말한다. 소시지보다 더 맛있는 것? 예를 들어 할루미. 네 살짜리 아이들은 할루미와 소시지를 모두 좋아한다. 그러나 대부분 소시지를 좋아한다. 왜냐하면 소시지는 세상에서 가장 맛있는 것이기 때문이다. 소시지, 할루미, 사탕, 아이스크림 그리고 소시지. 한 살짜리 아이들은 소시지를 먹어선 안 된다. 먹더라도 아주 작고 작고 작고 작은 조각으로 잘라서 먹어야 한다. 그 소시지 조각들은 아주 작아서 손톱보다 작다. 너무 작아서 거의 보이지 않는다. 특히 엄마가 잘라 주었을 때 더욱 그렇다. 아빠가 잘라 줄 땐 조각이 좀 커진다. 엄마는 소시지가 어린 아기의 목에 걸릴 수 있고, 만약 그렇게 되어 아이가 숨을 쉬지 못하게 되면 병원에 가야 하고 죽을 수도 있다고 말한다. 레오의 외할아버지가 돌아가셨다. 다람쥐는 죽을 수 있지만, 코끼리는 화산에 빠지지 않는 한 죽지 않는다. 네 살짜리 아이들은 항상 한 살짜리 아이들에게 매우 친절하다. 한 살짜리 아이들은 장난감을 빌릴 수 있다. 한 살짜리 아이는 목표를 달성하게 된다. 한 살짜리 아이는 네 살짜리 아이가 발로 아주 세게 차는 것을 피하는 데 매우 능숙해진다. 네 살짜리 아이들이 배가 부르면 한 살짜리 아이들이 소시지를 먹는다. 그러나 한 살짜리 아이는 소시지가 소시지라는 걸 이해하기에는 너무 어리석다. 한 살짜리 아이가 소시지를 두 번 바닥에 던졌다. 네 살짜리 아이는 그것을 주워서 몇 번이고 돌려줘야 했다. 엄마와 아빠는 인덕션 옆에 서서 이야기를 나누느라 그걸 눈치채지 못했다. 엄마가 말했다. 아버님을 왜 초대했어? 그리고 아빠가 대답했다. 모르겠어. 엄마가 또 말했다. 그 아이가 스스로 하길 바란다면 한 발짝 물러나야 해. 그리고 아빠가 또 말했다. 아버지는 수술을 받으실 거야. 그들은 토론이라고 말하지만 사실 싸우고 있다. 목소리에서 다 알 수 있다. 결국 한 살짜리 아이는 큰 소시지도 소시지라는 걸 이해했다. 한 살짜리 아이가 웃었다. 그 아이는 이가 나긴 했지만 전부 난 건 아니다. 네 살짜리 아이들은 이가 더 많고 두 배 더 강하다. 한 살짜리 아이가 소시지를 통째로 입에 넣었다. 한 살짜리 아이가 웃었다. 한 살짜리 아이가 기침했다. 한 살짜리 아이는 재미있어 보였다. 한 살짜리 아이의 얼굴색이 카멜레온처럼 변한다. 카멜레온은 몸 색깔을 바꿀 수 있는 뾰족한 공룡이다. 한 살짜리 아이의 얼굴이 처음에는 연한 갈색, 그다음에는 파란색, 그다음에는 보라색으로 변했다. 엄마는 아빠가 책임져야 한다고 하고, 아빠는 자기가 하는 일이 그거라고 했다. 네 살짜리 아이가 말했다. 이거 봐, 얘가 재미있어 보여! 엄청 재미있어! 이것 좀 봐 재미있어 죽겠어! 지금은 아니야.

아빠가 말했다. 우리는 분명하게 이야기해야 돼, 자기. 엄마가 말했다. 네 살짜리 아이가 한 살짜리 아이에게 다가갔다. 한 살짜리 아이의 입이 토할 것처럼 벌어졌지만, 구토물은 나오지 않았다. 아이가 매우 재미있는 소리를 냈다. 엄마가 뒤돌아보았다. 어머나, 어떡해! 엄마가 소리쳤다. 아빠가 앞으로 달려가 한 살짜리 아이를 유아용 의자에서 끌어 내렸다. 접시가 바닥으로 떨어졌고, 케첩이 네 살짜리 아이의 축구 유니폼 반바지에 묻었고, 엄마는 한 살짜리 아이를 거꾸로 뒤집었고, 아빠는 한 살짜리 아이의 등을 두들겼고, 아이의 입에서 소시지가 튀어나와 바닥에 착지했다. 소시지에 작은 잇자국이 있었고, 소시지는 그렇게 크지는 않았다. 이걸 애한테 줬단 말이야? 아빠가 물었다. 아니. 네 살짜리 아이가 대답했다. 사실대로 말해. 엄마가 말했다. 내 축구 반바지에 케첩이 묻었어. 네 살짜리 아이가 말했다. 이걸 준 게 너야? 아빠가 물었다. 그렇게 말하려던 건 아닌데, 너무 큰 소리로 외쳐 물어서 네 살짜리 아이의 귀청이 떨어져 나갈 정도였다. 네 살짜리 아이는 절대로 겁먹지 않았지만, 이제 조금 겁이 났다. 아빠가 소시지를 들고 그 아이 앞에 있었다. 그가 소시지를 흔들자 소시지가 부러져서 바닥에 떨어졌다. 음식을 바닥에 던지면 안 돼. 네 살짜리 아이가 말했다. 아빠는 네 살짜리 아이의 팔을 꼭 움켜쥐고 주방에서 끌어냈다. 그는 네 살짜리 누나는 남동생에게 친절해야 한다고, 누가 가족을 다치게 하면 자신은 미쳐 버릴 거라고 소리쳤다. 그들이 아이들 방에 도착하자 아

빠는 아빠 역할 하는 것이 지겹고 차라리 아이가 되고 싶
다고 말했다. 이제 그만해, 자기! 엄마가 소리쳤다. 자기나
그만해. 아빠가 말했다. 좀 쉬어. 한 살짜리 아이를 품에 안
고 달려오던 엄마가 말했다. 아빠는 네 살짜리 아이를 내려
놓고 화장실에 들어갔고, 엄마는 한 살짜리 아이와 함께 다
시 주방으로 돌아갔다. 화장실 안에서 이상한 소리가 들렸
다. 네 살짜리 아이가 화장실 밖에 서 있다. 그 아이가 문을
두드렸다. 지금은 아니야. 아빠가 말했다. 그의 목소리는 마
치 꽉 조여져 있는 나사를 무릎을 꿇고 풀려고 하는 것처
럼 들렸다. 또는 노즐이 잘못된 펌프로 유아차 타이어에 펌
프질을 할 때처럼 들렸는데, 이 말은 아이들이 밀 수 있는
것보다 더 세게, 아주 세게 펌프질을 해야 한다는 뜻이었
다. 엄마가 돌아왔다. 그녀가 네 살짜리 아이를 안아 주었
다. 무서웠니? 엄마가 물었다. 아니, 난 아무것도 무섭지 않
아. 나는 검치호랑이, 점액, TV에 나온 타우러스 로봇이 조
금 무섭긴 해. 네 살짜리 아이가 말했다. 타우러스 안에 사
람이 들어 있는 거 알지, 그치? 엄마가 미소를 지으며 물었
다. 아니야, 타우러스는 진짜 로봇이야. 정말로 진짜 로봇
이라니까. 그래서 너무 느리게 도망가는 아이들에게 점액
을 뿌리는 거야. 네 살짜리 아이가 말했다. 그래, 하지만 그
안에 배우가 들어가 있어. 엄마가 말했다. 아니야, 유치원에
서 빌이 진짜 로봇이라고 말했단 말이야. 네 살짜리 아이가
항변했다. 그래, 하지만 타우러스는 평범한 사람이기 때문
에 두려워할 필요가 없어. 엄마가 말했다. 엄마는 아무것도

몰라! 네 살짜리 아이가 소리치며 자기 방으로 뛰어 들어 갔다. 그러고는 문을 쾅 닫았다. 그러면 안 되는데 네 살짜리 아이는 크레용을 꺼내 테이블에 그림을 그렸다. 벽에 공룡 스티커를 붙였다. 메이크업 박스를 뜯어내 거꾸로 뒤집었다. 아무도 반응이 없었다. 아이는 스파이더맨 후드를 뒤집어쓰고, 삐삐 롱스타킹 가발을 쓰고, 티아라를 목걸이처럼 목에 두른 다음, 짙은 갈색 해적 띠, 활 같은 플라스틱 옷걸이, 화살 같은 네 개의 빨대로 분장했다. 그런 다음 몰래 주방으로 나갔다. 한 살짜리 아이가 다시 의자에 앉아 있었다. 아이는 귤을 먹고 있었다. 귤 조각들을 아주아주 작게 잘라 놓아, 조각이라기보다는 작은 공처럼 보였다. 아이가 웃었다. 엄마와 아빠는 인덕션 옆에 서 있었다. 그들은 서로를 껴안았다. 그들은 키가 몇 마일이었다. 아빠는 팔을 뻗으면 손이 천장에 닿았기 때문에 가장 키가 컸고, 엄마는 키가 크지 않지만 카로 선생님을 제외한 유치원 선생님들 대부분보다는 키가 컸다. 아빠가 네 살짜리 아이를 보았다. 그리고 그 아이를 품에 안았다. 거친 말투로 말해서 미안하다고 말했다. 아빠는 오늘 할아버지 수술받는 데 같이 있었다고 말했다. 진짜 수술? 네 살짜리 아이가 물었다. 응, 병원에서 할아버지의 눈을 수술했어. 아빠가 말했다. 거짓말이지. 네 살짜리 아이가 말했다. 아니, 100퍼센트 사실이야. 아빠가 말했다. 위험했어? 네 살짜리 아이가 물었다. 아니, 실제로는 아니야. 할아버지는 위험하다고 생각하셨지만 그냥 보통 수술이었어. 매일 하는 일. 양치질하는 것처럼? 그래,

그런 것하고 비슷해. 그런데 수술 전에 병원에서 뭘 했는지 알아? 병원에서는 할아버지의 눈을 확대해서 보려고 특별한 슈퍼 카메라로 할아버지 눈의 슈퍼 사진을 찍었어. 할아버지 눈에서 황반이라고 하는 것을 찾으려고 할아버지의 눈을 엄청 가까이에서 본 거야. 그런데 황반이 어떻게 생겼는지 알아? 아빠가 물었다. 아니. 네 살짜리 아이가 대답했다. 꼭 우주 같아. 그건 마치 녹색 행성의 화산처럼 보였어. 태양계의 별처럼 보였어. 그리고 할아버지의 눈 속 아주아주 멀리에 있었어. 그런 다음 의사들이 할아버지의 눈에 안약을 넣고 레이저로 깨끗이 닦아 줘서, 이제 할아버지는 너와 나만큼 잘 볼 수 있어. 네 살짜리 아이가 미소 지었다. 아이가 아빠의 팔뚝과 팔뚝 사이 접힌 부분에 바싹 달라붙었다. 진짜? 그런데 어떻게? 어떻게 할아버지 눈 속에 우주가 있어? 응? 네 살짜리 아이가 웃었다. 아빠도 웃었다. 엄마도 웃었다. 한 살짜리 아이가 귤 조각이 담긴 분홍색 플라스틱 접시를 들어 올렸다. 그리고 그것을 네 살짜리 아이에게 내밀었다. 아이는 네 살짜리 아이가 그걸 맛보기를 원했다. 네 살짜리 아이는 두 조각을 가져다가 삼켰다. 고마워, 맛을 보게 해 줘서 고마워. 네 살짜리 아이가 한 살짜리 아이에게 말했다. 우리 과녁 놀이 해 볼까? 무우우, 한 살짜리 아이가 대답했다. 이제 잘 시간이야. 아빠가 말했다.

가족 중에 가장 어린 막내 손자인 한 살짜리 아이가 목
청을 가다듬으며 말했다. 무우우. 무우우? 당신들 농담하
는 거죠. 내가 배가 네 개나 있는 사람으로 보이나요? 내가
꼬리를 흔들어 파리를 쫓을 수 있을까요? 내가 음식을 되
새김질하는 줄 아세요? 내가 아는 음식 가운데 우유가 절
대 최고일까요? 그래요, 인정해요. 나는 우유를 좋아해요.
우유는 좋아요. 우유는 몸에 좋아요. 우유는 뜨겁게, 차갑
게, 미지근하게 마실 수 있어요. 하지만 솔직히 이 지구상
에서 (엄마 빼고) 우유를 좋아하지 않는 사람이 누가 있나
요? 그게 나를 야옹야옹하는 바보로 만들지는 않아요. 나
는 작아요. 나는 기저귀를 하고 있어요. 나는 이가 꽤 많아
요. 나는 아직 혼자 걷지 못해요. 나는 내 손가락에 매료되
었고, 나에게 고추가 있다는 걸 알고 기저귀 갈이대 위에서
크게 웃었어요. 하지만! 나는 한 살이기 때문에 실제로 매우
독립적이에요. 지난주에 엄마와 아빠가 나를 보지 않았을
때 내가 한 일들은 다음과 같아요. 침실에 있는 화분에서
흙을 먹었어요. 아빠가 침대 옆 탁자에 올려놓은 책에서 세
페이지를 찢었어요. 이어폰의 검은색 고무 캡을 하나 먹었
어요. 그런 다음 하나 더 먹었죠. 누나의 노란색 플라스틱
악어를 주방 쓰레기통에 버렸어요. 리모컨을 재활용품 상
자에 넣었어요. 하지만 엄마와 아빠는 문자 메시지에 답장
하느라 바쁘거나 누가 식기세척기를 비웠는지 서로 말다

툼하거나 거실에서 누나가 고무공을 이리저리 차는 걸 지켜보느라 바빠서 눈치채지 못했죠.

엄마와 아빠가 누나가 어렸을 때 봤던 것처럼 나를 본다면, 무우우의 뜻이 수백 가지나 있다는 걸 분명히 눈치챘을 거예요. 첫 번째 무우우는 나는 전혀 피곤하지 않다는 뜻이에요. 또 다른 무우우는 아니요, 불행히도 난 노란색 플라스틱 악어를 본 적이 없어요, 라는 뜻이에요. 세 번째 무우우는 내가 아니라는 뜻이죠. 네 번째 무우우는 조심해요, 곰이 오고 있어요! 라는 뜻이에요. 그리고 다섯 번째 무우우는 어, 미안해요, 잘못 봤네요, 라는 뜻이에요. 여섯 번째 무우우는 좋아요, 당신들은 내가 이백 살이고 썩은 치아와 뾰족한 수염을 가지고 있고 모두가 할아버지라고 부르는 이 이상한 남자의 뺨에 뽀뽀할 거라는 기대를 분명히 가지고 있죠. 지금 하고 있어요, 내가 그의 뺨에 뽀뽀하고 있어요. 그리고 그의 셔츠에 침을 조금 흘리고 있죠. 하지만 기억해 주면 좋겠어요. 이건 내가 솔선수범해서 나선 것이고, 한 팀을 위해서 한 일이라는 것을요. 오늘 밤 잠자리 이야기를 고를 때 내 부탁을 들어주면 좋겠어요, 라는 뜻이에요.

그러나 아무도 듣지 않고 아무도 보지 않기 때문에 아무도 이해하지 못하죠. 제대로 된 눈을 가진 사람은, 오직, 가장 작은 나뿐이에요. 오늘 아침에 나는 이상한 것을 보았어요. 잠에서 깨어나 보니 내가 유아차 안에 누워 있었어요. 의식이 서서히 내 안으로 스며들었어요. 누나를 유치원에 데려다주던 아침에 뛰어가느라 스트레스를 받았고, 우리가 지각했기 때문에 아빠가 유치원 선생님에게 숨 가쁘게 사과했던 일이 기억났어요. 그러고 나서 유아차가 광장의 작은 분수대 바로 앞에 있는 양로원 건물 맨 아래층 카페 앞에 멈췄죠. 나는 아빠의 뒷모습을 보았어요. 아빠는 카페 안의 유일한 손님이었어요. 그는 청록색 컵을 들고 앉아 자기 전화기를 향해 몸을 구부렸죠. 하지만 일 분에 한 번씩 광장을 내다보았어요. 나는 그곳 공원 벤치에 있는 아빠의 아빠를 보았어요. 다시 말해 모두가 할아버지라고 부르는, 지난 금요일에 만난 사람 말이에요. 할아버지는 가을 햇살 아래 공원 벤치에 앉아 있었어요. 무릎 위에 신문을 올려놓았지만 그걸 읽지는 않았어요. 할아버지는 아빠를 보지 못했고, 아빠는 나를 보지 못했어요. 그런 다음 비명과 아이들의 웃음소리가 들렸어요. 보도에 유치원 아이들이 걸어오고 있었어요. 유치원 선생님은 빨간 점퍼를, 아이들은 네온색 조끼를 입고 있었죠. 모두가 손에 기다란 줄을 잡고 있었어요. 나는 누나의 보라색 우주복과 귀덮개가 달린 회색 털모자를 보았어요. 누나는 친구 옆에서 걷고 있었죠. 그들은 웃었고, 활기찼고, 수염 난 남자를 발견하지 못하고 지나쳤어요. 아빠가 자기 아빠를 바라보았어요. 할아버지는 손자를 바라보았어요. 아무도 아무 말도 하지 않았죠. 누나는 사라졌어요. 아빠는 그대로 앉아 있었고요. 나는 아빠와 아빠의 아빠 사이에 무슨 일이 일어났든 상관하지 않고, 우리의 관계는 독특하며, 자신의 운명이 집

안 사정에 좌우되지 않도록 하는 것이 인생의 진정한 도전 중 하나라는 걸 아빠에게 상기시키기 위해 몸을 앞으로 기울였어요. 그러나 나는 소리는 전부 무우우였죠. 우리 막내아들 깼니? 아빠는 미소 지으며 말했어요. 내가 분명하게 고개를 끄덕이거나 흔들지는 않았지만, 어쨌든 그게 대략 끄덕이는 것이었어요. 우리는 광장 밖으로 나갔어요. 할아버지가 우리를 목격했어요. 어디서 오는 거니? 그가 물었어요. 우린 저 카페 안에 앉아 있었어요. 아빠가 말했죠. 나 못 봤어? 할아버지가 물었어요. 못 봤어요. 아빠가 대답했어요. 아니에요, 우린 봤잖아요. 내가 말했어요. 여기엔 소가 한 마리도 없는데. 할아버지가 말했어요.

우리는 광장을 떠났어요. 아빠가 금속 상자에 지갑을 넣고 유아차 측면에 있는 두 개의 창을 옆으로 열었어요. 우리는 기저귀 통 냄새가 나는 작은 철제 방으로 유아차를 몰고 들어갔어요. 이제 숨을 좀 참아. 아빠가 버튼을 누르며 말했어요. 할아버지는 밖에서 손을 흔들었어요. 문이 닫히고 작은 방은 엄청나게 느린 속도로 지하 세계로 내려갔어요. 우리가 다시 정상적인 공기가 있는 곳으로 나오자 파란색 뱀이 다가왔는데, 그 뱀에는 버스 같은 문과 주방 같은 조명이 달려 있었어요. 우리는 그 뱀 안으로 들어갔는데, 나중에 알았지만 그건 지상 열차였죠. 아빠와 할아버지는 서로 아무 말도 하지 않았어요. 우리가 열차에서 내려 다른 열차를 기다리고 있을 때 아빠가 말했어요. 있잖아요, 아버지도 아시다시피 프리드헴스플란으로 가는 더 빠른 방법이 있어요. 호른스툴에서 버스를 타면 돼요. 아니면 센트럴 렌 중앙역에서 파란색 노선을 타든가요. 우리는 서두를 필요가 없잖아. 할아버지가 벤치에 앉아 기다리며 말했어요. 우리는 열차에서 내려, 에스컬레이터와 작은 방을 타고 올라가 햇빛이 비치는 거리로 나왔어요. 그곳의 도로에는 사람들이 그곳이 굴절 버스, 화물차, 대형 트럭, 견인차와 (완전히 사실인데) 경찰 오토바이로 가득 찬 것을 눈치채지 못한 듯 똑바로 걷고 있었어요. 와아. 나는 아빠와 할아버지가 그 흥미진진한 것을 놓치지 않도록 소리쳤지만, 그들 중 누구도 대답하지 않았어요. 그들은 서로를 제외한 모든 것에 시선을 주며 똑바로 걸었죠.

우리는 커다란 하얀 건물에 도착했어요. 그리고 유리문을 통해 들어갔죠. 제 아버지가 수술을 받으시기로 했어요. 아빠가 피부가 죽처럼 창백한 여자에게 말했어요. 그 여자는 고개를 끄덕이고는 아빠에게 플라스틱 폴더 두 개를 주었는데, 하나는 검사에 관한 것이고, 다른 하나는 수술에 관한 것이었죠. 바닥에 있는 노란색 선을 따라 검사를 받으러 가세요. 파란색 선은 수술실로 이동하는 길입니다. 그녀가 말했어요. 얼마나 걸릴까요? 아빠가 물었어요. 수술 자체는 한 시간 정도밖에 안 걸려요. 하지만 대기 시간이 길어요. 그 여성이 말했어요. 유치원에 애를 데리러 가야 해서요. 아빠가 말했어요. 아무도 그에게 오후 계획에 관해 묻지 않았는데 말이에요. 할아버지는 옆에 서 있었지만, 아빠는 플라스틱 폴더를 받은 뒤 돌아서서 화장실로 유아차를 몰고 갔어요. 우리를 올바른 층으로 데려다줄 작은 방이 그 건물 반대편 끝에 있다는 걸 발견했어요.

대기실 밖에는 비슷하면서도 서로 다른 다섯 개의 큰 그림이 달려 있었어요. 치맛단이 물결 모양인 분홍색 드레스를 입고 미소 짓는 소녀. 가장자리가 흐릿하게 그려진 똑같은 소녀. 얼굴이 벌레 같은 검은 점들로 뒤덮인 똑같은 소녀. 온몸이 짙은 회색의 웅덩이로 뒤덮인 똑같은 소녀. 아빠는 유아차를 잠그려고 몸을 앞으로 숙였어요. 그가 그림들을 가리켰어요. 아버지한테는 어떻게 보여요? 아빠가 물었어요. 할아버지는 돌아서서 그림들을 보고는 대답했죠. 내가 보기에는 큰 차이가 없네.

우리는 무슨 일인가 일어나기를 기다리며 꽤 오랫동안 앉아 있었어요. 내가 재미없어 하니까 아빠가 신문을 가져와 찢었어요. 그런 다음 우리는 멋진 간호사를 만났어요. 그녀가 나를 보았을 때 나는 그녀에게 유머 감각이 있다는 걸 즉시 알아차렸죠. 그녀가 손을 뒤에 감추고는 앞을 바라보며 큰 소리로 말했어요. 까꿍. 까꿍처럼 재미있는 건 아무것도 없어요. 우리는 그녀를 따라 벽에 나무 사다리가 있고 검은 곤충을 보여 주는 흰색 텔레비전이 있는 방으로 갔어요. 그녀가 총을 꺼내 할아버지의 눈에 공기를 쏘았어요. 그런 다음 그녀는 크고 하얀 전화기를 꺼내 할아버지의 눈 속 깊은 곳을 사진으로 찍었죠. 그런 다음 그녀는 할아버지를 텔레비전 앞에 앉히고 한쪽 눈을 보호하는 회색 플라스틱 안경을 주면서 첫 번째 줄이 보이는지 물었어요. 그림이 거의 안 보여요. 할아버지가 말했어요. 좋아요. 간호사가 할아버지의 안경에 여분의 동그란 눈을 집어넣으며 말했어요. 더 나은가요, 더 나쁜가요, 아니면 같은가요? 그녀가 물었어요. 차이가 없어요. 할아버지가 대답했어요. 그녀는 새로운 여분의 눈을 테스트했어요. 더 나은가요, 더 나쁜가요, 아니면 같은가요? 그녀가 물었어요. 조금 나아졌어요. 할아버지가 대답했죠. 다섯 번째 시도에서 할아버지는 그림에 있는 곤충들을 볼 수 있었어요. 할아버지는 그것들의 이름을 줄줄 읽었는데, 그것들은 A, E, X, Z 같은 이름이었어요.

평소에 사용하시는 안경이 있나요? 간호사가 물었어요. 돋보기를 가지고 있어요. 그런데 그걸 집에다 두고 왔네요. 할아버지가 대답했어요. 안경 도수가 얼마나 되는지 아세요? 간호사가 물었어요. 주유소에서 그 돋보기를 샀어요. 할아버지가 대답했어요. 때때로 더 잘 보기 위해 돋보기 두 개를 서로 겹쳐서 착용하세요. 아빠가 설명했어요. 좋아요. 간호사가 할아버지를 쳐다보면서 말했어요. 좋아요. 그러면 안경원에는 가 본 적이 없으신 거죠? 그녀가 다시 물었어요.

검사를 마치고 나서 우리는 바닥에 있는 녹색 선을 따라 식당으로 향했어요. 할아버지가 아빠에게 점심을 대접했죠. 나는 채식 라자냐 캔을 먹었어요. 아빠는 그것을 전자레인지에 데워 달라고 했고, 나는 아빠 접시에서 그걸 오이 조각, 옥수수, 빵과 함께 숟가락으로 혼자서 다 먹어 치웠어요.

점심 잘 먹었어요. 아빠가 할아버지에게 말했어요. 할아버지는 대답하지 않았죠. 제가 내일 뭘 할 건지 아세요? 스탠드업을 시험해 볼 거예요. 아빠가 말했어요. 스탠드업? 할아버지가 물었어요. 스탠드업 코미디요. 아빠가 대답했어요. 실제 관객 앞에서요. 광대가 될 거니? 할아버지가 물었어요. 광대가 아니라 코미디언이에요. 아빠가 말했어요. 항상 그걸 시험해 보고 싶었지만 감히 나서지 못하겠더라고요. 빨간 코도 달 거냐? 할아버지가 물었어요. 그만하세요. 아빠가 말했어요. 하얀 화장을 진하게 해. 그리고 아주 큰 신발을 신고. 그러지 않으면 사람들이 웃지 않을 거야. 아버지, 재미없어요. 아빠가 말했어요. 너도 마찬가지야. 할아버지가 말했어요. 아버지가 자랑스러워할 줄 알았어요. 아빠가 말했어요. 자랑스러워한다고? 도대체 무엇에 대해? 할아버지가 물었어요. 제가 저의 길을 가고 있는 것에 대해서요. 아빠가 대답했어요. 그들은 조용해졌어요. 엄마 말이, 아버지는 젊었을 때 글 쓰는 걸 꿈꾸었다고 하던데요. 아빠가 말했어요. 엄마가 과장하는 거야. 그리고 쓰는 거야 쉽지. ABCD. 모두 쓸 수 있잖아. 아, 내가 인슐린을 잊어버렸네. 할아버지가 말했어요. 할아버지는 심이 긴 파란색 펜을 꺼내 배에 찔러 넣었어요. 그들은 계속해서 식사를 했어요. 넌 내가 가기를 바라니? 할아버지가 물었어요. 내일요? 오고 싶으세요? 아빠가 되물었어요. 네가 내가 가기를 원한다면 가마. 할아버지가 대답했어요. 아버지가 정말로 오고 싶을 때 와 주시면 좋겠어요. 아빠가 말했어요. 나는 유아용 의자에 앉아 있었고, 그 테이블 주위에서 가장 성숙한 사람처럼 느껴졌어요. 결국 그들은 할아버지가 간다는 데 의견을 같이했죠. 수술 후 눈이 괜찮을 경우에.

식사를 마치자 아빠는 종이 냅킨 뭉치를 들고 바닥으로 사라졌어요. 드디어 까꿍을 좀 하려나 하고 나는 생각했죠. 그러나 아빠는 올라오지 않았어요. 내버려 둬. 네가 여기서 일하는 것도 아니잖아. 할아버지가 말했어요. 이대로 두고 갈 수는 없어요. 아빠가 대꾸했어요. 마침내 아빠는 위로 올라왔지만, 그때도 까꿍은 하지 않았죠. 카페에서 눈을 뜬 이후로 난 한 번도 울지 않았어요. 그러나 그것에 대해 어떠한 박수도 받지 못했죠. 아무도 나를 유아차에서 들어 올려 주거나 내가 얼마나 굉장한 아기인지 칭찬해 주지 않았어요. 안 돼. 그 대신 내가 정말 우연히 바닥에 음식 조금과 빵 몇 조각을 떨어뜨렸는데 그만 그들이 알아차리고 말았어요. 나는 피곤하다는 신호를 보내려고 눈을 비볐어요. 아빠는 나를 유아차에 태우고 파란 선을 따라 수술 대기실로 향했죠.

괜찮다면 나에게 네가 할 농담을 좀 시험해 보겠니? 할아버지가 물었어요. 고맙지만 됐어요. 우리는 유머 감각이 서로 상당히 달라요. 아빠가 대답했어요. 맞아, 내 유머가 재미있지. 할아버지가 말했어요. 아버지의 유머는 으깬 토마토와 인색한 유대인에 관한 것이잖아요. 아빠가 말했어요. 모든 것에 대해 농담을 할 수 있어야 해. 할아버지가 대꾸했어요.

우리는 작별 인사를 했어요. 깨어나 보니 아빠하고 나만 남아 있었어요. 아빠는 열차 창밖을 내다보았어요. 아빠는 슬퍼 보였죠. 나는 똥을 쌌어요. 엉덩이가 뜨거워졌다가 아주 금방 차가워졌어요. 평범한 아기 같았으면 비명을 질렀을 거예요. 어쩌면 소란을 피웠을 수도 있죠. 하지만 나는 그러지 않았어요. 그런 아이들보다 더 똑똑하니까요. 나는 우리가 유치원으로 누나를 데리러 가고 그런 다음 집으로 돌아갈 거라는 걸 알았고, 아빠가 불필요하게 짜증을 내는 걸 원치 않았어요. 나는 조용히 있었어요. 아빠가 누군가와 전화 통화를 했는데, 전화기 너머의 목소리가 큰데도 불구하고 작게 들려서 그게 엄마라는 걸 알았어요. 아빠는 모든 것이 순조롭게 이루어졌고 일이 다 끝나면 택시를 타고 집에 갈 거라고 말했어요. 우리가 유치원에 있을 때, 아빠는 새고 있는 내 똥 기저귀를 발견했어요. 하느님 맙소사, 아가야, 여기에 얼마 동안 이러고 앉아 있었니? 아빠가 이렇게 말하며 내 뺨을 어루만졌어요. 나는 어깨를 으쓱하며 미소 지었어요. 그렇게 해서 내가 괜찮다는 뜻을 전달하려고 했어요. 아빠가 나에 대해 걱정할 필요가 없다고 말이에요. 오늘 밤에 나는 복수할 거예요.

수요일

VIII

밤이 아닌 밤은 결코 끝나지 않았다. 한 살짜리 아이가 네 살짜리 아이를 깨우고, 네 살짜리 아이가 한 살짜리 아이를 깨우고, 다시 한 살짜리 아이가 네 살짜리 아이를 깨우는 걸 아빠는 한 시간 동안 참았다. 그는 오트 밀크를 가져와 노래를 불렀고, 그들은 불이 꺼진 이웃집 창문들을 보기 위해 어두워진 아파트의 유령 산책에 나섰다. 그들은 엄마가 자고 있는 방 앞을 발끝으로 걸어 아주 조용히 지나갔다. 엄마는 잠을 자야 했다. 일을 해야 했다. 엄마에게는 집 밖에서의 생활이 있었다. 그들은 아이들 방으로 돌아와 잠자리 이야기를 읽고, 노래하고, 잠자리 이야기를 하나 더 읽었다. 네 살짜리 아이가 유아용 변기에 소변을 보았고, 한 살짜리 아이는 기저귀에 똥을 쌌고, 구십 분 후에야 둘 다 졸다가 잠이 들었다. 아빠는 방에서 몰래 빠져나왔다. 네 살짜리 아이가 잠에서 깼다. 그 아이의 고함이 한 살짜리 아이를 깨웠다. 아빠가 다시 돌아왔고, 모든 것이 반복되었다. 단, 아빠의 인내심은 바닥나 버렸다. 그는 토요일 사탕을 주지 않겠다고 아이들을 위협했고, 네 살짜리 아이가 좋아하는 장난감을 모두 버리겠다고 말했다. 네 살짜리 아이가 마침내 입을 다물었고, 아빠는 의자에 앉아 휴대폰을 꺼내 이미 읽은 기사를 다시 읽었다. 한 살짜리 아이가 잠드는 것 같았고, 네 살짜리 아이도 잠이 들었다. 아빠는 살짝 자기 침대로 돌아갔다. 그렇게 삼 분 정도 누웠는데 한 살짜리 아이가 고함을 지르기 시작했고, 네 살짜리 아이가 깨어났다. 동이 틀 무렵에는 화장을 하고 욕실에서 나오는 엄마를 제외하고는 모두 안색이 창백하고 눈이 충혈되어 있었다. 그녀가 오늘은 아이들을 유치원에 맡기지 않는지 물었다. 아니야, 괜찮아. 내가 알아서 할게. 아빠가 대답했다.

엄마가 퇴근해서 집에 돌아왔을 때 아이들은 잠들어 있었고 아파트 안은 환상적으로 고요했다. 다 잘됐어? 그녀가 물었다. 물론이지. 아빠가 대답했다. 주방에서 감자 삶는 냄비의 불을 끄려고 할 때 한 살짜리 아이가 욕조에 앉아 있었는데 옆에 있던 네 살짜리 아이가 욕실 문을 안에서 잠가서 자기 자신과 남동생을 가두는 데 성공했다는 이야기를 그는 하지 않았다. 밖에 서 있던 아빠는 욕조에서 물 흐르는 소리를 들었고, 그가 네 살짜리 아이에게 문을 열라고 했지만 아이는 웃기만 했고, 결국 식칼을 가져와 밖에서 열쇠를 돌려야 했다. 그가 왜 그런 이야기를 하려고 하겠는가? 그는 성인이었다. 그는 그가 느끼는 것처럼 망가지지 않았다. 게다가 그는 두 자녀를 모두 침대에 눕혔는데, 살펴보니 아이들이 똑같은 자세로 등을 대고 누워서 입을 약간 벌리고 눈꺼풀을 부드럽게 실룩거리고 있었다. 그는 아이들이 잠들었을 때만큼은 아이들을 사랑했다.

엄마는 주방에 앉아 각종 청구서들을 계산했다. 저녁 식사를 치우고 빨래를 분류했다. 자기 이게 뭔지 알아? 그녀가 그들의 공동 계좌에서 인출된 청구서를 보여 주며 물었다. 사무실 비품이야. 그가 대답했다. 중요한 사무용품? 그녀가 다시 물었다. 그렇지 않으면 내가 그 물건들을 사지 않았겠지. 그가 대답했다. 당신이 음악 프로듀서가 되고 싶어 했을 때 샀던 반짝이는 네모난 물건만큼 중요해? 그녀가 물었다. 비주얼 드럼 머신이었지. 그거 라이브로 틀면 정말 굉장해. 그가 말했다. 그녀가 그를 쳐다보며 물었다. 코미디 공연 예약은 했어? 그는 대답하지 않았다. 그리고 이건 뭐야? 그게 뭔지 알아? 영감을 주는 책이야. 그가 대답했다. 어떤 종류의 책? 유명한 코미디언의 전기야. 그가 대답했다. 전기 한 권에 1200크로나라고? 그녀가 다시 물었다. 그 금액에 대해 세금 공제가 가능할 거라고 확신해. 그가 중얼거렸다. 그녀가 한숨을 쉬었다. 그가 확실하다고 생각하기 전 그녀가 여러 번 암시해 온 모든 것을 말해 주는 한숨이었다. 그녀는 다른 사람을 만날 자격이 있었다. 더 나은 사람. 그녀는 자기 아버지 같은 사람, 입주자 조합에서 현대식 전기톱을 무료로 빌릴 수 있음에도 불구하고 여든 살 나이에 여전히 작은 톱을 가지고 높은 나무에 올라가 가지를 자를 수 있는 남자를 원했다. 그녀는 자기 어머니처럼 눈을 가린 채 볼보 엔진을 분해하고 재조립할 수 있는 남자친구를 원했다. 그녀는 인생을 빌어먹도록 어렵게 만들지 않는 사람을 원했다.

그는 옷을 갈아입고 준비했다. 그가 현관에서 겉옷을 걸치고 있을 때 그의 여자친구가 물었다. 기분 좋아? 약간 긴장했어. 하지만 좋은 의미의 긴장이야. 그가 대답했다. 한 가지만 기억해. 자기는 멋져. 당신보다 더 멋진 사람은 없어. 기억하지? 그녀가 말했다. 그는 고개를 끄덕였다. 오늘 저녁에 어떻게 되든 상관없이? 그들은 서로를 껴안았다. 어쩌면 아버지가 와서 확인할 수도 있어. 그가 말했다. 좋아. 그녀가 대꾸했다. 하지만 정말로 그걸 원해? 박수 치는 사람이 아무도 없는 것보다는 한 사람이라도 박수 쳐 주는 게 낫겠지. 그가 말했다. 나중에 전화해서 상황이 어땠는지 말해 줘. 그녀가 말했다.

그는 엘리베이터를 타고 1층으로 내려가서 우회전한 다음 다시 우회전하여 주차장으로 가는 계단을 내려갔다. 언제나처럼 그는 네 살짜리 아이가 자기 앞에서 자전거를 타던 모습을 떠올렸다. 그는 재활용품 수거통에 버릴 물건을 나르고 있었고, 딸아이는 줄지어 주차된 자동차들을 따라 자전거를 타고 질주하고 있었다. 차 한 대가 시동을 걸고 후진해 나왔고, 아빠가 뭐라고 소리를 쳤다. 쉰 목소리로 고함 치는 소리, 처음 듣는 새로운 소리였다. 딸아이가 속도를 내 정차해 있는 아빠의 차로 곧장 달려왔고, 운전자는 머리에 손을 얹고 자동차 밖으로 나왔다. 제가 이 남자아이를 보지 못했어요. 제가 이 남자아이를 보지 못했어요. 제가 이 남자아이를 보지 못했어요. 그가 같은 말을 몇 번이고 반복했다. 괜찮습니다, 제 잘못이에요. 아빠가 침착해 보이려고 애쓰며 말했다. 나는 남자애가 아니야. 딸이 말했다. 더 빠르게 후진하지 않아서 다행입니다. 아빠가 미소를 지으며 말했다. 그래도 공간이 충분히 남아 있었네. 다들 무서웠던 건 이해하지만, 솔직히 말해서 난 상황을 통제하고 있었어. 차가 후진해서 나가는 걸 보았거든. 내가 소리를 질렀잖아. 그래서 애도 피했고. 그렇게 위험하진 않았어. 하얗게 질린 얼굴로 딸을 달래는 여자친구에게 아빠가 말했다. 그는 밤에 흠뻑 젖어 깨어났을 때도 스스로에게 똑같이 말했다. 그렇게 가깝지는 않았어. 위험한 일은 일어나지 않았을 거야. 나는 상황을 통제하고 있었어. 위험하지 않았어.

그는 주차장을 가로질러 차로 가까이 갔다. 창문에 성에가 끼어 있었다. 이웃들이 나올 때쯤 그는 이미 스크레이퍼로 창문의 성에를 거의 제거한 상태였다. 그들은 서로에게 고개를 끄덕여 인사했다. 한 여자가 차 문을 열고 시동을 걸어 차 안을 덥혔고, 그러는 동안 다른 여자는 창문의 성에를 긁어냈다. 그가 그녀를 쳐다보았다. 그는 그렇게 하는 게 맞는 건지 궁금했다. 자신이 잘못했다고 생각하지 않으려고 노력했다. 그는 마지막 성에를 제거하고 차에 올라타 운전대를 잡았다. 이제 때가 되었다. 지금 그것이 현실로 나타나고 있다. 그는 후진 기어를 넣고 주차장에서 빠져나왔다. 언덕으로 올라가 원형 교차로에서 좌회전한 다음 시내까지 계속 직진했다. 그들이 어딘가에 갈 때 아빠는 딸에게 대중교통으로 사십오 분 걸린다고 자주 이야기했다. 대중교통이 뭐야? 버스나 지하철로 가는 거. 아빠가 대답했다. 그리고 지상 열차도? 응, 지상 열차. 그리고 자전거도? 딸이 물었다. 아니, 자전거는 대중교통으로 치지 않아. 그런데 차로 얼마나 걸리는지 알아? 단 1쿼터. 아빠가 말했다. 와. 딸이 감탄했다. 그런데 아빠와 딸 모두 딸이 1쿼터가 십오 분이라는 사실을 전혀 모른다는 걸 알고 있었다. 그는 그저 딸아이가 그들에게 자동차가 있다는 사실에 감사하기를 바랄 뿐이었다. 아빠는 자동차를 구입하는 데 여섯 달을 쏟았다. 그는 가족용 중고 자동차로 어떤 해치백을 구매하는 것이 가장 좋은지에 대해 여러 유저들이 논쟁하는 끝없이 긴 스레드를 읽었다. 신차 테스트, 중고차 테스트, 자동차 딜러와의 인터뷰, 자동차 검사장에서 작성한 보고서들을 읽었다. 자동차 브랜드와 모델 들에 대해 많이 알수록 선택하기가 더 어려워졌다. 품질은 분명히 프리우스가 최고로 좋았지만 내부가 플라스틱으로 된 부분이 좀 있었고, 아우디는 운전하는 즐거움이 있었지만 유지비가 많이 들었고, 현대는 연비가 좋았지만 인간미가 없었고, 포드는 저렴하게 살 수 있지만 전기적 문제가 좀 있었고, 마쓰다는 일본의 기술이 입혀져 품질이 좋았지만 오래된 모델은 쉽게 녹슬었고, 볼보는 절대로 녹슬지 않았지만, 그의 여자친구의 부모를 제외한 모든 사람에 따르면 비싸고 약간 지루했다. 딸아이가 혼자 잠드는 법을 배우고 있을 때, 그는 아기 침대 옆에 누워서 연료 시스템과 전륜 및 후륜 구동 차량에 대해 읽었다. 친구가 연료로 가스를 사용하는 차량을 추천하자 그는 거의 마음을 굳혔다. 이 주 동안 가스의 환경적 이점을 공부했다. 그즈음 그 친구가 자신의 자동차 주유 탱크가 녹슬어서 정비를 받아야 한다며 불만을 표했다. 빌어먹을 가스 자동차를 멀리하라고 말했다. 그래서 그는 다시 일반 휘발유 자동차를 연구하기 시작했다. 그는 스웨덴에서 판매되는 모든 중고차 모델을 살펴보고 가격, 모델, 연도 및 마일리지를 기준으로 순위를 매기는 특별 앱을 다운로드했다. 그리하여 프리우스, 세아트, 마쓰다를 염두에 두게 되었다. 프리우스가 사람들이 가장 많이 추천한 자동차였다. 품질이 훌륭하고 느낌이 아주 괜찮았다. 물론 트렁크가 약간 작긴 했다. 그래도 아마 그걸로 사야 할 것 같아. 그는 여자친구에게 말했다. 운전하는 건 어때? 응? 그걸 시승해 봤을 때 느낌이 어땠어? 그녀가 물었다. 시승해 보지 않았어. 그가 대답했다. 그녀가 그를 쳐다보았다. 그녀의 눈에는 그의 얼굴이 마치 크로스 워드 퍼즐처럼 보였다. 그럼 어떤 차를 시승해 봤는데? 아무 차도 시승해 보지 않았어. 아직 연구 단계야. 그가 말했다. 자동차를 한 대도 시승해 보지 않고 육 개월 동안 공부만 했단 말이야? 그녀가 물었다. 그는 고개를 끄덕였다. 다음 주에 같이 매장에 가서 시승해 보자. 그녀가 말했다. 그들은 중고차 판매장에 가서 여러 모델들 사이를 돌아다녔다. 그리고 프리우스의 뒷좌석에 앉아 보았다. 그런데 지붕이 너무 낮아서 그가 똑바로 앉을 수 없었고, 안에서 문이 열리지 않았다. 판매자가 어린이 잠금 장치가 되어 있다고 설명하면서 그들을 빼내 주었다. 그래도 그는 그 차를 시승하고 싶었고, 판매자가 그 차를 끌고 나왔다. 그 차는 최근까지 지방 자치 단체 소유였기 때문에, 엔진 시동을 걸려면 음주 측정기에 입으로 숨을 불어넣어야 했다. 그는 음주 측정기에 숨을 불어넣었다. 차의 시동이 걸렸다. 그들은 그 차를 타고 릴에홀름스브론 다리를 건넜다. 차가 우주선처럼 앞으로 천천히 순항했다. 마치 1980년대 의상을 입고 있는 것 같았고 아무 문제가 없었지만, 그에게 맞는 차는 아니었다. 그는 다른 몇 대의 자동차도 시승해 보았다. 세아트는 다리를 뻗기 어려울 정도로 좁았고, 볼보는 너무 간결한 느낌이 들었고, 아우디는 너무 비쌌다. 그런 다음 마쓰다를 시승했는데 편안하게 느껴졌다. 그걸로 사. 여자친구가 말했다. 지금은 아니야. 생각을 좀 더 해 봐야겠어. 그가 말했다. 그는 집에 가서 테스트, 평가, 다른 연도 모델들 간의 비교 내용을 읽는 데 넉달을 보냈다. 마침내 차를 살 준비가 되었을 때 그는 그 자동차에 관한 모든 것을 알고 있었다. 트렁크 용량이 519리터라는 것과 뒷좌석 등받이가 자동으로 접힌다는 것을 알았다. 그는 AUX 입력이 있는 모델을 원했고, 자신이 겨울용 타이어가 장착된 검은색 해치백을 원한다는 걸 알았다. 이 주 후, 정확히 그런 차가 세겔토르프의 한 매장에 나왔다. 그는 가격이 좋다는 걸 알았고, 다음 날 일찍 거기에 갔다. 시승을 위해 차 열쇠를 기다리는 동안 또 다른 커플이 도착했다. 그는 제일 먼저 열쇠를 받아 길로 운전해 나갔다. 좀 약한 엔진을 세게 밟았고, 차 냄새를 맡아 보았다. 그는 바로 이 차로 즐거움을 얻게 될 것이며 이것이 자신의 사치라고 생각했다. 그는 가격을 흥정했고, 판매자는 필요할 경우 새 브레이크 패드를 달아 주겠다고 했다. 그런 다음 그는 돈을 지불하고 집으로 돌아왔다. 그는 그 차를 샀다. 새 차가 아니었다. 화려한 차도 아니었다. 하지만 자신만의 차였다. 그는 집에 와서 그 차를 방문객 주차장에 세웠다. 그 주변을 한 바퀴 돌았다. 그가 본 자동차 중 가장 아름다운 차였다. 환상적인 가격, 겨울용 타이어, 알맞은 색상, AUX 입력이 있는 자동차였다. 저녁에 그는 호흡 곤란을 겪었다. 침대에 누워서 몸을 뒤척였다. 자신이 옳은 일을 했는지 궁금했다. 프리우스가 품질이 훨씬 더 좋고 유지비가 더 저렴하고 소규모 가족을 위한 최적의 자동차라는 걸 보여 주는 모든 테스트를 떠올렸다. 하지만 자기, 그 차를 시승해 봤잖아. 자기는 그 차를 좋아하지 않았잖아. 그의 여자친구가 말했다. 그랬지. 하지만 타다 보면 익숙해졌을지도 몰라. 그가 말했다. 가끔은 당신 자신의 직감을 믿어야 해. 그리고 프리우스보다 이 차에 대해 훨씬 더 좋은 점을 확실히 느꼈잖아. 그렇지 않아? 그녀가 물었다. 그가 고개를 끄덕였다. 그리고 프리우스에는 유아차 두 대를 넣을 공간도 없었어. 그가 고개를 끄덕였다. 그리고 그건 생긴 게 별로잖아! 그가 고개를 끄덕였다. 이제 잠 좀 자, 자기. 그는 눈을 감았다. 그는 매일 밤 자신이 감사해야 할 다섯 가지를 다르게 생각하는 연습을 했다. 다섯 가지를 생각해 낸 다음 다섯 가지를 더 생각했다. 그래도 여전히 잠을 잘 수가 없었다. 몇 주가 지난 뒤 자동차 브레이크가 삐걱거리기 시작했고, 그는 정비를 위해 차를 가져갔다. 그들이 무료로 브레이크를 교체해 주었다. 이후 그는 어느 때보다 만족스럽게 그 자동차를 운전했지만, 처음 여섯 달 동안은 여전히 자신이 무언가 잘못했다는, 너무 허세를 부렸으며 일종의 경계를 넘었다는 이상한 패닉에 사로잡혀 있었다. 왜냐하면 마음속 깊은 곳에서 자신이 자동차를 가질 만한 사람이 아니고 세상을 돌아다닐 수도 없으며 집 뒤에 주차장을 가질 수 없고 어른처럼 자동차 열쇠를 꺼내 들 수도 없다고 생각했기 때문이다.

*

할아버지가 된 아버지가 드디어 딸을 만나게 되었다. 그가 예상한 대로였다. 그들은 평상시처럼 올렌스 백화점 향수 매장 밖 모퉁이에서 만났다. 그녀는 매력이 넘쳤다. 그는 자신이 그런 멋진 인간의 창조에 관여했다는 사실을 도저히 이해할 수 없었다. 그녀는 반짝이는 핸드백을 들고, 값비싼 향수를 뿌리고, 잘 관리된 신발을 신고 있었다. 그들이 서로 포옹하고 뺨에 키스한 뒤 그녀가 물었다. 어떻게 지내고 계세요? 무슨 뜻이니? 그가 되물었다. 피곤해 보이셔서요. 그녀가 말했다. 어제 눈 수술을 받았거든. 그가 말했다. 각막을 깨끗이 닦아 낸 거죠? 그녀가 물었다. 병원에서 나를 마취시키고 내 눈 안에 레이저를 쏘았어. 그가 말했다. 알아요, 우리 회사의 이레네도 몇 년 전에 그런 수술을 했어요. 다음 날 직장에 출근했고요. 그녀가 말했다. 그들은 쿨투르후세트 문화 회관을 향해 걸었다. 에스컬레이터를 타고 올라가는 길에 그의 휴대폰이 울렸다. 그는 휴대폰 화면을 곁눈질로 보았다. 그의 아들이었고 그는 전화를 받았다. 좀 어떠세요? 아들이 물었다. 아주 좋아. 드디어 사랑하는 딸과 저녁 식사를 하게 되었어. 아버지가 말했다. 잘됐네요. 아들이 특별히 기뻐하지 않는 투의 목소리로 말했다. 어디에요? 쿨투르후세트 문화 회관이야. 아버지가 대답했다. 그 자리에 들르면 좋을 텐데 갈 수가 없어요. 아들이 말했다. 괜찮아. 아버지가 대답했다. 스탠드업 코미디를 시험해 보려고요. 곧 시작해요. 맞아. 아버지가 말했다. 오실 거죠? 아들이 물었다. 아주 가능해. 아버지가 대답했다. 그들은 전화를 끊었다. 아버지가 한숨을 쉬었다. 뭐예요? 딸이 물었다. 네 오빠. 그 애는 이상한 생각을 너무 많이 해. 아버지가 말했다.

*

곧 진로를 바꿀 아들이 좋은 주차 공간을 찾았다. 그는 여전히 운전대를 잡고 숨을 고르고 있었다. 백미러를 통해 헤어스타일을 확인했고, 평소보다 탄력 있는 다리로 일어서서 바를 향해 걸어갔다. 그가 들어가자 사람들의 시선이 모두 그에게로 쏠렸다. 관객 규모는 크지 않았다. 아마 삼사십 명 같았다. 그들은 나지막한 나무 무대 앞에 놓인 접이식 플라스틱 의자에 앉아 있었다. 그들은 그가 공연을 하러 온 것인지 보러 온 것인지 살펴보려는듯 그를 쳐다보았다. 그는 카운터를 향해 걸어갔다. 무대에는 빨간 머리의 남자가 서 있었다. 그는 섹스할 때 땀이 너무 많이 나서 머리에 땀받이 띠가 필요하다고 말했다. 그리고 팔에도. 그리고 거시기에도 작은 아기용 땀받이 띠 하나. 그는 여자들이 항상 그의 거시기 털이 어떻게 생겼는지 궁금해한다고, 빨간 머리 남자와 잔 적이 없으며 거시기 털이 빨간색인지 금색인지 갈색인지 모른다고 말했다. 그래서 자기는 아무렇게나 말할 수 있다고 했다. 보통 거시기 털이 없으며 거시기 주위에 불꽃이 있다고 말하곤 한다고. 또한 그의 거시기 주변에는 이탈리아 허브 가든이 있다고 했다. 그는…… 그는 생각의 끈을 놓쳤지만, 자신이 생각의 끈을 놓쳤다는 사실에 대해 농담을 했고, 더 이상 할 말이 생각나지 않는 척했다. 그것이 대개는 그가 섹스를 할 수 있게 도와줬다는 농담을 했다. 관객이 동참해 그를 도왔고, 심지어 그는 마이크를 이용해 자신의 거시기를 흉내 내려고 하면서 자발적인 박수갈채까지 받고 이렇게 말했다. 마이크는 무선일 때 훨씬 더 잘 작동합니다.

아빠인 아들은 공연장 전체를 살펴보며 긴장을 풀고, 분위기에 녹아들기 위해 바의 맨 구석으로 갔다. 공연하실 건가요? 바텐더가 물었다. 그가 코카콜라 잔을 들어 올릴 때 손이 떨리는 것을 바텐더는 보았을까? 발레와 얘기해 보세요. 그 사람이 행사 주최자예요. 바텐더가 둥근 안경을 쓰고 뒷머리로 매끄럽게 이어지는 헤어스타일을 한 남자를 향해 가리키며 말했다. 그는 페이지 모서리가 접힌 노트를 가슴에 대고 활짝 미소 짓고 있었다. 빨간 머리 남자의 공연이 끝나자, 발레가 무대에 올라가 다음 코미디언을 소개했다. 그는 그녀가 얼굴에 크림치즈를 바른 여성이며 리드셰핑에서 첫 번째 다음, 다음, 다음으로 가장 유명한 코미디언이라고 말했다. 그가 그녀의 이름을 크게 외쳤다. 이상하게도 이번 코미디언도 빨간 머리라고 그녀가 잊지 않고 언급했다. 그녀는 이것이 오늘 저녁의 특별 테마라고 말했다. 제 다음에는 삐삐 롱스타킹이 나올 거예요. (웃음) 그리고 땡땡이 나올 거고요. (웃음) 그런 다음에는 루실 볼*이 나올 겁니다. (침묵) 아니, 여러분 루실 볼이 누구인지 모르시는 거예요, 세상에.

사회자가 노트를 펼쳤다. 아들이 앞으로 나가 출연 신청을 했다. 이전에 해 본 적이 있습니까? 아들은 고개를 저었다. 좋아요, 준비하세요. 사회자는 무슨 일이 일어날지 이미 알고 있으면서도 아들의 어깨를 두드리며 말했다.

다음 무대는 자신이 뚱뚱하다는 사실과 스코네 출신이라는 사실로 관객을 몰입하게 하는 뚱뚱한 스코네 여성이었다. 그다음으로는 후드티를 입은 젊은 남자가 나와 들새 관찰에 관해 이야기했다. 그런 다음 앞머리가 검은색이고 어깨에 문신을 한 창백한 여자가 나왔다. 그녀는 한동안 스탠드업 코미디를 했지만 여전히 대중 앞에서 이야기하는

---

* Lucille Ball(1911~1989). 미국의 배우·연극 연출가.

데 완전히 젬병이어서 오늘 밤 여기서 연습할 생각을 했다고 말했다. 하지만 그녀는 레퍼토리가 특정 직업에 대한 농담 하나밖에 없으므로, 만약 관객이 잘못된 직업을 말하면 별로 재미있지 않았을 것이다. 그녀가 첫째 줄 사람들에게 무슨 일을 하느냐고 물었다. 한 명은 교사였고, 다음 사람은 단열 관련 일을 한다고 했다. 거의 비슷하네요. 제 농담은 배관공에 관한 것입니다. 혹시 여러분 가운데 배관공 없나요? 없군요. 그럼 그렇다고 해 두죠. 고맙습니다. 코미디언이 말했다.

그녀는 관객의 박수에 정중하게 인사했고, 사회자가 마이크를 잡고는 용감한 모든 코미디언에게 한 번 더 박수를 보내달라고 관객에게 요청했고, 그는 수요일 저녁이 무료 입장인 건 수요일이 공식적으로 떡이 되도록 술에 취할 수 있는 최고의 밤이기 때문임을 상기시켰다. 취하도록 마시고 돈으로 이 바를 가득 채워서 이 클럽이 건실하게 운영되고 있다고 여러분 친구들에게 말씀해 주시고, 이제 다음 코미디언의 공연을 기대하세요. 그의 이름은. 그가 이름을 말했다. 그가 노트를 내려다보고 성을 말했다. 아버지의 아들이 무대를 향해 걸어갔다.

*

아버지인 할아버지가 자신이 가장 좋아하는 딸과 함께 카페 파노라마의 창가 테이블에서 저녁 식사를 했다. 그녀는 도쿄와의 전화 회의, 왕따 문화를 퇴출하기 위한 자선 행사, 일반 섬유 유연제보다 훨씬 더 오래 지속되는 새로운 종류의 섬유 유연제 출시에 관해 이야기했다. 네 아들은? 그 애는 건강하니? 아버지가 물었다. 그 애는 여전히 자기 아빠와 함께 살고 있어요. 딸이 대답했다. 왜? 아버지가 물었다. 걔가 그걸 원해서요. 그런 일을 결정하기에 그 애는 너무 어려. 그 애가 몇 살이지? 일곱 살? 아홉 살? 아버지가 물었다. 열세 살요. 열두 살부터 어디서 살 건지에 관해 더 큰 영향력을 갖게 됐어요. 자신이 엄마라는 사실을 상기할 필요가 없는 딸이 말했다. 누가 그렇게 말해? 아버지가 물었다. 스웨덴식 관행이에요. 딸이 대답했다. 멍청하기 짝이 없는 관행이야. 열두 살은 아무것도 몰라. 그 애한테는 엄마가 필요해. 아버지가 말했다. 저도 그렇게 생각해요. 하지만 계속해서 그 애한테 연락하는 것 말고는 제가 달리 할 수 있는 게 없어요. 그녀가 말했다. 그녀는 조명이 켜진 유리 타워를 돌아서 가는 자동차들을 내려다보았다. 그런데 오늘 제가 전화했을 때 그 애가 전화를 받았어요. 그녀가 말했다. 그 애가 뭐라고 하던? 아버지가 물었다. 저인 걸 알자마자 전화를 끊었어요. 하지만 보통 때 같으면 전화를 받지도 않아요. 그녀가 말했다.

키가 작고 몸이 옆으로 벌어진 남자가 그들의 대화에 끼어들었다. 아버지는 그냥 손을 내밀어 인사했지만, 그 남자는 팔을 내밀어 아버지를 포옹했다. 그런 다음 그가 몸을 앞으로 숙여 딸의 입에 키스했다. 드디어 이렇게 뵙게 되어 반갑습니다. 그 남자가 말했다. 누구신지? 아버지가 물었다. 우리는 사귀고 있습니다. 그 남자가 말했다. 상당히 최근부터예요. 딸이 덧붙여 말했다. 일 년을 최근이라고 할 수 있다면. 아버지께 말씀드리지 않았어? 그녀의 남자친구가 물었다. 아니. 그녀가 대답했다. 뭘 말해? 아버지가 물었다. 말씀드려. 남자가 말했다. 말할 거 없어. 그녀가 대꾸했다. 뭘 말해? 아버지가 다시 물었다. 남자친구는 금방이라도 터질 것 같은 표정이었다. 그는 몸을 앞으로 숙여 문신을 새긴 손을 딸의 배에 얹었다. 아직은 이르지만……. 그녀가 고개를 가로저었다. 진짜니? 아버지가 물었다. 딸이 고개를 끄덕였다. 넌 이미 아이가 있잖아. 아버지가 말했다. 앉아 있던 두 사람이 조용해졌다. 하나 더 생길 것 같아요. 딸이 말했다. 즐거운 일이네. 아이하고 같이 있는 건 즐거워. 아이들이 최고야. 나도 아이가 둘 이상 있었으면 했단다. 아버지가 말했다. 왜 더 낳지 않으셨어요? 남자친구가 물었다. 시간이 없었어. 애들 엄마가 나한테 지쳐 버렸어. 그녀가 나를 쫓아내 버렸지. 그렇게 내 인생은 끝났어. 셋이잖아요. 딸이 말했다. 뭐? 그래, 둘이 아니지. 맞아. 아이가 셋이었는데 한 명은 죽었어. 커피도 포함되어 있지? 아바지가 말했다. 딸이 고개를 끄덕이고는 커피를 가져오려고 자리에서 일어났다.

그 아이는 어떻게 죽었습니까, 네? 다른 아이요. 어떻게 죽었어요? 그냥 죽었지 뭐. 처음에는 살았었지. 그런데 그다음엔 죽었어. 그게 왜 알고 싶은데? 자네 경찰인가? FBI나

모사드에서 일해? 아버지가 물었다. 그럴 일은 거의 없지요. 저는 체육 선생입니다. 그리고 영화를 전공하고 있어요. 남자친구가 천장을 향해 팔을 펼치며 말했다. 그는 체육 선생이라는 말을 하면서도 미소를 멈추지 않았다. 이 이상한 남자는 누구일까? 한 점 부끄러움 없이 학교에서 아이들한테 체조 가르치는 일을 한다고 미소 지으며 밝힐 사람은 없는데. 아빠는 남자도 아닌 남자를 바라보았다.

그의 딸은 커피 머신 옆에서 기다리고 있었다. 그녀가 커피를 따랐다. 그리고 티슈에 코를 풀었다. 그녀는 눈을 감고 마음의 준비를 한 뒤, 모서리가 둥근 네모난 쟁반에 커피 석 잔을 담아 테이블로 돌아왔다. 자기 논문에 관한 얘기 좀 해 봐. 그녀가 말하자 그녀의 남자친구가 이야기하기 시작했다. 그는 덧없음에 관해, 여러 영화에서 시간이 어떻게 묘사되는지에 관해 쓰고 싶다고 이야기했으며, 베리만과 타르코프스키, 레네와 랑처럼 아버지도 당연히 들어 보았을 많은 감독들의 이름을 말했다. 가장 중요한 건 좋은 직업을 갖는 거야. 그리고 물건을 팔 수 있는 사람은 이 세상 어디에서도 일할 수 있어. 이걸 내 아들에게 가르치려고 그렇게 노력했지만, 불행히도 그 아이는 듣지 않았어. 아버지가 말했다.

*

아들이 무대 위로 올라갔다. 그는 마이크를 받아 들었다.

입이 말랐다. 심장이 마구 뛰었다. 눈부신 역광이 관객을 검은 실루엣의 배경막으로 축소시켰다. 문이 열렸다. 누군 가 들어왔다. 그는 그 사람이 자기 아버지라는 걸 알았다. 아버지가 여기에 왔다. 그가 도착했다. 조금 늦기는 했지만 어쨌든 왔다. 그는 어제 자기에게 아들이 필요했던 것처럼 오늘 저녁 아들에게 자기가 필요하다고 느꼈다. 아버지의 시선이 아들을 용기로 채워 주었다. 아들은 이번엔 잘되리 라는 걸 알고 있었다. 지금 해야 할 일은 시작하는 것뿐이 었다. 그저 달리면 되는 거였다. 아들은 목을 가다듬었다. 입술이 건조했다. 초반부가 좋았다. 중간 부분도 완전히 괜 찮았다. 엔딩은 정말 재미있었다. 특히 오프닝이 환상적이 었다. 그는 그것이 청중을 웃게 만들리라는 걸 알고 있었다. 그는 마이크를 입에 갖다 댔다. 전기 냄새와 먼지 냄새가 났 다. 그가 수백 시간 분량의 스탠드업 코미디 클립을 모두 보 고 배운 것이 하나 있다면, 오프닝이 재미있어야 한다는 것 이었다. 오프닝이 전부였다. 특히 시간이 오 분밖에 없을 때 는 오프닝을 제대로 해내야만 했다. 그는 펼쳐진 공간을 바 라보았다. 목을 가다듬었다. 그리고 여기까지 차를 운전해 왔다고 말했다. 마쓰다. 그는 어렸을 때부터 줄곧 아우디를 꿈꿨다. 그러나 결국은 마쓰다가 되었다. 침묵. 그는 앞쪽 공간을 살펴보았다. 마이크가 켜져 있는지 궁금했다. 분명 바텐더가 괴로운 표정으로 그를 올려다보고 있기 때문일 것이다.

*

외할아버지이기도 한 할아버지는 아들이 배신했다는 걸 딸과 그녀의 남자친구에게 설명하려고 삼십 분을 썼다. 그는 자신이 언제든 거기서 지낼 수 있는 조건으로 그 오래된 아파트를 사도록 아들에게 허용했으며 열쇠 복사하는 비용을 지불한 사람도 자기였다고 말했다. 그는 열쇠를 꺼내 마치 깃발처럼 흔들었다. 나는 아버지가 무엇 때문에 오빠와 싸우는지 이해 못 하겠어요. 아버지와 오빠는 애들처럼 행동하고 있는 거예요. 딸이 말했다. 난 그 애를 고소하는 것도 고려하고 있어. 아버지가 대꾸했다. 이제는 포기하는 편이 나아요. 도대체 아버지가 오빠를 무슨 명목으로 고소할 건데요? 딸이 물었다. 계약 위반. 우리는 합의를 했었어. 아버지가 말했다. 하지만 아버지, 두 사람이 실제로 언제 합의했어요? 십칠 년 전쯤 아니었나요? 아버지는 십칠 년 동안 일 년에 두 번 오빠 집에서 지냈잖아요. 혹시 재협상이 필요한 시점이 아닐까요? 딸이 물었다. 남자친구가 목을 가다듬고는 끼어들어 말했다. 그래도 합의는 합의잖아. 그리고 아버지가 아들 집에서 함께 살지 못한다는 건 완전히 미친 소리로 들리지 않아? 아버지가 고개를 끄덕였다. 이 체육 선생이 좋아지기 시작했다. 그는 이두박근이 크고 끊임없이 미소를 짓긴 하지만 머리가 제대로 돌아가는 것 같았다.

*

아빠인 아들은 포기하지 않았다. 그는 준비했다. 그는 그 걸 머릿속에 간직하고 있었다. 그는 자신의 우상들을 연구 했다. 이걸 처리할 수 있어야 했다. 오프닝은 그가 의도했던 반응을 받지 못했다. 그가 얼마나 오랫동안 말없이 서 있었 을까? 오 초? 칠 초? 십오 초? 등에서 식은땀이 났다. 윗입 술이 촉촉해졌다. 그는 상황이 얼마나 나쁜지에 대해 농담 하는 것이 좋았다. 그는 보이지 않는 메모장에 오프닝이 제 대로 작동하지 않았다는 점을 메모해야 했다. 관객의 목소 리가 되는 날카로운 목소리로 외부의 침묵에 대해 언급해 야 했다. 그러나 그는 그렇게 하지 않았다. 그 대신 그는 작 은 무대에 서서 마이크에 대고 숨을 쉬고 있었다. 숨을 들 이쉬고. 숨을 내쉬고. 삼십 초의 침묵 후 사회자가 웃기 시 작했다. 그런 다음 다시 조용해졌다. 빨간 머리 코미디언이 외쳤다. 한 번 더! 한 번 더! 관객이 웃었다.

*

딸은 아버지가 방향을 바꾸게 하려고 애썼다. 아버지가 그 계약을 어떻게 하게 되었는지 말씀 좀 해 주시겠어요? 그녀가 물었다. 아버지가 미소 지었다. 그건 그가 가장 좋 아하는 이야기 중 하나였다. 나는 내 방식대로 말했어. 아 버지가 말했다. 스톡홀름에서 아파트를 구하는 방법을 말씀하시는 겁니까? 그건 불가능해요. 남자친구가 말했다. 나한테는 아니야. 나는 꿀벌에게 꿀을 팔 수 있어. 족욕만 하는 사람들에게 비데를 팔았고, 관광객들에게 시계를 팔았지……. 아버지가 말했다. 어떻게 했는지만 말씀하세요. 딸이 아버지의 말을 자르며 말했다. 난 주택부 장관실에 갔어. 대기실에 앉아서 기다렸어. 비서에게 그들이 나의 주택 문제를 도와주지 않는다면 이곳에서 한 발짝도 움직이지 않겠다고 말했지. 몇 시간 뒤 보좌관이 나오더니, 사회 복지사가 교외선 노선 맨 끝에서 뭔가를 찾을 수 있을지도 모른다고 말했어. 그렇지만 나는 거절했어. 단도직입적으로 거절했지. 내 아이들하고 가까이 있어야 해서 시내 중심이 아니면 절대 안 된다고 말했어. 마침내 나는 시내에 있는 간이 주방이 딸린 방 하나짜리 작은 임대 아파트를 얻었어. 그런 다음 그 집 소유주가 더 이상 내게 집을 빌려줄 수 없다고 말할 때까지 그 집에 세들어 살았고, 아들에게 연락해서 거기서 살자고 제안했지. 아들은 추가로 돈을 내지 않고 그 임대 계약을 인수할 수 있었어. 그러다가 그 아파트가 자가 아파트로 전환될 때 그 애가 그걸 매입하게 된 거야. 그런 다음 그 애가 그 아파트를 팔았는데, 그 애는 그 이익을 나누지 않았어. 그리고 이제는 나를 거리로 내쫓으려고 해. 아버지가 말했다. 아무도 아버지를 거리로 내쫓으려고 하지 않아요. 딸이 말했다. 내가 그 애와 함께 살 수 없다면 너희하고 함께 살면 돼. 아버지가 말했다. 물론이죠. 남자친구가 여자친구의 표정을 눈치채지 못한 채 대꾸했다.

코미디언이 아닌, 코미디언인, 상향등 조명에 얼어붙은 여우인, 조각상이 되어 버린 아들은 무대에서 내려가는 편이 좋았다. 그냥 사과하는 편이 좋았다. 자녀들 때문에 잠이 심하게 부족하다고 설명하는 편이 좋았다. 계획했던 대로 다섯 번째 파트까지 촘촘하게, 정해 놓은 목록에 따라, 꿈의 자동차에서 자동차 냄새로, 다양한 종류의 방귀 냄새로, 먹을 때 가장 쿨해 보이기 어려운 견과류(피스타치오)에 관한 일상의 루틴으로 마무리하는 편이 좋았다. 아버지에 대해 이야기하고, 그들의 관계가 복잡하긴 하지만, 결국 서로 사랑하거나 아들이 아버지를 사랑하지만, 아들은 아버지가 아들을 사랑한다고 느껴 본 적이 없다고 말하는 편이 좋았다. 왜냐하면 아들은 망가져 버렸고, 심각한 문제가 있으며, 아버지를 사라지게 만든 내부 아주 깊은 곳이 썩어 있기 때문이다. 그는 자신이 진정한 감정을 느낄 수 없으며, 모든 것을 속였으며, 자기 아이들, 여자친구, 친구들, 삶을 사랑하지 않는다고 말하는 편이 좋았다. 그러나 그러는 대신 그는 그냥 거기에 서 있었다. 마이크를 손에 들고서. 그런 다음 그는 마이크를 내려놓고 무대를 떠났다. 문이 열리고 닫혔다. 아버지가 여기에 있었다면 이제 아들이 자신을 떠났다는 걸 알았을 것이다.

오케에에에에이, 수고해 주신 것에 대해 감사드립니다. 그다지 웃기지는 않았지만, 제 스탠드업 코미디 스승님이 저의 첫 공연을 보시고 말씀하셨던 것처럼 꽤 흥미로웠습니다. 농담은 제쳐두고, 당신이 여기에 참여해 주셔서 기쁩니다. 당신의 일상에 관한 농담을 덧붙이려고 생각하신다면 다시 찾아 주세요. 언제든 환영합니다. 그러면 계속해서 진행하겠습니다. 웃음을 약속하는 스탠드업 코미디언, 스탠드업 코미디와 셧업 코미디의 차이를 아는 코미디언, 저는 이게 무슨 뜻인지조차 모르지만 니세 헬베리에 대한 백스에의 답변, 그가 여기에 왔습니다! 사회자가 소리쳤다. 사회자가 이름을 말하자 체크무늬 셔츠를 입은 남자가 무대로 뛰어 올라왔다. 그는 새도 복싱 동작을 보여 주었다. 자기 가족을 부양할 수 없는, 자기 아이들을 재울 수 없는, 자기 여자친구를 행복하게 해줄 수 없는 아들이 문 밖으로 나가 사라졌다.

*

드디어 남자친구로 업그레이드된 남자는 사람들이란 하이스쿨 영화처럼 뻔하다는 사실을 오래전에 깨달았다. 출연진의 이름만 봐도 핫한 여자로 변신할 못생긴 여자, 나중에 알고 보니 재미있는 남자인 괴짜, 말쑥한 모습으로 변신하는 바보, 마지막에 심한 굴욕감을 느끼게 될 비열한 부잣집 소녀가 누구인지 알 수 있었다. 그런 다음 각각의 배우의 대사를 따라서 흉내 낼 수 있었다. 그들의 농담을 듣기도 전에 웃을 수 있었다. 모든 극적 반전을 15분 전에 미리 알 수 있었다. 그와 함께했던 모든 사람은 기본적으로 똑같은 사람들이었다. 똑같이 예측할 수 있는 평범한 사람들이었다. 그런 다음 그는 여자친구를 만났다. 그녀는 수수께끼였다. 그녀는 그 반대였다. 그녀는 아무것도 아닌 것에 화를 내고, 다른 여자애들이 울 만한 일에 웃었다. 그녀는 그를 친구로 소개하면서 동시에 그들 둘 사이의 아이가 놀랍도록 예쁠 거라고 말했다. 그가 자신의 성장 과정에 관해 이야기했을 때 그녀는 그에게 키스했고, 그가 면도기를 욕실 수납장 맨 아래 선반에 절대로 올려놓아선 안 된다는 걸 잊었을 때 손을 벌려 그를 때렸다. 그녀와 함께하는 것은 루마니아어로 더빙된 데이비드 린치의 영화를 거꾸로 보는 것과 같았다. 그런데도 끊임없이 옳다고 느끼는 점이 있었다. 지난 며칠 동안 그는 깨어 있는 모든 시간을 자신이 아빠가 될 준비가 되었음을 그녀에게 증명하는 데 보냈다. 그녀를 사랑한다는 걸 보여 주기 위해 그녀에게 꽃을 선사했다. 그녀가 짜증을 내면 자신이 돈을 너무 헤프게 써서 가정을 꾸리기 힘든 사람이 아니라는 걸 보여 주기 위해 꽃 사는 것을 중단했다. 운동하는 시간도 줄여서 그녀로 하여금 그가 자신과 자신의 이두박근을 우선시한다는 말을 하지 못하게 만들었다. 그는 영화학 논문을 마칠 것이고, 특정 친구들과 어울리지 않을 것이며, 전 여자친구의 전화번호를 휴대폰에서 삭제하겠다고 다짐했다. 그들의 아이가 그녀의 경력에 영향을 미치지 않도록 자신의 육아 휴가를 전부 사용하겠다고 제안했다. 난 문신 제거까지도 고려할 수 있어. 하지만 비용이 많이 들 거야. 그가 말했다. 우리는 함께 아이를 가질 만큼 서로를 잘 알지 못하잖아. 그녀가 말했다. 자기가 원하는 걸 물어보면 내가 대답할게. 그가 말했다. 자기의 첫 번째 여자친구 이름은 뭐야? 그녀가 물었다. 루이즈 발란데르. 내가 열여덟 살이었고 그녀는 스무 살이었어. 그녀는 식투나 기숙학교에 다녔고, 그녀의 아버지는 재규어를 몰고 폴로셔츠와 치노 팬츠를 입었어. 또 일반적으로 치는 골프 대신 좀 이상하게 프리스비 골프를 쳤어. 우리는 팔 개월 사귄 뒤 헤어졌지. 그녀는 우리가 계속 만난다면 부녀 관계를 끊겠다고 아버지가 위협했다고 말했지만, 정말로 헤어지게 됐을 때 그녀의 아버지가 나에게 연락해서 그런 식으로 끝나게 되어 매우 유감으로 생각한다고 말했어. 그가 말했다. 자기는 왜 올리브를 안 좋아해? 그녀가 물었다. 몰라. 어렸을 때는 올리브를 정말 좋아했어. 특히 검정 올리브를. 아마 너무 많이 먹어서 그런 걸지도 모른다고 엄마가 말했어. 그가 말했다. 자기는 왜 나와 아이를 갖고 싶어 해? 그녀가 물었다. 간단해. 자길 사랑하니까. 이해하기가 그렇게 어려워? 난 자기의 모반을 사랑해. 난 자기의 불만스러워서 찌푸린 귀여운 얼굴, 자기의 큰 족궁(足弓), 털이 많은 겨드랑이, 이상한 헤어스타일을 전부 사랑해. 난 자기가 토스트를 태웠을 때 화내는 걸 사랑하고, 지구 온난화에 대해 걱정하는 사람들을 비웃는 것도 사랑해. 자기가 항상 거지에게 돈을 주는 것도 사랑해. 단, 그 거지들이 여자일 때만. 난 자기가 자유형을 할 줄 안다고 생각하는 것도 사랑해. 자기가 자유형을 할 때 수영장 안전 요원이 어떻게 반응하는지 전혀 눈치채지 못하는 걸 사랑해. 자기가 자전거를 마당에 세워 둘 때 절대로 열쇠를 채우지 않는 걸 사랑해. 세탁실을 나설 때 문을 활짝 열어 두는 것, 세 번째 밤을 함께 보낸 후 나에게 열쇠를 준 것, 당신의 교활한 전 남편, 편집증에 걸린 오빠, 솔직히 말해서 조금 까다로워 보이는 아버지만 아니라면, 자기를 아프게 만들지 않는 것이라면 그 어떠한 것도 나는 사랑해. 자기는 계속 자기일 것이고, 자기가 어떻게 그렇게 하는지를 나는 이해 못 할 거야. 자기가 똑같은 시리즈를 보고 또 보는 것도 사랑해. 자기가 러시아 무성 영화를 얼마나 싫어하는지를 아주 솔직하게 표현하는 걸 사랑해. 자기가 연금 관리 공단과 국영 보험 회사에서 보낸 우편물을 바로 쓰레기통에 던져 버리는 걸 사랑해. 자기가 결코 내 십 대 시절로 나를 판단하지 않는 걸 사랑해. 내가 내 청춘 시절을 이야기하면 모든 사람의 태도가 변해 버리는데 말이야. 하지만 자기와 함께 있을 때 나는 예전의 나 자신을 방어해야 한다는 생각을 한 번도 해 본 적이 없어. 난 자기가 살사 춤을 아주 잘 추는 걸 사랑하지만, 자기가 테크노 음악의 비트를 찾으려고 할 때는 항상 조금 혼란스러워 보여. 난 자기가 택시 운전사, 카운터 직원, 엘리베이터에서 우연히 만난 사람들과 스스럼없이 자연스럽게 어울리는 걸 사랑해. 자기가 이 세상의 일부이며 자기가 전체적으로 대단한 사람이라는 걸 사랑해. 간단히 말해서 나는 자기를 사랑해. 자기의 전부를. 그가 말했다. 고마워, 자기도 완전히 괜찮은 남자야. 그녀가 말했다. 그들은 서로를 향해 미소 지었다. 그래도 우리가 만난 시간은 너무 짧잖아. 그녀가 말했다. 뭐가 짧아? 만난 지 일 년도 넘었어. 그가 말했다. 아이가 생기면 모든 게 변해. 그녀가 말했다. 난 이미 변했어. 자기와 함께하면서 나는 새로운 사람이 되었어. 나는 그 어느 때보다 행복하고, 편안하고, 더 나은 내가 되었어. 그가 말했다. 내가 아이를 더 갖고 싶은지 모르겠어. 그녀가 말했다. 진심이야? 자기는 아직 젊어. 그가 말했다. 딱히 그렇진 않아. 내가 그 고통을 감당할 수 있을지 모르겠어. 그녀가 말했다. 마취를 하면 되지. 그가 말했다. 출산에 대해서 말하는 게 아니야. 출산 후에 일어나는 모든 일에 관해 이야기하는 거야. 그녀가 말했다. 그는 조용해졌다. 나는 당신의 전 남편이 아니야. 나는 나야. 그리고 난 자기 없이는 절대로 살고 싶지 않아. 그래서 내가 자기 아버지를 만나고 싶어 한 거잖아. 자기는 아직도 확신이 안 서? 그가 물었다. 우리 아버지는 이상한 사람이야. 기괴한 유머 감각을 갖고 있지. 그녀가 말했다. 이 세상 어떤 아버지가 정상적인 유머 감각을 지니고 있겠어? 그가 말했다. 마침내 그녀는 항복했다.

그의 아이의 외할아버지가 될 남자는 알고 보니 노신사였다. 그는 이상한 농담을 하지 않았다. 딸의 몸무게에 대해 고약한 말도 하지 않았다. 오히려 그는 재즈 페스티벌에서 티셔츠 판매원으로 일하면서 마일스 데이비스에게 인사할 기회를 얻기 위해 백스테이지에 갔던 어느 여름에 대한 재미있는 이야기를 들려주었다.("그는 나한테는 안녕이라고 말했지만, 사인을 요청한 기술자한테는 꺼지라고 했어.") 왜 저한테는 그런 이야기를 해 주지 않았어요? 그의 딸이 물었다. 네가 한 번도 묻지 않았잖아, 아빠가 말했다. 그들이 그의 딸이 임신했다고 말하자, 그는 눈물을 흘리며 중얼거렸다. 아이들이 최고야.

집으로 가는 길에 그의 여자친구가 화를 냈다. 그녀는 임신에 대해 말하고 싶지 않았다고 했다. 그러면 왜 말했어? 그가 물었다. 자기가 나한테 강요했잖아. 그녀가 말했다. 자기는 왜 우리의 기쁨을 나누고 싶어 하지 않아? 그가 물었다. 아직 결정하지 않았으니까. 그녀가 대답했다. 그만해. 그가 말했다. 이건 내 선택이야. 그녀가 항변했다. 우리 아이잖아. 그가 말했다. 하지만 내 몸이야. 그녀가 이렇게 말한 뒤 그와 시선을 마주치지 않고 고개를 가로저었다.

술 취한 청소년 네 명이 객차에 들어와 통로 반대편에 앉았다. 남자친구의 옛 자아가 그들에게 다가가 주먹을 날리기 시작했다. 그는 그들 중 가장 큰 녀석을 잡아 유리창에 밀어붙인 다음 그 녀석에게 코담배를 강제로 뱉게 하고, 객차에 타고 있는 모든 사람에게 직접 사과하도록 강요했다. 그러나 그의 새로운 자아는 그러지 않았다. 그는 그저 통로에 몸을 기대면서 그들을 조용히 하게 했다. 분위기가 아주 좋았다, 폭력의 위협 없이. 처음에 그들은 침묵했다. 역 두 개를 지나치는 동안 웃지 않으려고 노력했다. 그런 다음 그들은 객차에서 내렸고, 문이 닫히고 지하철이 달리기 시작하자 창문을 세게 두드리며 음란한 몸짓을 했다. 그녀의 남자친구인 그는 자신이 화내지 않는다는 걸 보여 주기 위해 미소를 지었다. 그는 아무런 소란도 피우지 않았다. 하지만 그 녀석들이 멈추지 않자 일어나서 지하철 창문을 내리고는, 그 남자애들을 뒤로 물러나게 하고 쉿 쉿 쉿 하고 세 번 소리를 내 녀석들이 입을 다물게 만들었다.

그들은 집에 도착했다. 그가 그녀의 발을 마사지해 주며 아버지에게 임신에 대해 말하게 한 것을 사과했다. 지하철에서 약간 소란을 피워서 미안하다고도 했다. 아이를 낳는 것이 그녀의 선택인 건 당연하며, 그녀는 그녀가 원하는 대로 해도 되며, 만약 그녀가 아이를 낳지 않기로 결정한다면 그는 당연히 유감스럽게 생각하고 슬퍼할 테지만, 정말로 그 결정이 올바른 결정이라고는 생각하지 않을 테지만, 그래도 그는 그녀를 위해 옆에 있을 거라고, 그녀와 함께 의사한테 갈 거라고, 그가 병원에 대해 두려움이 있고 주사에 대해 약간 민감하기는 하지만 그녀의 손을 꼭 잡아 줄 거라고 했다. 고마워. 우리 둘이서 이 결정을 함께 내리는 것이 나에게는 무척 중요하게 느껴져. 금요일에 수업 있어? 그녀가 물었다. 왜 그러는데? 그가 되물었다. 어쩌면 그때 약속이 있을 것 같아. 그녀가 대답했다. 무슨 약속인데? 그가 다시 물었다. 무슨 일일 것 같아? 그녀가 되물었다. 그가 전기 스탠드를 팔꿈치로 넘어뜨렸다. 발로 커피 테이블을 걷어찼다. 벽을 주먹으로 쳤다. 아무리 세게 두드려도 벽이 콘크리트로 되어 있어서 소리가 크게 나지는 않았다. 일어난

일이라고 해 봐야 그녀가 눈을 깜박거린 게 다였다. 그녀가
그를 쳐다보았다. 미안해. 그가 말했다. 그는 일어나서 주방
을 향해 걸어갔다. 부기를 가라앉히기 위해 손에 냉찜질을
했다. 그는 깨진 도자기를 쓰레받기로 치우고, 깨진 유리 조
각은 진공청소기로 빨아들였다. 그는 다시 사과하며 아까
일은 예전의 내가 반응한 것이라고, 실제로 그렇게 반응할
의도는 없었다고 말했다. 자기가 내 전 여자친구들 모두에
게 전화해 봐도 돼. 난 그들 중 누구에게도 신체적으로 위
협을 가한 적이 없어. 그런데 이건 미친 짓이라는 느낌이 들
어. 나는 내가 참여해서 영향을 미치는 것조차 허락받지 못
하는데 자기는 나의 절반인 무언가를 죽일 권리를 가진다
는 것. 그가 말했다. 그녀가 그를 바라보았고, 그는 잠시 그
녀의 입가에 미소가 번지는 것을 보았다.

*

아빠인 아들은 곧장 집으로 가야 했다. 하지만 그러는
대신 장을 보러 갈 거라고 여자친구에게 문자를 보냈다. 그
녀가 바로 전화를 걸어 왔다. 어떻게 됐어? 그녀가 물었다.
그다지 별로였어. 그가 대답했다. 사람들이 웃지 않았어?
관객석이 너무 어두워서 보기가 힘들었어. 하지만 무대에
올라갔어. 무대에 서서, 마이크를 쥐고, 오프닝 독백을 했
어. 그래도 사람들이 웃는지 안 웃는지는 들렸을 거 아니
야. 그런데 내가 말을 그렇게 많이 하지 않았어. 그녀는 조

용해졌다. 머리가 완전히 텅 비어 버렸거든. 그가 설명했다. 그녀는 아무 대꾸도 하지 않았다. 그리고 그는 오지 않았어. 그가 말했다. 누구? 아버지. 그들은 조용해졌다. 상관없잖아. 자기는 아주 용감하게 시도해 본 거야. 그녀가 말했다. 그런 다음 이렇게 덧붙였다. 당신 그리고 두 아이와 함께 사는 건 마치 아이 셋하고 함께 사는 것 같아. 도대체 당신은 어떻게 마음먹은 일들을 모두 실패할 수 있어? 내 가족은 삼대에 걸쳐 전사들이었어. 부모님은 자신들이 얻지 못한 삶을 나에게 주기 위해 산과 국경과 바다를 건넜어. 공장에서 2교대로 근무했고, 사과나무를 가지치기했고, 겨울용 타이어와 자동차 와이퍼를 교체했고, 창문을 닦았고, 커튼을 만들었고, 모기지 금리를 낮추려고 흥정했어. 그런데 당신은 뭐 하는 거야? 당신이 할 수 있는 일이라고는 자기의 삶을 더 힘들게 만드는 것뿐이야. 나는 그게 빌어먹도록 지겨워. 그녀는 실제로 이런 말을 하지는 않았다. 그렇지만 이런 말을 머릿속에 떠올렸다. 난 장을 보고 집에 갈게. 조금 이따 봐. 그가 말했다. 운전 조심해. 그녀가 말했다. 그는 휴대폰을 가죽 케이스에 다시 넣고 걸려 오는 전화를 피하기 위해 비행기 모드로 해 두었다.

그는 대형 마트의 쇼핑 카트 창고 뒤에 있는 좋은 주차 공간을 찾았다. 10크로나 동전을 동전 칸에 넣고, 쇼핑 카트를 꺼내 그것을 밀고 진입로로 올라갔다. 적어도 그는 장만큼은 볼 수 있었다. 그는 셀프 스캐너를 들고 마트 입구의 철제문을 밀고 들어가 휴대폰에 저장해 둔 장보기 목록을 열었다. 그는 모든 것을 살 작정이었기 때문에 사실 그건 불필요한 목록이었다. 그는 왼쪽부터 시작해 마늘 한 다발, 양파 한 봉지, 적양파 한 봉지, 파 한 봉지를 샀다. 유기농 감자, 루콜라 샐러드, 로메인 상추를 샀다. 고구마, 브로콜리, 보통 당근, 어린이용 유기농 당근을 샀다. 화분에 심긴 신선한 향신 채소도 좀 사려고 생각하고 있었다. 그것들은 할인 판매 중이었는데, 30크로나에 두 개로, 보통 때는 개당 19크로나였다. 그는 그것들을 손에 들고 냄새를 맡아 본 다음 다시 제자리에 놓고 과일 코너를 향해 이동했다. 거기서 투명 플라스틱 팩에 담긴 배를 특가에 구매했고, 망에 담긴 아보카도를 할인 가격에 샀고, 행사 가격에 사과를 산 다음, 한 살짜리 아이에게 줄 아주 비싼 유기농 사과도 샀다. 그런 다음 건포도와 호두가 있는 쪽으로 이동했다. 말린 살구를 집어 들었고, 상상할 수 없을 정도로 비싼 아몬드를 샀다. 그는 비교 가격이나 그가 물건에 댈 때마다 삐익 하고 소리가 나는 바코드 스캐너 화면에 꾸준히 증가하는 금액에 대해 생각하지 않으려고 애썼다. 문제는 전혀 없었다. 그의 여자친구에게는 직업이 있고, 그에게는 고객이 있으며, 세상은 끝나지 않을 것이다. 모든 것이 잘 풀릴 터였다. 그는 정육 코너를 따라 쇼핑 카트를 밀었고(어린이용 칠면조 소시지), 계속해서 달걀 코너로 향했고(유기농 달걀 열다섯 팩), 유제품 코너를 지나갔다(할루미, 요구르트, 사워 밀크, 오트 밀크 10리터). 그는 냉동 제품, 킬로그램당 가격을 줄이기 위해 벽돌 모양으로 잘라 낸 가장 저렴한 대구와 연어 살, 냉동 향신료 및 대형 브레고트 버터*로 카트를 채웠다. 그리고 나니 타코와 태국 상품들이 있는 선반이 나왔다. 그는 장보기 목록을 읽어 보고 종이 팩에 담긴 코코넛 밀크 다섯 개를 카트에 넣었다. 종이 팩에 담긴 검은콩, 종이 팩에 담긴 으깬 토마토, 기장 플레이크, 옥수숫가루도 넣었다. 왠지는 알 수 없지만 어떤 상품들은 캔이 아닌 팩에 담겨 있어야 한다는 지침이 있었다. 그는 모든 물건을 삐익 소리가 나게 스캔했다. 자신을 위해 구매한 물건이 얼마나 적은지, 나머지 가족을 위해 얼마나 많은 물건을 샀는지 생각하지 않았다. 특히 그녀를 위한 물건을. 그녀는 운전 면허증이 없어서 차를 몰고 대규모로 장을 보러 가는 일이 전혀 없었다. 원하는 물건을 목록에 적어 주었고 행여나 그가 잘못 사지 않도록 구체적인 내용을 추가했다. 그녀는 값싼 참치를 좋아하지 않기 때문에 비싼 참치라고 적었다. 그녀는 잼에 설탕이 너무 많이 들었다고 생각하기 때문에 냉동 라즈베리와 블루베리라고 적었다. 그녀는 아몬드 작은 봉지 하나가 스테이크와 같은 가격이라는 걸 몰랐기 때문에 아몬드 많이라고 적었다. 그는 진정하려고 애썼다. 집중력을 잃지 말아야 했다. 그는 땀에 젖었고, 사람들이 그를 쳐다보았다. 물건이 너무 가득 차서 그의 카트 바퀴가 삐걱거리기 시작했다. 하지만 그는 아직 생일 파티를 위한 물건을 카트에 하나도 담지 않은 상태였다. 종이 접시와 다채

* 진짜 버터는 아니고 크림과 식물성 기름으로 만든 버터 대체 식품이다.

로운 색깔의 플라스틱 컵, 빨대와 머랭, 냅킨과 아이스크림 팩, 과일 토핑 및 초콜릿 토핑, 캐러멜 소스, 초콜릿 소스와 과일 소스, 마무리로 행운의 게임인 피스크담*에 사용할 대용량 사탕 말이다. 그는 기저귀와 두루마리 화장지를 맨 마지막에 담았고, 그런 다음 목록을 보고 그녀가 새로운 물건을 추가한 것을 확인했다. 그녀는 칠리 카레 파스타와 타히니**와 질경이 씨앗을 원했고, 그는 카트를 아이스크림 냉동고 옆에 놓고 다시 마트 안으로 들어갔다. 그리고 칠리 카레 파스타와 타히니를 찾아냈지만, 질경이 씨앗은 없었다. 그는 직원에게 물었다. 그러자 그녀가 사다리에서 내려와 골똘히 생각에 잠기더니 동료에게 전화를 걸었다. 아니요, 죄송하지만 없습니다, 라고 했다. 그는 분노가 끓어오르는 몸으로 카트를 놔둔 곳으로 돌아왔다. 그는 그 씨앗이 어디서 오는 것인지 확신하지 못했다. 그가 그 씨앗을 찾는 데 실패한 것인지 아니면 그녀가 뻔뻔스럽게도 계속 뭔가를 덧붙이는 바람에 그렇게 된 것인지 알 수 없었지만, 그는 자신을 위해서 무언가를 사야 한다고 느꼈다. 그 또한 가치 있는 사람이라고 생각했고, 자신이 원하는 것을 생각해 내려고 노력했다. 그는 감자칩이 진열된 곳으로 달려갔고, 계속해서 견과류가 진열된 곳으로 달려갔다. 사탕이 진열된 선반 앞에 오 분 동안 서 있었지만 자신에게 적합하다고 생각되는 것을 찾지 못했다. 그가 본 것들은 모두 너무 비싸

---

* 낚시 놀이.
** 참깨를 주 원료로 하는 중동 지방의 소스.

거나 불필요하거나 봉지가 너무 크거나 내용물이 너무 오래되었다. 그는 자신을 위해 무언가를 사는 걸 건너뛰고 마지막 물건을 바코드 스캐너로 스캔했다. 그런 다음 바코드 스캐너를 반환하는 게이트를 향해 카트를 밀었다. 때때로 마트 직원이 고객들이 실제로 모든 물건을 스캔했는지 무작위로 확인하고 있었다.

그는 바코드 스캐너를 반환했다. 그러자 작은 화면이 그가 산 물건들을 무작위 검사로 스캔할 거라고 알려 주었다. 그는 큰 소리로 욕을 한 뒤, 물건이 많아서 범선처럼 무거운 쇼핑 카트를 계산대에 있는 아주머니 직원을 향해 밀었다. 그녀는 일이 빨리 끝날 거라고 말한 뒤, 카트에 손을 뻗어 다섯 개의 물건을 선택했다. 첫 번째 물건은 스캔되었고, 두 번째 물건도 포함되었고, 세 번째 물건도 마찬가지였다. 네 번째 물건은 스캔되지 않은 것 같았다. 이런, 뭔가 오류가 있는 것 같아요. 다섯 번째 물건도 스캔되지 않았다. 물건 몇 개 스캔하는 걸 잊은 것 같군요. 그런데 괜찮아요. 돌아서 이쪽으로 좀 오시겠어요. 일반 계산대에 줄을 서시고, 물건들을 전부 계산대 위에 올려놓으세요. 그러면 우리가 알아서 하겠습니다. 그녀가 말했다. 다른 고객들이 그를 쳐다보았다. 그는 당황한 것처럼 보이지 않으려고 노력했다. 시간이 걸릴 거라는 것만 생각했다. 냉동식품들이 녹기 시작할 것이다. 그는 그냥 마트를 떠나고 싶은 충동을 느꼈다. 동시에 잘못한 것에 대해 죄책감을 느꼈다. 매번 완벽하게 다 잘 해냈는데 지금은 십오 분의 추가 시간이 걸렸다. 마침내 모든 물건이 확인되었고, 그가 구입한 모든 물건을 분류하지 않은 채 카트 안에 있던 파란색 이케아 가방 안에 터질 것처럼 욱여 넣자, 그 아주머니 직원이 영수증을 보며 말했다. 아하, 스캔되지 않은 물건이 딱 두 개였나 보네요. 뭔가 더 있었나요? 아들은 고개를 저었다. 그는 카드를 지갑에, 영수증은 뒷주머니에 넣고 주차장을 향해 카트를 밀었다. 내려가는 경사로에서 그는 쇼핑 카트가 자신을 덮치지 않도록, 경사로와 쇼핑 카트 사이에 전략적으로 놓아둔 상자 위에 앉아 있는 걸인을 덮치지 않도록 온몸의 무게로 떠받쳐야 했다.

아들은 쇼핑 카트를 차 쪽으로 몰았다. 지갑을 차 지붕에 올려놓고 기저귀, 오트 밀크, 유기농 옥수수 통조림을 꺼내 트렁크, 뒷좌석, 조수석에 채웠다. 달걀은 깨지지 않도록 뒷좌석 맨 위에 올려놓았다. 쇼핑 카트 보관소에서 불과 10미터 거리인데도 그는 차문을 잠갔다. 그는 쇼핑 카트를 커다란 강철 애벌레처럼 보이는 카트 행렬 제일 뒤쪽에 밀어 넣고 금색의 10크로나 동전을 회수해 거지의 커피 컵에 넣었다. 그는 사람들이 볼 수 있도록 천천히 움직였다. 저기에 좋은 사람이 있다는 걸, 자기 자신에게만 신경 쓰지 않고 다른 사람에게도 신경 쓰는 사람이 있다는 걸 사람들이 알아차릴 수 있도록 말이다. 거지가 올려다보았다. 그는 고맙다고 말하지 않았다. 단지 미소만 지어 보였다. 그의 미소는 뭔가 아이러니했다. 마치 그의 쇼핑 카트 안에 있던 물건을 모두 본 것 같았고, 이제 10크로나를 내려다보며 이렇게 생각하는 것 같았다. 이게 다야? 괜찮아요. 아들이 말했다. 거지가 눈길을 돌렸다. 아들은 포기하지 않았다. 정말 괜찮다니까요. 아들이 말했다, 이번에는 영어로. 무슨 문제가 있습니까? 쇼핑 카트 보관소 근처에 있던 누군가가 물었다. 아들이 그곳을 쳐다보았다. 똑같은 트랙슈트 차림의 몸집 큰 두 남자가 있었다. 그들은 위협적으로 보였다. 아들은 돌아서서 재빨리 차로 돌아갔다. 그는 남자들이 웃는 소리가 들렸다고 생각했다. 그는 차 안에 앉은 다음 후진 기어를 넣고 주차장에서 차를 몰고 나갔다. 트랙슈트를 입은 남자들은 그의 동작이 지나치게 빠르다고 생각했다. 그들이 뛰쳐나와 소리를 질러 대기 시작했다. 아들은 서둘러 주차장을 빠져나갔다. 그 남자들 중 한 명이 땅으로 몸을 굽혀 돌을 집어서 던질 생각을 하는 것 같았다.

아들이 고속도로를 향해 직진하고 있을 때, 뒤에서 차 한 대가 상향등 헤드라이트를 깜박이기 시작했다. 처음에 그는 추월하고 싶어 하는 민간 경찰차인가 했다. 그는 속도를 줄이고, 갓길에 차를 세우겠다고 신호를 보냈다. 그가 차를 세우자 그들도 차를 세웠다. 주차장에서 본 남자들 가운데 한 명이 차에서 뛰어내렸다. 그는 손에 무언가를 들고 있었다. 아들은 기어를 1단에 넣고 액셀러레이터를 바닥까지 밟았다. 그 남자가 차로 돌아가 조수석에 올라타는 것이 백미러로 보였다.

아들이 고속도로에 도착해 다리를 건너 좌회전 신호를 보냈지만, 그 자동차는 여전히 그의 뒤에서 따라왔다. 창문을 선팅한 진한 파란색 아우디였다. 그 자동차가 상향등 헤드라이트를 계속 깜박거렸다. 아들은 좌회전하는 대신 E4 고속도로로 우회전했다. 그는 그 미치광이들이 그가 사는 곳이 어디인지 알게 되는 걸 원치 않았다. 그리고 무슨 일이 일어날 경우, 고속도로로 가야 더 많은 차선과 더 많은 증인을 확보할 수 있을 터였다. 하지만 맙소사, 무슨 일이 일어나는 거지? 시간은 9시가 조금 넘었고, 아주 평범한 수요일 저녁이었다. 그는 스톡홀름 남쪽 부근에서 차 안에 앉아 있었다. 흥분해서 사람을 겁주는, 스테로이드를 복용한 두 명의 남자에게 쫓기고 있었다. 그들은 아무것도 하지 않을 것이다. 그 사람들이 뭘 할 수 있겠는가? 그를 강제로 길에서 밀어내 버릴까? AK-47 자동소총을 꺼내 차를 타고 가면서 총질을 해 댈까? 그와 나란히 차를 몰면서 창문으로 엉덩이를 보여 줄까? 그는 라디오를 켜고 그들을 무시했다. 그들은 여전히 그를 쫓고 있었다. 때때로 상향등으로 신호를 보냈다. 한번은 그들이 그의 옆에 차를 대고 그의 차 안을 응시했다. 아들은 시선을 정면에 고정한 채 곁눈질로 조수석에 앉은 남자가 무언가를 흔드는 걸 보았다. 어쩌면 스프링 봉인지도, 아니면 금속 너클인지도 몰랐다. 아들은 못 본 척하고 속도를 높였다. 그는 액셀러레이터를 바닥까지 밟으며 속도를 높였다. 마쓰다의 속도를 120에서 130, 140까지 올렸고, 추적자들이 다음 출구에서 빠져나가자 미소를 지었다.

그의 자동차는 왼쪽 차선에 그대로 남아 있었다. 그는 차와 한 몸이 되었다. 완전한 통제하에 있었다. 그냥 앞으로 달렸다. 그것은 그가 만든 속도였고, 다른 모든 것은 잘못된 것이었다. 그는 앞으로 달려야 했고, 다시는 가만히 서 있어서는 안 되었다. 그는 속도를 최대로 높이고, 조금 더 높였다. 그는 여기에 있었다, 제일 왼쪽 1차선에. 전속력으로 추적자를 따돌렸을 때 그의 기분은 최고였다. 이제 그는 속도를 늦추려고 했다. 가속 페달에서 오른발을 떼려고 적극적으로 노력했다. 그러나 할 수가 없었다. 속도가 몸에 배어 버려, 실제로 시속 110킬로미터로 달리고 있다는 걸 느끼기가 불가능했다. 마치 시럽 속을 운전하는 느낌이었다, 모래 위에서 보행 보조기를 사용하는 느낌이었다. 그는 기어를 4단으로 내려 변속을 시도했다. 추적자들이 사라졌다는 걸 스스로에게 상기시켰고, 이제 차를 돌려서 집에 갈 수 있었다. 그런데 라디오에서 좋은 노래가 흘러나오자 다시 속도가 빨라지는 걸 알아차렸고, 계획했던 것보다 더 멀게 길을 돌아 운전했다. 도로 표지판에 쇠데르텔예가 언급되기 시작했고, 그는 계획 없이 운전하고 있었지만 기분이 좋았고, 냉동 라즈베리는 이제 더 이상 냉동 상태가 아니었고, 블루베리도 마찬가지였다. 아마도 그는 연어와 대구를 버리거나 연어, 대구, 라즈베리, 블루베리로 거대한 생선 스튜를 만들어야 할지도 모르지만 다 상관없었다. 더 이상 상관없었다. 그는 연어, 대구, 블루베리, 라즈베리의 총금액을 계산조차 하지 않았고, 계산을 했다 해도 금방 잊어버렸을 것이다. 왜냐하면 그는 여기서 자유를 누리고 있고, 혼자이고, 식료품이 담긴 네 개의 이케아 봉투와 두 개의 카시트가 있는 자신의 차를 타고 원하는 곳이면 어디든 갈수 있기 때문이었다. 그가 얼마나 오래 운전할까? 그는 알지 못한다. 그러나 그렇게 오래는 아니었다. 잠시 후 그는 고속도로를 빠져나가 산업 단지의 회전 교차로에서 원을 그리며 운전하고 있었다. 그는 항구와 숲과 호수와 주택 단지를 통과했다. 자갈길에서 살짝 미끄러지며 체육관의 빈 주차장으로 핸들을 꺾어 들어갔다. 주유 경고등이 깜박이는 것을 발견했고, 주유소에 들러 주유하고 나니 11시가 가까워지고 있었다. 돈을 내기 위해 계산대 앞에 서서 항상 같은 안주머니에 넣어 두는 지갑으로 손을 뻗었을 때 비로소 무슨 일이 일어났는지 알게 되었다. 그는 가슴을 쳤다. 그는 청바지 주머니를 확인했다. 앞뒤 주머니 모두. 그의 몸짓은 마치 자신을 더듬는 것처럼 보였다. 그는 계산대 뒤의, 입술 밑에 스누스를 넣고 있는 여자 직원에게 사과하고 차로 돌아왔다. 부질없는 짓이라는 걸 알고 있었지만 차 좌석 사이, 바닥 그리고 냉동 상태였으나 곧 다 녹아 버릴 블루베리가 이케아 봉투에서 새기 시작하는 트렁크 안을 들여다보았다. 그가 다시 매장 안으로 돌아오자 여자 직원이 동료를 불렀다. 정말 죄송합니다. 하지만 지갑을 찾을 수가 없어요. 아들이 말했다.

*

낮잠을 자던 할아버지가 몇 번이고 울리는 전화벨 소리

에 눈을 떴다. 그는 눈을 비빈 다음 TV를 살폈다. 11시가 넘은 시간이었다. 전화한 사람은 아들의 여자친구였다. 그는 그녀의 이름을 전혀 기억하지 못했다. 혹시 거기 있어요? 그녀가 물었다. 누구요? 할아버지가 꿈인지 생시인지 아직도 이해하려고 애쓰며 물었다. 그 사람 거기에 없어요? 그 사람과 같이 있어요, 아니에요? 여긴 아무도 없는데. 할아버지가 이렇게 말한 뒤 전화가 끊겼지만, 그녀는 전화를 끊기 직전 쉰 목소리로 내뱉는 그의 욕설을 들었다. 할아버지는 일어나서 소파에 앉았다. 그는 혼란스러웠다. 다시 잠을 청하려 했지만 잠들 수가 없었다. 그는 딸에게 전화를 걸었고, 딸은 오빠가 실종되었다고 말했다. 오빠는 스탠드업 코미디를 해 본 다음 장을 보겠다고 했는데, 아직도 집에 오지 않았다고 했다. 말도 안 되는 소리. 할아버지가 말했다. 뭐라고요? 딸이 반문했다. 장 보는 데 시간이 그렇게 많이 걸릴 수는 없어. 할아버지가 말했다. 알았어요. 아무래도 무슨 일이 있는 거예요. 오빠가 아직도 집에 오지 않았어요. 제가 방금 이리로 왔거든요. 나도 가마. 준비하는 중이니, 택시를 예약해 주면 내가 가마. 할아버지가 말했다. 할아버지는 일어나서 아파트 안을 돌아다녔고, 어둠 속에서 옷을 입으려고 노력하다가 불을 켜지 않았다는 걸 깨달았다. 셔츠 겉면에 데오드란트를 바르기 직전이었다. 그는 자신의 비행기표를 꺼냈다. 그는 열 개의 날짜를 적어 직접 만든 달력에 하나씩 차례로 줄을 긋고 있었는데, 그 달력을 확인했다. 그가 떠나야 할 날이 이틀 남았다. 그는 계단을 내려가며 내일이 아니어서 다행이라고 생각했고, 문밖에 기다리고 있는 택시에 올라탔다. 할아버지는 아들이 가족과 함께 사는 지하철역의 이름을 말했다. 네, 알겠습니다. 택시 기사가 대답했다. 아들 집에 갑니다. 아버지가 말했다. 좋으시겠어요. 택시 기사가 대꾸했다. 아들이 엄청나게 성공한 회계 컨설턴트예요. 그렇군요. 아들은 자식이 둘이에요. 정말 즐거우시겠어요. 아들을 매우 자랑스럽게 생각한다오. 좋으시겠습니다. 제일 꼭대기 층에 살아요. 아드님 가족은 좋겠네요. 택시 기사가 말했다. 우리는 아주 좋은 관계를 유지하고 있어요. 아버지가 말했다. 좋으시겠어요. 이제 거의 다 왔습니다. 혹시 정확한 주소를 아시나요? 택시 기사가 물었다. 거기 도착하면 내가 알려 줄게요. 많은 것에 능하지만 거리 이름, 주소, 사람들의 얼굴, 생일, 여자친구·친구들·손주들의 이름을 기억하는 데 약간의 어려움이 있는 아버지가 말했다.

여기가 좋을 것 같습니다. 택시가 우울할 정도로 높은 갈색 콘크리트 건물 근처에 정차하자 할아버지가 말했다. 카드입니까, 현금입니까? 택시 기사가 물었다. 맞혀 봐요. 지폐를 내밀며 아버지가 말했다. 그는 거스름돈과 영수증을 받을 때까지 뒷좌석에 남아 있었다. 그런 다음 택시 기사가 문을 열어 줄 때까지 조금 더 앉아서 기다렸다.

＊

아빠에서 휘발유 도둑이 된 아들이 직원들에게 무슨 일이 일어난 건지 설명하려고 했다. 하지만 당신 자동차 전체가 물건들로 가득 차 있어요. 여자 직원이 이렇게 말하며 CCTV 화면을 흘긋 보았다. 네, 하지만 장을 본 후에 지갑을 도난당한 게 틀림없어요, 아들이 말했다. 운전 면허증도 그때 사라진 것 같고요, 안 그래요? 향수 냄새가 너무 많이 나고 이상하게 반짝거리는 눈을 가진 남자가 물었다. 네, 불행히도. 아들이 대답했다. 그래서 돈이 없어요? 신분증이 없나요? 운전 면허증도 없어요? 여자 직원이 물었다. 휴대폰조차도 없어요. 아들이 말했다. 그들이 그를 쳐다보았다. 나는 휴대폰 커버를 지갑 겸용으로 사용하고 있거든요. 아들은 여자 직원이 이미 노란색 포스트잇에 그의 차량 번호를 적어 놓은 것을 보았다. 나에게 휴대폰이 있었으면 돈을 이체할 수 있었겠지요. 아들이 말했다. 그가 농담으로 한 말이었지만 아무도 웃지 않았다. 그러면 이제 어떻게 할까요? 남자가 말했다. 한 가지 제안을 드린다면 나에게 계좌 번호를 알려 주시는 겁니다. 그러면 집에 가서 바로 돈을 송금할 수 있어요. 아들이 말했다. 직원들은 그걸 제안으로 받아들일 생각조차 하지 않았다. 내 생각에는 이렇게 하는 게 좋을 것 같아요. 당신의 주민 등록 번호를 적는 겁니다. 그리고 우리에게는 차량 번호가 있고요. 한 시간 드릴 테니 지금 가서 돈을 구해 오세요. 한 시간이 지나면 경찰에 전화를 걸어 신고할 겁니다. 여자 직원이 말했다. 한 시간요? 하지만 내 카드를 전부 차단하고 현금을 찾아서 오려면 시간이 도저히……. 아들이 말했다. 좀 있으면 오십구 분 남습니다. 남자가 말했다. 두 시간 주세요. 내 말 좀 들어 보겠어요? 두 시간만 주면 당신들에게 줄 그 엿 같은 현찰을 가지고 돌아오겠다고요. 아들이 말했다. 오십구 분이에요. 여자 직원이 말했다. 곧 오십팔 분이 될 겁니다. 남자가 말했다. 맙소사! 아들이 소리를 지르며 다시 차에 몸을 실었다. 그는 주위를 둘러보았다. 그는 어디에 있는 걸까? 그가 아는 사람 중에 여기서 삼십 분 이내 거리에 사는 사람이 있을까? 이 밤에 깨어 있는 사람이 있을까? 그가 전화번호를 외우고 있는 사람이 있을까? 하지만 그에게는 휴대폰이 없었다. 이 밤에도 아파트 현관문을 잠그지 않는 곳에 사는 사람은? 밤이면 현관문이 모두 닫혀 버린다. 개인 주택이나 테라스 하우스에 사는 사람은? 현금 445크로나를 가지고 있는 사람은? 이론적으로 볼 때 그는 사무실에 제시간에 도착해야 했고, 그는 그곳 열쇠를 가지고 있었다. 그리고 아버지는 항상 현금을 가지고 있었다. 아버지가 가진 것이 있다면 바로 현금이었다. 그는 시계를 확인했다. 그는 그렇게 해야 한다는 걸 깨달았다. 그가 빨리 다녀올 수만 있다면 말이다. 오십칠 분 만에 다녀오려면 고속도로에서 속도를 내야만 했다.

할아버지는 아들의 아파트 안을 돌아다니며 그가 이곳에 마지막으로 온 이후로 많은 일이 일어났다는 걸 알아차렸다. 그들은 마침내 벽에 그림 몇 점을 걸었다. 그러나 그 그림들은 할아버지가 선택했을 만한 것이 아니었다. 살바도르 달리 같은 위대한 예술가의 훌륭한 그림 대신 아들과 여자친구는 파란 눈과 폴란드어 텍스트가 있는 포스터, 수염 난 여자와 원숭이의 그림, 새장에 갇힌 슬픈 두 마리의 새가 새장의 바닥을 발로 차서 자유를 얻으려고 하는 그림을 걸어 놓았다. 그림 오른쪽에는 웃는 남자의 머리가 있었다. 남자의 목이 잘려 있었다. 할아버지는 한숨을 쉬었다. 아무도 그에게 주목하지 않았다. 아파트 안의 여자들은 다른 일로 바빴다. 그의 딸은 휴대폰을 귀에 대고 돌아다녔는데, 할아버지는 그녀의 목소리에서 그녀가 어느 당국과 이야기하고 있는지 알 수 있었다. 그녀의 목소리는 단호하고 지나치게 분명하게 들렸다. 그녀는 오빠의 주민 등록 번호를 반복해서 말했고, 오빠의 성을 철자로 불러 주었고, 상대방에게 혹시 무언가를 알게 되면 다시 전화해 달라고 요청했다. 아들의 여자친구는 머리칼을 얼굴에 늘어뜨린 채로 주방에 앉아 문자를 보냈다. 올려다보는 그녀의 눈이 빨갛게 충혈되어 있었다. 할아버지는 터키옥색 주방 소파의 그녀 옆에 앉았다. 찻주전자의 전원을 켜는 딸에게 자신도 차를 마시고 싶으며 가급적이며 뭔가 단것을 곁들이고 싶다고 말했다. 그는 아들 여자친구의 어깨를 두드리며 심각한 일이 일어나지는 않았다는 걸 100퍼센트 확신한다고 말했다. 곧 돌아올 거야. 할아버지가 말했다. 어떻게 아세요? 그녀가 물었다. 내 아들을 잘 알고 있으니까. 그 애는 단지 휴식이 필요할 뿐이야. 한 가정의 아버지 노릇을 할 때 일어나는 일들이란다. 나한테 물어보렴, 나는 세 아이를 키웠으니까. 그게 얼마나 힘든지 잘 알고 있단다. 할아버지가 말했다. 여자친구가 그를 쳐다보았다. 셋이라고요? 그녀가 눈물 어린 눈으로 반문했다. 여기에 자식이 둘 있지. 그리고 프랑스에 딸이 하나 있어. 할아버지가 말했다. 그녀는 그를 쳐다보았다. 그는 아버님 같지 않아요. 그녀가 말했다. 그런 다음 휴대폰을 귀에 대고 아들의 휴대폰으로 또 다른 메시지를 전했다.

그의 딸이 찻잔을 가져왔다. 달달한 것 좀 있니? 할아버지가 물었다. 초콜릿요? 아니면 쿠키? 찬장 안에 있어요. 여자친구가 말했다. 아버진 당뇨병이 있어서 쿠키를 드시면 안 돼요. 외투나 좀 벗으세요. 딸이 말했다. 할아버지는 외투를 벗으려고 버둥거리다가 주방 소파의 한쪽 팔걸이에 외투를 걸쳐 놓았다. 그는 조금도 걱정하지 않았다. 다 잘될 거야. 그 앤 곧 돌아올 거야. 그가 중얼거렸다.

*

아들이 너무 빠른 속도로 고속도로를 빠져나오다가 우

회전하면서 미끄러졌고, 다시 운전대를 고쳐 잡고 고속도로 옆에 나란히 있는 작은 도로로 좌회전했다. 거기서 운전하는 사람은 그 혼자였다. 반대편에서 오는 차량도 없었다. 그가 다가가면 빨간불이 녹색 불로 바뀌었다. 그는 좌측 깜빡이등을 켜서 신호를 보낸 다음, 고속도로 아래의 터널로 들어갔다. 아버지가 깨어 있는지 궁금했다. 그는 깨어 있지 않은 것이 분명했다. 그는 걱정할 것이고, 많은 설명을 요구할 테지만, 아들은 그럴 시간이 없으니 돈을 주면 내일 설명하겠다고 말할 것이다. 그는 지갑에 대해 아무 말도 할 필요가 없다. 지금은 아니다. 이렇게 시간이 너무 부족할 때는 더욱더 아니었다. 그는 원형 교차로에서 좌회전한 뒤 언덕 위에서 우회전했다. 거기에는 낮은 벽돌집, 검은색 문, 누추한 잔디밭이 있었다. 그는 대문 밖에 차를 이중 주차한 뒤, 경고등을 누르고 계단을 뛰어 올라갔다. 먼저 그는 인터폰을 눌렀다. 그런 다음 문을 열었다. 그는 불이 켜진 현관에 서 있었다. TV가 켜져 있었다. 지구본에도 불이 켜져 있었다. 거실 테이블 위의 상자에는 반쯤 먹은 피자가 담겨 있었고, 그 옆에는 개봉한 싱고알라켁스 비스킷 봉지가 있었다. 아버지가 침실에 있는 침대를 단 한 번이라도 사용한 적이 있었을까? 그가 살짝 문을 열었다. 아니었다. 사무실은 일주일 전 그가 퇴근할 때처럼 깔끔하고 사용하지 않은 상태였다. 아버지는 여기 없었다. 그는 어디에 있는 걸까? 아들은 아버지의 물건을 뒤지기 시작했다. 그의 여행 가방을 들여다보았다. 재킷 주머니를 샅샅이 뒤졌다. 이십팔 분이 남아 있을 때쯤 그는 봉투를 찾아냈다. 그것은 비닐봉지 안 세면도구 가방 안에 있었고, 어떤 이유에서인지 화장실 수납장 안에 있었다. 아들은 돈을 세었다. 1만 크로나가 넘었다. 모두 500크로나짜리 지폐였다. 그는 지폐 한 장을 주머니에 넣었다. 그리고 만일을 대비해 한 장 더 가져갔다. 그런 다음 사무실을 몰래 빠져나와 차로 내려갔다.

*

정말로 아버지인 할아버지가 손주들의 안부를 확인하기 위해 아이들 방에 살며시 들어갔다. 등이 켜져 있었고, 침대 두 개가 모두 비어 있었다. 그는 창문으로 몰래 다가가 블라인드를 걷었다. 산업 단지가 보였다. 커다란 흰색 굴뚝과 일종의 금속으로 만든 짧은 굴뚝이 있고, 거대한 흰색 트럭이 길게 줄지어 주차되어 있었다. 이따금 한 대씩 지나가는 자동차들이 직선 도로에서 너무 빨리 달렸다. 여기서 시내로 들어가는 길 전체를 볼 수 있었다. 회갈리드쉬르칸 교회의 금빛 꼭대기가 보였다. 오른쪽에는 대각선 방향으로 녹색의 투명 발코니와 켜졌다가 꺼지고 다시 켜졌다가 꺼지는 입구 조명을 달아 놓은 새로 지어진 높은 건물이 있었다. 그는 카크네스토르네트 타워가 틀림없는 그 조명과 윤곽을 보았다. 입구 조명을 쳐다보았다. 그는 그것이 등대라고 생각했다. 불이 켜졌다 꺼졌다 하는 것을 보며 만약 그가 스무 번 숨 참기에 성공한다면 아들이 집에 돌아올 거라고 상상했다. 그는 크게 심호흡했고, 숨을 참았고, 불이 켜지고 꺼지고 다시 켜지고 꺼지는 것을 셌다. 열네 번 정도에 거의 포기할 뻔했다. 그는 별을 보았다. 기절할 수도 있었지만 그의 몸이 절대 포기하지 않을 것을 알았다. 그의 입이 닫혔다. 입술을 꽉 다물고 열다섯, 열여섯을 세었다. 그는 자신이 은행 금고라고 상상했다. 수면이 가까워진 것을 보는 잠수부라고 생각했다. 열일곱, 열여덟. 곧 몸이 더 많은 산소를 얻게 될 거라는 걸 깨닫고 그는 조심스럽게 폐에서 공기를 뿜어내기 시작했다, 열아홉, 스물. 그는 해냈다. 이제 그는 아들이 무사히 돌아올 거라는 걸 알고 있다. 그가 밖의 주차장 쪽을 내다보았다. 아들의 검은색 차가 정차하기를 기다렸다. 그는 차를 기다렸다. 자동차 두 대. 자동차 세 대. 그의 아들은 자동차로 자살하지 않았다. 그는 난간을 들이받을 생각으로 다리를 건너지 않았다. 그는 나치에게 구타당하거나 청소년 일진에게 납치되지 않았다. 그는 휴식을 취했다가 이제 집으로 돌아오는 길이다. 곧 그가 올 것이다. 이제 그가 온다. 저기에 그가 있다. 아버지는 미소 지었다. 검은 해치백 한 대가 멈추었다. 나이 든 여성 두 명이 외출했다 돌아오는 길이다. 지붕 위 택시 표지판에 불이 켜졌다.

*

아빠인 아들이 팔 분의 시간을 남기고 주유소에 들어

섰다. 당신 운이 좋았어요, 계산대 앞에 서 있던 여자 직원이 말했다. 그는 대답하지 않았다. 그는 휘발윳값을 지불하기 위해 500크로나 지폐를 건네주었다. 그런 다음 대형 마트에 비해 이곳의 가격이 얼마나 더 비싼지 확인하지도 않고 커피 한 잔, 사탕 한 봉지, 껌 한 팩을 추가했다. 그녀는 그에게 거스름돈을 주고 그의 주민 등록 번호가 적힌 쪽지를 쓰레기통에 버렸다. 그는 한밤중에 돈을 가지고 다시 돌아왔다. 그들은 불가능하다고 말했지만 그는 그것을 해냈다. 그들은 그가 탈락할 것으로 생각했지만, 그는 결승선에서 이겼다. 그는 9를 셀 때 들어왔다. 연장 시간에 동점 골을 넣었다. 그게 가능할까? 물론이다! 포기하지 않는 한 모든 것이 가능했다. 그는 커피를 한 모금 마시고, 사탕 봉지를 열고, 자동차 열쇠를 돌려 시동을 걸었다. 그들은 지옥에 갈 것이다. 누구? 그들 모두. 그의 여자친구, 그의 아이들, 그의 친구들, 그의 경력, 트렁크에서 녹아내리는 냉동 생선. 다 엿 먹어라. 그는 혼자서 세상에 대항했다. 그는 고속도로로 나갔다. 집은 북쪽이지만 그는 남쪽을 향해 운전했다.

불이 꺼져 어두컴컴한 현관에 엄마인 여자친구가 서서 아이들의 고모에게 작별 인사를 했다. 거의 1시가 다 되었고, 둘 다 그날 일을 해야 했다. 더 이상 할 수 있는 일이 없었다. 다 잘될 거예요. 필요하면 그냥 전화해요. 그리고 잠이 잘 오지 않는다면 익힌 스파게티를 기억하세요. 고모가 말했다. 그들은 미소 지으며 서로를 포옹했다. 그의 여동생을 안는 것은 그를 안는 것과 같았지만, 그래도 향수도 다르고, 살이 더 많고, 머리카락도 더 길었다. 내가 아버지를 모시고 가지 않아도 되는 거 확실하죠? 고모가 주방을 향해 고개를 끄덕이며 말했다. 괜찮아요. 주무시게 내버려 둬요. 여기서 누군가가 자고 있다는 게 기분 좋아요. 여자친구가 말했다. 할아버지가 주방 소파에 등을 쭉 펴고 누워 코를 골자 식탁 위의 찻잔들이 진동했다. 내일 전화해요. 여자친구가 말했다. 처음 소식을 듣거나 문자 같은 걸 본 사람이 다른 사람한테 연락하기로 해요. 고모가 대답했다.

여자친구는 문을 닫고, 잠그고, 문구멍에 눈을 대고, 동작 감지 센서가 아무도 없다는 걸 감지해 복도의 조명이 꺼지는 걸 지켜보았다. 그녀는 전화를 시도했다. 그의 휴대폰은 그가 장 보러 간다고 말한 이후로 똑같이 꺼져 있는 상태였다. 빌어먹을. 그녀가 양치질을 하고, 콘택트렌즈를 빼고, 다시 전화를 걸어 보았다. 그런 다음 거실 소파에 이불을 덮고 누워 불을 끄고 잠을 청했다. 그녀는 차분하게 숨을 쉬었다. 바디 스캔 명상을 했다. 근육을 이완시키기 위해 일어나서 진통제를 먹었다. 마지막은 아이들의 할머니가 건강식품 판매점에서 일할 때 수면 문제로 고생하는 고객을 도와준 비결로, 자기 몸을 삶은 스파게티로 시각화하려고 했다. 여자친구는 휴대폰을 들고 공동 명의 통장에 로그인해서 추가로 돈이 더 인출되었는지 확인했다. 아니었다. 마지막 인출은 여전히 대형 마트에서 이루어진 것이었다. 카드는 아직 차단되지 않았다.

주방에서 할아버지의 코 고는 소리가 들려왔다. 아직도 그녀의 이름을 어떻게 발음해야 할지 확신이 서지 않는 것 같은 사람. 그런데도 무슨 이유에서인지 그를 주방 소파에 누워 자게 하는 것이 안전하다고 느껴졌다. 그들이 처음 만난 건 딸아이가 갓 태어나 그가 그들의 원룸 아파트를 방문했을 때였다. 그녀는 출산 후에도 여전히 허약했다. 할아버지가 된 기분이 어떠세요? 그녀가 그의 외투를 받으며 물었다. 좋아. 그가 외투를 건네주고 침실을 향해 걸어가며 말했다. 그는 선물을 가져오지 않았다. 내가 꽃을 가져왔어야 하는데. 그가 말했다. 음, 괜찮아요. 중요한 건 할아버지와 손녀가 만나게 되었다는 거지요. 여기 있어요. 이제 막 아빠가 된 아들이 가족의 두 번째 손주를 할아버지에게 넘겨주며 말했다. 할아버지가 그 아이의 이름을 불렀다. 아이의 작은 몸을 어깨에 얹었다. 둘 다 눈을 감았다. 할아버지가 옆으로 빠르게 몇 걸음을 옮기는 바람에 처음에 그녀는 그가 기절하는 줄 알았는데 잠시 후 그가 춤을 추고 있다는 걸 깨달았다. 그는 생후 삼 주밖에 안 된, 곁눈질하다 잠든 아기의 따뜻한 몸을 그에게 맞대고 그 작은 아파트에서 노래를 흥얼거리고 돌면서 춤을 추었다. 그사이 그의 아들이 아끼는 좋은 카메라를 꺼내 들었다. 그 카메라는 실제로 참석하지 않았던 친척들이 그들 공동의 가족사에 존재하는 것처럼 보이게 하려고 사용되었다.

할아버지가 떠나자 그들은 딸아이를 사이에 두고 침대에 앉았다. 그녀가 아이의 머리를 잡고 그는 다리를 잡았다. 딸아이의 몸이 눈금자 하나보다 크지 않았기 때문에, 그들은 서로 아주 가까이 앉아야만 했다. 너무 작아서 쉽게 떨어뜨릴 것 같았다. 좋은 시간이었어. 아들이 말했다. 정말 그랬어, 그녀가 대꾸했다. 정말 대단한 대화였어! 그가 말했다. 그 많은 질문! 끝없는 감동이었어! 마치 우주여행처럼! 영혼의 가장 성스러운 곳으로의 탐험처럼! 그녀가 말했다. 그들은 서로에게 미소 지었다. 자기 아버지가 여기 계시는 동안 나에게 질문 하나 하지 않았다는 걸 알고 있어? 그녀가 물었다. 나한테도 거의 안 했어. 아니, 잠깐만. 나에게 은행 서류를 인쇄했는지 물어봤어. 그래도 놀라워. 대화할 거리들이 있겠다는 느낌이 들었어. 그가 말했다. 예를 들면? 나도 모르겠어. 출산은 어땠니? 전형적인 질문이지. 그리고 엄마와 아빠가 된 느낌은 어떠니? 바로 그거야. 하지만 내 생각엔 아버지가 놀라운 선물로 조금 만회한 것 같지, 그렇지 않아? 정말 그랬어. 나는 공치사를 좋아해. 보이지 않는 꽃이 난 가장 좋았어. 눈에 보이지 않는 소포에 싸여 있던 투명한 실내복은 정말 믿을 수 없을 정도로 대단했어. 그들은 서로에게 미소 지었다. 그들은 존재했었다. 생후 3주의 그 작은 아이는 일정한 간격으로 몸을 움찔거리며 마치 보이지 않는 나뭇가지에서 떨어지는 것처럼 허공을 움켜쥐었다. 그리고 다른 모든 것이 사라진다 해도 그들은 항상 거기에 있을 터였다. 그들이 존재한다는 사실은 외부 세계에 대항할 수 있는 에어백을 만들어 주었다. 그 어떤 것도 그렇게 깊거나 아픈 상처를 남길 수 없었다.

가족. 그녀가 말했다. 그들과 함께 살 수는 없지만. 그가 말했다. 땅콩 좀 건네줘. 두 사람이 말했다. 그들은 웃었다. 그들의 딸이 잠에서 깼다. 딸아이는 청회색 눈을 뜨고 반은 현명한 쿵후 마스터의 표정, 반은 시각장애를 가지고 갓 태어난 고양이의 표정을 하고 그들을 바라보았다. 우리는 절대로 우리 부모님이 우리를 망친 것처럼 당신을 망치지 않을 겁니다. 그가 피 묻은 잘린 배꼽 그루터기에 코를 비벼 대며 말했다. 우리는 완전히 다른 방식으로 당신을 파멸시킬 겁니다. 그녀가 주름진 작은 이마를 두드리며 말했다.

그녀는 휴대폰을 살폈다. 부재중 전화도, 메시지도 없었다. 그들이 어떻게 이 지경까지 오게 되었을까? 그들은 부모가 되기 전에는 서로 거의 다투지 않았다. 이제 그녀는 혼자 그들의 소파에 누워 그가 살아 있는지 죽었는지, 그가 클럽에 있는지 병원에 있는지, 전 여자친구 집에 있는지 도랑에서 기절했는지 궁금해하고 있었다.

그녀가 임신했을 때 그들은 처음으로 싸웠다. 태어날 아이의 이름에 관한 싸움이었다. 그는 자기 성을 사용하고 싶어 했다. 그녀는 둘 다 사용하고 싶었다. 그는 포기하지 않았고 그녀도 포기하지 않았다. 그게 자기한테 왜 그렇게 중요해? 그녀가 물었다. 이름은 내가 가진 전부야. 당신은 당신 안에서 삶을 만들어 가고 있고, 만약 이 아이가 내 성을 이어받지 않는다면 나는 아빠의 책임을 다하지 않게 될 것 같아. 그가 말했다. 자기는 다른 방법으로 도우면 되잖아. 그녀가 말했다. 그리고 그것은 사실이었다. 그녀가 팔, 다리, 면역 체계 및 뇌 물질을 생산하는 동안 그는 혼자서 유아차를 구매했다. 그는 눕거나 앉을 수 있는 모든 유아차에 대한 요약 설명이 포함된 특별한 문서를 만들었고, 다양한 포럼의 인용문을 스크랩했으며, 테스트에서 최고 점수를 받은 유아차에 별표 표시를 했고, 키가 큰 사람에게 좋은 유아차를 굵은 글씨체로 적었다. 가격을 비교했고, 다양한 제조업체의 품질에 대해 더 많이 알아보았으며, 유아차를 직접 조립할 때의 장단점을 조사했다. 그녀는 그의 컴퓨터 옆을 지나가면서 그가 다시 그 앞에 앉아 거북이처럼 목을 앞으로 쭉 빼고 구글 번역기를 돌려 스웨덴어로 번역한 긴 독일어 기사에 몰두하고 있는 것을 보았다. 인체공학적 시트들을 평가하는 물리치료사가 아동의 허리에 아주 좋지 않다고 평한 글이었다. 잘되고 있어? 그녀가 물었다. 음, 그는 화면에서 고개를 들지 않고 말했다. 그녀는 그를 그대로 내버려 두었다. 그가 그렇게 철저한 것이 좋았고, 그가 유아차를 구입하는 데 쏟아붓는 정성은 자기의 몸으로 아기의 몸을 만들지 못한 것에 대한 보상일 뿐이라고 생각했다. 그는 어떤 식으로든 소속감을 느껴야 했고, 유아차가 그 도구가 되었다. 수개월간의 연구 끝에, 그는 자신이 가장 좋아하는 옵션을 제시했다. 그 유아차는 테스트에서 이루 말할 수 없이 좋은 점수를 받았으며, 포럼에서 인기가 많았고, 키가 큰 사람들에게 좋고, 가격이 저렴했다. 하지만 디자인이 참 별로네. 그의 여자친구가 말했다. 뭐라고? 그가 반문했다. 저 프레임 말이야. 어딘지 모르게 부피가 좀 커 보여. 당신은 어떻게 생각해? 그가 그녀를 빤히 쳐다보았다. 그는 다시 조사를 했고 새로운 옵션을 찾았다. 무엇이 중요하고 무엇이 덜 중요한지에 대한 긴 목록을 작성했으며, 독일에서 유아차를 직구하거나 미국 사이트를 통해 더 저렴하게 주문하거나 어머니 남자친구의 차를 빌려 쉐데르텔예에 가서 중고 유아차를 구입할 수 있는 옵션을 궁리했다. 그는 다양한 유형의 유아차 브레이크에 대한 모든 것을 배웠고, 다양한 유아차의 아래 짐칸 부피를 줄일 수 있었고, 어떤 유아차에 어떤 후크와 어떤 컵 받침이 맞는지, 그리고 장착되어 있는 바퀴에 펑크가 날 경우 새로운 바퀴를 구입할 최상의 사이트가 어디인지를 완전히 꿰게 되었다. 한번은 그녀가 침대에서 일어나 그의 컴퓨터를 끄고 그를 강제로 재웠다. 자기가 이걸 통제할 순 없어. 자기가 구글 검색을 얼마나 많이 하든 상관없어. 내 몸에서 일어나는 일은 자기의 통제 밖이란 말이야.

마침내 그가 어떤 유아차를 구입할지 결정했을 때, 그녀는 상점에 가서 직접 확인해 보자고 제안했다. 그들이 유아차를 테스트해 보니 흔들리고 무거운 느낌이 들었다. 그 옆에 다른 모델의 유아차가 서 있었는데, 그 유아차는 소비자 리뷰 사이트에서 베스트상을 수상했으며 키가 큰 사람들에게 완벽했다. 저렴하고 좋은 덴마크산이었다. 이 모델에 대해서는 생각해 본 적 없어? 그녀가 물었다. 그는 고개를 가로저었다. 이것에 대해서는 들어 본 적조차 없어. 그가 정리해 놓은 평가표를 꺼내며 중얼거렸다. 어떻게 내가 이걸 놓칠 수 있었을까? 그는 이마를 긁적거렸다. 유아차는 완벽했다. 그들은 그 자리에서 그걸 사서 아파트로 싣고 왔다. 바로 이거야. 그래, 얼마나 좋아. 이제 우리도 유아차가 있어. 그녀가 말했다. 내가 어떻게 이걸 놓쳤는지 이해할 수가 없어. 그가 말했다. 그것에 대해서는 더 이상 생각하지 마. 이제부터는 이렇게 하기로 해. 우리가 가서 직접 물건을 테스트하는 거야. 자기가 몇 주에 걸쳐서 연구하느라 애를 쏟는 대신에 우리의 직감을 믿어 보는 거야. 그렇게 할 거지? 그녀가 말했다. 그가 고개를 끄덕였다. 그들은 서로에게 미소 지었다. 며칠 후, 그는 다양한 카시트를 조사하기 시작했다.

처음에 그녀는 그가 매우 철저하다는 것이 마음에 들었다. 그러나 시간이 흐르면서 모든 것에 그렇게 오랜 시간이 걸리는 것이 너무 싫었다. 휴가를 떠나기 전 그녀는 바로 일주일 전에 그들이 본 호텔의 이름을 확인하기 위해 그의 컴퓨터를 빌렸다. 그녀는 그의 웹사이트 히스토리를 검색했다. 뒤로 돌아가서 석간신문, 조간신문, 메일, 페이스북, 트위터 같은 사이트를 계속해서 보고 또 보았다. 그러다가 그녀를 혼란스럽게 만든 검색어를 발견했다. 그들이 여행 갈 곳은 아직 예약되지 않은 상태였는데, 그는 아이와 함께하는 휴가에 무엇을 가져갈지, 옷은 어떻게 개는지, 다양한 목적지에 따라 어떤 예방 접종이 필요한지, 한 살짜리 아이에게 가장 권장되는 비강 스프레이는 무엇인지, 장거리 비행에는 어떤 퍼즐을 가장 권장하는지를 조사했다. 장거리 비행에는 장난감을 권장합니다. 그는 여행 가방 품질 테스트 사이트, 실제 이용객이 호텔 사진을 찍고 후기를 남긴 사이트, 어린이에게 적합한 해변을 선택하는 방법에 대한 정보가 있는 사이트를 방문했다. 하지만 그녀는 걱정하지 않았다. 그것을 그가 같이 살기 어려운 사람이라는 신호로 보지 않았다. 오히려 그가 그들의 여행이 가능한 한 순조롭도록 염려하는 것으로 생각했다.

그녀는 가끔 그의 아이패드를 빌렸는데 브라우저가 그의 이메일 계정과 연결되어 있어서 그의 컴퓨터를 열지 않고도 그의 검색 기록을 차분하게 훑어볼 수 있었다. 거기서 그녀는 그들의 삶을, 또는 그들의 삶의 검색 버전을 추적할 수 있었다. 처음에 그는 클리토리스를 자극하는 방법, 오르가슴을 지연시키는 방법, 둘째 아이를 갖기 전에 생각해야 할 사항을 검색했다. 그다음의 검색어는 2인용 유아차, 경피 신경 전기 자극 장치 및 완벽한 출산을 위한 팁이었다. 여름에 그는 좋은 부동산 중개인을 선택하는 방법, 열쇠 꾸러미를 닦는 방법, 주택 조합의 재정 상태를 확인하는 방법, 가장 인기가 많은 발코니 위치, 어린이 방의 적당한 크기와 옷장을 어린이 방으로 바꿀 수 있는지를 조사했다. 가을에 그는 이삿짐센터, 리모델링 회사, 바닥재 회사, 바닥 샌딩 회사, 타일공 그리고 은행 금리를 비교했다. 그는 인터넷 공급자, 전기 공급자, 가정 보험 및 어린이 보험을 비교했다. 한때는 여러 비교 사이트를 비교하는 비교 사이트를 검색하기도 했다. 하지만 그녀가 가장 놀란 것은 그녀로서는 검색할 수 있다고 상상조차 하지 못한 것에 관한 검색이었다. 예를 들어 목에 스카프 감는 가장 좋은 방법 같은 것 말이다. 또는 이메일을 끝맺는 가장 좋은 방법. 또는 프러포즈하는 가장 좋은 방법. 또는 신발 끈을 묶는 가장 좋은 방법. 또는 세차하는 가장 좋은 방법. 가장 좋은 방법. 그것이 키워드였다. 정말 많은 방법들이 있었다. 하지만 가장 좋은 방법이 있었다. 바로 그것이 그가 알고 싶어 하는 것이었다. 그녀는 그가 세상이 수십억 개의 잘못된 방법과 하나의 잠재적으로 옳은 방법으로 구성되어 있다고 확신하며 세상을 돌아다닌다는 걸 이해하기 시작했고, 다른 사람들에게는 사소하고 쉬운 일이 왜 그에게는 무한히도 어려운지 점점 더 분명히 알게 되었다.

그녀는 그 이상한 행동에 관해 그와 이야기해야 한다고

생각했다. 그러나 아무 말도 하지 않았다. 그 대신 그의 검색 모니터링을 중단했다. 아마도 여자친구와 헤어지는 가장 좋은 방법에 대한 검색을 발견하는 것에 대한 두려움 때문이었을 것이다. 또는 아이들과 헤어져서 사는 가장 좋은 방법. 또는 가족에게서 사라지는 가장 좋은 방법.

아이가 생기면서 영향을 받은 것은 비단 그만이 아니었다. 그녀에게도 새로운 걱정거리가 생겼다. 때때로 그녀는 그가 자신을 감염시킨 게 아닌지 궁금했다. 그러나 그는 그들의 아이들이 강하고 건강하다는 이상하리만치 확고한 신념을 가지고 있었다. 그녀는 아이들이 숨을 쉬고 있는지 확인하기 위해 밤에 여러 번 깨는 유일한 사람이었다. 이해가 안 돼. 왜 아이들은 숨을 멈출까? 그가 말했다. 그 애들이 아이들이니까. 그녀는 대꾸했다. 아이들은 호흡을 아주 잘해. 사실 그것이 그 애들이 할 수 있는 몇 안 되는 일 중 하나야. 그가 말했다. 언젠가 눈이 내려서 그가 썰매로 아이를 유치원에 데려다주고 싶다고 말했을 때, 그녀는 자동차 운전자가 아이 아빠가 아이가 탄 썰매를 끌면서 걸어가는 걸 알지 못하고 그냥 밖에서 산책하는 거라고 생각할 위험이 크다고 지적했다. 그러자 그가 이렇게 대꾸했다. 그래. 아마도 약간의 위험이 있겠지. 자동차 운전자가 시각 장애인이라면 말이야. 그런데 시각 장애인 자동차 운전자는 진짜진짜 드물거든. 날씨가 추워져 건물들의 지붕에 고드름이 달리기 시작했을 때 드로트닝가탄 거리를 걷고 있던 어느 엄마에 관한 기사 링크를 찾아본 사람은 바로 그녀였다.

고드름이 그 엄마의 유아차에 떨어졌고, 아기는 죽었고, 아기 엄마는 충격을 받아서 그 건물을 소유하고 있던 아파트 조합을 고소했다는 내용이었다. 그렇군. 그런데 그런 정보를 듣고 내가 어떻게 하기를 바라? 기온이 영하로 떨어지면 밖에 나가지 말아야 할까? 건물 가까이에서 걸어가는 걸 피해야 할까? 넓은 공간으로만 이동해야 할까? 챙이 달린 아기용 헬멧을 사야 할까? 그녀가 한숨을 쉬었다. 진지하게. 우리는 살아야만 하잖아. 그가 말했다. 그는 그녀를 이해하지 못했다. 그는 세상이 위태로운 다리미, 상어 지느러미, 레고 타이어, 플라스틱 공, 유독성 방수제, 책더미, 소아성애자, 유괴범, 아동 살인자, 고드름, 태양, 추위, 너무 커다란 소시지 조각, 덜 익은 닭고기, 가위, 문틈, 자동차 문, 엘리베이터 문, 연필, 일반 볼펜, 드라이버로 가득 차 있다는 사실을 깨닫지 못했다. 그리고 문틀. 문틀 아래에서 딸을 공중으로 던져 딸의 목을 부러뜨린 벨기에의 한 아빠에 관해 어느 친구가 그녀에게 이야기해 주었기 때문이다. 그리고 냉장고 자석. 어떤 아이가 자석을 먹는 바람에 창자가 폐색되어 죽은 것에 관해 다른 친구가 이야기해 주었기 때문이다. 실수로 배터리를 삼킨 경우도 마찬가지였다. 자기는 잘못된 친구들과 어울려 다니잖아. 그가 말했다. 자기는 이상해. 그녀가 대꾸했다. 실제로 그가 그랬기 때문이었다. 그들이 함께 보내는 시간이 많아질수록 그가 그들의 아이들이 진정 살아 있는 존재라는 사실을 깨닫지 못하는 것 같다는 사실이 그녀에게 더 분명해졌다. 그는 그들의 영상을 촬영했고, 그들의 사진을 찍었고, 그들을 칭찬해 주었고, 알파벳과 시계 보는 법을 가르쳤고, 개와 고양이라는 단어를 말하기도 전에 고맙다는 말을 하도록 가르치려고 노력했다. 그러나 동시에 그는 항상 거리를 유지했다. 그는 여기에 있었지만 동시에 다른 어딘가에 가 있었다.

그녀는 소파에 누워 있다. 그는 산업 지대의 흑인 클럽에 있다. 그녀는 휴대폰을 확인했다. 그는 이상한 침대에서 책을 좋아하는 스탠드업 코미디언과 섹스한다. 그녀는 삶은 스파게티를 생각한다. 그는 응급실에 혼수상태로 있다. 그녀는 고개를 흔들었다. 아니다. 그는 집으로 오는 중이다. 집에 오고 있는 것이 틀림없다. 집으로 와. 집으로 와. 나는 당신과 함께 살 수 없어. 나는 당신 없이 살 수 없어. 그러니 지금 집으로 와. 집으로 와.

*

할아버지는 주방 소파에 누운 채 눈을 떠서 깜박였다. 오래된 아파트에는 시계가 그 자리에 있었기 때문에 주방 문 위의 벽을 쳐다보았다. 그러나 여기에는 시계가 없었다. 지금이 몇 시인지 시간을 확인하려면 일어나서 오븐에 있는 디지털 시계를 보아야 했다. 그는 거실로 몰래 들어갔다. 아들의 여자친구가 소파에서 자고 있었다. 그녀는 옆으로 누워 있었고, 테디베어인 양 휴대폰을 안고 있었다. 그녀의 곱슬거리는 머리카락이 쿠션 위에 펼쳐져 있었다. 그녀는 너무 젊고 아름다워서 그녀를 보는 것이 마음 아팠다. 실제로는 부부 침실인 곳에서 이상한 소리가 들렸고, 그가 문을 조금 열어 젖히자 한 살짜리 아이가 마음을 가라앉히려고 애쓰는 것이 보였다. 이제 아이는 베개 밑으로 들어가 아기 침대의 나무 울타리에 머리를 밀어 대고 있었다. 아이가 훌쩍거리자 할아버지는 손을 뻗어 아이를 달래려고 했다. 그는 아이를 진정시키고 작은 눈꺼풀을 손가락으로 쓸어 주었다. 항상 아이들에게 불러 주던 그 노래를 흥얼거렸다. 놀랍게도 효과가 있는 것 같았다. 한 살짜리 아이의 호흡이 더 차분해지더니 다시 잠이 들었다. 할아버지는 침대 옆에 남아 있었다. 갑자기 자신이 어디에 있는 것인지, 지금이 몇 년도인지, 누가 침대에 누워 있는 것인지, 자신이 누구인지 확신이 서지 않았다. 그는 방에서 몰래 빠져나가려 했다. 그가 문을 열고 빛이 비스듬히 들어오자 침대에서 쉰 목소리로 속삭이는 소리가 들렸다. 할아버지? 노래를 불러 주지 않을래요? 네 살짜리 아이가 머리를 곤두세우고 부부 침대에서 일어나 앉았다. 할아버지는 다시 어둠 속으로 들어갔다. 그는 네 살짜리 아이에게 물론 노래를 불러 줄 수 있다고 말했다. 어떤 노래를 듣고 싶니? 소구와 즐라탄이 봅슬레이 시합을 하는 거. 알았어. 할아버지가 대답했다. 무슨 노래요? 아빠가 그 노래를 불러 줬어요. 그런데 소구와 즐라탄이 하는 스포츠 시합를 골라야 해요. 어떤 때는 다이빙, 어떤 때는 낚시, 어떤 때는 풍선 야구, 어떤 때는 아이스 스케이팅을 해요. 알았다, 알았어. 할아버지는 네 살짜리 아이가 자신을 흉내 내는 것에 희망을 품고 가장 부드러운 목소리로 속삭였다. 노래가 어떻게 되더라? 어떤 때는 그들이 우주로 올라가고, 어떤 때는 누가 가장 높이 뛸 수 있는지 경쟁해요. 알았어, 내가 부를게. 할아버지가 아기 침대에서 움직이는 한 살짜리 아이를 바라보며 속삭였다. 조용히만 하면 노래를 불러 주겠다고 약속할게. 할아버지? 응. 나 배고파요. 배고파? 지금? 지금 한밤중이야. 모두 잠들어 있어. 하지만 나는 배 속에 구멍이 뚫렸어요. 배 속에 구멍이 있으면 잠을 잘 수가 없어. 누가 그런 말을 했어? 내 배가 그렇게 말해요. 알았어. 그럼 이리 와. 할아버지가 말했다.

그들은 침실을 몰래 빠져나와, 거실을 지나 주방으로 들어갔다. 할아버지는 한 살짜리 아이와 엄마를 깨우지 않기 위해 문을 닫았다. 뭐가 그렇게 먹고 싶은데? 손녀가 생각에 잠겼다. 할아버지는 유리잔들, 세트로 맞춘 도자기들, 비슷한 원두 커피 파우치 네 개가 들어 있는 찬장을 열었다가 다시 닫았다. 그곳에는 전쟁에서 살아남기에 충분한 음식이 있었다. 청소용 도구함처럼 보이는 곳에는 파스타 봉지 여러 개, 으깬 토마토, 둥근 참치 통조림, 옥수수 세 팩이 있었다. 다른 문 뒤에는 냄비들이 있었다. 냄비가 얼마나 많은지. 네 개, 다섯 개, 여섯 개. 똑같이 스테인리스 재질로 되어 있었다. 측면에 특별한 칸이 있었는데, 뚜껑들이 꽂혀 있었다. 주방 서랍에는 양념통들이 있었다. 또 다른 서랍에는 연필과 테이프, 공기가 통하지 않도록 식품을 밀봉해 주는 여러 색깔의 플라스틱 지퍼백이 가득했다. 하지만 고무줄은 없다고 할아버지는 생각했다. 아마도 사람들은 고무줄을 더 이상 필요로 하지 않는다. 이제 모든 사람이 플라스틱을 사용한다. 고무줄이 무슨 문제가 있나? 그것들은 자리를 차지하지 않는다. 그것들은 비용이 들지 않는다. 어디로든 가져갈 수 있다. 어쨌든 그것들은 절대로 또는 거의 망가지지 않는다. 그것은 사람들을 속여서 돈을 빼앗기 위해 누군가가 고안해 낸 크고 아마도 엄청나게 비싼 플라스틱 물건만큼이나 문제없이 기능을 한다. 무얼 찾고 있어요? 네 살짜리 아이가 물었다. 나는 모르겠다. 할아버지가 대답했다. 내 배가 특별히 뭐가 먹고 싶은지 알아요? 네 살짜리 아이가 물었다. 따뜻한 우유 좀 마실래? 할아버지가 제안했다. 응, 그런데 내 배는 팝콘을 더 먹고 싶어 해. 네 살짜리 아이가 대답했다. 팝콘? 응, 내 배는 달콤한 코코넛 맛 팝콘을 아주 먹고 싶어 해. 네 살짜리 아이가 그 팝콘 봉지가 있는, 냉동고 옆 주방 찬장 맨 위 칸을 보여 주었다. 보통 밤에 달콤한 팝콘을 먹니? 응. 밤에 달콤한 팝콘을 먹는 건 이번이 처음이지만 손녀는 이렇게 말했다. 할아버지와 손녀는 나란히 주방 소파를 기어올랐다. 그들은 달콤한 팝콘을 먹고 바깥 경치를 바라보았다. 저것 봐, 눈이 오네. 할아버지가 말했다. 나 스노우레이서가 있어요. 생일 선물로 받았어요. 네 살이 되었을 때. 다음 번에 난 다섯 살이 돼요, 네 살짜리 아이가 말했다. 맞아. 할아버지가 말했다. 내 생일 파티에 올 거예요? 봐서. 할아버지가 대답했다.

정말이지 그는 이렇게 높은 곳에서 살고 싶지 않았다. 도둑이 꼭대기에서 타고 들어올 수 있었다. 현기증이 났다. 발코니에서는 바람이 너무 많이 불었다. 할아버지? 응. 할아버지는 별로 날씬하지 않아요. 맞아. 배가 정말 동그래. 나도 같은 의견이야. 그런데 할아버지 다리는 안 뚱뚱해요. 맞아. 대부분 배예요. 맞아. 우리 유치원에 말콤이라고 있는데, 말콤의 형은 정말 뚱뚱해요. 나보다 뚱뚱해? 할아버지가 물었다. 아니요. 네 살짜리 아이가 웃으며 대답했다. 아니야? 할아버지가 다시 물었다. 사실 그렇지는 않아요. 네 살짜리 아이가 달콤한 팝콘 한 움큼을 입안에 집어넣으며 말했다.

*

딸이며 엄마인 여자친구가 깜짝 놀라 잠에서 깼다. 그녀가 잠을 자긴 좀 했나? 아니다. 잠들 수가 없었다. 그냥 눈만 감고 있었다. 그녀는 목소리를 들었다고 생각했지만 그녀의 상상이었을 것이다. 그녀는 휴대폰을 확인했고, 결코 잠들 수 없음을 받아들였다. 지금은 너무 늦었다. 애쓰지 말고 차라리 일어나는 편이 낫겠다 싶었다. 그러한 깨달음이 오히려 그녀의 몸을 편안하게 만들고 그녀를 잠들게 했다.

할아버지는 네 살 난 손녀를 안고 침대로 돌아갔다. 이
제 배부르니? 응, 이제 배가 훨씬 좋아졌어요. 네 살짜리 아
이가 말했다. 아이는 엄마 침대보다 자기 침대에서 자는 게
더 낫다고 생각했다. 네 침대는 어떤 거니? 할아버지가 물
었다. 네 살짜리 아이가 자기 방으로 가는 길을 알려 주었
다. 아이는 피곤하고 잠들 준비가 된 것 같았다. 그러나 먼
저 소변을 보고 싶어 했다. 그리고 물을 좀 마시고 싶어 했
다. 그리고 동화도 어떤 동화? 네 살짜리 아이가 우주에 관
한 두꺼운 접이식 책을 들고 침대로 돌아왔다. 우리가 그
걸 전부 읽을 수는 없어. 할아버지가 말했다. 그러면 반만.
네 살짜리 아이가 말했다. 그들은 읽기 시작했다. 할아버지
는 지구는 우주에 떠 있는 크고 둥근 바윗덩어리이고, 달
은 지구 주위를 돌고 있는 바위 공이고, 태양은 별이며 행
성들에 모든 빛과 모든 열을 제공한다고, 태양은 폭발하는
강력한 가스로 이루어진 거대한 공으로 크기가 엄청나게
크다고, 지구보다 100만 배나 크다고 말했다. 1000배보다
더 많은 거예요? 네 살짜리 아이가 물었다. 그럼, 100만은
1000보다 더 많아. 할아버지는 대답했다. 1000 다음은 없
어요. 네 살짜리 아이가 말했다. 아니야, 2000은 1000보다
많아. 할아버지가 말하고 계속해서 읽었다. 그는 태양 폭풍
이 아주 빠르게 회전하는 가스 소용돌이라고 이야기했다.
스피큘이 위로 쏘아올려졌다가 다시 아래로 떨어지는 역

동적인 제트 기류라고 설명했다. 목성 안에 지구를 1000개 이상 집어넣을 수 있다고 말했다. 1000개 이상요? 네 살짜리 아이가 물었다. 응, 할아버지가 대답했다. 지구를요? 정말이에요? 네 살짜리 아이가 다시 물었다. 그럼. 할아버지가 대답했다. 와. 네 살짜리 아이가 감탄했다. 할아버지는 토성의 고리, 화성의 모래 폭풍, 금성의 가스 구름, 해왕성의 바람에 관해 이야기했다. 수백만 년 전 두 은하가 충돌하면서 형성된 것이 성운(星雲)이라고 말하고, 고양이 눈 성운, 수레바퀴 은하에 관해 이야기했다. 네 살짜리 아이는 조용했다. 할아버지가 아이를 내려다보았다. 아이의 눈은 활짝 열려 있었다. 피곤하니? 할아버지가 물었다. 아이가 고개를 흔들었다. 할아버지는 조용한 목소리로 계속해서 책을 읽었다. 스푸트니크 인공위성과 아폴로 우주선, 카시니호와 허블 우주 망원경, 알마 망원경과 소유스 우주선에 대해 읽었다. 페이지를 넘기면서 화성에서 진행 중인 모든 실험을 보여 주었다. 1976년에 착륙한 우주 탐사선 바이킹 1호, 2004년부터 그곳에 가 있는 오퍼튜니티 로버, 2012년에 착륙한 큐리오시티 호. 이 책은 누가 준 거야? 할아버지가 말했다. 아빠요. 손녀가 대답했다. 아이가 고개를 들었다. 아빠는 어디에 있어요? 아빠는 곧 올 거야. 할아버지가 말했다. 그런데 아빠는 어디에 있어요? 아이가 물었다. 아빠는 곧 올 거야. 할아버지가 말하고 우주 책으로 다시 돌아갔다.

마침내 네 살짜리 아이가 잠이 들었다. 아이는 할아버지의 가슴에 머리를 대고 누웠다. 그녀는 작게 숨을 들이쉬었다. 할아버지가 아이를 내려다보았다. 아이는 아들과 너무 비슷했다. 딸과 너무 비슷했다. 그는 삼십 년 전의 자신이었다. 그는 요동하지 않고 가만히 누워 있었다. 그가 움직이지 않는다면 처음부터 모든 걸 다시 시작할 기회가 있을지도 몰랐다. 그는 눈을 감았다. 몇 년 만에 처음으로 텔레비전 없이 밤새 잠을 잤다.

*

여자친구가 일어난 시간은 7시 30분이었다. 그녀는 거의 믿을 수가 없었다. 휴대폰을 보고 고개를 흔들었다. 모든 것이 이상한 꿈이었다는 느낌이 들었다. 밖이 너무 밝아서 기분이 더 좋아졌다. 그녀는 소파에서 일어나 밖을 내다보았다. 나무 꼭대기가 흰색이었다. 나뭇가지가 흰색이었다. 보도도 흰색이었다. 나무줄기는 인내심이 부족한 사람이 하얀 가루로 장식하고 싶어 하는 것처럼 한쪽만 흰색이었다. 주방에서 목소리가 들려왔다. 놀라운 몇 초 동안 그녀는 남자친구가 돌아왔다는 것을 깨달았다. 그는 잠시 미쳐서 몇 시간 동안 운전했고, 휴대폰 충전하는 걸 잊어버렸고, 지금은 다시 아이들과 함께 주방에 앉아 있다. 그녀는 주방으로 나갔다. 안녕, 엄마. 할아버지가 여기 있어! 네 살짜리 아이가 외쳤다. 한 살짜리 아이는 자기 플라스틱 의자에 앉아서 손으로 콘플레이크를 먹고 있었다. 얼마나 오랫

동안 깨어 있었니? 엄마가 물었다. 아빠는 어디 있어? 네 살
짜리 아이가 물었다.

*

할아버지와 손녀는 새벽에 일어났다. 손에서 달콤한 팝
콘 냄새가 피어올랐다. 엄마를 깨우지 않으려고 몰래 주방
으로 들어갔다. 한 살짜리 아이가 징징거리기 시작하자, 할
아버지가 몰래 돌아와 손자도 데려갔다. 네 살짜리 아이가
기저귀 있는 곳과 물티슈 있는 곳을 보여 주었다. 물티슈가
뭐니? 할아버지가 물었다. 물티슈가 뭔지 몰라요? 종이 같
은 거예요, 젖은 종이요. 네 살짜리 아이가 설명했다. 할아
버지는 부풀어 올라 터질 듯한 한 살짜리 아이의 기저귀를
갈아 준 다음 주방에 있는 유아용 식탁 의자에 앉혔다. 아
이들이 아침으로 무엇을 먹는지 묻기 위해 거실 문을 열었
지만, 여자친구의 눈 주위에는 동그란 그늘 같은 것이 있고
휴대폰을 움켜쥐고 있는 모습 때문에 차마 깨우지 못했다.
대신에 그는 주방으로 가서 냉장고에 있는 모든 것을 꺼냈
다. 케첩과 버터와 치즈를 꺼냈고, 토마토와 오이와 빵, 그리
고 포장에는 오트 밀크라고 적혀 있지만 네 살짜리 아이 말
에 따르면 우유를 꺼냈다. 와, 아침 식사가 많아요. 네 살짜
리 아이가 말했다. 원하는 거 말만 해라, 내가 다 만들어 주
마. 할아버지가 말했다. 아빠는 어디 있어요? 네 살짜리 아
이가 물었다. 치즈 샌드위치를 줄까, 아니면 버터 샌드위치

를 줄까? 할아버지가 말했다. 아버지인 할아버지는 정말 집에 가서 옷을 갈아입어야 했다. 그런데 아이들 엄마가 잠에서 깼을 때 그가 필요할 거라고 생각했다. 그녀는 신경이 곤두서 있었다. 그가 소파에 앉아서 그녀를 지켜보고 있다는 사실을 잊은 채 그녀는 바닥에 떨어진 음식을 닦기 위해 몸을 구부리고 아주 얇은 나이트가운을 입고 돌아다녔다. 무엇을 하든 그녀의 손에는 휴대폰이 있었다. 할아버지는 그녀를 안심시켰다. 걱정할 이유가 하나도 없다고 설명했다. 내 아들은 결코 어리석은 짓을 하지 않을 거야. 그가 말했다. 무슨 어리석은 짓요? 여자친구가 물었다. 내 말은, 그 애가 좋은 남자라는 거야. 훌륭한 남자야. 정직한 남자. 혹시 너 그 애가 매춘부와 함께 있었다고 생각하는 거니? 아니면 정부(情婦) 집에서 밤이라도 보냈다고 생각하는 거니? 난 그렇게 생각하지 않아. 나는 그 애가 언제든 집으로 돌아올 거라고 확신해. 할아버지가 말했다. 여자친구가 그를 쳐다봤다. 그녀는 진정되었다. 응원해 주셔서 감사합니다. 그녀가 말했다. 괜찮아. 혹시 커피 있니? 할아버지가 물었다. 아버님 커피만 내리세요. 그녀가 말했다. 그가 제대로 들은 걸까? 그는 그녀를 용서하기로 했다. 그녀는 제정신이 아니었다. 그녀는 통제할 수 없는 공격성으로 가득 차 있었다. 불쌍한 것. 남자친구가 연락하는 것을 잊고 재미있는 시간을 좀 가지기로 결정한 것에 이토록 많은 영향을 받는다면, 그녀는 인생에서 많은 일을 겪어 내지 못할 것이다.

엄마인 여자친구는 네 살짜리 아이가 아프다고 유치원에 결석 신고를 하고, 직장도 쉬기로 했다. 그녀는 오늘 밖에 나갈 힘이 없지만, 동시에 모든 것이 그가 여기 없다는 것을 그녀에게 상기시켜 주기 때문에, 집 안에만 머무르는 것은 불가능했다. 이제 우리는 나가서 썰매를 탈 거야. 조율이 되지 않은 피아노보다 더 우스꽝스럽게 끽끽거리는 경쾌한 목소리로 그녀가 네 살짜리 아이에게 말했다. 그녀가 바라는 건 할아버지가 이 힌트를 이해하고 아이들을 내버려 두는 것이었다. 그녀는 두 아이와 큰 아기를 전부 돌볼 수 없었다. 그러나 할아버지는 그런 힌트를 이해하는 사람이 아니었다. 그것이 달려들어 그의 코를 물어뜯는다 해도 그는 그 힌트를 이해하지 못했을 것이다. 그녀가 아이들과 함께 공원에 간다고 하자 할아버지도 옷을 갈아입기 시작했다. 할아버지 같이 갈 거예요? 네 살짜리 아이가 말했다. 아니. 할아버지는 아마 집에 가실 거야. 여자친구가 말했다. 괜찮아. 나도 같이 따라갈게. 달리 할 일도 없는데 뭐.

그녀는 한숨을 내쉬었다. 그러나 사실대로 말하면, 두 어른이 서로 도우니 아파트를 나서는 것이 조금 더 쉬워졌다. 할아버지는 현관의 노란색 옷장 뒤에 있던 어린이용 장갑을 집었고, 네 살짜리 아이가 겨울 부츠 위로 자기 우주복을 잡아당기는 것을 도와주었다. 이것도 하는 거니? 그가 바닥에서 헬멧을 집어 들며 말했다. 네, 고맙습니다. 아이가 이렇게 말했고, 그는 네 살짜리 아이의 헬멧을 씌워 주었다. 이거 내 자전거 헬멧이에요. 내 썰매 헬멧은 유치원에 있어요. 네 살짜리 아이가 말했다. 헬멧이 두 개나 있어? 할아버지가 물었다. 응, 하지만 다른 건 검은색이에요. 그리고 동그래요. 할아버지와 네 살짜리 아이가 복도로 나갔다. 그들은 서로 도와 할아버지는 스노우레이서와 썰매를, 네 살짜리 아이는 썰매에 매는 끈을 들고 나왔다. 다쳤어요? 네 살짜리 아이가 물었다. 아니, 발이 조금 아플 뿐이야. 심각한 거 아니야. 할아버지가 대답했다.

*

한때 아빠였던 할아버지는 삼십 년 동안 눈썰매장에 가지 않았다. 복도에서 나올 때 그는 수술한 눈이 온통 하얀 주변 때문에 부시지 않도록 눈을 가늘게 뜨고 있어야 했다. 그들은 새로운 세계로 발을 내디뎠다. 제설 트럭이 아직 다녀가지 않았다. 오솔길에는 모래가 깔리지 않은 상태로 눈이 바람에 날려 쌓인 커다란 눈더미가 있었다. 한 살짜리 아이를 작은 썰매에 앉혔고, 네 살짜리 아이는 스노우레이서를 탔다. 그들은 아이들을 데리고 썰매 언덕으로 올라갔다. 귀에 들리는 것이라고는 뽀드득거리는 그들의 발소리와 첫눈이 도시를 압도할 때 나타나는 침묵, 온통 새하얀 솜뭉치가 세상을 고립시키고 마치 방음 부스에서 방황하는 것처럼 느껴질 때 일어나는 무거운 침묵뿐이었다. 정

말 너무나 아름답구나. 그가 말했다. 정말 그래요. 그녀가
대꾸했다. 그들은 작은 숲에서 걸음을 멈췄다. 암컷 사슴
한 마리가 보였다. 그런 다음 두 마리의 수컷과 더 멀리 작
은 새끼 사슴도 보였다. 네 살짜리 아이와 한 살짜리 아이
는 온통 하얀 주변 풍경 속에 홀로 서 있는 연약한 갈색 동
물에 매료되었다. 모두 보았니? 엄마가 속삭였다. 무스 가
족이야? 네 살짜리 아이가 속삭여 물었다. 사슴 가족이야.
엄마가 속삭여 대답했다. 그들 중 한 마리가 움직이니 다른
사슴들도 모두 움직였다. 그들은 언덕을 뛰어올라 몇 초도
되지 않아 사라져 버렸다. 옛날에 달팽이 스물일곱 마리를
보았어요. 손녀가 할아버지에게 말했다. 스물일곱 마리?
우와, 어디서? 저기 계단에서요. 아빠하고 함께요. 비가 내
렸어요. 달팽이는 비를 정말 좋아해요. 아빠는 어디 있어
요? 네 살짜리 아이가 돌계단을 가리키며 말했다. 아빠는
곧 올 거야. 네가 본 동물에 대해 더 이야기해 봐. 할아버지
가 말했다. 그곳에 있는 동물들을 전부 봤어요. 토끼하고
고양이, 개, 공룡요. 한번은 아빠와 함께 노아에서 집으로
가는 길에 완전히 죽은 다람쥐를 보았어요. 네 살짜리 아
이가 말했다. 완전히 죽었다고? 할아버지가 물었다. 그녀는
고개를 끄덕였다. 완전히, 완전히 죽었어요.

썰매 타는 언덕은 숲의 반대편에 있었다. 첫 번째 썰매타
기는 먼저 눈이 압축되어야 해서 속도가 나지 않았지만, 그
다음은 더 빨라졌다. 네 살짜리 아이는 처음에는 스노우레
이서를 탔고, 그다음에는 썰매를 탔고, 그다음에는 꼬리가

달린 초록색 플라스틱 썰매를 탔다. 한 살짜리 아이는 자기 썰매에 앉아 만족스럽게 쳐다보았다. 아이 윗입술에 묻은 콧물이 반짝였다. 할아버지는 아무 생각 없이 손을 뻗어 아이의 콧물을 손가락으로 닦아 눈에 털어 냈다. 그것은 과거의 동작이었다. 다른 삶에서 일상적으로 하던 일이었다. 그런데 이제는 낯설기도 하고 친숙하기도 했다. 고개를 들었을 때, 그는 아이들 엄마가 온정 비슷한 어떤 것이 담긴 표정으로 그를 바라보고 있는 것을 알았다.

할아버지, 썰매 타지 않을래요? 네 살짜리 아이가 외쳤다. 나는 헬멧이 없어. 그가 말했다. 내 거 빌려줄까요? 내 생각에는 너무 작을 것 같아. 그가 대답했다. 그 사람이 무슨 일을 하는지 이해하시겠어요? 엄마가 물었다. 누구? 아버님 아들요. 아버님 자식한테 이렇게 하신 적 있어요? 그녀가 물었다. 그는 곰곰이 생각했다. 나에게 딸이 둘 있었다는 것 알고 있지? 그녀가 고개를 끄덕였다. 그가 목을 가다듬었다. 첫째 딸하고 연락이 끊겼어. 무슨 일이 있었는데요? 그녀가 물었다. 순간적으로 일어난 일이었어. 처음엔 삶, 그다음엔 죽음. 그가 말했다.

그는 말없이 서 있었다. 모든 것이 그 애 엄마의 잘못이라고 말하고 싶었다. 그의 첫 번째 아내는 경계를 설정하지 않았다. 딸아이가 원하는 모든 것을 주었다. 그녀 자신은 딸아이에게 아무런 요구도 하지 않았다. 그렇게 시간이 흘러갔다. 그도 딸을 위해 할 수 있는 모든 것을 했다. 적어도 2년에 한 번은 찾아가서 만났다. 어쨌든 처음에는 그랬다.

종종 선물도 챙겨서 갔다. 그 아이를 세 번 여기로 초대하기도 했다. 그 아이는 그의 새 가족과 함께 시간을 보냈다. 그는 그 아이의 비행기표를 샀고 식사비도 모두 책임졌다. 처음에는 정말 너무 좋았다. 두 번째도 완전히 괜찮았다. 그 아이가 터무니없이 짧은 검은색과 흰색의 치마를 입고 공원에 나가려는 걸 그가 못 하게 했을 때는 걸핏하면 싸우는 어린 십 대였던 그 아이를 화나게 했지만 말이다. 세 번째 만남 전 그들은 몇 년 동안 서로를 보지 못했는데, 그 아이가 도착해서 공항 대기실로 나왔을 때 눈이 감겨 있었다. 그 아이는 너무 빠르게 말했고, 핸드백을 꽉 움켜쥐었다. 둘째 날 그 아이는 감기에 걸렸다. 아침 식탁에서 콧물이 흘러내렸다. 점심시간이 되자 그 아이는 사라졌다. 그는 시내로 들어가 세르겔스 토리 광장에서 그 아이를 찾아냈다. 여기서 뭐 하는 거야? 그가 물었다. 아무것도요. 아이가 대답했다. 이제 집으로 가자. 그는 아이의 팔을 잡고 말했다. 그들은 저녁을 먹었다. 그의 전처가 마르세유의 건축에 대한 질문으로 식탁 주변의 침묵을 채우려 했다. 딸아이는 한 단어로만 대답했다. 물잔을 들어 올리는 아이의 손이 떨렸다. 딸아이는 독감에 걸렸다고 했다. 그녀는 아들의 침실에 놓아둔 매트리스 위에 누우러 갔다. 그녀는 몇 시간 동안 깨어 있었다. 아버지는 유리로 된 발코니의 창문을 통해 그녀를 바라보았다. 그녀는 떨고 있었다. 매트리스 위에서 이리저리 몸부림치고 있었다. 마치 꼭두각시 인형 같았다. 처음에 그는 그것이 열과 오한 때문이라고 생각했지만,

나중에 그녀가 몸을 긁고 있다는 걸 알았다. 팔, 두피, 허벅지를. 그녀는 손톱을 세워 몸을 찢다시피 했고, 아들이 일어났다. 아들은 침대에 일어나 앉아 그녀를 바라보았는데, 처음에는 그녀가 장난을 하거나 제스처 게임을 하고 있다고, 혹은 기타 치는 시늉을 하고 있다고 생각하는 것처럼 즐거운 표정으로 그녀를 바라보았다. 그러나 시간이 흐르자 무서워 보였다. 아직 할아버지가 아니었던 아빠는 알아차렸다. 그는 탄식의 터널에서 비슷한 모습을 본 적이 있었다. 그는 방으로 들어가 그녀를 부둥켜안았다. 아이 엄마에게 전화를 걸어 이야기했다. 아이 엄마는 부정했다. 그녀는 딸에게 몇 가지 문제가 있었지만 지금은 깨끗하고 6개월 이상 주사기를 만지지 않았다고 말했다. 아이가 지금 내 아들의 침실에서 무너져 내리고 있어. 그가 말했다. 아이 엄마는 전화를 끊었다. 그녀는 그가 그녀나 그녀의 딸을 비판할 권리가 없다고 생각했다. 그러는 동안 딸아이는 비명을 지르기 시작했고, 고통에 몸부림쳤으며, 담즙을 토하고 설사했다. 그들이 그녀를 일으켜 세웠을 때, 매트리스 위에는 그녀의 어두운 몸 그림자가 남겨져 있었다. 그들은 그녀를 응급실로 데려갔고 해독을 위해 입원시키려 했지만, 그녀는 가능한 한 빨리 집에 가고 싶어 했다. 재활 프로그램을 성실히 따르겠다고 했다. 그녀는 후원자도 있고 코치도 있으며 다음 회의에 빠지는 것을 원치 않았다. 그는 그녀와 함께 공항으로 갔다. 그는 그녀에게 절대로, 절대로, 절대로 어떤 것도 다시 하지 않겠다는 약속을 받았다. 그녀는 약속했다. 그는 마약은 몸을 망가뜨리며 만약 계속 이러면 일찍 죽게 될 거라고 말했다. 그녀는 약속했다. 그는 만약 그녀가 한 번만 더 마약을 하면 더 이상 그의 딸이 아니라고 말했다. 그런다고 뭐가 달라지나요? 그녀가 말했다. 그들은 작별 인사를 했다. 그것이 두 사람의 마지막 만남이었다. 적어도 그는 마지막으로 그녀를 보았고, 그녀를 그의 딸로 생각했었다. 그 후 몇 년 동안 그들은 연락이 없었다. 한 지인이 그녀가 메타돈 클리닉에서 나오는 것을 보았다. 또 다른 지인은 그녀 또는 그녀와 닮은 여자가 스타디움 근처의 미슐레 대로에서 기다리고 있던 빨간 차에 뛰어드는 것을 보았다. 그는 연락하지 않음으로써 그녀를 멈추게 하려고 했다. 그런 다음 그녀와 대면하기 위해 아래로 내려갔다. 그는 그녀의 집 밖에 서서 기다렸다. 그녀가 햇빛 속으로 걸어 나왔을 때, 그는 딸아이의 얼굴을 알아볼 수 없었다. 그들이 마지막으로 본 이후로 그녀는 서른 살이 되었다. 그녀의 다리는 붉은 거미줄 자국과 담뱃불에 지진 자국 같은 구멍들이 가득했다. 그는 온종일 그녀를 따라다녔다. 그녀는 짧은 머리의 어린 여자애를 만나 마약이 든 것으로 보이는 천 주머니를 건네받았다. 그런 다음 평화롭게 마약 주사를 놓기 위해 영화관 안으로 들어갔다. 그녀는 그녀의 포주였을지도 모르는 수염 기른 남자와 커피를 마셨다. 마침내 그녀가 혼자가 되었을 때, 그는 자신을 드러냈다. 그는 그녀를 억지로 택시에 태워 엄마 집에 데려다주었다. 그녀는 저항하지 않았다. 게임이 끝났다는 것을 이해했다. 그는 그녀를 따라 위층으로 올라갔다. 그리고 모든 것을 말했다. 그녀가 어디에 갔는지, 그녀가 어떤 사람들과 거래했는지 말했고, 그녀 엄마에게 그녀가 아직 마약을 하고 있다는 증거를 원한다면 천 주머니 안을 들여다보라고 말했다. 나는 오 년 동안 전혀 약을 하지 않았어요. 딸이 말했다. 내 딸을 스토킹했어요? 그녀 엄마가 물었다. 우리 딸이야. 그가 천으로 된 주머니를 뒤집으며 말했다. 책과 DVD들이 바닥에 떨어졌다. 약이 사라졌다. 주사기도 버리고 없었다. 우리 인생에서 사라졌다 돌아와서 어떻게 감히 내 딸을 스토킹할 수 있어요? 엄마가 말했다. 십 년이나 늦었어요. 딸이 말했다. 절대로 늦지 않았어. 아빠가 말했다. 나는 아파요. 딸이 말했다. 그녀는 병명을 말했다. 아빠는 결코 되돌릴 수 없을 거라고 말했다. 그는 더 이상 그의 딸이 아닌 여자에게 작별 인사도 하지 않고 아파트를 빠져나왔다.

*

엄마인 여자친구가 썰매 타는 언덕에 서서 네 살짜리 아이가 플라스틱 썰매의 속도를 내기 위해 두 발을 공중으로 치켜드는 모습을 지켜보았다. 이것 좀 봐요. 속도가 엄청나요. 아이가 소리를 지르며 한 번에 5미터를 가다가 웃으며 눈 속에 넘어졌다. 아이 엄마 옆에는 아이들의 할아버지가 서 있었다. 갑자기 그가 자신의 첫 딸을 언급했다. 아버님과 그녀 사이에 정말 무슨 일이 있었어요? 그녀가 물었다. 순간적으로 일어난 일이었어. 처음엔 삶, 그다음엔 죽음. 그가 말했다.

그는 말없이 서 있다. 그리고 그녀는 그의 말이 계속되기를 기다리고 있다. 하지만 그의 말은 더 이상 이어지지 않았다. 그가 몇 번 입을 열었지만 스스로 멈췄다. 바람이 울부짖었다. 아버님은 아버님 아버지와 연락을 잘하셨어요? 여자친구가 화제를 전환하려고 말을 꺼냈다. 대답이 없었다. 나는 내가 할 수 있는 모든 것을 했어. 나는 아무것도 후회하지 않아. 할아버지가 말했다. 그런 다음 더 이상 아무 말도 하지 않았다. 그녀는 그를 쳐다보았다. 그의 입술이 떨렸다. 그는 한없이 늙어 보였다. 네 살짜리 아이가 뭔가 잘못되었음을 알아차렸다, 할아버지 추워요? 그래, 할아버지가 추우셔. 우리 어서 집에 가자. 마지막으로 한 번만 더 타고. 그녀가 말했다. 세 살이었으니까 세 번 더. 네 살짜리 아이가 대답했다. 좋아, 세 번 더 타. 아니, 네 살이니까 네 번 더. 아니야, 세 번 더 타. 그런 다음에 집에 갈 거야! 엄마가 소리쳤다.

그녀는 자신의 휴대폰을 살폈다. 부재중 전화는 없었다. 메시지도 없었다. 그녀는 눈을 감았다. 심호흡을 한 번 하고 하느님, 알라, 부처, 제우스, 토르, 오딘, 투팍에게 그들이 썰매 타는 언덕에서 돌아가면 주차장에 차가 서 있는 모습을 보게 해 달라고 기도했다.

할아버지가 손녀를 도와 큰 욕실에 있는 수건걸이에 젖은 옷을 모두 걸었다. 우주복, 양말, 스웨터, 내복이 거기에 걸렸다. 팬티하고 티셔츠 빼고 전부 다예요! 네 살짜리 아이가 행복하게 말했다. 엄마는 코코넛 소스에 볶은 마카로니와 태국 샐러드를 점심으로 준비했다. 할아버지는 단것을 좋아하지만 달콤한 파스타 소스는 좋아하지 않았다. 할아버지 생각에 파스타 소스에는 다진 고기나 닭고기, 으깬 토마토, 월계수 잎이 들어가 있어야 했다. 그래도 그는 최선을 다해 다 먹었다. 그 후 그는 텔레비전 앞에 네 살짜리 아이와 함께 앉았다. 그들은 공룡에 관한 만화 영화를 보았다. 리틀풋이 폭발하는 화산 근처 통나무 아래에 갇힌 아빠를 구하기 위해 공룡 친구들과 함께 먼 길을 떠났다. 네 살짜리 아이는 날카로운 이빨 공룡이 다른 공룡을 잡아먹는다고 진지한 목소리로 설명했다. 엄마가 침실로 들어가 한 살짜리 아이를 재웠다. 식탁에서 그 아이는 잠들기 일보 직전으로 그릇에 얼굴을 처박은 채 눈을 비비며 피곤한 말처럼 머리를 휘청거리고 있었다. 이제 그 아이는 잠드는 것 말고는 아무것도 할 준비가 되어 있지 않은 것 같았다. 잠시 조용했다가, 그 아이가 소리를 지르고, 웃고, 위아래로 뛰고, 때때로 다시 한동안 조용해졌다가 소처럼 우는 소리가 들렸다. 마지막으로 침실에 침묵이 흘렀다. 엄마가 발끝으로 몰래 다가왔다. 그녀는 한 번에 몇 밀리미터씩 문을 닫았다.

저는 가서 장 보고 올게요. 그녀가 속삭였다. 아이는 적어도 한 시간은 자야 했다. 어쩌면 한 시간 반. 할아버지는 고개를 끄덕이며 엄지손가락을 치켜들었다. 그녀가 네 살짜리 아이에게 작별의 키스를 하고 계단통으로 사라졌을 때, 할아버지는 그녀가 하필 왜 지금 장을 봐야 하는지 궁금해졌다. 그들의 주방 전체가 물건으로 가득 차 있는데 말이다. 그리고 아들도 어제 장을 보러 가지 않았는가? 왜 그녀는 집에 있는 물건을 사용할 수 없는 걸까? 날카로운 이빨 공룡들이 자기 냄새를 맡지 못하게 리틀풋이 몸에 악취 풀을 발랐어요. 네 살짜리 아이가 텔레비전을 가리키며 말했다. 똑똑하네. 할아버지가 대구했다.

*

엄마인 여자친구가 지하철역을 향해 달려갔다. 지하철 개찰구 가까이에 다다르자 벌써부터 카드를 빼 들었다. 그녀의 목적지인 도시로 가는 지하철 시간도 딱 맞았다. 그녀는 릴예홀멘에서 내렸고, 다음 열차까지는 구 분을 기다려야 해서 호수 옆길을 따라 걷기로 했다. 그녀는 큰 헤드폰을 낀 개 주인들과 휠체어에 앉아 햇빛을 즐기는 퇴직한 노인들을 지나쳤다. 그가 거기에 있을까? 그는 틀림없이 거기에 있을 것이다. 그곳은 그녀가 이 도시에서 그가 있을 거라고 상상할 수 있는 유일한 장소였다. 만일 그녀가 위기 상황에서 가족을 떠나려고 했다면, 거기서 그녀를 찾을 수 있을 것이다. 모든 것이 시작된 곳이 바로 거기였다. 그녀는 그가 바위 위에 서서 그녀가 오는 것을 볼 거라고 확신했다. 그는 손을 흔들 것이다. 그는 웃을 것이다. 그는 이런 식으로 말할 것이다. 자기를 만나서 얼마나 기쁜지 몰라. 그녀는 그에게 답하려고 손을 들지 않을 것이다. 그의 인사에 답하지 않을 것이다. 그녀는 그의 얼굴을 때릴 것이다. 무릎으로 가운데를 걷어차 버릴 것이다. 그의 정강이를 발로 차서 땅에 쓰러뜨리고, 그가 쓰러져 겁에 질렸을 때 그가 한 번만 더 그녀를 이런 식으로 대하면 아이들을 데리고 떠나 버릴 거라고 말할 것이다. 사라질 것이다. 아주 영원히. 그녀는 텅 빈 운동장을 가로지르고 철로를 건너 전망대를 향해 언덕을 올라갔다. 조약돌이 미끄러웠다. 도로 표지판은 눈으로 덮여 있었다. 겨울용 타이어가 없는 자동차 한 대가 주차장에서 가속을 시도했지만 헛수고였다. 그녀는 버림받은 바위를 멀리서 바라보았다. 다리와 섬, 숲과 물이 보였다. 그러나 그는 없었다. 보도에는 노란색 고무호스를 땅속으로 집어넣은 흰색 밴이 서 있었다. 오렌지색 소음 차단 귀마개를 쓴 남자가 하수구에 문제가 있다고 했다. 괜찮으세요? 그녀는 고개를 끄덕여 보이고 그 자리를 떠났다. 이번에는 아무도 그녀가 언덕 아래로 사라지는 모습을 보지 않았다.

  아버지인 할아버지는 그의 손녀가 왜 아빠에 관한 이야기를 멈추지 못하는지 이해하려고 애썼다. 처음에는 귀여웠다. 하지만 이제는 짜증이 났다. 손녀는 오 분마다 한 번씩 아빠가 어디 있느냐고 물었다. 아빠가 무엇을 하고 있는지. 아빠가 곧 집에 오는지. 그런 다음 손녀는 부풀린 풍선을 바닥에 닿지 않게 하면서 튕기는 풍선 야구를 하고 싶어 했다. 누가 이 스포츠를 발명했는지 알아요? 손녀가 물었다. 아빠인 것 같은데? 할아버지가 대답했다. 응. 하지만 아빠와 내가 함께 생각해 냈어요. 오늘 저녁에 아빠가 올까요? 네 살짜리 아이가 말했다. 그래, 아빠는 분명히 올 거야. 어떻게 알아요? 그냥 알아. 할아버지가 이렇게 말하고는 주차장을 내려다보기 위해 창가 쪽으로 걸어갔다. 이제 그가 올 것이다. 곧 그가 올 것이다. 열쇠가 돌아가고 풍선이 땅에 떨어지기도 전에 네 살짜리 아이가 현관에 가 있었다. 아이는 누구인지 보자마자 눈물을 흘렸고, 엄마는 아이를 자기 무릎에 앉히고는, 그녀도 아빠가 보고 싶고 아빠는 곧 돌아올 거라고 말했다. 어떻게 알아? 네 살짜리 아이가 물었다. 엄마는 그것을 느낄 수 있어. 그녀가 말했다. 할아버지는 마음이 아팠다. 네 살짜리 아이가 아기처럼 울었다. 그는 누가 네 살짜리 아이를 그토록 과민해지도록 가르쳤는지 궁금했다. 아이 아빠임이 틀림없다. 아직도 자요? 엄마가 물었다. 곯아떨어졌어. 할아버지가 대답했다. 고마위요. 엄마가 말했다. 괜찮다. 할아버지가 자기 외투에 손을 뻗으며 말했다.

*

여자친구가 집에 와서 현관에 들어와 보니, 그녀가 집을 나섰을 때와 마찬가지로 아빠의 신발은 비어 있었다. 네 살짜리 아이는 온종일 붙어 있으려고 했고, 그녀는 더 이상 견딜 수 없었다. 아이는 엄마의 팔 안에서 녹아내렸고, 십오 분 동안 울었다. 엄마가 아이를 위로했다. 그녀는 마침내 집에 가기로 한 할아버지에게 작별 인사를 했다. 이제 가장 중요한 사람들하고만 있게 되었다. 그녀가 절대로 저버리지 않을 사람들. 한 살짜리 아이가 깨어났다. 그들은 주방으로 가서 글루텐과 설탕이 들어 있지 않은 바나나 과자를 준비했다. 한 살짜리 아이는 싱크대 옆의 흰색 높은 의자에 서서 투명한 젖병에 대추야자 하나를 넣었다 꺼냈다 하고 있었다. 네 살짜리 아이는 바나나를 까서 으깼는데 갈색으로 변해 버렸다. 엄마는 휴대폰을 치워 놓고 그들이 하는 일에 참여하려고 노력했다. 지금은 그것이 다른 어떤 일보다 중요했다.

그들이 조리법의 거의 반 정도를 끝냈을 때, 현관에서 열쇠로 문 여는 소리가 났다. 문이 열리고 그녀가 가장 먼저 본 것은 구깃구깃한 커다란 파란색 이케아 가방이었다. 그런 다음 그가 보였다. 그가 이케아 가방을 먼저 들고 왔다.

물건으로 가득한 가방이 네 개였다. 큰 화장지 꾸러미, 기저귀 박스 여러 개, 골판지 접시와 냅킨, 오트밀 열 개가 들어 있는 박스가 보였다. 아빠! 네 살짜리 아이가 소리를 지르며 아빠를 껴안기 위해 복도로 뛰쳐나갔다. 우리 예쁜이, 안녕. 그가 딸의 목 냄새를 들이마시기 위해 쪼그리고 앉으며 말했다. 어디 갔었어? 네 살짜리 아이가 물었다. 장을 봤어, 아빠가 대답했다. 시간이 엄청 많이 걸렸네. 가끔 장 보는 데 시간이 오래 걸려. 사람들이 엄청 많았거든. 아빠가 말했다.

그가 신발을 벗고 점퍼를 걸었다. 그는 봉투들을 주방으로 옮기고 물건을 쌓아 올리기 시작했다. 그는 면도도 못한 상태이고 눈이 붉게 충혈되어 있었다. 어제와 똑같은 옷차림이었다. 그녀는 한마디도 하지 않았다. 그들은 조용히 저녁을 먹었다. 말을 하는 유일한 사람은 네 살짜리 아이였다. 아이는 축구, 로봇에 대해 이야기했고, 할아버지가 자기에게 우주 천사라고 말했다고 했다. 할아버지가 여기 오셨었어? 아빠가 물었다. 여기서 자고 갔어. 할아버지는 정말 뚱뚱해. 말콤의 형보다도 뚱뚱해. 네 살짜리 아이가 말했다. 무우우. 한 살짜리 아이가 접시를 바닥에 쏟으며 말했다.

*

엄마인 여동생은 휴대폰에 주말 전에 해야 할 일들의 목록을 만들었다. 그녀는 다음 주에 론칭하는 크노르 광고

캠페인 전에 몇 가지 사항을 조정하기 위해 유니레버 회사의 언론 담당자에게 연락할 것이다. 내일 떠나는 아버지에게 전화를 걸어 작별 인사를 할 것이다. 또 그녀는 네 개의 중요한 이메일에 답장을 해야 하고, 친구의 결혼식 초대를 수락해야 하며, 온라인으로 구매한 신발을 반품해야 했다. 그리고 내일 그녀의 남자친구지만 아빠가 될 준비가 되지 않은 그를 만나 함께 낙태 클리닉에 가서 배 속에서 자라고 있는 생명을 끝내 주어야 한다. 아니, 그것은 생명이 아니다. 이십이 주가 지나야 비로소 생명체가 된다. 이후에는 더 이상 낙태가 허용되지 않으며, 태아는 자궁 밖에서 생존할 수 있게 된다. 그때까지는 태아가 아니다. 그것은 그녀의 일부이며, 내일 일어날 일은 별것 아니다. 단지 그녀가 원하지 않는 것을 제거하기 위한 절차일 뿐이다. 윗부분이 검은 여드름을 짜내거나 염증이 생긴 맹장을 제거하는 것과 같다. 아파트로 올라가는 엘리베이터에서 그녀는 아들에게 메시지를 보냈다. 세상이 사랑으로 가득 차 있다는 노래였다. 그녀는 적어도 격일로 여전히 연락을 취했다. 이메일로 아니면 문자 메시지로. 그러나 아이는 한 번도 대답하지 않았다.

그녀는 그녀가 떠났을 때와 마찬가지로 침묵이 드리운 아파트로 돌아왔다. 언젠가 그녀가 집에 돌아와 보니 아들이 그녀의 물건을 뒤지고 있어서 엄청나게 화가 났던 일이 기억났다. 아들은 허락도 없이 그녀의 아이패드를 꺼내 게임을 하거나 동전을 찾으려고 운동 가방을 뒤지곤 했다. 그런 일로 짜증이 났다는 것을 지금은 도저히 상상할 수 없었다. 그녀가 아침 식사로 감자칩을 먹으면 안 된다고 했을 때 아이가 단념하지 않았다는 이유로 아이를 호되게 야단친 적이 있는데, 지금은 그 생각만으로도 부끄러웠다. 이제 그녀는 아이를 집으로 데려오기 위해, 난로 위에 꼬깃꼬깃 뭉쳐 놓은 더러운 양말, 바닥에 널브러져 있는 모자, 식탁 위에 무질서하게 널려 있는 교과서 등 아들의 흔적을 보기 위해 무엇이든 하려고 했다. 버터가 묻은 끈적끈적한 손가락 자국과 바닥에 두꺼운 갈색 흔적을 남기는, 잊고 놔둔 초콜릿 음료 잔, 빵 부스러기, 응고되어 물기가 송골송골 맺힌 치즈도.

이제 그녀는 아파트에 흔적을 남기는 유일한 사람이었다. 바로 그녀가 자기의 이어폰을 가지러 신발을 신고 들어와 바닥에 발자국을 남겼다. 주방 식탁에 남아 있는 것은 먹고 나서 치우지 않은 그녀의 외롭고 슬픈 아침 식사였다. 그녀가 얼마나 많은 주스 잔을 사용했는지, 얼마나 많은 친구를 저녁 식사에 초대했는지, 그녀의 남자친구가 여기 얼마나 오래 머무는지는 중요하지 않았다. 어쨌든 여기에 단 한 사람만 산다는 건 분명했으며, 그녀의 흔적은 아들의 흔적과 같지 않았다. 그녀는 아이의 냄새, 풀 냄새와 땀 냄새, 그리고 실제로 그녀의 것이었지만 냄새가 너무 좋다며 아이가 빌려 쓰곤 했던 데오도란트 냄새가 그리웠다.

그녀는 외투를 옷걸이에 걸고 신발을 벗고 주방으로 들어갔다. 식사 준비를 해야 했지만, 자신을 위해 식사 준비하는 것보다 더 지루한 일은 없었다. 그녀는 남은 음식을 꺼내려고 냉장고를 열었다. 케첩, 잼, 소시지, 소시지 빵, 절인 비트 뿌리 등 단지 아이가 좋아했기 때문에 구매했던 물건들이 그리웠다. 휴대폰이 울렸다. 그녀는 자동으로 그것이 업무와 관련된 전화일 거라고 생각했다. 전화기에 손을 뻗어 직장에서 통화하는 목소리로 대답했다. 목소리가 뻑뻑했다. 외부의 신호에 대해 답변할 수는 있었지만, 온종일 그러고 있을 수는 없었다.

전화한 사람은 바로 그 애였다. 그녀의 아들이었다. 숨소리를 들으면 알 수 있었다. 킁킁거리는 콧소리를 들으면 알 수 있었다. 배경 소음을 통해 알 수 있었다. 그들은 십 초 동안 말없이 서로의 숨소리에 귀 기울였다. 그러나 그녀는 전화한 사람이 아들이라는 걸 바로 알았다. 그냥 알았다. 앞으로도 그녀는 항상 알 것이다. 엄마? 그가 말했다. 그래, 우리 아들. 그래, 너무, 너무 사랑하는 우리 아들. 무슨 일이니? 지금 어디야? 몸은 어떠니? 필요한 게 있으면 말해, 내가 뭘 어떻게 해 주면 될까? 지금 어디야? 그녀가 말했다. 아이가 목소리를 가다듬었다. 아이가 무언가 말하려고 했다. 그녀는 일 년 넘게 아이의 목소리를 듣지 못했다. 아이의 목소리는 여전히 너무 작고 더 어두웠지만, 또한 더 밝기도 했다. 엄마, 혹시 우리 학교에 사람을 보냈어요? 뭐? 누구를 말하는 거니? 그게 무슨 말이야? 대체 무슨 얘기를 하는 거니? 삼촌이 오늘 우리 학교에 왔었어요. 삼촌한테 나를 찾아 달라고 부탁했어요? 아들이 물었다. 그녀는 가만히 있었다. 어떻게 생각해야 할지 판단이 서질 않았다.

불현듯 이런 생각이 떠올랐다. 혹시 지금 아이가 이걸 녹음하고 있을까? 이 통화가 향후 재판에서 그녀에게 불리하게 사용될 수 있을까? 아이 아빠가 지시를 내릴 준비를 하고 뒤에 있는가? 아니었다. 왜냐하면 아빠가 뒤에 있을 때는 언제나 아들의 목소리 주변에 벽이 둘러쳐졌기 때문이다. 아들아, 그게 무슨 소리니? 당연히 아니지. 내 오빠가 거기에 갔다고? 그가 네 학교 어디로 찾아갔는데? 몇 시쯤이었는데? 그녀가 물었다.

점심시간에요. 삼촌이 학교 운동장까지 차를 몰고 들어왔어요. 아들이 말했다. 오, 세상에. 삼촌이 거기서 뭘 하고 있었니? 여동생이 물었다. 삼촌이 나하고 이야기하고 싶다고 했어요. 그러더니 나한테 앞좌석에 타라고 하고는, 문을 잠그고 약 십오 분 동안 이야기를 나눴어요. 삼촌은…… 정서적으로 불안정해 보였어요. 아들이 적절한 말을 찾으려 하며 말했다.

정서적으로 불안정한. 내 아들이 정서적으로 불안정하다는 표현을 사용하는구나. 여동생은 이런 생각을 하며 미소 지었다. 얼마 전까지만 해도 기저귀를 차고 돌아다니며 현관 거울에 비친 자기 모습에 뽀뽀했는데, 지금은 아빠와 함께 살고, 자신의 휴대폰도 가지고 있으며, 정서적으로 불안정하다는 말을 사용했다. 불안정하다는 게 무슨 말이니? 무슨 말이 되었든 그들이 가능한 한 오래 이야기를 나눌 수 있다는 느낌이 들어서, 그리고 자신은 세상이 무너져 내릴 때까지 말할 준비가 되어 있다는 느낌으로 물었다.

모르겠어요. 땀 냄새가 났어요. 삼촌이 자기는 면도도 하지 않았고, 잠을 설쳤고, 휴대폰을 잃어버렸고, 밤새 운전했다고 180번은 말했어요······. 삼촌이 원하는 게 뭔지 이해하기가 조금 어려웠어요. 아들이 말했다. 나는 이해해. 나에게 전화를 걸어 그 사실을 알려 주니 정말 좋구나. 하지만 삼촌에 대해서는 걱정할 필요가 전혀 없단다. 내가 다알아서 할게. 삼촌이 뭐 다른 얘기 한 건 없었니? 부모 중에누구를 신뢰할 수 있을지는 전혀 알 수가 없으니 사람은 양쪽 부모와 다 좋은 관계를 유지해야 한다고 여러 번 말했어요. 아이가 말했다. 삼촌이 그렇게 말했어? 여동생이 물었다. 네. 아들이 말했다. 넌 그 말이 맞다고 생각하니? 그녀가 다시 물었다. 상황에 따라 다를 것 같아요. 부모가 모두친절한지 아니면 어리석은지에 따라서요. 그러고 있는데셀마와 니키가 지나가다가 삼촌 차 안에 내가 있는 걸 보고 창문을 두드리더니 괜찮냐고 물어봤어요. 아이가 말했다. 셀마와 니키는 누구니? 그 애들은 우리 반이에요. 셀마는 나이가 한 살 더 많아요. 그 애 아빠가 오스트레일리아사람이어서 한 학년을 다시 다녔어요. 엄마는 오스트레일리아인 아버지를 둔 것과 한 학년을 다시 다니는 것 사이에어떤 논리적 연관성이 있는지 확신이 서지 않았지만 아무말도 하지 않았다. 아주 어른스럽기도 하고 동시에 아주 유치하기도 한, 아이의 오르락내리락하는 변성기 목소리를그저 즐기고 있을 뿐이었다.

난 그냥 엄마가 삼촌을 보냈는지 확인하고 싶었을 뿐이

에요. 아들이 말했다. 절대 아니야. 하지만 네가 전화해 줘서 무척 기쁘고, 삼촌하고 이야기해 볼게. 삼촌이 나에게 미리 말하지 않고 네 학교에 갈 권리는 없지. 여동생이 말했다. 삼촌은 정말 정서적으로 불안정해 보였어요. 아들이 다시 말했다. 아이가 학교나 TV 시리즈 아니면 자기 아빠에게서 배운 두 단어로 된 그 말을 그 아이의 생소한 입을 통해 듣게 된 것에 대해 그녀는 미소 지었다.

아빠한테도 말했어? 아들이 변해 가고, 목소리가 점점 잦아들고, 이사 나가기 전에 사용했던 무뚝뚝한 어조가 다시 나타나자 그녀는 후회하는 마음으로 물었다.

아직 안 했어요. 아이가 대답했다. 그들은 침묵했다. 말하지 말아야 할까요? 아이가 물었다. 원하는 대로 하렴. 그녀가 대답했다. 네가 스스로 결정할 수 있을 만큼 충분히 큰 것 같구나. 알았어요. 잘 있어. 안녕히 계세요. 사랑해. 그녀가 말했지만 이미 아이는 전화를 끊은 뒤였다. 그녀는 휴대폰을 귀에 대고 오랫동안 서 있었다.

금요일

절대로 아빠가 될 수 없는 남자친구는 자신의 진짜 삶을 살고 있지 않았다. 이것은 반복되는 에피소드였다. 형편없는 리메이크였다. 절대 제작하지 말았어야 하는 속편이었다. 그는 내일 아침 일찍 9B반과 함께 체육 수업을 진행할 예정이지만, 지금 셉스브론 다리 한가운데에 불안정하게 서 있다. 그의 친구들 가운데 한 명이 버스 정거장 뒤에서 소변을 보고 있다. 다른 친구는 소녀 두 명에게 뒤풀이 모임을 가자고 설득하고 있다. 첫 번째 여자는 문지기였고, 다른 여자는 동상이었다. 남자친구는 술에 취하지 않았고, 내일 가야 할 직장이 있었으며, 영화학과에서 이미 많은 학점을 취득했고, 가장 좋은 야간 버스 노선이 이 방향이라는 것도 알고 있었으므로, 이 사태의 수습은 전적으로 그에게 달려 있었다. 이제 그만 가야지. 그의 친구들은 마지못해 따라왔다. 한 친구가 벽에 기대었다. 다른 친구는 불법 택시 기사와 끝없고 무의미한 토론을 시작했다. 그는 몇 달 동안 친구들을 보지 못했으므로 그들과 이야기할 화제가 끝없이 있어야 했지만, 유일하게 그가 하고 싶었던 이야기는 입 밖에 낼 수조차 없었다. 그는 여자친구가 임신했다고 말하고 싶었다. 그런데 그녀는 낙태하기로 결심했다. 저녁에 그녀와 만나 이야기를 나눠야 했는데 그녀가 그의 전화를 받지 않았다는 것은 단 하나의 의미일 뿐이었다. 그녀는 자신의 결정을 고수하고 있었다. 그녀의 배 속에 있는 아이는 절대로 태어나지 않을 것이다. 그들은 일주일 내내 논쟁을 벌였고, 그녀는 몇 번이고 그가 패배자임을 암시했다. 그의 유전자는 물려줄 가치가 없다는 것이다. 그녀는 절반은 그인 것으로부터 가능한 한 빨리 그녀 자신을 정화하고 싶어 했다. 절차가 완료되면 그녀는 이 실험을 종료하고 앞으로 나아갈 수 있다. 그는 그녀의 인생에서 지극히 사소한 부분이 될 것이며, 그녀는 그를 뒤돌아보며 도대체 무엇을 하고 있었는지 궁금해할 것이다. 에이젠슈타인, 르누아르, 트뤼포의 이름을 친구 이름처럼 말하던 그 이상한 문신 있는 남자가 누구였지? 라고 그녀는 생각할 것이다. 그는 시간성에 대한 논문을 준비하면서 완전히 자발적으로 마클레이의 이십사 시간짜리 영화 「시계」를 보았다. 그가 그녀에게 이야기했을 때 그녀가 물었다. 그게 사실이야? 그 영화가 이십사 시간짜리라고? 그가 고개를 끄덕였다. 그런데 난 다섯 번이나 봤어. 그리고 앤디 워홀의 「제국」과 비교하면 짧게 느껴졌어. 그가 말했다. 그럼 그건 얼마나 걸렸는데? 그녀가 물었다. 대략 여덟. 그가 말했다. 시간? 그녀가 물었다. 그는 고개를 끄덕였다. 그건 어땠어? 그녀가 물었다. 그게, 뭔가가 있었어. 엠파이어 스테이트 빌딩에 카메라가 고정된 것뿐인데, 그 속으로 빨려 들어가게 되더라고. 너무 지루한 것에는 최면 같은 게 있거든. 「시계」와 같았어, 물론 그 반대이긴 했지만. 그가 대답했다.

　그들이 그토록 애타게 타고 싶어 했던 야간 버스가 지나
가 버렸다. 한 친구가 인도에 쓰러졌다. 다른 친구는 담배
에 불을 붙이고 운전자를 향해 가운뎃손가락을 들어 보였
다. 이 속도로 가면 그들은 크리스마스쯤에 집에 도착할 것
이다. 절대로 아빠가 될 수 없는 남자친구는 쪼그리고 앉았
다. 우리 아버지가 버스를 운전했어. 한번은 우리가 그뢰나
룬드 놀이공원에서 집으로 돌아가는데, 기사가 엄마한테
반갑게 인사를 건넸어. 아는 사람이야? 내가 물었어. 그러
자 네 아빠야, 라고 엄마가 대답했지. 그가 친구들에게 말
했다. 그의 친구들은 듣고 있었다. 형과 나는 몰래 다가가서
확인했어. 아버지는 운전대를 잡고 있었는데, 아버지를 보
니 정말 자랑스러웠어. 몇 년 동안 서로 소식을 듣지 못했는
데도. 우리가 어렸을 때 아버지가 우리를 두들겨 팼는데도.
아버지는 거기에 앉아서 액셀러레이터를 밟고, 브레이크를
밟고, 관광객을 위해 문을 열어 주었어. 조용해졌다. 친구
들은 서로를 쳐다보았다. 그들은 웃기 시작했다. 네가 그런
꿈을 꾼 거겠지. 한 친구가 말했다. 최악의 영화 장면. 다른
친구가 말했다. 아니야, 이 멍청이들아. 사실이라니까. 정말
그랬다니까. 절대로 아빠가 될 수 없는 사람인 그가 말했다.

　그들은 버스 정거장에 도착했고, 조용히 집으로 돌아갔
다. 친구들과 헤어진 후 남자친구는 친구들이 영화 장면이
라고 말한 것을 생각했다. 하지만 그것은 영화 장면과는 정
반대였다. 오히려 너무 노골적이고, 너무 낭만적이고, 너무

우연이었으므로, 영화에서라면 절대로 나오지 않을 장면이었다. 아버지가 허공으로 사라지더니 진열장 속 흑백 사진으로 변했다. 그는 현관에서 그림자가 되었다. 그는 유치원에서 자랑할 수 있는 슈퍼 히어로가 되었다. 그가 드물게 주말에 방문하던 동물원에서 밧줄 같은 팔뚝으로 항상 손에 손을 잡고 으스대던 멸종 위기의 동물. 그래서 아무도 그를 보지 못했고, 아무도 그가 누군가의 아버지라고 생각하지 못했다. 이혼 후 아마도 두 사람은 석 달에 한 번씩 만났다. 그런 다음에는 훨씬 덜 만났다. 아버지는 여전히 같은 도시에 살고 있었지만 새로운 가족이 생겼고, 버스를 운전하기 시작했고, 어느 날 자기 가족을 그뢰나 룬드 놀이공원에서 시내로 태워다 주었다. 버스의 붉은색은 부모와 자식 간의 불멸의 사랑을 상징했지만, 또한 그들을 하나로 묶어 주는 피를 상징했다. 그것은 두 사람을 갈라놓는 붉은 증오, 용서하기 힘든 붉은 분노, 어머니와 아버지를 만나게 했던 붉은 열정이었다. 검은색 고무 타이어는 감정을 감싸 주기도 하고 요철의 충격을 완화해 주지만 번개가 칠 때 보호해 주기도 하는 소재였다. 아버지는 시간표를 따라야 했고, 인생은 그렇게 계속 흘러갔으며, 문이 열리려면 아이들이 버튼을 눌러야 했다. 그러니까 가족의 안전한 품을 떠나야 했고, 추위를 뚫고 나가야 했고, 오직 엄마하고만 있어야 했다. 마침내 아들들은 자신의 운명을 지배하게 되었다. 어머니는 곧 돌아가실 것이고, 아버지는 자신이 자유롭다고 생각할지 모르지만 그래도 계획된 경로를 계속 따라야 했다. 그는 멈출 수 없고, 원할 때 화장실에 갈 수도 없으며, 계속해서 끊임없이 운전해야 했다.

실제로는 영화학도인 체육 선생이 휴대폰을 확인했다. 다섯 시간 후에 그의 첫 수업이 시작된다. 그리고 그들은 여덟 시간 후에 진료소에서 보게 될 것이다. 그러나 그것은 중요하지 않았다. 그는 지금 시작할 것이다. 오늘 밤에 논문 작성을 마칠 것이다. 그는 포기하지 않을 것이다. 그가 머릿속에서 내용을 꺼내기만 하면 박사 학위 논문은 젖꼭지에서 나오는 젖처럼, 화산에서 나오는 용암처럼, 그가 스페인에서 기차로 배낭 여행 할 때 친구들에게 선물하기 위해 산 여행용 와인 팩 중 하나에서 새어나온 와인처럼 흘러나올 것이다. 몇 초 이상 팩 안에 있던 와인이 고무의 강한 향과 플라스틱의 뒷맛을 낸다는 걸 깨닫기 전까지 모두 마셔 버려야 한다는 게 재미있었다. 현관문이 보였고, 그는 더 빠른 걸음으로 걸었다. 흥분을 느낄 수 있었으며, 조금도 피곤하지 않았다. 모든 것이 그의 안에 있었고, 그가 제일 잘 아는 주제였다. 그는 모든 영화를 보았고, 모든 전문 서적을 읽었으며, 차를 좀 끓여서 컴퓨터 앞에 앉아 아드레날린을 뿜어냈다. 내일이면 끝날 것이고, 몇 주 후에 박사 학위 신청이 승인될 것이며, 코시넨 교수가 개인적으로 그에게 전화를 걸어 즉시 시작하도록 요청할 것이다. 몇 년 전 우린 비교할 수 없을 정도로 매혹적인 주제를 받았네. 우리 학과에서는 자네가 필요해. 난 자네가 필요해. 어서, 바로 넘어 넘어오게나. 교수가 말했다. 제가 일을 하고 있습니다. 남자친구가 대답했다. 무슨 일인데? 코시넨 교수가 물었다. 체육 교사로 일하고 있습니다. 이 사람 체육 교사로 일하고 있다는구면! 코시넨 교수가 같은 방에서 숨죽이며 기다리고 있는 다른 사람들에게 소리쳤다. 우리가 택시를 예약해 주겠네. 자네가 영화학 논문으로 발표한 것을 어떻게 정리했는지에 관해 좀 더 이야기를 나누고 싶어. 시간 여행, 평행 세계 그리고 확장된 시간성에 관한 자네의 흥미로운 추론을 고려할 때, 이건 학제 간 연구의 걸작이 될 가능성도 있어. 교수가 말했다. 아파트로 올라가는 엘리베이터 안에서 그는 일을 그만두고 논문 작성을 시작했으며, 엘리베이터가 도착할 때쯤 논문을 끝내서 그것을 학과에 제출하자 학과에서는 완전히 침묵했다. 사람들은 그 논문이 실제라고 믿지 않았고, 경쟁자들은 이를 갈았다. 코시넨 교수가 박수를 보내자, 박사 학위 논문의 심사위원으로 특별히 초대된 세 명의 교수도 그를 칭찬했다. 그중 한 명은 울음을 터뜨렸고, 다른 심사위원은 이렇게 흥미를 불러일으키는 텍스트는 한 번도 읽어 본 적이 없다고 말했고, 세 번째 심사위원은 입가에 묘한 미소를 띠고 말없이 앉아 있다가 일어나더니, 남자친구의 손을 꼭 쥐며 고맙다고 말했다. 그는 미국에서 강의하도록 초청받았다. 버클리와 하버드가 그에게 객원 교수직을 주기 위해 싸웠고, 칸 영화제 측은 그가 심사위원장직을 수락해서 영광이라고 했다. 여러 해 전 언젠가 그가 그의 여자친구였다고 주장하는 어떤 여성에게 배신을 당하고 그녀가 그의 아이를 죽이기로 결심한 일이 일어나지 않았다면, 이 모든 일도 일어나지 않았을 것이다. 그는 컴퓨터를 켰다. 전기포트를 켰다. 그런 다음 자기 박사 논문의 최신 버전을 발견했고, 물이 끓기도 전에 식탁에 머리를 대고 잠이 들었다.

*

엄마인 여동생은 입구에서 20미터 떨어진 공원 벤치에서 남자친구를 만나기로 했다. 그녀는 그와 함께 들어가길 원했다. 비서, 간호사, 의사, 그리고 무엇보다도 대기실에 있는 다른 모든 여성들이 이 결정 뒤에 두 사람이 있다는 걸 확인하길 원했다. 그녀는 혼자가 아니었다. 그녀가 자신의 결정을 이야기했을 때 그녀의 남자친구는 이렇게 말했다. 같이 갈게. 그런데 부탁이니 제발 이유를 알려 줘. 그러나 그녀는 자신에 대해 확신하고 있었다. 이 아이를 없앤다고 해서 다른 아이를 가질 수 없다는 의미는 아니었다. 앞으로도 가능했다. 그들이 정말로 원할 때. 아이를 환영하는 건 돌이킬 수 없는 일이지만, 아이를 없애는 건 그렇지 않았다. 그러나 접수대로 가는 동안 그녀는 의문이 들었다. 만약 그녀가 후회한다면? 그녀의 전 남편은 임신한 걸 처음 알았을 때 당신은 아이 가진 걸 절대로 후회하지 않을 거야, 라고 그녀에게 말했지만 시간이 지나면서 이상하게 행동하기 시작했다. 그리고 사람들 말이 옳았다. 지금까지 일어난 모든 일에 상관없이, 그녀는 아이를 키우기로 한 결정을 한 번도 후회한 적이 없었다. 아니면 솔직히 그녀가 올바른 선택을 한 건지 마음속으로 의심한 적이 있었을까? 결코 없었다. 그녀는 지금 실수하는 걸까? 만약 다시는 아이를 가질 수 없게 되면? 실제로 그녀는 전 남편이 아니라 훨씬 친절하고 정직하며 더 좋은 사람인 그와 마지막으로 이야기를 해야 했다. 그래서 문자 메시지를 보내 삼십 분 더 일찍 오라고 했다. 이곳에 오면서 그녀는 그가 여기에 와 있는 모습을 상상해 보았다. 그가 무릎을 꿇고 그녀에게 한 번 더 생각하라고 요청하고, 그가 그녀를 사랑하고 영원히 그녀와 함께이고 싶어 하며 그들이 낳을 아이는 기회를 얻을 자격이 있다고 말하는 모습 말이다. 그녀는 공원 벤치에 도착했다. 하지만 그는 거기에 없었다. 그는 문자 메시지에 응답하지 않았다. 그녀는 벤치에 앉았다. 그에게 다시 문자를 보냈다. 전화를 시도했다. 시간을 확인했다. 이십 분 전. 십오 분 전. 어디야? 오 분 남았을 때 그녀는 이렇게 문자를 보냈다. 삼 분 남았을 때 그가 전화를 걸어 왔다. 그의 목소리는 거칠었다. 직장에서 위기 상황이 발생했다고 했다. 학생 한 명이 다른 학생을 위협해서 교장 선생님이 와 있으며 경찰도 출동했다고. 그가 거기에 남아서 그 혼란을 정리해야 한다고 했다. 그는 함께 있어 주지 못해서 몹시 슬프지만 동시에 지금 상태로는 약간 곤란하다고 느끼며, 그녀도 알다시피 그는 항상 병원과 주사기에 약간 편집증이 있어서 자기가 어떤 지원을 해줄 수 있는지 알지 못한다고 했다. 하지만 그는 최대한 좋은 에너지를 그녀에게 보내며 곧 만날 수 있

을까? 라고 물었다. 그녀는 꼼짝 않고 앉아 있었다. 작별 인
사도 없이 전화를 끊었다. 휴대폰을 핸드백 안에 넣고 유리
문을 통해 병원 안으로 들어갔다. 비서가 미소를 지으며 그
녀가 그녀인지 확인했다. 잠시 그녀는 확신하지 못했다. 이
윽고 그녀는 고개를 끄덕인 뒤 계속해서 대기실을 향해 걸
어갔다.

*

금요일 아침, 아버지인 할아버지는 도심 터미널로 가는
지하철과 공항으로 가는 버스를 탈 준비를 하고 있었다. 그
는 할인가로 산 물건을 여행 가방에 넣었다. 드레스만의 셔
츠, 그로스한들라른의 바지, H&M의 블라우스와 아동복,
다이히만의 아동화였다. 그의 물건은 아무것도 없었다. 그
는 그 모든 물건을 가격 인상을 하지 않고 좋은 가격으로
다른 국가의 지인들에게 팔려고 한다. 그는 비닐봉지들을
함께 넣었다. 옷걸이를 잘 챙겼다. 라벨도 챙겼지만 빨간색
의 할인 가격표는 떼어 냈다. 손수 만든 달력에서 끝에서
둘째 날에 줄을 긋고, 기내용 가방 안에는 먹을 수 있는 것
을 모두 집어넣었다. 사과, 오렌지, 뮤즐리, 사워 밀크, 콩 두
팩, 오이 반 개, 반쯤 먹은 치즈, 얇게 썬 빵 한 봉지, 토마토
소스에 절인 고등어 캔 하나를 집어넣었다. 뚜껑이 있는 플
라스틱병을 꺼내 인스턴트커피의 5분의 4 정도를 부었다.
  그런 다음 자물쇠로 여행 가방을 잠갔다. 비행기는 저녁

7시 출발이었다. 그는 점심때쯤 아파트를 떠날 준비가 되었다. 적어도 출발 네 시간 전에 공항에 가 있고 싶었다. 그는 스트레스를 좋아하지 않았다. 공항에는 텔레비전이 있고, 어쨌든 그는 달리 할 일이 마땅치 않았다. 그가 거리에서 자동차 경적 소리를 들었을 때는 시계가 12시 30분을 가리키고 있었다.

*

아빠인 아들이 사무실 밖 차 안에 앉아 있다. 그는 일어나고 싶지 않았다. 아버지가 평소와 같은 상태로 사무실을 떠났는지 아닌지에 대해 별로 알고 싶지 않았다. 그는 뒷좌석에 있는 한 살짜리 아이를 깨워 안아 들고 계단을 올라, 피자 상자들의 탑, 싱크대 위에 깎아 놓은 손톱 조각, 욕실의 각질 제거기에서 나온 허물을 보고 싶지 않았다. 바퀴벌레 퇴치 작업이 진행되는 동안만큼은 아이들이 그곳에 머물러서는 안 되기도 했다. 안티시멕스 해충 방제 회사의 직원은 여기에 어린 자녀가 있는지 구체적으로 물었고, 그가 아니라고 대답하자 욕실 바닥, 주방 선반, 전자레인지 뒤, 냉장고와 냉동고 사이의 공간에 각별히 더 독한 살충제를 뿌렸다. 하지만. 이상하게도 그는 사무실에 올라가 그의 아버지가 청소한 것을 발견하고 싶지도 않았다. 사실 그 이유에 대해서는 잘 몰랐다. 아마도 그것이 사람이 변할 수 있다는 걸 증명하기 때문인지도 모른다. 아니면 그동안 그에게 능력이 있었지만 그는 구체적인 위협에 직면했을 때만 그 능력을 발휘할 준비가 된다는 걸 보여 주기 때문인지도 모른다.

아들은 자신이 도착했다는 걸 알리기 위해 경적을 울렸다. 아버지가 발코니로 나왔다. 무슨 일이니? 아버지가 물었다. 작별 인사를 하려고요. 아들이 대답했다. 그럼 올라와. 아버지가 말했다. 올라갈 수가 없어요. 아들이 말하며 한 살짜리 아이가 잠들어 있는 뒷좌석을 가리켰다. 잠시만, 내가 내려갈게. 가방을 가지고 내려오세요. 공항까지 모셔다 드릴게요. 아들이 말했다. 공항까지 모셔다드릴 수 있어요. 아버지는 이 초 동안 발코니에서 잠시 머뭇거렸다. 내가 바로 내려갈게. 짐 싸는 것만 마치고. 아버지가 말했다.

아버지는 터질 듯한 여행 가방을 들고 내려왔다. 새 여행 가방이 있으면 정말 좋겠네요. 아들이 말했다. 내 생일에 하나 사 줘. 아버지가 대꾸했다. 아들은 트렁크에 가방을 넣고, 운전대를 잡고, 백미러를 들여다보고, 신호를 넣고, 연석이 깔린 보도에서 돌아 나왔다. 사각지대를 잊지 마. 아버지가 말했다. 사각지대를 확인했어요. 아들이 대꾸했다. 제대로 확인해야 한다. 아버지가 말했다. 그들은 유턴을 하고 로터리를 향해 내려갔다.

저게 뭐냐? 아버지가 물었다. 임시 휴대폰이에요. 아들이 대답했다. 쓰던 건 어떻게 됐어? 부서졌어요. 아버지가 그것을 보지 못하도록 이미 중앙 콘솔에 치워 둔 아들이 말했다. 차가 지저분해. 아버지가 말했다. 세차할 거예요.

아들이 대꾸했다. 생선 냄새가 나. 세차할 거라니까요. 아들이 다시 말했다. 사람은 물건을 잘 관리해야 해. 그러지 않으면 망가져. 아버지가 말했다. 아들은 우회전하고 다시 우회전해서 고속도로로 나갔다. 저것도 고치지 않으면 금방 금이 갈 거야. 그렇게 되면 유리 전체를 교체해야 해. 아버지가 앞 유리창의 돌 조각을 가리키며 말했다. 돌에 맞은 자국일 뿐이에요. 아들이 말했다. 지금은 그렇지. 하지만 금이 가게 될 거야. 한번 기다려 봐라. 누구 말이 맞는지 알게 될 테니까. 아들이 오른쪽 차선으로 끼어들었다. 감초 먹었니? 아버지가 물었다. 그건 왜요? 네 엄마가 감초를 먹으면 항상 여드름이 났거든. 요즘 잠을 잘 자지 못했어요. 아들이 말했다. 얼마나 오래? 지난 사 년 동안요. 아들이 대답했다. 추월해. 시간이 언제나 우리한테 있는 게 아니야. 아버지가 말했다. 비행기는 대략 여섯 시간 후에 출발하지 않아요? 아들이 물었다. 넉넉하게 미리 가서 기다린다고 병나는 건 아니야. 스트레스는 위장에 좋지 않아. 아버지가 말했다. 아들은 백미러를 보고, 신호를 보낸 다음, 왼쪽 차선으로 들어섰다. 사각지대를 잊지 마라. 아버지가 다시 말했다. 운전하는 것도 저고 사각지대를 확인하는 것도 저예요. 아들이 말했다. 넌 너무 성급했어. 제대로 확인했어야 해. 아버지가 말했다. 제발 제발 제발요. 우리 오늘만이라도 한번 시험해 볼 수 없어요? 공항까지 가는 데 사십오 분 정도 걸리거든요. 그동안 아버지가 한 번이라도 저를 비판하지 않고 서로 대화를 나눌 수 있는지 살펴볼 수 있을까요? 시험요. 우리 한번 시험해 봐요. 아버지가 무슨 말을 하려고 할 때마다 저에 대한 비판으로 읽힐 수 있는 말이 있으면 그 *어떤 말이라도* 하지 않는 거예요. 한번 해 볼까요? 아들이 물었다. 나에게서 결점을 찾으려고 하는 건 바로 너야. 아버지가 말했다. 그래요, 지금 그 말도 나를 비판한 거예요. 다시 시험해 볼까요? 지금부터요? 우리 둘 중 누구도 상대방을 비판하지 않는다. 그렇게 한번 살아 보죠. 사십오 분간요. 우리 성공해 봐야죠. 아버지가 창밖을 내다보았고, 아들은 운전에 집중했다. 아버지가 입을 벌리고 무언가 말하려다가 침묵하는 것을 아들은 곁눈질로 두 차례 보았다.

*

아버지인 할아버지는 충격에 빠졌다. 아들이 그를 공항까지 태워다 주겠다고 난생처음, 역사상 유례가 없는 제안을 한다니! 믿을 수 없었다. 이날은 그에게 행운의 날이었다. 아무래도 로또를 사는 게 좋을 것 같았다. 하지만 그는 그러는 대신 차의 조수석에 앉아 우스꽝스러운 농담을 하고 있었다. 아들은 웃지 않았다. 그는 오해하고 있었다. 농담을 자기에 대한 비판으로 생각했다. 어제 무슨 일이 있었니? 할아버지가 물었다. 무슨 말이에요? 아빠가 되물었다. 장을 보러 간다고 하고는 사라져 버렸잖아! 할아버지가 말했다. 할 일이 좀 있었어요. 아빠가 말했다. 할아버지는 고개를 끄덕였다. 그는 이해했다. 그 또한 아버지였다. 때때로 중요한 할 일들이 있고, 그때그때 그 일들을 해야만 한다. 그 일이 정확히 무엇인지는 아빠나 여자친구와는 아무 상관이 없었다. 돈이 필요하니? 할아버지가 가슴의 주머니를 두드리며 물었다. 아니요, 근육이 필요하세요? 아빠가 물었다. 근육이 필요하냐고? 할아버지가 팔뚝을 구부렸다. 아빠가 미소 지었다. 고맙지만 괜찮아. 이제 모든 게 해결되었어. 그들은 조용히 계속 차를 타고 갔다. 그냥 떠나고 싶은 기분이 들었어요. 그게 다예요. 아빠가 말했다. 그 이상은 아니었다.

할아버지는 안도했다. 아들이 모든 걸 말하고 싶어 하지 않는 것이 오히려 좋았다. 그건 그가 혼자 간직해야 할 일들이 있다는 걸 이해할 만큼 충분히 어른임을 의미했다.

*

아빠인 아들은 공항까지 남은 거리를 알려 주는 표지판들을 보았다. 그들은 곧 도착할 것이다. 곧 작별 인사를 할 것이다. 이젠 후회해도 소용없을 것이다. 아들이 오른쪽 방향 지시등으로 신호를 보냈고, 고속도로를 빠져나와 길가에 멈추었다. 대체 뭐 하는 거야? 아버지가 물었다. 아들은 갑자기 조용해져서 뒷좌석에 앉은 한 살짜리 아이가 깨지 않도록 경고등을 켜고 시동이 걸린 상태로 두었다. 아버지. 그가 말했다. 여기 서 있으면 안 되지. 아버지가 말했다. 아버지. 그가 말했다. 대체 뭐 하자는 거야. 여기에 이렇게 서 있으면 죽을 수도 있어. 언제라도 다른 차가 뒤에서 들이받을 수 있어. 아버지, 이제 잘 들어 보세요. 저는 어제 도망가 버리려고 했어요. 그런데 그럴 수 없었어요. 난 돌아오고 싶었어요. 아이들이 필요했어요. 아들이 말했다. 이해해. 이제 운전하렴. 아버지가 말했다. 아버지는 많은 것을 망쳐 버렸어요. 아들이 말했다. 그런데 적어도 난 내 가족을 떠날 수 있을 정도로 망가지지는 않았어요. 고맙게도요. 아들이 말했다. 아버지는 아무 말 없이 조용히 앉아 있었다. 지난 몇 년 동안 우리는 약간의 갈등을 겪었어요. 아들이 말했다. 너는 갈등이 있었지. 아버지가 말했다. 그리고 우리 둘 다 후회하는 말과 행동을 했어요. 아들이 말했다. 나는 아무것도 후회하지 않아. 아버지가 말했다. 하지만 한 가지만 알아주셨으면 해요. 저는…… 아버지를 용서해요. 이제 운전하라니까. 아버지가 말했다. 우리는 아버지를 용서해요. 아들이 말했다. 우리가 누군데? 아버지가 물었다. 저하고 여동생요. 아들이 대답했다. 아버지는 침묵했다. 그가 시선을 돌렸다. 그의 어깨가 떨리고 있었다. 그는 이상한 소리를 냈다. 아들은 끝날 때까지 똑바로 앞을 바라보았다. 이제 운전해. 사각지대를 잊지 마. 아버지가 이렇게 말하며 선글라스를 꼈다.

*

아빠인 아들과 할아버지인 아버지가 공항에 도착했다.

아빠는 주차했고, 한 살짜리 아이는 기지개를 켜며 잠에서 깨어났다. 그들은 함께 체크인 데스크로 걸어갔다. 온라인 체크인 하셨나요? 체크인 데스크에 서 있는 여자가 물었다. 여긴 내 아들이에요. 아들이 나를 여기에 데려다주었어요. 할아버지가 말했다. 아주 효자 아들을 두셨네요! 이미 체크인하셨나요? 여자가 다시 물었다. 아니요, 나는 직접 체크인을 하지 못해요. 난 까막눈입니다. 할아버지가 대답했다. 그런 다음 자신의 재미있는 농담에 웃었다. 아들도 미소를 지었다. 그 여자는 그가 체크인하는 것을 도와주었다. 안전을 위해 가방을 비닐로 포장하시겠습니까? 여자가 물었다. 이 가방은 삼십 년 동안 살아남았고 지금도 살아남을 거예요. 할아버지가 말했다.

그들은 함께 보안 검색대로 향했다. 한 살짜리 아이가 공항 천장을 향해 눈을 깜박였다. 무우우. 아이가 마약 탐지견과 세관원을 보고 말했다. 할아버지가 손자를 향해 몸을 앞으로 기울였다. 그리고 손자의 뺨에 세 번 키스했다. 그런 다음 세 번 더 했다. 나는 얘가 그리울 거야. 할아버지가 말했다. 애도 아버지를 그리워할 거예요. 다음번에는 애하고 아버지가 좀 더 많이 만나도록 해야죠. 아빠가 말했다. 정말이야. 할아버지가 대꾸했다. 그가 주머니에 손을 넣어 500크로나짜리 지폐를 꺼냈다. 휘발윳값이야. 너무 많아요. 아빠가 말했다. 남으면 그 돈으로 네 딸한테 축구 양말을 사 주려무나. 축구 양말은 많을 거예요. 아빠가 말했다. 그 애는 그럴 자격이 있어. 할아버지가 말했다.

할아버지와 아빠는 서로를 껴안고 뺨에 뽀뽀를 세 번 했다. 우리 계속 연락해요. 아빠가 말했다. 물론이지. 할아버지가 대답했다. 착륙하면 문자 보내겠다고 약속하세요. 아빠가 말했다. 물론이지. 할아버지가 대답했다. 그러지 않으면 내가 어떻게 되는지 아시잖아요. 어떻게 되는데? 할아버지가 물었다. 걱정하죠. 아빠가 대답했다. 걱정하지 마. 할아버지가 말했다. 그래도 어쨌든 저는 걱정할 거예요. 아빠가 말했다. 넌 생각이 너무 많아. 할아버지가 말했다. 어쨌든 문자 보내시는 거 약속할 수 있죠? 아빠가 물었다. 넌 너무 민감해. 그게 제가 부탁하는 전부예요. 착륙하면 짧게 문자 보내세요. 알았어. 할아버지가 대답했다. 저 진심이에요. 아빠가 아들처럼 느끼며 말했다. 내가 문자 보낼게. 할아버지가 미소 지으며 말했다. 만약 안 보내시면 제가 복수할 거예요. 아빠가 반농담조로 말했다. 어떻게 복수할 건데? 할아버지가 물었다. 그것에 대해 글을 써서요. 아빠가 대답했다. 한번 해 봐. 사랑하는 아버지를 거리로 내몬 아들에 관한 책을 써라. 할아버지가 말했다. 그보다는 오히려 가족을 소유물처럼 여기는 아버지에 관한 이야기가 될 거예요. 아빠가 대꾸했다. 그들은 서로에게 미소를 지었다. 그들은 마지막 부분을 결코 말하지 않았다. 단지 작별 인사만 했다. 할아버지가 보안 검색대를 향해 걸어갔다. 아빠인 아들은 수하물 카트 옆에 서 있었다. 그는 할아버지가 뒤로 돌아 손을 흔들기를 기다렸다. 할아버지는 돌아서지 않았다. 아빠는 열쇠를 돌려받지 않았다. 할아버지는 도착한 뒤

문자를 보내지 않았다. 오 개월 이십팔 일 후에 그들은 다시 보게 될 것이다.

*

저녁에 아빠인 아들이 사무실에 들렀다. 그는 보안 자물쇠를 돌려 문을 열고 나서 무엇이든 할 준비가 되어 있었다. 쓰레기가 다 치워졌다. 바닥이 깨끗하다. 변기도 깨끗하게 씻어 냈다. 피자 상자는 하나만 빼고 모두 없애 버렸다. 설거지까지 했다. 믿을 수 없을 정도였다. 청소할 새로운 바퀴벌레 시체도 없는 걸 보니, 살충제와 바퀴벌레 덫이 효과가 있는 것 같았다. 아들은 수북이 쌓인 우편물을 개봉하고, 영수증을 분류하고, 은행 명세서를 인쇄하고, 재무제표를 작성할 수 있다. 그건 단지 시작의 문제일 뿐이다. 곧 그는 시작할 것이다. 하지만 먼저 주방으로 가서 전기포트를 켰다. 티백을 꺼내고 컵을 꺼내 놓았다. 식탁에 흰색 메모가 있다. 아버지의 손글씨다. 그는 *또 보자,* 라고 쓰지 않았다. *고마워,* 라고 쓰지도 않았다. *아들아, 사랑한다*도 아니었다. 대신 열 개의 날짜를 적고 마지막 날짜를 제외한 모든 날짜에 줄을 그었다.

아들은 그 쪽지를 싱크대 아래에 있는 쓰레기통에 버렸다. 그의 휴대폰이 울렸다. 한 번. 두 번. 세 번. 그는 전화를 받았다. 여동생이 심란한 목소리로 그녀의 아들이 연락했다는 것과 절대로 남자친구가 아니었던 남자친구와 끝냈다는 것과 오늘 아침에 후회 없이 낙태했다는 것을 전했다.

어디야? 그의 아버지가 아닌 아들이 물었다. 내가 갈게.

감사의 말

K와 T,
디아네 비몽,
다니엘 산스트룀, 알베르트 본니에르스 출판사,
사라 샬판트, 와일리 에이전시에
감사합니다

옮긴이의 말

현재 스웨덴에서 가장 주목받는 작가 중 하나인 요나스 하센 케미리(Jonas Hassen Khemiri)는 2003년 소설 『빨간 눈(Ett öga rött)』으로 데뷔했다. 『빨간 눈』은 스웨덴에서 20만 부 이상 판매되었고, 영화로 제작되었으며 2004년에는 가장 많이 팔린 문학 작품으로 주목을 받은 바 있다. 이후 현재까지 이십 년 넘게 저작 활동을 이어 오고 있다.

나는 케미리의 첫 희곡인 『침입(Invasion)』을 번역해 2011년 아르코예술극장에서 무대를 올리면서 작가 케미리와 그의 작품을 국내에 처음 소개했다. 이것이 인연이 되어 같은 해 스톡홀름에서 케미리를 직접 만났고, 『빨간 눈』을 번역하고 싶다는 말을 건넸었다. 그러자 케미리는 이 소설은 린케뷔 스웨덴어(Rinkebysvenska)*의 번역이 한국어로 불가능할 거라며, 두 번째 소설인 『몬테코어(Montecore)』의 번역을 내게 추천했다. 이후 나는 케미리의 『몬테코어』와 세 번째 소설인 『나는 친구들에게 전화를 거네』를 번역하며 지속적으로 케미리의 작품들을 국내에

---

* 린케뷔 스웨덴어는 1980년대에 언어 현상으로 등장하였으며, 이민자 거주 비율이 높은 도시 지역에서 주로 사용되는 스웨덴어의 여러 종류 중 하나다. 린케뷔는 스톡홀름의 교외 지역 중 하나다.

소개했다.

2015년 출간된 소설 『내가 기억하지 못하는 모든 것 (Allt jag inte minns)』은 즉시 베스트셀러가 되었고, 이 소설로 케미리는 스웨덴에서 가장 권위 있는 문학상인 아우구스트 상을 수상했다. 『아버지의 원칙(Pappaklausulen)』은 2018년에 출간된 케미리의 다섯 번째 소설로 프랑스에서 수여하는 최고 영예인 메디치 상을 수상했으며, 미국 전미 도서상 최종 후보에 올랐다. 이와 함께 2019년 케미리는 서울국제도서전의 초청으로 방한하기도 했다. 케미리는 2021년 뉴욕공공도서관에서 컬맨 펠로우십을 받고 뉴욕으로 이주해 대학에서 강의하며 저작 활동을 이어 가고 있으며, 2023년에는 미국에서 여섯 번째 소설인 『자매들 (Systrarna)』을 출간했다.

『몬테코어』의 후속편 『아버지의 원칙』

케미리의 두 번째 소설 『몬테코어』와 다섯 번째 소설 『아버지의 원칙』은 모두 아버지와 아들 간의 관계를 중심으로 한 이야기로 블랙 코미디다. 두 작품의 공통된 주제는 부재한 아버지를 찾는 과정이다. 케미리는 자신의 문제를 지속적으로 발전시키면서 이전에 다룬 주제들을 새로운 시각에서 조명하고 있다. 두 작품은 아버지와 아들 사이의 복잡한 상호 작용, 가족 관계, 정체성 형성에 초점을 맞춘다.

『아버지의 원칙』에는 성인이 된 『몬테코어』의 주인공 요나스가 등장한다. 작품은 아버지와 아들 관계에서 아버지의 부재가 아들의 부성 역할에 미치는 영향을 강조하고, 아들이 아버지로서의 정체성을 형성하는 과정을 다루고 있다. 소설 속 아버지는 배신자, 오해받는 인물, 그리고 아들에게 교훈을 주는 인물 등 다양한 모습으로 표현된다. 다시 말해 아버지는 사랑이 아니라 계약에 의한 아버지라고 할 수 있다. 이야기는 아들, 이제는 아버지가 된 아들의 시점을 통해 펼쳐지며, 여러 세대에 걸친 가족 구성원들이 등장하여 아버지와 아들의 관계를 더욱 풍부하게 다룬다. 케미리의 이전 작품 『내가 기억하지 못하는 모든 것』이 사랑과 슬픔을 복잡하게 다뤘다면, 『아버지의 원칙』은 가족생활의 도전을 가볍고 유머러스하게 다루면서 일상의 사소한 순간들을 낯설고 신기한 경험으로 변화시키는 이야기이다.

『아버지의 원칙』은 가족의 일상 속에서 발생하는 소소한 사건들을 통해 인물들 간의 관계와 갈등을 섬세하게 탐구한다. 이 소설은 아버지의 부재와 그가 남긴 공백이 아들에게 어떻게 영향을 미쳤는지, 그 결과 아들이 어떻게 자신의 아버지로서의 역할을 수용하고 재정립하는지를 보여 준다. 아버지의 다양한 역할과 이미지(배신자, 오해받는 인물, 교훈을 주는 인물)은 아들이 자신과 가족을 이해하고 수용하는 데 중요한 역할을 한다. 이러한 다층적인 관계를 통해 소설은 복잡한 가족 역학과 각 세대 간의 정서적 교류를 깊이 있게 다루고 있다. 아버지의 부재와 여러 층위의 특징이 가족 구성원, 특히 아들에게 미치는 영향을 통해 소설은 아버지와 아들 관계의 본질적인 질문을 탐구한다. 아들이 부성을 받아들이고 그 역할을 어떻게 수행할지 고민하는 과정은 독자에게도 자신의 가족 관계를 성찰할 기회를 제공해 준다. 이러한 과정은 특히 현대 사회에서 많은 사람들이 공감할 수 있는 주제이기도 하다.

케미리의 작품은 또한 가족 내의 여성 캐릭터들을 비롯한 다른 가족 구성원들의 역할과 그들의 영향력을 조명하고 있다. 어머니인 할머니, 부인인 어머니, 딸인 손녀 등의 캐릭터들은 아버지와 아들 사이의 관계뿐만 아니라 가족 구성원 각자의 삶에 중요한 영향을 미친다. 가족 이야기에 다양성과 복잡성을 더하며, 각각의 캐릭터가 가족 내에서 차지하는 위치와 그들의 역할이 어떻게 각자의 정체성과 삶을 형성하는지를 보여 준다. 이처럼 『아버지의 원칙』은 가족생활의 고난을 유머러스하게 그리면서도, 일상의 단순한 순간들에서 깊은 의미를 찾아내고, 이를 통해 인간관계의 복잡성과 가족의 중요성을 강조한다. 케미리는 이 소설을 통해 가족 구성원 간의 상호작용과 그들이 서로에게 미치는 영향을 현실적이면서도 감동적으로 묘사하며, 독자에게 가족의 의미를 다시 생각하게 하는 강력한 메시지를 전달한다.

『아버지의 원칙』은 부재한 아버지와 그의 두 명의 성인 자녀를 중심으로 한 가족 이야기를 전개한다. 이제 막 아버지가 된 아들은 사 개월 동안 육아 휴직 중이며, 동시에 점차 멀어져 가는 할아버지가 된 아버지를 돌보고 있다. 아들은 한 살배기와 네 살배기 아이들을 돌보는 일상적인 육아뿐만 아니라, 아버지의 재정 관리와 생활 전반의 세부 사항을 책임져야 한다. 이 모든 것이 '아버지의 원칙' 또는 '아버지와의 계약'이라는 부담으로 다가온다.

할아버지가 된 아버지는 더 이상 기존의 아버지 역할을 수행하지 않으며, 육 개월에 한 번씩 스톡홀름에 와서 스웨덴 병원 치료와 약 처방을 받고, 스웨덴에서 세금 혜택을 받는다. 사십 대 초반의 아들은 아버지의 은행 업무를 관리하고 아버지가 스웨덴에 머물 때 자신의 사무실을 사용할 수 있도록 제공한다. 모든 합의는 명백한 가족 전제를 기반으로 한다. 적어도 아버지는 그렇게 생각한다. 장남은 응당 아버지를 돌보고 존경해야 하니까 말이다. 아들은 육아 휴직을 시작했고, 기저귀를 갈며 두 아이를 돌보느라 정신이 없다. 게다가 여동생의 불만, 장 보기, 저녁 시간의 피로와 지속적인 수면 부족 등 매일 반복되는 일상의 도전에 직면한다.

소설에서 '아들인 아버지'는 상황에 따라 다양한 역할을 수행한다. 할아버지, 여동생과 저녁을 먹으러 갈 때는 그 관계에 따라 '남매인 아들'로 변화하며, 소설의 장면마다 초점이 달라진다. 인물들은 서로 다른 정체성 때문에 깊은 고민에 빠지고, 가정 밖에서 경력을 쌓으려는 어머니인 여자친구는 아이들이 아버지와 잘 지내는 모습을 보며 자신의 역할과 정체성에 의문을 가지며, 가족 관계의 지속 가능성에 대해 고민하게 만든다.

일부 장면은 다른 등장인물의 시점에서 반복적으로 재연되어 실제로 무슨 일이 어떻게 일어나는지에 관해 흥미진진한 교차성을 만들어 낸다. 독자는 이 교차성을 통해 등장인물들 사이에서 선과 악의 다양한 인간적 면모가 드러나는 것을 보며, 스스로 느꼈던 동정심을 거듭 재평가하고 감정 이입을 하게 된다. 케미리는 불안정한 의사소통과 상대방의 관점에 대한 이해 부족을 효과적으로 묘사해 내며, 독자를 문제와 균열의 원인을 파악할 수 있는 유일한 사람으로서 특권적 위치에 올려 놓는다. 그러나 동시에 독자는 이야기에 깊이 몰입할수록 답답함도 느끼게 될 것이다. 등장인물들에게 서로의 말에 귀를 기울이고 소통하라며 소리를 지르고 싶을지도 모른다. 또는 자기중심적인 사고에서 벗어나 상대방 입장에서 상황을 바라보려고 노력하라는 말을 던지고 싶어질 것이다.

『아버지의 원칙』은 읽기 쉽고 일상적인 줄거리로 구성되어 있다. 그렇지만 이 소설에 등장하는 열두 명의 목소리 중 '아버지인 할아버지', '아버지인 아들', '자매인 딸' 등의 이름은 하나도 없다. 독자는 인물들의 이름을 알지 못한다. 케미리는 주변 인물들과의 관계를 통해 각 인물의 특성이 드러나게 함으로써 독자가 인물에 쉽게 다가가지 못하게 만든다. 등장인물들은 서로 다른 정체성으로 인해 지속적으로 고민하며, 독자들은 주변의 갈등 상황을 제3자의 입장에서 바라볼 기회를 얻는다. 이를 통해 독자는 비교적 유리한 위치에서 여러 관점을 가지고 인물들을 바라보며 중재에 가담하게 된다. 마치 브레히트의 소외 효과처럼, 만약 독자가 직접 갈등에 연루되어 있었다면 친절하고 관대한 역할을 맡는 것이 훨씬 어려웠을 것이다. 독자는 케미리의 캐릭터들이 가진 결점과 약점뿐만 아니라 장점과 강점을 통해 그들이 더욱 깊이 있게, 인간적으로 표현된 것을 빠르게 깨닫게 된다.

『아버지의 원칙』은 케미리의 이전 소설들처럼 잘 구성된 작품이지만, 그 구성은 단순한 서사의 즐거움을 넘어서는 깊이를 제공한다. 케미리는 이 작품을 통해 어둠과 슬픔을 탐구하는 것을 두려워하지 않는 위대한 유머리스트이자 스웨덴어를 독특하게 다루는 언어의 거장임을 증명하고, 높은 문학적 차원을 완성해 냈다.

아들과 아버지의 헤게모니

『몬테코어』에서 아들은 아버지를 영웅으로 여기는 어린 소년으로 묘사된다. 요나스와 그의 아버지 압바스는 뗄 수 없는 관계지만, 압바스는 스웨덴 사회에 통합되어 진정한 스웨덴인으로 인정받기를 원하는 반면, 요나스는 자신의 아랍 배경에 더욱 가까워지기를 원한다. 이로 인해 요나스는 아버지와 다른 길을 걷기로 결심한다.

『아버지의 원칙』에서는 아들이 새로운 형태의 부성애를 선택하고 아버지를 돌보면서도, 이러한 결정을 통해 아버지와의 관계에서 더 많은 권한을 갖게 된다. 소설은 두 성인 남성, 아들과 아버지 간의 헤게모니를 차지하기 위한 투쟁에 초점을 맞춘다. 아들은 스웨덴에서 아버지의 편의를 돕기 위해 항상 일을 도맡지만, 아버지는 아들의 결정이나 소통 시도를 무시하는 경향이 있다. 이 과정에서 아들은 아버지에 대한 책임을 지고, 역할이 뒤바뀌어 아들이 마치 아버지의 아버지처럼 행동하게 된다. 아들은 스웨덴에 있는 아버지의 상황을 돌보고, 비행기표를 예약하고 식료품을 사며 아버지의 일상을 전면적으로 관리한다. 아버지가 가족을 떠날 때 아들은 아버지의 역할을 수행해야 했고, 이제 자신의 자녀들을 돌보면서 자신이 좋은 아버지가 될 수 있을지, 그들을 잘 돌볼 수 있는지에 대해 끊임없이 스스로를 의심한다.

결국 『아버지의 원칙』은 아버지의 부재가 아버지와 아들 관계에 어떻게 영향을 미쳤는지를 중점적으로 다루고 있다. 아들은 해변에서 백인 우월주의자들의 공격을 받을 때 아버지로부터 더 많은 지원을 기대했다. 하지만 아버지는 이 상황을 처리하는 데 어려움을 겪었고, 결국 가족을 떠나게 된다. 스웨덴에서 이민 2세대로서의 정체성을 찾기 위해 노력하는 아들은 '스웨덴다움'의 정의가 모호한 상황에서 자신의 위치를 고민한다.

소설은 또한 '보이지 않지만 현존하는 부모'로서의 어머니의 역할을 조명한다.『몬테코어』와『아버지의 원칙』은 모두 어머니가 소설 속 아버지와 아들과 어떻게 대조되는지를 조명한다. 두 작품은 아버지와 아들의 관계에 주로 초점을 맞추고 있지만, 어머니는 이야기와 아들의 삶에서 중요한 역할을 한다. 아버지가 가족을 떠났을 때, 모든 것을 돌보는 사람은 어머니다. 모성과 부성은 흔히 상반된 개념으로 여겨지지만, 케미리의 작품은 모성이 부성의 묘사를 보완하고 있는 모습을 보여 주며 가족 내에서의 모성의 중요성을 강조한다.

『몬테코어』에서 요나스는 두 가지 정체성 사이에서 갈등하며 성장한다. 그는 아버지 압바스와 가까워지려고 노력하면서 아버지의 언어와 아랍 전통을 배우려고 한다. 십 대 시절, 요나스는 반항적인 시기를 겪으며 자신의 정체성을 블라테(혼혈)로 받아들이게 된다. 반면『아버지의 원칙』에서는 아들의 부모의 배경, 특히 민족성이 아들에게 미치는 영향을 직접적으로 다루지 않는다. 대신 아버지의 부재가 아들에게 어떻게 혼란을 주고 십 대 때부터 여동생을 책임지게 만들었는지를 주로 그린다.

아들은 아버지의 부재가 자신이 자녀들에게 아버지로서의 역할을 수행하는 데 영향을 미쳤다고 생각한다. 그는 스스로 제대로 된 아버지 역할을 수행하지 못하는 이유가 아버지의 역할 모델이 부재했기 때문이라고 느낀다.『몬테코어』에서 요나스는 아버지와 같이 충동적인 성향을 보이지만, 압바스는 아들에게 소외감을 주지 않으려고 노력한다. 반면에 『아버지의 원칙』에서는 아버지와 아들 사이에 많은 유사점이 있으며, 둘 다 작가가 되고자 하는 꿈을 가지고 있다. 어린 자녀들을 잘 돌보면서도 가족 내에서 지적하는 역할을 어머니가 담당한다.

그럼에도 불구하고 나이가 많은 아버지는 자신의 행동이 가족에게 얼마나 큰 피해를 끼쳤는지 깨닫지 못하는 반면, 자녀가 있는 아들은 최고의 아버지가 되기 위해 모든 노력을 다한다. 결국 『몬테코어』와 『아버지의 원칙』은 세대 간의 차이와 세대에 따른 부모로서 가지는 사고방식의 변화를 보여 준다. 또한 아버지의 역할, 아버지와 아들 관계에서 권력의 위치 또는 소외와 같은 다양한 모습이 부성, 남성성, 민족성 사이에서의 상호작용을 통해 이뤄지고 있음을 말한다.

『아버지의 원칙』은 비슷한 처지에 놓인 독자에게 해방감과 위로를 주는 소설이다. 카타르시스적인 비극보다는 블랙 코미디를 통해 독자들에게 감동과 깨달음을 주며, 우리가 살아가는 세계를 더 넓고 깊게 이해하는 데 기여하고 있다. 그의 작품은 문학이 단순한 서사 이상의 것, 즉 깊은 인간적 진실과 복잡한 사회적 질문을 탐구할 수 있는 강력한 수단임을 보여 준다. 그의 소설은 우리 모두가 공감할 수 있는 보편적인 인간 경험을 탐색하고, 독자로 하여금 자신만의 삶과 가치를 재고하도록 도전하고 있다. 문체와 주제 면에서 전작들에서 찾아볼 수 있는 주제가 『아버지의 원칙』에서도 매우 뚜렷하게 드러나며, 동시에 케미리가 자신의 스타일을 끊임없이 발전시키고 이전에 다루었던 주제를 새로운 시각에서 조명하고 있음을 발견할 수 있다.

2024년 6월

홍재웅

옮긴이 홍재웅

스웨덴 스톡홀름대학교에서 스트린드베리 연구로 박사 학위를 취득했으며, 현재 한국외국어대학교 스칸디나비아어학과 교수로 재직 중이다. 스웨덴, 노르웨이, 덴마크 문학의 번역 작업과 연극 공연 작업 등 북유럽의 문화를 소개하는 다양한 일에 매진하며, 북유럽과 한국 사이의 외교적 유대 관계를 돈독히 하는 데도 힘을 보태고 있다. 저서로 *Creating Theatrical Dreams*, 『유럽과의 문화 교류를 위한 연극제 자료조사 I, II, III』, 역서로 『꿈의 연극』, 『인구 위기』, 『3부작』, 『보트하우스』, 『몬테코어』, 『나는 형제들에게 전화를 거네』 등이 있다.

아버지의 원칙

1판 1쇄 찍음	2024년 6월 20일
1판 1쇄 펴냄	2024년 6월 30일
지은이	요나스 하센 케미리
옮긴이	홍재웅
발행인	박근섭·박상준
펴낸곳	(주)민음사
출판등록	1966. 5. 19. 제16-490호
주소	(06027) 서울시 강남구 도산대로 1길 62(신사동)
	강남출판문화센터 5층
대표전화	02-515-2000 | 팩시밀리 02-515-2007
홈페이지	www.minumsa.com

한국어 판 © (주)민음사, 2024. Printed in Seoul, Korea

ISBN 978-89-374-5650-3 (03890)

5